인생을
변화시키는
독서의 힘

독서
리셋

⏻

독서리셋

| 초판인쇄 | 2022년 07월 27일 |
| 초판발행 | 2022년 08월 03일 |

지은이	김용태
발행인	조현수
펴낸곳	도서출판 더로드
마케팅	최관호 최문섭
IT 마케팅	조용재
교정교열	이승득
디자인 디렉터	오종국 Design CREO

ADD	경기도 고양시 일산동구 백석2동 1301-2
	넥스빌오피스텔 704호
전화	031-925-5366~7
팩스	031-925-5368
이메일	provence70@naver.com
등록번호	제2015-000135호
등록	2015년 06월 18일

정가 19,800원

ISBN 979-11-6338-297-3 03810

인생을 변화시키는
독서의 힘

독서
리셋

⏻

김용태 지음

독서출판 **더 로드**
The Road Books

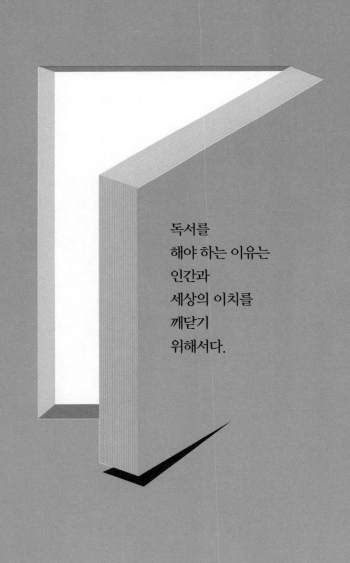

독서를
해야 하는 이유는
인간과
세상의 이치를
깨닫기
위해서다.

독서를 하는 사람은 세상을 보는 가치관이 달라진다

보르헤스여!
눈이 멀 때까지 책을 사랑한 사람
그로부터 영혼의 순례가 시작되었고

파울로!
지치지 않는 그대의 열정으로
이 머나먼 지구 반 바퀴
내게 이르러 나를 깨운다.

별들은 자오선을 따라
서쪽으로 이동하고
나는 운명의 그림자를 따라 한 걸음씩 나아간다.

이 영혼의 울림이 그칠 때까지...

인생의 목표가 없는 삶은 허무하다. 독서를 하는 사람은 인생의 의미를 깨닫고 목표를 세우게 된다. 책 속의 수많은 위인들이 잠자고 있던 영혼을 깨워주기 때문이다. 우리는 단순히 물질로만 이루어진 존재가 아니다. 육체 속에 갇혀 있던 순수한 영혼이 기지개를 켤 때 내면의 자아가 깨어난다.

중년의 나이에 새로운 길을 개척한다는 것은 모험이다. 나는 늦은 나이에 책이라는 친구를 만났다. 그때부터 지금까지 책과 좋은 관계로 지내고 있다. 독서는 나의 친구이자 멘토이며 때로는 연인이 되어준다. 나는 책과 함께하는 이 여행을 즐기고 있다. 이 여행의 끝은 어디일까? 아마 진리의 여신이 그 끝에서 나를 맞이할지도 모른다.

독서를 좋아하는 사람은 인생이라는 경주에서 유리해진다. 우리는 작은 성공이라도 거두게 되면 즐겁다. 인생이라는 경기에서 경쟁자를 제치고 성공하는 것처럼 기쁜 일도 없다. 그러나 인생의 진정한 성공은 자신과의 경기에서 이기는 것이다. 그런 면에서 독서는 부족한 나를 다독여 주고 성장시켜 주는 고마운 녀석이다.

인간의 불행은 남과의 비교의식에서 생긴다. 남을 의식하지 않고 나의 길을 오롯이 걸어갈 때 행복이 찾아온다. 고난이 가득한 인생이라도 마음이 평화로우면 행복하다. 독서는 마음을 다스려 주고 타인과 잘 소통하게 만든다. 나날이 배우고 성장하려는 사람에게는 행운의 여신도 미소를 짓는다. 그의 인생에는 서서히 좋은 일들이 찾아온다.

독서는 인생의 동반자다. 자동차에 엔진오일을 제때 넣지 않으면 고장이 나듯 독서가 없다면 우리의 인생도 삐걱거리게 마련이다. 인생길을 걷다 보면 주기적으로 폭풍과 해일, 홍수가 덮쳐 올 때가 있다. 인간관계의 갈등, 경제적 고난, 질병과 죽음 등이 그것이다. 책은 그 고난 앞에서 우리의 지친 어깨를 살며시 껴안아 준다.

어려운 환경 속에서도 우뚝 일어선 이들의 경험담을 보면 용기가 생긴다. 주인공의 열정과 에너지를 보면, 우리의 내면에서 해 보겠다는 의지가 타오른다. 정말 힘든 일이 생기면 우리는 누군가에게 의지해야 한다. 그것은 술과 쾌락이 아니라 좋은 책을 읽는 것이다. 나보다 더 험악한 인생을 거뜬히 이겨낸 사람들의 이야기가 책 속에 있다. 우리는 그 글에서 용기와 열정을 얻을 수 있다.

인생은 누구나 힘들고 어렵다. 하지만 좌절하기엔 우리의 인생이 너무나 소중하다. 조금 다른 시각으로 보면, 우리의 인생은 축복이다. 빈손으로 왔다가 많은 것을 받지 않았는가? 부모, 형제, 친구, 소중한 배우자와 자녀들, 이 모든 것이 선물이다. 가끔 고난이 온다고 해도 긍정적인 마음만 있다면 충분히 이겨낼 수 있다. 독서는 그 힘을 발견하는 좋은 도구이다.

나에게 있어 독서의 계기가 된 책은 《시크릿》이다. 이 책의 비밀은 무엇일까? 그것은 내가 세상의 중심이며, 내가 생각하고 기대한 대로 인생이 펼쳐진다는 것이다. 인간은 누구나 자신만이 알고 있는 비밀을 간직하고 살아간다. 책 속에는 인생의 비밀을 알려주려는 작가의 열정이 들어 있다.

나는 책을 통해 눈에 보이지 않는 세계를 알게 되었다. 이를테면 미립자나 우주의 신비 같은 것이다. 더 나아가면 영혼의 세계가 있고 그 너머에는 신의 존재가 있다. 의식 수준이 높은 사람들은 흔히 마음의 눈으로 진리를 보라고 한다. 과학이 발달하면서 눈에 보이는 물질보다 그 너머에 있는 마음과 영혼의 세계가 점차 인정받고 있다.

독서를 해야 하는 이유는 인간과 세상의 이치를 깨닫기 위해서다. 많은 사람들이 미지의 세계를 연구하다가 책을 남기고 사라졌다. 그들은 사라지고 없지만, 그들의 지혜는 남아 있다. 책을 읽는 행위는 위인들의 지혜를 얻고 성장하기 위함이다. 독서를 하지 않는 사람은 눈을 반쯤 감고 세상을 살아가는 것과 같다.

나는 더 넓은 세계를 탐험하기 위해 책을 읽는다. 인간은 위대하고 우주는 신비롭다. 인간은 작은 소우주라고 불린다. 나를 제대로 깨닫고 우주의 신비를 탐구하는 것은 매우 즐거운 일이다. 그 비밀의 설계도가 책이라는 녀석이다. 독서를 하지 않고는 숨겨진 비밀의 숲에 들어갈 수 없다. 낯선 곳에 가려면 그곳을 안내하는 지도가 필요하다. 마찬가지로 우리의 성장을 위해서는 책이라는 안내자가 있어야 한다.

책을 집필하면서 꼬박 1년이 지나갔다. 이 책은 독서에 관심이 없거나 이제 시작한 이들을 위해 만들었다. 독서는 사실 고독하고 어려운 습관이다. 나 역시 마흔이 될 때까지 독서는 아예 관심의 대상이 아니었다. 독서를 사랑하게 된 후 가졌던 생각은 책은 누구나 읽어야 한다는 간절함이다. 험난한 인생을 살아가려면 올바른 가치관과 좋은 습관이 필요하기 때문이다.

독서를 하는 사람은 세상을 보는 가치관이 달라진다. 독서가의 시선은 좁은 우물을 벗어나 넓은 바다를 본 개구리의 시야가 될 것이다. 인생의 진정한 성찰은 자신의 존재가치를 깨닫는 일이다. 우리는 세상에 태어나 의미 없이 살다가 사라지는 존재가 아니다. 더 높고 깊은 의식을 갖고 세상을 행복하게 살아갈 소중한 인간이다.

우리를 고정관념에서 벗어나게 해주는 도구는 책이다. 인류 역사를 발전시켜 온 원동력은 책이었다는 사실에 동감한다. 진정한 자아를 찾고 내면을 성장시켜서 타인과 원활한 관계를 맺는 것이 독서의 목적이다. 이 책이 독서를 시작하는 이들에게 작은 길잡이가 되어주기를 빌면서 지면을 마친다.

2022년 3월에

저자 **김용태**

Contents
차례

제1장

당신이
독서를
해야 하는
이유

01

독서, 나를 발견하는 여행

● ● ● ●

"다른 사람을 아는 것은 지혜로움이지만 자신을 아는 것은 명철함이다."

– 노자

나는 어떤 존재인가? 어떻게 살아갈 것인가? 죽으면 어디로 가는가? 오랫동안 인류는 이 세 가지 문제를 갖고 씨름해 왔다. 역사적으로 인간에 관한 연구는 계속되었고 지금도 마찬가지다. "인간은 생각하는 갈대다."라고 파스칼은 정의했다. 이처럼 인간은 끊임없이 자아에 대해 탐구하는 존재다.

사람은 '만물의 영장'이라고 불린다. 육체는 동물과 비슷하지만, 동물에게 없는 사고력과 이성을 지니고 있다. 이외에도 뛰어난 감성과 상상력, 창의력을 지니고 있다. 인간의 상상력은 찬란한 문명의 기초가 되었다. 인류가 남긴 예술작품을 보면 정말 아름다우며, 문명과 과학기술을 보면 감탄이 절로 나온다.

관심을 갖고 찾아보면 인류의 존재에 대해 답을 제시하는 분야가 있다. 인류의 정신적 유산이라고 불리는 책이다. 책 속에는 인간과 세상에 관한 거의 모든 지식이 들어 있다. 우리가 길을 잃고 헤맬 때마다 책은 인류의 등불이 되어주었다. 책을 통해 우리는 찬란한 문명을 이룩하고 발전하고 있는 중이다. 사람은 책을 통해 자신을 발견하고 세상을 알아간다.

나는 독서를 하면서 자아를 발견했고 세상을 탐구하고 있다. 읽은 책이 쌓여갈수록 배움에 대한 기쁨을 느끼고 있다. 인문학, 철학, 자기계발서에 나오는 공통된 주제는 인간에 관한 것이다. 나는 다양한 독서를 통해 가치관이 바뀌는 경험을 했다. 교과서에 나오는 지식은 절대적인 진리가 아님을 알게 되었다. 진리라고 여기는 것도 시간이 흐르면 새로운 것으로 대체된다. 배움에는 끝이 없다는 이야기다.

인간은 본능적으로 다양한 욕구를 지니고 있다. 기본적인 식욕과 성욕, 물질 욕이 기본을 이루고 있다. 인류가 멸망하지 않은 이유는 생존에 대한 욕구 때문이다. 인간의 본능적인 욕망이 없었다면 지금의 인류는 존재할 수 없다. 가족은 우리의 욕구를 충족하기 위한 가장 기본적인 형태라고 할 수 있다.

〈인간의 기본적인 욕구〉

첫 번째는 생리적인 욕구이다. 대표적으로 식욕과 수면욕, 배설욕이 있다. 식욕은 모든 인간에게 가장 기본적인 욕구이다. 그 다음에는 수면 욕구가 있다. 인간은 누구나 일정한 시간에 잠을 자야 한다. 잠을 자지 못하면 수명이 단축되고 삶의 질이 떨어진다. 식욕과 배설욕은 생존에 관여한다. 먹는 즐거움도 크지만, 배설할 때 느끼는 쾌감도 꽤 높다고 한다.

두 번째는 성욕이다. 인류의 종족 유지에 있어 피할 수 없는 본능이다. 남자와 여자가 서로에게 끌리는 것은 어쩔 수 없다. 나도 사춘기 시절, 마음에 드는 이성을 보면 가슴이 설레곤 했다. 누구나 좋아하는 이성이 있게 마련이다. 남녀 간의 육체적 성욕은 인류의 역사를 지탱해 온 욕망이라 할 수 있다.

세 번째는 물질에 대한 욕망이다. 돈에 초연한 사람이 몇 명이나 될까? 돈 앞에 약하지 않은 사람은 거의 없다. 돈은 권력이요, 신처럼 추앙받는 존재다. 돈이면 안되는 일이 거의 없고, 사람들은 돈을 숭배의 대상으로 본다. 이런 의식이 바로 물질욕에 속한다. 남보다 잘살고 싶은 마음이 물질적 욕구의 기본이다.

누구나 부자를 꿈꾸고 풍요롭게 살려고 한다. 우리가 직장에 매일 출근하는 것도 그런 맥락에서 볼 수 있다. 요즘 이혼이 사회 문제가 되고 있는데, 부부싸움의 1순위가 돈 문제다. 현실적으로 우리는 돈이 없으면 인간답게 살 수 없다. 자본주의가 들어오면서 물질에 대한 욕망은 더 가속화되고 있다.

네 번째는 권력에 대한 욕망이다. 인간에게는 누군가를 자기의 의지대로 움직이려는 욕구가 있다. 인간은 권력을 좋아한다. 권력처럼 달콤한 것도 없다. 하다못해 학창시절 반장이라도 하면 평생 자랑거리가 된다. 누구나 우두머리가 되어 군림하려는 욕구가 숨어 있다. 군락을 이루며 사는 동물들도 우두머리 싸움이 치열하다.

선거철만 되면 수많은 사람들이 명함을 내밀곤 한다. 권력을 지향하는 사람들의 욕망이 터져 나오기 때문이다. 평소에 아무리 조용한 사람도 정치에 대해서는 한마디씩 의견을 낸다. 누구나 마음속에 권력에 대한 욕망이 숨어 있다. 권력에 대한 욕구는 그 이면에 권력의 달콤함이 있기 때문이다.

마지막 다섯 번째는 가장 고차원적인 자아실현의 욕구가 있다. 내가 글을 쓰는 이유 역시 자아실현에 속한다. 남에게 인정받고 싶은 마음이 욕구의 출발점이다. 자신의 능력을 최대한 발휘하려는 욕망이 누구에게나 있다. 다만 현실적인 제약 때문에 자신의 꿈을 잊은 채 살아가고 있다. 이것은 매우 안타까운 일이다. 누구에게나 한 가지 재능은 있다. 다만 그 재능을 발견하지 못하고 무덤에 가는 이가 대부분이다.

극소수의 사람들이 현실을 이겨내고 자아를 실현한다. 이들에게는 영광의 면류관이 주어진다. 인간으로 태어난 이상 자아실현은 최고의 목표이다. 누구나 내면에 꿈틀거리는 욕망이 있기 때문이다. 자아실현의 동기 중에 사회에 공헌하려는 소명의식이 있다. 사람은 동기가 충분하지 않으면 자아실현에 관심을 갖지 않는다. 내면의 위대함을 끄집어내려면 그에 걸맞는 동기가 필요하다.

독서는 자아실현을 위한 최선의 도구이다. 지식욕은 인간의 기본적인 호기심을 바탕으로 형성된다. 나는 어렸을 때 위인전을 통해 화가의 꿈을 품게 되었다. 인간은 책을 통해서 자신을 발견하고 소망을 갖는 존재다. 어린 시절 본 한 권의 책이 그 사람의 인생을 좌우하는 꿈이 될 수도 있다. 위인들의 삶을 보면 독서가 가장 큰 영향을 끼친 것을 알 수 있다.

내가 독서를 하지 않았다면 지금도 고정관념을 가진 채 우물 안의 개구리로 살았을 것이다. 독서의 가치는 돈으로 바꿀 수 없을 만큼 소중하다. 독서를 하지 않으면 기존 관념의 노예가 된다. 책을 읽으면 필연적으로 가치관에 변화가 생긴다. 고정관념을 깨는데 독서처럼 좋은 도구는 없다.

인간은 기본적 욕구만으로는 살 수 없다. 끊임없이 자아를 탐구한다. 지구에서 유일하게 자신의 존재를 의심하는 동물은 인간밖에 없다. 나는 왜 태어났고 어떤 일을 해야 하는가? 죽으면 어떻게 될까? 이렇게 정답이 없는 고민을 끊임없이 하며 살아간다. 누구나 인생을 살다 보면 고통을 겪으며 자아를 돌아보게 마련이다.

주위를 둘러보면 다들 정신없이 바쁘게 살아간다. 우리가 독서를 하는 목적은 인생의 방향을 정하기 위해서다. 맹목적으로 남을 따라 사는 인생에는 정답이 없다. 책을 읽는 사람은 남과 다른 생각을 한다. 남과 다른 차별성을 갖게 된다. 독서를 하면 정확한 인생의 목표와 방향이 설정된다. 무질서한 카오스의 삶에서 정돈된 카이로스의 삶으로 나아가는 것이다.

> "책을 읽는 이유는 정답 없는 인생에서 지혜로운 답을 구하기 위함이다. 목적 없는 독서는 오래가지 못한다. 목적 없는 독서도 마찬가지다. 필사를 해서 어떤 것을 얻을지에 대해 생각하고 필사하는 것이 좋다. 마음의 양식을 쌓기 위해서도 좋고, 지금 고민하고 있는 문제의 답을 구하기 위해서도 좋다."
>
> – 김시현, 『필사, 쓰는 대로 인생이 된다』

생각하지 않으면 남의 생각대로 살아갈 수밖에 없다. 독서를 하면 생각하는 사람이 된다. TV를 보고 인터넷을 아무리 검색해도 고차원적인 생각은 할 수 없다. 그저 주어진 대로 살아가는 사람이 될 뿐이다. 독서를 하는 사람은 사고력과 통찰력이 생긴다. 나의 정체성을 찾고 무엇을 해야 하는지 깨닫게 된다.

'지피지기면 백전백승'이라는 말이 있다. 적을 알고 나를 알면 천하무적이라는 뜻이다. 책은 그런 면에서 최고의 병법서라고 할 수 있다. 인생에서 만나는 문제의 답을 대부분 알려주기 때문이다. 책은 어떤 상황에서도 지혜롭게 처신할 수 있도록 길을 제시해 준다. 주위에 좋은 스승이 없다면 독서가 대안이다.

우리는 손쉽게 남이 쓴 책으로 필요한 지식을 얻을 수 있다. 독서로 인간관계의 갈등이나 마음의 아픔까지 해결할 수 있다. 더 나아가서 글쓰기의 경지까지 가게 되면 최고의 효과를 거둘 수 있다. 예로부터 독서는 인생의 나침반 역할을 해왔다. 인생을 좀 더 행복하게 살고 싶다면 책을 자신의 친구로 삼아야 한다.

> "나는 이 사람보다 현명하다. 나는 내가 모른다는 것을 알기 때문에 안다고 생각하지도 않는다. 알지 못하기에 안다고 생각하지 않는 이 조그만 차이 때문에 나는 그보다 현명해 보이는 것이다."
>
> – 플라톤, 『소크라테스의 대화』

소크라테스는 인간의 무지에 대해 탐구했던 철학자다. 그는 자

기 자신의 철학을 증명하기 위해 독배를 마셨다. 그가 살던 시대
는 그를 받아들이지 못했지만, 그는 오히려 서양철학의 근원이
되었다. 소크라테스의 존재는 우리가 사는 인생의 근원적인 질
문이다. 내가 누구인지 정확히 아는 사람은 죽음도 두려워하지
않는다. 무릇 성인이라고 불리는 사람들은 예외 없이 죽음을 사
랑했다.

우리는 죽음을 두려워하고 애써 그것을 무시한다. 이것이 보통
사람들의 살아가는 방식이다. 나이와 상관없이 우리는 현실의
고통을 다른 것으로 잊으려 한다. 그러나 죽음은 예외 없이 누구
에게나 찾아온다. 어떤 죽음을 맞이할 것인지 우리는 선택의 자
유가 있다. 신은 우리에게 죽음이라는 고난을 통해 겸손을 강요
한다.

평소에 죽음을 준비하지 못하고 급하게 가는 사람을 많이 보았
다. 일찍 유명을 달리한 가족과 지인의 죽음은 허무했다. 사람은
누구나 죽음 앞에서 초라하다. 인간은 생전에 아무리 화려하게
살았다 해도 죽음 앞에서는 속수무책이다. 우리 사회에서 죽음
은 입에 올리지 말아야 할 금기어다.

누구도 죽음을 달가워하지 않으며, 망자 앞에서 빨리 떠나려 한
다. 자신도 언젠가 죽을 것을 알면서도 천 년을 살 것처럼 살아

간다. 역대 왕들의 화려한 무덤 앞에서 우리는 그것을 목격한다. 피라미드에 깔린 망자들의 영혼이 그것을 대변한다. 한 사람의 영면을 위해 수많은 사람이 희생되었던 흔적이 고대사회의 슬픈 단면이다.

허무한 죽음을 예방하기 위해 우리는 죽음을 성찰해야 한다. 내가 죽으면 어디로 가는지 알아야 한다. 우리에게 영혼이 있는지 탐구해야 한다. 동물과 같은 존재라면 죽음에 대해 그다지 고민할 것은 없다. 하지만 인간은 소중한 영혼을 가진 존재다. 애써 부정하려 해도 영혼의 존재를 무시할 수는 없다. 우리는 불쌍한 사람을 보면 마음이 아프다. 그 한 가지만 봐도 우리는 내면에 숨겨진 영혼을 깨닫게 된다.

동물처럼 살아가는 사람들이 많다. 먹고 마시고 마음껏 즐기는 사람들의 삶은 공허하다. 나도 그런 생활을 하면서 수십 년간 살아왔다. 나의 영혼은 그 시간 속에서 죽어버렸다. 신의 존재를 깨닫게 된 뒤 나의 영혼은 되살아났다. 나는 먼지처럼 사라지는 존재가 아님을 깨달았다. 전능하신 신의 피조물임을 깨닫고 자아를 회복했다.

우리의 영혼은 모두 소중하다. 죽으면 잊혀지는 그런 존재가 아니다. 영혼은 원래 태어난 그곳으로 다시 돌아간다. 우리는 사랑의 근원인 신의 피조물이다. 소중한 나를 사랑해 주고 이웃도 사랑해야 한다. 내가 깨달은 것은 우리에게 사랑이 소중하다는 것이다. 신이 우리를 사랑하듯 우리도 서로 사랑해야 한다.

인간이 왜 존중받아야 하는지 누구도 명확한 답을 제시하지 못한다. 진화론으로 따지면 우리는 아메바의 후손일 뿐이다. 그런데 인본주의자들은 인간의 권리가 소중하다고 주장한다. 정말 그런가? 나는 되묻고 싶다. 인간처럼 위선적인 존재도 없다. 겉으로는 올바르고 친절한 사람도 들춰 보면 추한 내면이 드러나기 때문이다.

인간이 존중받아야 하는 이유는 단 한 가지밖에 없다. 서로 사랑해야 한다고 영혼이 느끼기 때문이다. 물론 현실주의자들은 다르게 이야기한다. 뼈와 살로 이루어진 단백질 덩어리가 인간이기 때문이다. 육체적으로 따지면 우리는 한 줌 흙에 불과하다. 오랜 연구 끝에 과학자들이 밝혀낸 사실이다.

물질로 구성된 인간이 소중한 이유는 우리에게 사랑이 있기 때문이다. 부모의 조건 없는 사랑은 그 결정체라 할 수 있다. 사랑 없이 이 세상은 존재할 수 없다. 사랑으로 지구의 역사가 이어져 왔고, 수많은 전쟁 속에서도 다시 이어지고 있다. 인류의 지고지순한 사랑 때문이다. 사랑의 힘이 없이는 우리가 존재할 수 없다.

오늘날 우리 사회가 각박해진 것은 유물론적 가치관이 사랑을 밀어냈기 때문이다. 사랑은 결코 물질로 대체되는 것이 아니다. 사랑이 충만하면 한 줌의 채소와 물만 먹고도 행복할 수 있다. 우리가 불행한 이유는 사랑은 무시한 채 끝없이 탐욕을 부리기 때문이다. 사랑은 그 욕심을 제어할 수 있는 신의 선물이다. 우리가 타인에게 조건 없이 사랑을 베풀 때 우리는 비로소 존귀한 인간이 된다.

02

독서로 인생을 바꾼 사람들

● ● ● ●

"한 권의 책을 읽음으로써 자신의 삶에서 새 시대를 본 사람이
너무나 많다."

– 헨리 데이비드 소로우

우리가 독서를 해야 하는 이유는 많다. 그 이유 중 하나는 독
서로 인해 인생이 뒤바뀐 이들이 적지 않기 때문이다. 독서가 왜
좋은지 이들의 발자취를 통해 알 수 있다. 독서가 위대한 이유는
독서로 성공한 사람들이 말해 주고 있다. 빛나는 인생을 살아가
려면 '독서가 답이다' 라는 것을 이들은 생생하게 보여준다. 위
인들의 삶을 살펴보면서 우리는 독서의 위대함을 엿볼 수 있다.

1. 에이브러햄 링컨
집이 너무 가난해 이웃집에서 책을 빌려야 했던 한 소년이 있었

다. 어느 날 이웃집에서 빌려온 《조지 워싱턴의 전기》가 소년의 마음을 흔들어 놓았다. 이 책을 감명 깊게 읽은 소년은 독서의 세계에 푹 빠져버렸다. 그가 바로 미국의 16대 대통령, 에이브러햄 링컨이다. 청년 시절에 링컨은 밭을 갈며 책을 읽은 일화로 유명하다. 그는 독서를 인생의 스승으로 삼아 수많은 업적을 남겼다.

링컨은 수많은 실패를 겪으면서도 노예를 해방시키고 남북전쟁을 승리로 이끌었다. 이런 링컨의 업적 뒤에는 독서 습관이 있었다. 독서를 통해 내면을 성찰하고 꾸준하게 자신의 목표를 향해 전진했던 셈이다. 링컨이 위대한 대통령이 된 이유는 독서로 다져진 올바른 가치관이 있었기 때문이다.

그는 특히 성경을 삶의 지침으로 삼고 일생을 살아갔다. 그는 인생의 고비마다 기도를 통해 미국을 강력한 나라로 변모시켰다. 무엇보다 링컨의 생애를 보면, 실패와 고통으로 얼룩진 삶이었다. 그는 크고 작은 선거에서 일곱 번이나 낙선의 고배를 마셔야 했다. 사업에도 실패하는 바람에 빚을 갚는 데만도 오랜 시간을 보내야 했다.

그는 어린 나이에 가까운 이들의 죽음을 겪어야 했다. 열 살 때 어머니를 잃었고, 스무 살에는 누이가 세상을 떠났다. 20대에는 사랑하던 여인이 불치의 병으로 세상을 떠났다. 결혼한 후에는 아들을 둘이나 잃는 아픔을 겪어야 했다. 링컨은 전 생애를 통해 실패와 고통이 점철된 인생을 살아야 했다.

링컨은 청년 시절, 밭에 일을 나갈 때 모자 속에 종이와 펜을 넣고 다녔다. 책을 읽다가 좋은 문장이 나오면 적으려는 의도였다. 이렇게 메모한 글을 시간이 날 때마다 읽었다. 독서를 눈으로만 하지 않고 적극적인 독서를 했던 것이다. 링컨의 독서원칙은 매년 자신의 키만큼 책을 읽었다는 것이다. 가난으로 인해 교육은 못 받았지만, 열정적인 독서 습관으로 자신의 인생을 개척해 나갔다.

링컨은 미국인들에게 가장 훌륭한 대통령으로 기억된다. 하지만 대통령이 되기까지 그처럼 모진 고생과 아픔을 겪은 사람도 없다. 링컨은 모진 고난 속에서도 꾸준히 독서를 하며 위대한 사람으로 성장했다. 링컨의 경우처럼 독서는 위대한 사람을 만든다. 지금 어렵고 힘들다면 독서를 친구로 삼아야 한다.

2. 다산 정약용

정약용은 조선 후기의 실학자로 약 500권의 저서를 남긴 독서광이다. 그의 독서는 독특했는데, 특히 초서를 통해 책을 집필한 것이 특징이다. 다산 정약용은 모든 방면에 호기심을 갖고 다양한 분야의 책을 쓴 것으로 유명하다. 그의 글에는 백성들의 어려움과 사회 문제를 해결하려는 깊은 사명감이 있었다.

> "다산이 독서를 강조한 이유는 독서의 위대한 힘을 알고 있었기 때문이다. 독서는 비천한 사람을 품위 있게 만들고, 무의미한 인생을 가치 있게 만드는 힘을 지니고 있다. 아무것도 할 수 없을 것 같은 사람에게 자신의 환경을 툭툭 털고 일어나 앞으로 걸어 나갈 수 있는 힘을 주는 것이 바로 독서다."
>
> ─ 권영식, 『다산의 독서전략』

다산은 치열한 독서를 통해 《목민심서》 등 뛰어난 저술을 남겼다. '초서'란 책을 읽으면서 중요한 부분을 메모하는 것을 말한다. 그는 메모하는 습관을 통해 수많은 책을 집필할 수 있었다. 자식들에게도 독서의 중요성을 강조하며 편지를 자주 쓴 것으로 유명하다. 조선시대 후기 실학파의 시조로 꼽히며 실용독서를 강조했다.

다산이 독서에 열정을 갖지 않았다면 조선의 실학은 발전할 수 없었다. 다산은 조선시대 양반들의 겉치레식 학문보다 현실을 강조한 학문에 열중했다. 학문이란 백성들의 생활을 윤택하게 하는 것이 목적이라고 생각했다. 그런 사명감을 가졌던 다산은 독서를 치열하게 했고, 그 결과 후대에 좋은 영향을 끼쳤다.

3. 최고의 투자가 워렌 버핏

이 시대 최고의 투자가로 불리는 워렌 버핏은 어린 시절부터 투자에 관심이 많았다. 11살 때부터 시작된 그의 첫 투자는 성공을 거두며 작은 밑거름이 되었다. 가치투자의 원조로 불리며 주식을 장기 보유하는 것으로 유명하다. 그의 투자철학은 철저히 저평가되었을 때 주식을 사고 한번 매입한 주식은 평생 팔지 않는 것이 원칙이라고 한다.

그의 생활도 투자처럼 단순하고 소박해서 사람들의 이야깃거리가 되곤 한다. 평생 고향을 떠나지 않고 중고차를 애용하는 것으로 유명하다. 또한 기부에도 관심을 가져 거액의 재산을 사회에 환원하기도 했다. 최고의 투자가라는 명성에 걸맞게 기부도 최고라는 칭송을 얻었다. '마이크로 소프트'의 빌 게이츠와 뜻을 같이하며 사회에 귀감이 되고 있다.

"세계 최고의 투자가로 꼽히는 워렌 버핏에게 한 미국인이 편지를 보냈다. 당신을 성공으로 이끈 지혜가 무엇인지 궁금하다면서 한 번도 만나본 적이 없는 사람에게 줄 수 있는 지혜를 하나 알려달라고 하는 내용이었다. 그 편지에 워렌 버핏은 직접 답장을 했다. 거기에는 이렇게 적혀 있었다."

"읽고 읽고 또 읽어라."

워렌 버핏은 80대의 나이에도 불구하고 하루에 8시간씩 책을 읽는다고 한다. 최고의 투자자라는 타이틀에 걸맞게 공부도 열심히 하는 것이다. 회계보고서를 읽는 것이 취미인 버핏은 《현명한 투자자》라는 책을 보고 감명을 받았다. 버핏의 성공 이유를 독서에서 엿볼 수 있다. 어떤 분야든지 독서하는 사람은 성공의 가능성이 높다고 할 수 있다.

4. 오프라 윈프리

오프라 윈프리는 '토크쇼의 여왕'으로 현재 미국에서 가장 영향력 있는 연예인이다. 미국 연예인 가운데 최대의 재산을 가진 억만장자이기도 하다. 오늘의 그녀가 있게 된 한마디가 있다면 이것이다. "독서가 오늘의 저를 있게 했습니다."

오프라 윈프리는 사생아로 태어나 인종차별을 겪으며 9살 때에는 사촌에게 성폭행을 당했다. 그 이후 마약에 빠져 어두운 시절을 보내기도 하며 자살 충동에 시달리기도 했다. 그런 그녀가 새롭게 변화된 계기는 친아버지와의 재회였다. 아버지와 살면서 새어머니의 도움으로 독서를 시작했다고 한다.

새엄마는 어린 윈프리에게 독서를 권했다. 책을 읽고 독후감을 쓰기도 했다. 특히 성경을 통해 삶의 의미를 찾게 되었다. 오프라 윈프리는 독서를 통해 자신의 상처를 치유하며 삶을 바꾸어 나갔다. 윈프리는 독서를 통해 자신의 능력을 발견했고, 그녀의 가장 큰 장점으로 소통과 경청의 습관을 갖게 되었다.

지방의 작은 방송국에서 아나운서를 시작한 그녀는 방송국을 옮기며 자신의 이름을 내건 '오프라 윈프리 쇼'를 시작했다. '윈프리 쇼'를 통해 그녀는 타고난 말솜씨와 경청의 태도를 통해 시청자들에게 감동을 주었다. 그 모든 능력이 그녀의 독서 습관에서 나온 것은 물론이다. 오프라 윈프리는 책을 통해서 다른 사람을 이해하는 길을 발견했다. 그녀는 자신과 같은 불행을 겪고 있는 사람들을 책에서 만났다. 그러면서 사람의 감정을 이해하는 능력을 키울 수 있었다고 한다.

그녀는 세상을 원망하며 삶을 포기할 뻔했지만, 독서를 통해 이겨냈다. 그녀 스스로도 독서에는 놀라운 힘이 있다는 것을 깨달았다. 어느 날 그녀는 '해럴드 워싱턴 도서관'에 10만 달러를 기부하면서 다음과 같은 말을 남겼다.

"저는 책을 통해 자유를 얻었습니다. 저는 책을 읽으며, 농장 너머에는 정복해야 할 큰 세상이 있다는 것을 알게 되었습니다."

그녀의 삶에 큰 영향을 준 책은 마야 안젤루의 《나는 새장 속의 새가 왜 노래하는지 나는 아네》였다. 윈프리는 이 책을 읽고 새장 속에 갇힌 자신의 삶에서 자유를 얻을 수 있었다.

5. 조지 소로스

조지 소로스는 1930년 헝가리 부다페스트에서 부유한 변호사의
아들로 태어났다. 그러나 독일 나치의 학살 위협에서 겨우 목숨
을 건지고 영국으로 탈출했다. 그는 영국에서 철도역의 짐꾼, 세
일즈맨, 접시닦이, 웨이터, 페인트공, 농장 노동자 등으로 일했
다. 그러나 능력이 없다는 이유로 자주 해고를 당했다.

공부에 뜻이 있던 그는 영국에 건너가 런던정치경제대학에 입학
했다. 그곳에서 세계적인 철학자 칼 포퍼를 스승으로 섬기는 기
회를 얻게 되었다. 대학에 다니며 철학과 인문고전을 주로 읽었
다. 아리스토텔레스, 에라스무스, 마키아벨리, 홉스, 베르그송
같은 천재 철학자들이 그의 주요 읽을거리였다.

대학을 졸업한 후 그는 미국에 이민을 가게 되었다. 뉴욕의 한
금융회사에 입사해 트레이더와 애널리스트로 활동을 했다. 퇴근
하면 철학을 비롯한 인문고전을 열심히 읽었다. 조지 소로스는
독서를 통해 얻은 통찰력을 자신의 저서인 《금융의 연금술》이라
는 책에서 '철학적 사고'라는 말로 표현했다. 철학적 사고 덕분
에 오늘의 성공을 이룰 수 있었다는 것이다.

그는 투자의 성공 비결이 무엇이냐는 질문에, "철학적 사고를

통해 얻은 이론을 현장에 적용한 결과 나는 주가가 오를 때나, 내릴 때나 언제든지 돈을 벌 수 있었다. 철학적 사고를 통해 얻은 이론을 금융시장에 적용하기 시작한 때부터 나는 거대한 이익을 얻을 수 있었다."라고 대답했다. 그는 독서를 통해 통찰력을 길렀고, 그 감각을 사용해 '금융의 황제'라는 칭호를 얻게 된 것이다.

6. 아인슈타인

'이 아이는 나쁜 기억력, 불성실한 태도 등을 볼 때, 앞으로 어떤 일을 해도 성공할 수 없을 것으로 판단됨.' 담임교사가 적은 아인슈타인의 학교생활기록부 내용이다. 20세기 최고의 천재 아인슈타인은 사실 어려서는 열등생에 가까운 둔재였다. 학교에 제대로 적응을 하지 못할 정도의 지진아였고, 심지어 퇴학을 당하기도 했다.

대학 입학시험도 몇 번 도전한 끝에 겨우 입학할 수 있었다. 대학 시절에도 형편없는 학점으로 별 볼 일 없는 학생이었고, 졸업 논문도 가까스로 쓸 정도였다. 그러나 아인슈타인에게는 독서에 대한 열정이 있었다. 아인슈타인은 열네 살에 칸트를 만나서 인문학 독서에 몰두했다. 열일곱 살에는 "맥주가 아니라 칸트에 취하겠다."고 맹세할 정도로 인문학 독서광이었다.

아인슈타인은 시간이 날 때마다 철학에 관한 책을 읽고 친구들과 토론을 즐겼다. 철학과 인문학 독서에 빠져서 젊은 시절을 보냈다. 독서는 평범했던 아인슈타인을 천재과학자로 만들어 주었다. 아인슈타인의 성공 원인은 인문학 독서에 대한 열정이었다. 이처럼 독서는 둔재를 천재로 변화시키는 힘이 있다.

7. 헬렌 켈러

"내가 만약 3일 동안만 볼 수 있다면, 첫날에는 나를 가르쳐 준 설리번 선생님을 찾아가 그분의 얼굴을 바라보겠습니다. 그리고 산으로 가서 아름다운 꽃과 풀과 빛나는 노을을 보고 싶습니다.

둘째 날엔 새벽에 일찍 일어나 먼동이 터오는 모습을 보고 싶습니다. 저녁에는 영롱하게 빛나는 하늘의 별을 보겠습니다.

셋째 날엔 아침 일찍 큰길로 나가 부지런히 출근하는 사람들의 활기찬 표정을 보고 싶어요. 점심때는 아름다운 영화를 보고, 저녁때는 화려한 네온사인과 쇼윈도의 상품들을 구경하고 돌아와, 3일 동안 눈을 뜨게 해주신 하나님께 감사의 기도를 드리겠습니다."

헬렌 켈러의 이 글은 '내가 3일 동안 볼 수 있다면' 이란 제목의 글이다. 이 글은 당시 경제공황에 시달리던 미국인들에게 큰 위로가 되었다. 헬렌 켈러는 태어나자마자 질병으로 인해 시각, 청각, 언어 장애를 앓게 되었다. 얼마 후 그녀는 인생의 멘토 설리번을 만나게 되면서 인생이 바뀌게 된다.

헬렌은 설리번 선생님의 도움으로 점자를 익히고 독서를 하기 시작했다. 그 결과 젊은 시절에 최고의 대학인 하버드에 입학했다. 대학을 졸업할 때 그녀는 5개 국어에 능통했고, 다양한 학문을 익혀 명성을 얻게 되었다. 특히 문학을 사랑했던 그녀는 고전 속에서 자신의 영혼을 발견했다.

그녀의 사례처럼 장애인이라도 독서에 대한 열정이 있다면 어떤 어려움도 문제가 되지 않는다. 오히려 정상인보다 훌륭한 업적을 남긴 그녀의 인생이 증명하고 있다. 장애 삼중고를 겪은 그녀의 성공담은 전 세계에 귀감이 되었고, 많은 이들에게 장애인에 대한 편견을 없애는 데 도움을 주었다.

8. 윈스턴 처칠

영국을 대표하는 정치가이자 영국 국민이 가장 존경하는 인물이다. 처칠은 학창시절 말썽을 자주 일으켰고 성적도 그다지 좋지 않았다. 그의 학창시절 기록을 보면, '품행이 나쁘고 친구들과 자주 싸우며 생활 태도가 좋지 않다'고 적혀 있다. 이와 반대로 처칠은 꾸준한 독서를 통해 은밀히 자신을 성장시키고 있었다.

사관학교에 간신히 들어갔던 처칠은 특유의 카리스마를 발휘하기 시작했다. 그 결과, 처칠은 영국의 해군 장관을 시작으로 나중에는 총리에 오르는 기염을 토했다. 그는 전쟁 중에 진실한 연설로 영국 국민을 단합시켰다. 특유의 리더십을 발휘해 2차대전 당시 장병들을 격려하며 독일의 침공을 효과적으로 막아냈다. 전쟁이 끝난 후에는 각국의 정상들과 회담을 통해 많은 성과를 이뤄내기도 했다.

처칠의 독서 습관은 어린 시절 아버지가 선물해 준 《보물섬》이 시작이었다. 독서에 재미를 붙인 처칠은 꾸준히 책을 읽었다. 독서를 하면서 그는 배움의 즐거움을 깨달았고, 평범한 학생에서 비범한 사람으로 변신했다. 그를 시대의 영웅으로 이끌었던 원동력은 독서가 만들어 낸 성과라 할 수 있다.

9. 김득신

'노력하는 자가 성공한다.'

하나를 가르치면 열을 아는 사람이 있는가 하면, 열 번을 들어도 하나를 알아듣지 못하는 사람도 있다. 그러나 머리가 조금 나쁘다고 해서 공부를 포기할 필요는 없다. 공부에는 왕도가 없다고 한다. 토끼와 거북이의 경주에서 보듯 꾸준히 노력하는 사람이 오히려 성공할 수 있다.

김득신은 조선시대에 태어난 시인으로 화가 김득신과는 동명이인이다. 그는 어릴 때 천연두를 앓아 지적능력이 떨어졌다. 하인들이 자신들보다 어리석다며 뒤에서 김득신을 놀리기도 했다. 김득신의 아버지는 이러한 아들을 질책하기보다 격려했다. 김득신은 아버지의 가르침을 따라 독서에 열정을 기울였다. 한번 책을 들면 수없이 반복하는 독서법을 고수했다. 『사기』의 〈백이전〉이라는 부분을 11만 번 읽었고, 다른 책도 만 번 이상 읽었다.

 이런 노력으로 60세에 장원급제를 하고 관직에 진출했다. 또한 김득신은 많은 시를 남겼는데 「용호」, 「구정」, 「전가」 등의 시가 유명하다. 시골의 풍경을 그림같이 묘사하여 한문 사대가로 불리는 이식으로부터 '최고의 문장가'라는 칭송을 들으면서 유명해졌다. 그는 생전에 자신의 시집 『백곡집』을 남겼다.

"사람이 운명을 결정하는 것이 아니다. 사람은 자신의 습관을 결정하고, 그 습관이 그들의 운명이 된다."라는 마이크 머독의 말처럼, 평소에 어떤 습관을 갖느냐에 따라 당신의 삶이 달라질 수 있다. 그런 점에서 책 읽는 습관은 운명을 바꾸는 원동력이다. 책을 읽는다는 것은 인생이 완전히 바뀐다는 것을 의미한다. 위인들은 대부분 독서를 통해 인생이 변화되었고, 세상에 좋은 영향을 끼칠 수 있었다. 이처럼 독서는 사람의 인생을 긍정적으로 변화시킨다. 어떤 책을 읽느냐에 따라 사람의 인생은 극적으로 바뀔 수 있다. 한 사람의 인생은 그가 읽는 책이 결정한다. 매일의 독서 습관이 사람을 변화시키는 기폭제가 된다.

03

독서처럼 좋은 친구는 없다

● ● ● ●

"당신이 독서를 할 때 당신은 다시 태어날 것이다. 그리고 결코 다시는 외롭지 않을 것이다."

– 루머 고든

우리는 학창시절 16년 동안 책을 가까이 한다. 교과서라는 제목의 책이 그것이다. 그 과정에서 시험을 치르고 점수에 따라 대학을 간다. 그리고 대학에 가서는 취업에 관한 스펙이나 자격증을 따기 위한 공부를 한다. 치열한 경쟁 끝에 취업에 성공하면 다음 단계는 결혼과 육아가 기다리고 있다.

마음에 드는 이성과 결혼을 하자마자 아이들이 태어나기 시작한다. 정신없이 아이들을 키우다 보면 중년이 다가온다. 아이들이 자라 대학을 졸업할 때가 되면 은퇴가 기다리고 있다. 우리의 인생은 계속해서 다음 코스가 기다리고 있다. 인생의 단계마다 새로운 문제가 나타나고 문제를 해결하다 보면 어느덧 머리가 희끗한 노년이 된다.

나는 위의 글처럼 정신없이 40대를 맞이했다. 어느 날 저녁 운명의 글과 만나게 되었다. "태양은 오늘도 나를 위해 뜨고 파도는 나를 위해 몰려오고 몰려간다." 론다 번의 《시크릿》에 나오는 글이었다. 그 순간 나의 가슴에 잔잔한 파문이 일어났다. 그것은 무엇이었을까? 그것은 주변의 흐름대로 정신없이 살아온 나에 대한 진지한 질문이었다.

나의 지나간 인생을 돌이켜보니 가슴 밑바닥에서 뜨거운 것이 올라왔다. 그 순간 눈물이 '툭' 떨어졌다. 며칠간 책을 읽으면서 계속 눈물이 나왔다. 나는 그 시간을 통해 비로소 인생의 의미를 알게 된 것이다. 아무 생각 없이 살아온 나를 반성하고 새로운 삶을 살아야겠다는 생각이 들었다. 그때부터 나의 진짜 독서가 시작되었다.

독서란 대체 무엇일까? 그것은 진정한 나를 찾고, 내가 해야 할 일을 깨닫기 위해 하는 작업이다. 독서는 현실을 넘어 의식의 전환을 이끌어 준다. 더불어 나의 내면을 깊이 있고 단단하게 만들어 준다. 내가 진정 누구이고 무엇을 해야 하는지 알려주는 것이다. 독서는 진정한 자신을 발견하게 해주는 어둠 속의 등불과 같다.

나는 그때부터 지금까지 책과 친구가 되었다. 흔히 말하는 독서
광이 되었다. 그 과정에서 머리가 깨어지는 경험을 했다. 개구리
가 우물 안에서 놀다가 바다를 처음 보게 된 것처럼, 인생은 어
찌 보면 미지의 탐험이라고 볼 수 있다. 우리는 엄마의 배 속에
서 처음 세상에 나올 때부터 거친 바다에 던져진 것이다.

누군가에게는 고문이 되기도 하는 독서, 그러나 한번 독서의 맛
을 알게 되면 다른 취미는 여간해서 발을 들여놓을 수 없다. 독서
를 통해 자아를 발견하고, 새로운 가치관을 갖게 되면 독서 외에
다른 것은 무의미해진다. 독서에 입문하기는 어렵지만, 독서의
맛을 알게 되면 이것처럼 좋은 취미는 없다. 그렇다면 독서는 우
리에게 어떤 이익이 있을까? 독서가 주는 효과는 다음과 같다.

〈독서의 이익〉

첫째, 인간관계가 개선되고 선한 사람이 된다. 사람의 본질을 알
게 되고 타인을 이해하게 된다. 우리 사회의 거의 모든 문제는
인간관계에서 출발한다. 인간의 탐욕은 모든 문제의 근원이다.
세상의 모든 갈등과 다툼은 인간의 이기심에서 출발한다. 자신
만 내세우는 세상에서 독서를 하는 사람은 오히려 이타성을 드
러내며 타인과 부드럽게 어울린다.

좋은 책을 읽으면 나도 모르게 인성이 좋아진다. 내가 좋아하는

책은 악한 사람이 선하게 바뀌거나, 평범했던 사람이 꿈을 이루는 내용이다. 이런 책을 자주 읽으면 가치관이 긍정적으로 변하고 타인에 대해 따뜻한 마음이 생긴다. 사람들은 친절하고 예의 바른 사람을 좋아한다. 독서를 좋아하는 사람들은 교양과 인성을 갖춘 사람으로 성장한다.

두 번째, 고난을 이겨낸 주인공의 책을 읽으면서 마음이 치유된다. 인생을 살면서 고난이 없는 사람은 거의 없다. 사람들은 누구나 치유가 필요하다. 그런 면에서 독서는 훌륭한 의사와 같다. 몸이 아프면 사람들은 병원에 간다. 하지만 마음이 아프면 정작 갈 곳이 없다. 심리치료나 정신과가 있지만, 선뜻 가기는 어렵다. 반면에 독서는 혼자서 하는 자가 치유법이다. 치료비도 얼마 들지 않는 경제적인 방법이다.

'독서 치료'라는 말이 있듯 책을 읽으면 정신적 안정과 마음의 평화를 얻을 수 있다. 나는 독서야말로 최고의 마음 치유법 중 하나라고 생각한다. 한때 건강이 나빠져 공황장애로 몇 년간 고생한 적이 있다. 마음의 병은 누구나 찾아올 수 있다. 마음이 힘들 때 고난을 겪은 사람들의 경험담을 읽으면 공감이 되며 치유에 도움이 된다.

세 번째, 나의 독서가 다른 이들의 성공을 돕는 계기가 될 수 있다. 사람은 좋은 스승을 만날 때 인생이 달라진다. 좋은 스승은 인격과 지혜를 갖춘 사람이다. 그런 스승 밑에서 배우면 성장하게 마련이다. 독서를 하면 나 자신도 좋은 스승이 될 수 있다. 주위 사람들에게 좋은 영향을 주면서 자신의 꿈도 이룰 수 있다

네 번째, 위대한 꿈을 꾸게 된다. 가장 값진 보물을 소유한 사람은 꿈을 가진 사람이다. 위대했던 사람들은 모두 꿈에 미친 독서광이었다. 레오나르도 다빈치, 에디슨, 빌 게이츠에 이르기까지 대단한 업적을 이룬 사람들은 대부분 독서를 좋아했다. 마음속에 솟아나는 꿈이 있다면 오늘부터 책을 읽어야 한다.

당신을 위대하게 만들어 주는 것은 당신의 꿈이다. 당신은 모든 면에서 전혀 위대한 사람이 아닐지도 모른다. 하지만 책을 읽는 순간 당신은 위대해진다. 독서는 폼을 잡으려는 행위일지도 모른다. 하지만 폼을 잡으려고 시작한 독서도 당신을 어느 순간 위대한 사람으로 만들어 줄 것이다. 독서에는 마법의 힘이 들어 있기 때문이다.

여자에게 잘 보이려고 책을 옆구리에 끼고 다니던 시절이 있었다. 소위 백수건달인 당신에게도 어김없이 독서의 신이 임할 것이다. 독서는 사람을 가리지 않는다. 차별하지도 않는다. 누구에

게나 순수하게 자신의 알몸을 드러내 줄 것이다. 독자들은 좋은 책에서 감동과 깨달음을 얻게 된다. 이것이 독서가 주는 신비의 힘이다.

"뭔가 당신에게 해줄 것이 있어." 사랑에 빠진 남자가 여자에게 속삭인다. "그게 뭔데?" 여자는 궁금해하며 볼이 붉어진다. 독서에 빠진 남자는 여자에게 매력적으로 보인다. 책을 읽으면 가슴속에 꿈이 싹튼다. 꿈꾸는 남자는 멋있다. 그런 남자의 열정에 여심도 녹아든다. 매력을 발산하고 싶다면 책을 갖고 다니자.

인간은 이성과 감성을 겸비한 존재이다. 안토니우스가 클레오파트라에게 끌렸던 것은 무엇일까? 클레오파트라는 외모는 물론이고 지적인 매력도 상당했다. 이성과 감성, 미모를 골고루 갖춘 완벽한 여인이라고 할 수 있다. 좋은 책을 많이 읽으면 우리는 매력적으로 변화된다. 책은 우리에게 지성과 매력을 선물한다.

다섯째, 후회하지 않는 인생을 살게 된다. 사람은 누구나 죽음을 두려워한다. 나 역시 죽음이 두렵다. 사람은 나약한 존재이기 때문이다. 사람들은 죽음에 이르러서야 자신이 살아온 인생에 대해 후회한다. 제일 첫 번째는 자신이 하고 싶은 일을 못했다는 아쉬움이다. 두 번째는 주변 사람들에게 사랑의 표현을 제대로 하지 못했다는 것이다. 인간이란 존재는 시간이 많은 것처럼 살다가 죽음 앞에서 후회하는 존재다.

사람들은 죽음에 대해 애써 부정하거나 남의 일처럼 여기고 살아간다. 하지만 죽음은 누구도 피할 수 없다. 그러므로 평소에 죽음에 대해 생각할 필요가 있다. 우리가 죽으면 어디로 가고 어떻게 되는가에 대해서는 철학자들의 연구대상이었다. 아무도 사후의 일을 정확하게 말해 주는 이는 없다. 죽음 이후의 일에 관해서는 신의 영역이다.

우리는 동물처럼 본능대로만 살지 않는다. 인간은 자기 자신과 세상에 대해 끊임없이 의문을 품는다. 우리에게는 보이지 않는 영혼이 있다. 영혼을 믿는 사람들에게 죽음은 또 다른 시작이다. 《임사체험》이란 책을 보면 사후에 공중에 떠서 자신의 육체를 보았다는 체험이 줄을 잇는다. 강력한 빛의 세계로 들어가서 예전에 죽은 사람을 보았다는 사람도 있다. 천국과 지옥을 경험한 사람들도 많다. 말 그대로 불가사의한 체험 이야기다.

과학자들은 죽음 이후에 뇌가 이상을 일으켜 환상을 보았다는 그럴듯한 해석을 내놓는다. 하지만 수천 명이 비슷한 체험을 하는 데에는 타당한 이유가 있다고 생각한다. 인간에게 영혼이 존재한다는 사실을 어렴풋이 인정하게 된다. 그렇다면 죽음을 그

다지 애통하게 생각할 필요가 없다. 누구나 시간 차이가 있지만, 죽음은 피할 수 없다. 오늘 하루 주어진 대로 최선을 다해 살아가는 것이 현명하다.

아침에 핀 꽃도 저녁이 되면 지는 게 자연의 법칙이다. 우리의 육체는 결국 소멸된다. 낙엽이 떨어지듯 우리의 인생도 그렇게 사라져 간다. 세상의 모든 물질은 공통된 운명을 지니고 있다. 영혼을 지닌 인간은 신비로운 존재다. 영혼 불멸을 믿는다면 죽음도 초월할 수 있고, 오늘 하루도 의미 있게 보낼 수 있다.

여섯째, 독서를 하면 사회성이 좋아진다. 우리는 눈만 뜨면 사람들과 어울려야 한다. 산속에 사는 자연인이라 할지라도 사람들과 아예 단절하고 살 수는 없다. 모든 일을 나 혼자서 다 처리할 수는 없기 때문이다. 아리스토텔레스는 '인간은 사회적 동물이다.' 라고 정의했다. 인간은 사회를 떠나 살 수 없으며, 관계 속에서 행복을 얻는 존재라는 뜻이다.

인간관계는 아주 복잡미묘한 속성을 지니고 있다. 타인과 나 사이에는 적당한 윤활유가 필요하다. 무조건 상대에게 고개를 숙여도 비굴해 보이고, 지나치게 자신의 감정을 드러내서도 안된다. 더구나 인간은 이기적이고 감정에 좌우되는 존재다. 인간에게는 이성이 있지만, 감정이 앞서는 경우가 대부분이다.

독서를 오래 하면 감정을 잘 다스리게 된다. 성숙한 사람은 자신의 감정을 절제한다. 독서는 불같은 성격도 가라앉혀주고 인내심을 길러 준다. '참을 인 자 세 개면 살인도 면한다.'고 한다. 좋은 책은 인내심을 배양하고 대인관계에 자신감을 준다. 우리는 어디서나 사람과 떨어져서 살아갈 수 없다. 자신의 감정을 잘 조절하면 어디서나 환영받는 사람이 된다.

일곱째, 독서를 하면 논리적이고 조리 있게 말을 하게 된다. "한마디 말로 천 냥 빚을 갚는다."는 속담이 있다. 말은 그 사람의 인격을 알 수 있는 척도이다. 책을 읽으면 나도 모르게 말솜씨가 좋아진다. 상대의 말에 경청하게 되고, 상황에 맞는 말을 하게 된다. 소통을 잘하는 사람이 어디서나 대우를 받는다. 인간관계의 꽃은 원만하고 즐거운 대화에 있다.

인간은 소통하지 못하면 불행해진다. 인간관계에서 소통이 안되면 그것처럼 불행한 일도 없다. 내가 '아' 하면 상대가 '어' 해야 하는데 소통이 안되면 곤란하다. 독서는 내 마음에 빈 공간을 만든다. 내 마음이 내 생각으로만 꽉 차 있으면 상대가 들어올 틈이 없다. 상대의 말을 존중하는 사람이 존중을 받는다. 설혹 자신의 의견과 다를지라도 인정해 주는 여유가 필요하다. 우리는 비판 속에서 살아가기에 상대에 대한 관용이 부족하다. 상대를 인정해주는 마음이 우선이다. 소통력이 곧 경쟁력이다.

데일 카네기의 《인간관계론》에 따르면, 사람은 자기합리화의 달인이라고 한다. 그러므로 다른 사람들에게 비판을 해봐야 소용없다. 비판은 인간관계에 독이다. 판단하지만 않더라도 인간관계가 좋아진다. 아무리 가까운 친구라 할지라도 비판을 하면 사이가 틀어진다. 남을 비판하기 전에 자신의 허물을 먼저 봐야 한다. 우리가 상대를 이해하려고 하는 순간, 인간관계에 웃음꽃이 핀다.

책을 그저 베개용으로 사용한다면 좋은 친구를 무시하는 것과 같다. 책은 어려울 때 나를 위로해 주며 다독거린다. 이제 그만 일어나라고 안아준다. 지혜가 필요할 때는 스승이 되어주고, 울고 싶을 때 뺨을 때려 주기도 한다. 인생의 고난이 다가올 때는 방패가 되어주고 든든한 형님으로 변신한다. 내가 어려울 때 책은 언제든 도와줄 준비가 되어 있다.

인생은 '기브 앤 테이크'라고 한다. 하지만 책은 언제나 주기만 한다. 차고 넘칠 정도로 베푸시는 부모님의 사랑과 비슷하다. 적어도 나에게는 독서가 그런 존재다. 책을 사랑한 지도 10년이 훌쩍 넘어간다. 아무리 사랑이 넘치는 부부도 권태기가 있다는데, 책이라는 녀석은 그렇지 않다. 책은 언제나 나를 기다려 주고,

관심을 보이면 자신의 모든 것을 내어준다. 책은 어렵고 힘든 인생길에서 나의 진정한 친구이다.

04

책을 안 읽는 당신에게

● ● ● ●

"집은 책으로, 정원은 꽃으로 가득 채워라."

– 앤드류 랑그

2000년대 초반에는 지하철에서 책을 읽는 사람을 종종 볼 수 있었다. 출퇴근길의 지루함을 책으로 해소하는 사람이 적지 않았다. 공원 벤치에 앉아 독서를 하는 사람들도 하나의 익숙한 풍경이었다. 그런 시절이 지나가면서 현재를 보면 너무나 달라진 모습이 눈에 펼쳐진다. 일단 지하철의 모습이 확연히 달라졌다. 대부분의 사람들이 책 대신 스마트폰을 보는 풍경이 낯설지 않은 모습이다.

우리는 필요한 정보를 TV나 스마트폰에서 얻고 있다. 이런 현실 탓에 독서를 하는 사람은 무척 드물다. 하지만 책을 외면하면 사고력이 떨어지고 말초적인 인간이 된다. 사소한 일에도 분노하고 정신적인 문제가 늘어난다. 책보다 오락을 좋아하는 사회는 건강한 사회가 아니다. 한 나라의 독서인구를 보면 그 나라의 미래를 알 수 있다. 통계청의 조사결과가 그것을 증명해 준다.

"국민독서 실태조사에 따르면, 2013년 성인의 연평균 독서량은 9.2권이다. 지난 2007년 12.1권을 정점으로 지속적으로 감소하고 있다. 이어 작년 통계청이 발표한 〈2014년 4/4분기 및 연간 가계동향〉에 따르면, 2014년 소비자들의 가구당 도서 구입비는 1만8천154원으로 역대 최저를 기록했다. 전년 1만8천690원보다 2.9%(536원) 감소한 수치이다.

소비지출 중 전체 오락문화비는 9만9천522원에서 14만6천814원으로 증가했지만, 오락문화비 가운데 서적 구입비(교과서, 참고서 및 학습교재, 기타 서적)는 2만6천346원에서 1만8천154원으로 31.1%나 감소하였다. 간단한 통계로도 독서량이 해가 갈수록 감소추세를 보이고 있음을 알 수 있다."

〈M이코노미 뉴스, 김세희 기자 2015. 5. 20일자〉

조사결과만 보면 그래도 1년에 10권 정도는 읽지 않냐고 할 수 있다. 하지만 그것은 독서를 그나마 하는 사람의 경우이다. 다른 통계를 보면 성인 10명 중 4명은 일 년 동안 단 한 권의 책도 읽지 않는다고 한다. 나 역시 젊은 시절에는 책을 가까이 하지 않았다. 책 대신 즐길 수 있는 오락거리가 널려 있었기 때문이다.

핀란드는 전 국민의 70%가 하루 평균 1시간 이상 독서를 한다. 국민의 대다수는 영어를 자유롭게 구사한다. 핀란드가 교육 강국으로 올라설 수 있었던 원인은 '독서'다. 독서를 통한 '읽기 교육'을 도입하면서 자아의 정체성이 확립되었다. 올바른 가치관을 가진 아이들은 상대를 배려하는 성숙한 시민으로 성장하게 된다.

책은 작가의 삶과 경험이 응축되어 있다. 우리는 한 권의 책을 통해 그 사람의 인생을 통째로 읽을 수 있다. 고난을 이겨낸 저자들의 책을 보면서 힘을 얻기도 한다. 문학 작품 속 주인공의 인생을 통해 감정의 교감을 느끼기도 한다. 어떤 책은 수천 년 전의 과거나 미래로 여행을 시켜 주기도 한다. 철학과 인문고전을 통해 인격이 향상되는 계기를 마련할 수도 있다.

"그 사람의 인격은 그 사람이 읽은 책으로 알 수 있다." 영국의 작가 새뮤얼 스마일스가 한 말이다. 독서는 사람의 인격을 높여 줄 뿐 아니라 더 나아가 인생의 해답을 찾아주기도 한다. 요란한 정보의 홍수 속에서 사람들은 길을 잃어가고 있다. 그 반면에 책의 중요성을 간파한 사람들은 독서에서 지혜를 얻고 있다.

처음부터 책을 잘 읽는 사람은 없다. 나 역시 독서에 별 흥미를 못 느끼는 사람이었다. 독서의 필요성을 느낀다면 일단 흥미를 일으키는 책부터 읽어야 한다. 남이 추천해 주거나 마음에 없는 책을 읽을 필요는 없다. 자신의 수준에 맞는 쉬운 책부터 시작하면 된다. 만화도 좋은데, 대중만화보다는 학습만화를 추천하고 싶다.

만화라고 하면 사람들은 그것도 독서냐 할지 모른다. 하지만 그것은 일부의 주관적인 생각일 뿐이다. 역사나 과학, 위인을 소재로 한 만화는 수준이 높다. 어려운 고전을 만화로 옮긴 작품은 원서 못지않다. 글자만 있는 책보다 글과 그림이 섞여 있는 책은 쉽게 읽힌다. 아이들이 보는 동화책으로 시작하는 것도 좋다.

독서에 취미를 가지려면 시간이 날 때마다 서점에 가야 한다. 서점에는 수많은 책과 책을 좋아하는 사람들이 모여 있다. 서점의 분위기에 압도되어 나도 모르게 엄숙해지기까지 한다. 그런 분위기에 자주 노출되어야 책과 친해진다. 자신이 좋아하는 분야의 책부터 한번 펼쳐보자. 평소 관심을 가졌던 책을 보면 사고 싶어질 것이다.

자기계발, 심리학, 경제, 철학, 종교, 과학에 이르기까지 책의 종류는 다양하다. 서점에는 당신이 봐줬으면 하는 책들이 자태를

뽐내고 있다. 누구나 처음 서점에 가면 그 방대한 책의 양에 놀라고, 두 번째는 열심히 책을 읽는 사람들한테 놀란다. '내가 지금까지 뭘 하면서 살아왔지?' 라는 생각이 들기도 한다.

인간은 환경의 동물이다. 독서에 관심을 가지려면 서점이나 도서관에 가야 한다. 아이에게 책을 읽히고 싶다면 도서관에 아이를 데리고 가야 한다. '맹모삼천지교'란 말이 있다. 인간은 환경에 지배당하는 존재이다. 책이 있는 환경에 자주 노출되어야 독서를 좋아하게 된다. 나도 시간만 나면 서점에 간다. 신간 서적도 읽고 동기부여를 받기 위한 목적도 있다. 독서에 열정이 식다가도 서점이나 도서관에 가면 다시 독서욕이 일어난다.

사람도 자주 보면 정이 들고 친해진다. 독서 역시 마찬가지다. 거실에 있던 TV대신 책장을 들여놓고 정기적으로 책을 구입해 보자. 자주 눈에 띄면 친해진다. 책과 친해지는 것이 우선이다. 처음에는 머리가 아프던 책도 조금씩 읽다 보면 재미가 붙게 된다. 모르던 것을 아는 기쁨이 생기는 것이다.

무슨 일이든 처음이 중요하다. 내게 열정이 없다면 독서를 해서 위인이 된 사람들의 책을 읽어야 한다. 동기부여는 아주 중요하다. 내가 자기계발서를 좋아하는 이유는 단 한 가지다. 동기부여를 받기 위해서다. 사람은 마음이 없으면 평안감사도 하기 싫어한다. 무엇인가 흥미를 일으키는 동기가 있어야 지속할 수 있다. 책을 안 읽는 이유는 수십 가지가 넘고, 책을 읽어야 하는 이유는 없다. 일반인들이 책을 안 읽는 것도 무리는 아니다. 쉽고 재미있는 오락거리가 많은데 굳이 머리 아픈 책을 읽을 필요가 없지 않은가. 그렇기 때문에 당신이 독서에 취미가 생기면 남보다 몇 배는 앞서갈 수 있다. 남들이 다 하는 것을 하면 그만큼 힘들다. 자영업을 보면 알 수 있다. 어떤 업종이 인기를 끌면 너도나도 뛰어들어 경쟁이 심해진다. 남이 하지 않는 것을 해야 현명한 사람이 된다.

독서는 사실 블루오션이다. 사람들이 거의 책을 읽지 않기 때문이다. 당신이 독서를 좋아하게 되면 따라오는 이익은 무궁무진하다. 일단 정서가 안정되고 새로운 지식이 쌓여간다. 좋아하는 것이 무엇인지 알게 되고 상상력과 통찰력이 생기게 된다. 현대 사회는 정보와 지식이 넘쳐나는 사회다. 그러나 공개된 정보는 누구나 알고 있다. 알짜 정보는 남들이 안 보는 책에 들어 있다. 내가 독서를 좋아하는 이유는 모르던 것을 알아가는 희열이 있기 때문이다. 독서는 깊이 들어가면 갈수록 샘솟는 기쁨이 있다. 옛말에 '노력하는 사람은 즐기는 사람만 못하다' 는 말이 있다. 자신의 일을 즐기는 사람은 결국 성공하게 마련이다. 독서로 얻는 이익도 상당한데 좋아하기까지 한다면 금상첨화라 할 수 있다.

나는 여러분에게 자신 있게 약속할 수 있다. 지금부터 3년간 책에 빠진다면 분명히 인생은 좋은 방향으로 바뀔 수 있다고 말이다. 이런 자신을 하는 이유는 나의 경우뿐 아니라 독서를 좋아한 위인들이 너무나 많기 때문이다. 반대로 게임을 3년간 미치도록 해서 인생이 바뀐다면 나는 게임을 추천할 것이다.

> "독서의 가장 큰 효용은 뭐니 해도 자신을 알게 된다는 점이다. 게임중독에 빠졌을 때 나는 꿈이 없었다. 뭐 되고 싶은 것도 없었다. 그런데 책을 읽으니까 꿈이 생겼다. 나를 보다 잘 알게 되었고, 나에 대해서 진지하게 생각하게 되었다. 게임에 빠졌던 30년 동안 나 자신에 대해 깊이 생각해 본 적이 단 하루도 없었는데, 책을 읽으니까 항상 나에 대해서 생각하게 되었다. 책을 읽으면 훌륭한 사람이 된다는 말이 맞았다. 자신을 그렇게 돌아보면서 성찰하는데 어찌 잘 안될 수가 있겠는가."
>
> - 김우태, 『소소하게 독서중독』

TV와 게임은 대표적인 킬링타임용 오락거리다. 대부분의 사람들이 생각 없이 사는 것은 이런 오락을 즐기기 때문이다. 인생을 되는대로 살아가는 사람들은 책을 읽지 않는 사람들이다. 아무리 게임산업이 중요하고 TV가 좋다고 해도 나는 독서를 할 것이다. 내 인생은 한 번뿐이고 아주 소중하기 때문이다.

나는 과거에 유흥과 게임에 빠졌던 사람이다. 무려 10여 년간 게임을 했는데, 돌아온 건 낭비된 시간과 몸의 후유증이었다. 나의 경우를 보더라도 세상의 오락은 무익하고 쓰레기에 불과하다. 독서와 운동을 제외하면 그 어떤 것도 마찬가지다. 사람은 책을 좋아해야 인생이 빛나게 된다. 오직 독서만이 사람을 변화시킨다고 단언할 수 있다.

마지막으로 여러분에게 부탁드리고 싶다. 자식들에게 본보기가 되는 삶을 살려면 무조건 책을 읽어야 한다. 부모가 게임이나 하고 TV만 본다면 아이들이 어떻게 되겠는가? 나는 독서를 좋아하게 되면서 아이들에게 떳떳한 아버지가 되었다. 자식들과 함께 책을 읽고 토론하는 것은 덤으로 생긴 기쁨이다.

부모가 아이들에게 짐이 되는 경우는 제대로 인생을 살지 못했기 때문이다. 인생을 독서로 채우지 않고 다른 것으로 채웠기 때문이다. 나는 유대인들의 생활습관을 따라 하고 싶다. 아버지가 서재에서 책을 읽으며 아이들에게 책을 읽어주는 것이 그들의 오랜 습관이다. 책을 안 읽는 우리는 물질적으로 선진국일지 몰라도 정신적인 면에서는 후진국이라 할 수 있다.

돼지 목에 진주목걸이가 어울리지 않듯 물질과 정신이 조화를 이루어야 한다. 독서인구가 폭발적으로 늘어날 때 우리나라는 진정한 선진국 대열에 올라설 것이다. 그 첫걸음은 오늘부터 TV를 끄고 책을 사러 서점에 가는 일이다. 주말이면 아이와 손잡고 도서관에 가는 당신에게 응원을 보낸다.

Chapter

02

제2장

독서는
어떻게
나를
바꾸는가

01

고난을 이겨내는 독서의 힘

● ● ● ●

"희망은 언제나 고통의 언덕 너머에서 기다린다."

- 맨스필드

"인생은 고해다."라는 말이 있다. 말 그대로 인생은 잠깐의 행복을 빼면 매사가 고통으로 이루어져 있다. 지나온 인생을 돌이켜보면 슬픔과 고통으로 점철된 나의 과거가 떠오른다. 물론 인간은 과거를 아름다운 기억으로 포장하는 능력이 있다. 그런 이유로 인생을 그럭저럭 살아가는 것이 인간의 모습이다. 시간은 반창고와 같다. 고난을 겪어도 시간이 지나면 잊혀지고, 언제 그랬냐는 듯 다시 인생의 시계는 돌아간다.

인생의 고난은 누구에게나 찾아온다. 나 역시 인생의 고난 앞에서 망연자실할 때가 많았다. 고난을 겪으며 분노와 좌절감 속에서 차라리 죽었으면 하는 생각이 들기도 했다. 그동안 살아온 인생을 돌이켜보면 가끔 눈물이 나곤 한다. 인생은 90%의 고통과 10%의 기쁨으로 이루어진다. 고난 다음에 오는 기쁨으로 인해 인생은 버틸 수 있는 것이다.

고난 앞에서 대부분의 인간은 좌절한다. 이 중에서 극소수의 인간은 고난을 기회로 눈부신 성장을 이룬다. 그런 사람들의 이야기가 책 속에 들어 있다. 고난을 이겨낸 이야기는 우리에게 희망을 준다. 독서의 장점은 간접적으로 타인의 인생을 경험하는 것이다. 그 과정을 통해 우리는 저자와 교감하며 위기에서 벗어나게 된다.

'위기는 기회'라는 말이 있다. 인류 역사를 보면 위기 속에서 영웅들이 탄생한다. 대표적으로 사마천과 도스토예프스키를 들 수 있다. 사마천은 궁형이라는 치욕적인 형벌을 받고 위대한 역사서인 《사기》를 집필했다. 사마천이 자존심을 지키느라 죽음을 택했다면 우리는 역사의 진실을 모른 채 살아가야 한다.

《죄와 벌》은 러시아의 대문호인 도스토예프스키의 작품이다. 그는 반란혐의로 사형을 앞두고 불과 5분 전 극적으로 감형을 받고 죽음에서 벗어났다. 죽음의 공포를 경험한 도스토예프스키는 삶의 소중함을 알게 되었다. 이후 그는 시간을 아껴 글을 쓰기 시작했다. 그의 피나는 노력으로 인해 위대한 소설이 탄생했다.

이와 같이 위기를 겪은 사람은 무슨 일이든 이룰 수 있는 정신력을 갖추게 된다.

다윗과 골리앗의 싸움을 아는가? 객관적으로 상대가 안되는 다윗이 골리앗을 이긴 이유는 무엇일까? 인간의 정신력이 객관적 전력을 무시한다는 증거이다. 위기의 순간에서 인간은 보기 드문 초능력을 발휘한다. 그 능력을 일깨워 주는 데 필요한 것이 독서다. '마중물'이라는 것이 있다. 펌프의 물을 퍼내기 위해서 필요한 물을 의미한다. 독서는 마중물처럼 우리의 능력을 끌어올린다.

'중년의 위기'라는 말이 있다. 그 주인공이 내가 될지는 전혀 몰랐다. 40대 중반에 나는 무모한 투자로 인해 삶의 나락으로 떨어졌다. 이에 따른 스트레스로 인해 건강이 악화되었다. 몸이 너무 좋지 않아 계단을 오르기도 힘들었다. 업무가 힘들어 부서를 옮기는 결정을 내렸다. 한동안 병원에 다니며 치료를 받았고 조금씩 나아지기 시작했다.

50대를 앞두고 우연한 기회에 신앙을 갖게 되었다. 진리에 눈을 뜨며 내 삶에 변화가 찾아왔다. 글을 쓰고 싶은 열정이 생겨 무작정 글을 쓰게 되었다. 글쓰기는 나에게 새로운 삶을 열어주었다. 그 결과 두 권의 책을 출판하고 작가로 데뷔하게 되었다. 나

에게 중년의 위기가 찾아왔지만, 그것은 오히려 재기의 발판이
되었다.

인간은 고난을 겪으면 두 가지 선택을 하게 된다. 좌절한 나머지
인생을 포기하는 사람도 있고, 나처럼 위기를 극복하고 더 나은
삶을 살아가는 사람도 있다. 나는 후자의 삶을 선택했고 도전하
는 인생을 살고 있다. '고난은 축복' 이라는 말이 있다. 고통을
겪은 사람은 정신적으로 성숙해진다. 나는 그 사실을 인생의 위
기에서 절실히 깨닫게 되었다.

> "하늘이 장차 그 사람에게 큰 사명을 내리려 할 때는 먼저 그의
> 심지를 괴롭게 하고, 뼈와 힘줄을 힘들게 하며, 육체를 굶주리
> 게 하고, 그에게 아무것도 없게 해 그가 행하고자 하는 바와 어
> 긋나게 한다. 마음을 격동시켜 성질을 참게 함으로써 그가 할
> 수 없었던 일을 더 많이 할 수 있게 하기 위함이다."
>
> – 맹자, 『고자 하』에 실려 있는 글 중에서

인류 역사를 보면 고난을 겪은 뒤 위대한 일을 해낸 사람들이 많
다. 책을 읽으면 그런 위인들의 이야기를 만나게 된다. 나는 특
히 맹자에 나오는 글을 좋아한다. 하늘은 사람에게 큰일을 맡기
기 전에 많은 고통을 준다고 한다. 위인은 하늘이 선택한 사람들

이다. 위대한 일을 하기 위해서는 특수한 훈련이 필요하다. 고난이 온 것은 그 능력을 위해 치러야 할 시험 같은 것이다. 그것을 교훈으로 삼고 고난에 감사하면 삶의 위기가 축복으로 바뀌게 된다.

고난을 이겨내는 과정에서 가장 중요한 것은 책을 읽는 것이다. 책 속에는 주옥같은 삶의 지혜가 들어 있다. 평범한 사람에게는 그저 뻔한 글이지만, 고난을 겪는 사람에게는 사막의 오아시스와 같다. 나는 보통사람들이 책을 읽어도 변하지 않는 이유를 알게 되었다. 절박함이 없는 사람은 같은 글을 읽어도 마음이 뜨거워지지 않는다.

한 권의 책은 어떤 이에겐 삶의 희망이 되고, 어떤 이에게는 종이 묶음에 불과하다. 이처럼 책은 어떤 사람이 읽느냐에 따라 가치가 달라진다. 내가 자기계발서를 좋아하는 이유는 나에게 열정을 주기 때문이다. 열정이 없는 사람은 책을 읽어도 변할 수 없다. 나는 상황이 절박했기 때문에 독서를 통해 깨달음을 얻을 수 있었다.

삶에 대한 절박함은 성공으로 이어지는 계기가 된다. 같은 일을 해도 사명감을 갖고 하는 사람과 먹고 살기 위해 일하는 사람과는 커다란 차이가 있다. 우리에게는 사명감이 필요하다. 절망 앞에서 일어나느냐 넘어지느냐는 그 사람의 태도에 달려 있다. 매사를 열정적으로 대하는 사람과 마지못해 하는 사람은 인생이 다를 수밖에 없다.

사실 우리의 삶은 기적이다. 물리학의 연구결과에 의하면, 우주는 모래알갱이 하나의 오차만 있어도 존재할 수 없다고 한다. 예를 들면, 칼끝에 바늘이 서 있는 확률로 우주가 존재한다고 한다. 우주가 질서정연하게 움직이는 것은 하나의 기적이다. 나는 그 사실을 깨닫고 아침에 일어날 때마다 감사함을 느낀다.

독서는 감사하는 사람을 만든다. 매사에 감사하게 되며 겸손한 마음이 생긴다. 독서를 하면 여러 가지 분야에 호기심을 갖게 된다. 작은 꽃도 지나치지 않고 쳐다보게 된다. 우리는 학교에서 배운 얄팍한 지식으로 살아가기에 감동이 없는 삶을 살아간다. 인간과 세상에 대해 깊이 탐구하다 보면 우리의 일상이 감사라는 사실을 깨닫게 된다.

나는 독서를 통해 인간과 우주 만물에 대해 경외심을 갖게 되었다. 내가 태어난 것은 하나의 기적임을 깨달았다. 자연의 질서와 사람들의 도움이 없었다면 나는 세상에 존재할 수 없다. 나는 매일 아침 감사의 기도를 드리며 하루를 시작한다. 건강하게 일어난 것만 해도 충분히 감사가 일어난다. 평범한 일상은 생각을 달리 하면 축복이다.

우리가 겪는 대부분의 질병은 스트레스에서 기인한다. 질병을 이겨내려면 질병에 대해 알아야 하고, 우리의 몸을 알아야 한다. 우리에게는 자연치유력이 내재되어 있다. 배움과 실천을 통해 질병은 충분히 예방하고 이겨낼 수 있다. "아는 것이 힘이다."라는 말이 있다. 그 말은 모든 분야에 적용된다. 질병과 고난을 이겨내는 힘은 진리를 깨닫는 순간 생겨난다. 세상의 이치를 깨달은 사람에게는 질병과 고난이 문제가 되지 않는다.

나는 질병을 이겨내고 전보다 더 건강한 삶을 살고 있다. 독서를 통해 얻은 지식으로 건강한 습관을 유지하고 있다. 이를테면 매일 아침 일찍 일어나고 운동을 규칙적으로 한다. 산책과 명상을 하고 긍정적인 태도로 인생을 살아간다. 건강을 지키는 것은 자연과 자주 접하고 마음을 다스리는 것이 기본이다. 적게 먹고 운동하는 습관이 건강을 부른다.

우리가 애독하는 고전을 보면 인간에 대한 사랑이 주제를 이루고 있다. 사랑은 불가사의한 감정이다. 인류와 세상을 지탱해 온 힘은 사랑에 있다. 부모의 사랑부터 부부의 사랑, 친구 간의 우정까지 사랑의 종류는 다양하다. 인간은 누군가와 사랑을 주고받으며 자신의 존재의미를 느낀다.

사랑이 부족하면 인간은 탈이 난다. 몸의 양식만을 추구하면 인간은 동물적 수준에 그치고 만다. 우리는 겉만 보면 동물과 다를 바 없다. 그러므로 인간은 정신적인 면이 중요하다. 인간의 존엄성은 육체에서 나오는 게 아니라 정신에서 비롯된다. 그 가운데 가장 핵심에 있는 것은 사랑이다.

> "무슨 일을 해도 잘 풀려나가지 않아서 정말이지 딱 죽고 싶다는 생각이 들 정도가 아니면 진정한 의미에서 영혼을 흔드는 깊이 있는 독서를 하기 어렵다."
>
> – 센다 타쿠야, 『인생에서 가장 소중한 것은 서점에 있다』

최악의 상태야말로 진정한 독서를 할 시기다. 우리는 절망에 빠지면 친구도 만나기 싫어진다. 못난 자신의 모습을 친구에게조차 보이기 싫은 것이다. 이때가 혼자만의 고독을 만나야 할 때다. 나는 위기의 시절에 시간만 나면 도서관에 갔다. 조용한 분위기에서 책을 읽고 있으면 마음이 편안해졌다. 가끔 주위를 둘러보면 열심히 책을 읽고 있는 사람들이 있었다. 그럴 때 일종의 소속감도 느끼곤 했다. 영혼의 안식에 들어가는 것이 도서관의 장점이다.

내가 가던 도서관에는 전시회도 가끔 열었다. 무료로 관람할 수 있어 자유롭게 그림을 감상했다. 그림을 좋아하는 나로서는 금상첨화였다. 그림을 보고 있으면 마음의 평화가 찾아왔다. 독서와 그림 감상을 같은 곳에서 즐길 수 있는 최적의 장소였다. 도서관은 지금도 나의 힐링 공간이자 사색의 공간이다. 빌 게이츠도 자신을 키운 8할은 동네 도서관이었다고 고백한다. 나 역시 빌 게이츠의 고백에 공감한다.

사람은 살아가면서 죽고 싶다는 감정이 들 때가 있다. 그 순간이 오면 오히려 축복으로 여겨야 한다. 하늘이 나에게 주신 절호의 기회가 아닐 수 없다. 내게 온 고난은 그 크기에 따라 나의 값이 매겨진다. 감당할 수 없는 큰 고난이 왔다면 축하할 일이다. 당신이 세상에 이름을 드러낼 위인이라는 뜻이기 때문이다.

 중년의 위기를 겪으며 깨달은 사실은 고난이 오히려 유익하다는 점이다. 사람은 평온하고 안락하면 절대로 자신을 바꾸려 하지 않는다. 경제적인 위기와 무서운 병에 걸려봐야 정신을 차린다. 나는 그 두 가지 고난을 동시에 겪은 사람이다. 사람이 최악의 상태에 빠지면 도피하거나 포기상태가 된다.

마음이 괴로울 때면 나는 그저 밖으로 나가 한적한 곳에서 큰 소리를 지르거나 일부러 웃는 시간을 가졌다. 독서를 통해 배운 대로 실천해 본 것이다. 그 시간을 통해 나는 점차 위기에서 벗어나고 있었다. 나는 지금도 고난이 오면 밖에 나가서 위의 행동을 한다. 한적한 곳에 주차하고 차 안에서 가끔 울기도 한다. 눈물을 통해 마음에 쌓인 화가 해소되기 때문이다.

"눈물 젖은 빵을 먹어보지 못한 사람과 인생을 논하지 말라"는 말이 있다. 나는 남모르게 많이 울었던 사람이다. 눈물을 흘려본 사람만이 인생의 깊이를 알 수 있다. 부모라는 무거운 책임을 지고 걸어가 본 사람이 부모의 마음을 이해한다. 인생의 고통을 겪어보지 않고서는 인생의 참된 의미를 알 수 없다.

02

독서가 나를 치유한다

● ● ● ●

"한 시간의 독서로 누그러지지 않는 걱정은 결코 없다."

– 샤를 드 스공다

현대인들은 정신적 스트레스에 무방비로 노출되어 있다. 사회가 복잡해지고 과학기술이 발달함에 따른 어쩔 수 없는 현상이다. 한 통계에 따르면 우울증 환자가 전년 대비 세 배로 늘어났다고 한다. 요즘 코로나로 인해 그 수치는 더 늘어날 것이다. 안 쓰던 마스크를 써야 하는 불편함에 스트레스는 가중된다. 설상가상으로 기상 이변과 경제적 위기까지 덮치고 있다. 이런 시기에 우리는 무엇을 해야 할까?

"우리에게 진정으로 필요한 웰빙은 정신적인 건강이다. 그런데 현대인의 여섯 명 중 한 명이 각종 정신질환을 앓고 있다고 한다. 확대하면 인구의 17%인 850만 명이 중독이나 우울증, 인격장애 등의 마음의 병을 안고 살고 있다. 마음의 병은 과학이 아닌 가슴으로 치료해야 한다."

– 황민규, 『독서가 필요한 순간』

이 글을 보면 적지 않은 사람들이 정신적인 문제에 시달리고 있음을 알 수 있다. 과거에 나 역시 정신적인 문제로 힘들었던 적이 있다. 열등감과 질병으로 인해 항상 근심, 걱정을 안고 살았다. 여러 가지 중독으로 인해 소중한 시간을 아깝게 흘려보냈다. 마음의 병은 겉으로 보면 멀쩡해서 건강하게 보이지만, 당사자는 아주 힘들다. 남에게 하소연을 하면 마음이 약해서 그렇다는 소리나 듣기 십상이다.

나는 마음이 괴로워지면 책을 읽는다. 독서에 몰입하면 근심 걱정은 사라지고 긍정적인 마음으로 변한다. 좋은 글을 읽으면 위로를 받고 마음의 치유가 시작된다. 우리는 몰입의 힘으로 세상 걱정을 잊을 수 있다. 잡념은 비교적 한가한 상태에서 찾아온다. 어딘가에 몰입하는 사람은 헛된 망상에 시달리지 않는다.

마음이 아플 때는 다정한 친구의 위로 한마디가 보약이다. 그런 친구가 많다면 절망에서 빨리 벗어날 것이다. 하지만 현실은 그렇지 않다. 누구나 힘든 세상을 살아간다. 매일 부정적인 말을 들어줄 친구는 많지 않다. 부정적인 말만 늘어놓으면 친구들도 만나기 싫어한다. 그럴 때 고통의 악순환이 찾아온다.

사람들은 자신의 고통을 위로해 줄 친구가 필요하지만, 정작 그 친구도 고통스러운 삶을 살기는 마찬가지다. 인생은 누구에게나 풀리지 않는 숙제이기 때문이다. 남에게 나의 고통을 의지해서는 답이 나오지 않는다. 나의 문제는 내 안에서 스스로 이겨내는 힘이 필요하다. 이럴 때 책은 마음을 단단하게 묶어주는 역할을 한다.

《회복 탄력성》이란 책이 있다. 회복력이란 절망에서 일어서는 힘을 지칭한다. 그 능력은 개인마다 천차만별이다. 충격적인 사건을 접했을 때 남보다 빨리 회복하는 힘이 있다면 좋을 것이다. 인간은 나약한 존재이기에 상처를 입었을 때 쉽게 절망에 빠진다. 이럴 때 나를 위로해 주는 책을 읽는 것이 현명한 습관이다. 고난에 처한 저자들이 역경을 이겨내고 성공하는 글을 읽으면 힘이 난다.

나는 자기계발서에서 많은 위로를 받았다. 사람들은 자기계발서를 뻔한 이야기로 치부하지만, 절망에 빠진 사람에게 자기계발서만큼 좋은 책은 없다. 사람은 물에 빠지면 지푸라기라도 잡으려고 한다. 주변 사람의 위로는 한계가 있다. 하지만 책 속의 저자들은 나를 기꺼이 받아주고 위로해 준다. 그들은 나에게 용기와 감동을 주고, 어떤 환경에 있더라도 다시 일어나게 한다.

나는 절망의 순간에서 독서를 통해 위안을 받고 현실을 이겨내는 힘을 길렀다. 수많은 위인의 경험담을 통해 용기도 얻었다. 누구나 인생은 쉽지 않다. 인생은 고통의 바다라고 한다. 험한 인생길에서 좋은 친구는 누구에게나 필요하다. 책은 어려울 때 좋은 친구가 되어준다. 진정한 친구 한 명만 있어도 우리의 인생은 행복해진다.

걱정과 근심은 스트레스의 주범이다. 부정적인 생각을 곱씹으며 사는 사람은 암을 비롯한 각종 병에 노출된다. '엔도르핀 박사'로 유명한 이상구 박사는 그의 강의에서 암을 이기는 방법은 긍정적인 생각이라고 말했다. 그 지독한 암도 긍정적인 사람에게는 감기보다 약한 질병이라고 한다.

우리가 부정적인 생각을 습관적으로 하면 면역력이 떨어진다. 암세포를 잡아먹는 T세포가 줄어들어 암세포들이 늘어난다고 한다. 이런 상태가 지속되면 결국 암에 걸리고 만다. 질병이란 결국 스트레스를 얼마나 줄이느냐에 달려 있다. 긍정적인 사고방식을 가진 사람이 건강한 것은 당연한 것이다. 질병에 대해 너무 생각하지 않는 것도 좋은 습관이다.

'건강염려증'이라는 말이 있다. 건강에 너무 집착하는 사람을 일컫는 말이다. 건강에 대해 지나친 걱정을 하면 역으로 병에 걸릴 수도 있다. 우리는 생각하는 대로 몸이 반응하는 존재이기 때문이다. 부정적인 생각을 하면 몸이 아프고, 긍정적인 생각을 하면 몸이 건강해진다.

이것은 신의 섭리와 같다. 세상 만물은 밝고 환한 색으로 구성되어 있다. 하늘은 눈부신 파란색이고 나뭇잎은 녹색이다. 의사들의 말에 의하면, 파란색과 녹색은 우리의 건강에 아주 좋다고 한다. 평소에 산책을 자주 하고 밝은 생각을 해야 한다. 날씨가 좋으면 집에만 있지 말고 산책을 하는 것이 좋다.

햇볕을 충분히 쐬지 못하면 여러 가지 질병이 생길 수 있다. 일례로 런던시민들은 우울증에 자주 시달린다고 한다. 런던에는 비가 내리고 흐린 날이 많다. 비가 오고 날씨가 흐려지면 사람들은 우울감에 빠지고 부정적인 생각을 자주 하게 된다. 날씨가 어두운 것처럼 마음도 어두워져서 병에 걸리는 것이다.

"육체에게 음식이 필요하다면 정신에는 반드시 좋은 말이 필요하다. 절망의 늪에서 빠져나오기 위해 가장 먼저 해야 하는 일은 누군가와 대화를 주고받는 일이다. 책을 읽는 것은 대화를 나눌 누군가를 만나는 가장 쉬운 방법이다. 천천히 대화를 주고 받는 동안 상처로 인해 만신창이가 됐던 마음이 가라앉고, 우리의 뇌는 공황상태를 벗어나 비로소 차분히 생각을 할 수 있게 된다. 책을 통해 얻은 지혜를 살려 절망의 늪에서 벗어나고 나면 인간은 힘든 일을 겪기 전보다 훨씬 더 강해진다."

– 센다 타쿠야, 『인생에서 가장 소중한 것은 서점에 있다』

걱정 근심을 없애는 가장 쉬운 방법은 어딘가에 몰입하는 것이다. 집중력을 기르는데 독서만큼 좋은 것이 없다. 좋아하는 주제의 책을 읽다 보면 마음이 평화로워진다. 마음이 심란할 때는 긍정적인 자기계발서나 영성 서적을 읽는다. 책을 읽으면 마음이 차분해지고 평화가 찾아온다. 좋은 글에서 위안을 받고 하루가 즐거워진다.

우리는 가만히 있으면 부정적인 감정에 사로잡히는 존재다. 세상사란 항상 두렵고 걱정스러운 일의 연속이다. 작은 웅덩이에 돌을 던져보자. 금세 흙탕물이 될 것이다. 대부분 우리의 마음은 작은 웅덩이와 같다. 그러므로 마음의 웅덩이를 바다처럼 넓혀야 한다. 최고의 비결은 좋은 글을 우리의 머리에 지속적으로 넣어주는 것이다. 우리가 세끼 밥을 매일 먹는 것처럼 마음에도 매일 양식을 넣어줘야 한다.

독서가 건강에 좋은 이유는 책 속에 감동을 주는 글이 있기 때문이다. 사람은 주변 환경의 영향을 많이 받는다. 외적인 환경도 중요하지만, 무엇보다 내적인 환경이 중요하다. 어떤 가치관을 갖고 있느냐에 따라 인생이 결정된다. 비록 어렵고 힘든 환경에 처했더라도 긍정적인 생각을 갖고 있다면 그의 앞날은 희망이 있다.

이순신 장군은 우리나라의 위인 중에 가장 먼저 생각나는 인물이다. 임진왜란 중 어려운 조건에서 수많은 적을 물리친 구국의 영웅이기 때문이다. "신에게는 아직 열두 척의 배가 남아 있사옵니다."라는 말로 유명한 장군은 12척의 배로 300척의 왜선을 격파시켰다. 이것이 의미하는 것은 아무리 어렵고 힘든 상황도 긍정적인 마음만 있다면 어떤 고난이든 이겨낼 수 있다는 뜻이다.

책을 읽으면 건강에 좋은 습관과 태도를 가질 수 있다. 일례로 아침에 일찍 일어나는 습관처럼 좋은 것은 없다. 《미라클 모닝》이란 책을 보면 아침 의식으로 성공적인 삶을 살게 되었다는 이야기가 나온다. 일찍 일어나는 습관으로 성공적인 삶을 만들 수 있다. 아침은 대개 부지런한 사람이 활동하는 시간이다. 남보다 활력 있게 살아가려면 일찍 일어나야 한다.

"10분간 침묵 속에 앉아 기도하고 명상하며 나의 호흡에 집중한다. 스트레스가 눈 녹듯 사라지고 차분한 기운이 몸을 감싸며 마음이 이완되는 걸 느꼈다. 평소의 정신없는 아침과는 많이 다른 느낌이었다. 사실은 아주 오랜만에 평화로움을 느꼈다."

— 할 엘로드, 『미라클 모닝』

기도나 명상은 몸을 편안하게 만들어 주는 효과가 있다. 아침을 일찍 시작하는 사람은 하루를 여유 있게 보낼 수 있다. 출근 시간에 맞춰 억지로 일어나면 마음도 바쁘고 스트레스를 받게 된다. 한 시간 정도 일찍 일어나면 마음과 몸을 최적으로 만들 수 있다. 누구에게도 방해받지 않고 나만의 시간이 마련된다.

우리의 마음을 치유하려면 좋은 말이 필요하다. 사랑과 인정, 용서, 칭찬의 말이 그것이다. 아이들은 어린 시절부터 부정적인 말을 듣고 자란다. '넌 안 돼' '그것밖에 못해!' 같은 말이 그것이다. 욕을 듣고 자란 아이는 부정적인 사람이 된다. 영혼에 상처를 입으면 평생 불안정한 감정을 지닌 채 살아간다. 우울, 불안, 분노, 시기, 질투 같은 감정이 그것이다.

주변 사람들이 나에게 용서를 구하고 우호적으로 변하는 경우는 거의 없다. 그들도 어린 시절 상처를 받고 자란 사람이기에 당연하다. 그렇다고 해서 그들을 미워하며 평생을 살아가서는 안 된다. 상처의 대물림을 계속 이어가면 본인만 손해를 본다. 가장 좋은 방법은 나 자신을 변화시키는 것이다. 타인은 절대로 변하지 않기 때문이다.

용서는 고차원적인 행동이다. 하지만 자존감이 없는 상태의 사람들이 타인을 용서할 수는 없다. 자신을 사랑하지도 않으면서 남들을 용서할 수는 없는 노릇이다. 모든 인간관계의 문제는 자신을 사랑하지 못하는 데서 출발한다. 자존감이 넘치는 사람이 다른 사람과 원만하게 살아갈 수 있다. 먼저 자신의 열등감을 해결하고 상처를 치유해야 한다.

상처의 치유는 용서라는 행위에서 시작된다. 항상 마음의 문을 닫고 언제까지 사람들을 미워하면서 살 것인가? 이제 자신과 타인을 원망이라는 감옥에서 해방시켜야 한다. 타인을 용서하지 않고 행복할 수는 없다. 내 안에 우울과 좌절감이 가득하다면 나의 자존감을 높여줘야 한다. 자존감을 높이는 방법은 좋은 책을 통해 자신을 사랑하는 법을 배워야 한다.

나는 과거에 수많은 원수들이 있었다. 가족, 친구, 주변 사람에 이르기까지 나를 괴롭히고 상처를 준 사람들을 저주하며 살았다. 그들이 떠오르면 가슴속에서 분노가 치밀었다. 그럴 때면 술을 마셨고 악순환이 계속되었다. 나의 경우처럼 대부분의 사람들은 가슴 한편에 분노를 안고 살아간다. 자신의 손에 불타는 석탄 한 덩어리를 움켜쥐고 사는 셈이다.

사람들은 평생 자신에게 모욕을 준 사람을 잊지 못한다. 사람은 감정의 동물이기 때문이다. 동물은 살기 위해 다른 동물을 잡아먹지만, 원한을 품고 살아가지는 않는다. 인간은 동물과 달리 복수라는 행위를 하는 악한 존재다. 범죄를 저지르는 사람은 특별한 사람이 아니라 보통의 우리 이웃들이다. 사람의 마음속에는 이기적인 본성이 숨어 있다. 미움과 시기, 질투가 그것이다.

개인의 미움이 커져서 살인이 되고, 집단의 미움이 커져서 전쟁이 일어난다. 작은 불을 무시하다가는 큰 불이 일어나서 대형 사건이 된다. 바늘도둑이 소도둑 되는 것처럼, 작은 미움이라도 마음속에 있다면 재빨리 미움을 없애야 한다. 그 방법은 좋은 책을 읽고 마음을 다스리는 것이 최선이다. 독서로 깨달음을 얻고 명상을 통해 마음의 평화를 얻으면 미움은 자연스럽게 사라진다.

우리는 휴식을 위해 먼 곳으로 여행을 떠난다. 그렇지만 오히려 건강을 해치는 휴가가 될 때도 있다. 진정한 휴식은 영혼에 만족을 주는 독서라고 할 수 있다. 우리의 내면이 건강하고 이웃을 내 몸처럼 사랑할 때 우리 사회는 행복해진다. 오늘부터 책을 들고 내면의 행복을 만들어 가는 삶을 살아보면 어떨까?

03

책으로 사랑세포를 깨워라

● ● ● ●

"인생에서 최고의 행복은 우리가 사랑받고 있음을 확신
하는 것이다."

– 빅토르 위고

나는 지난 10년간 독서를 하며 마음이 한결 따뜻해졌다. 가
족만 사랑하는 차원에서 점차 대상을 넓혀가고 있다. 이웃사랑
은 여간해서 생기지 않는 감정이다. 독서를 하는 사람은 가슴에
잔잔한 사랑이 싹트게 된다. 참된 사랑의 의미를 깨닫게 되고,
살아가면서 조금씩 실천하게 된다.

우리에게 사랑이 없다면 오아시스 없는 사막이 연상될 것이다.
사막에 오아시스가 없으면 우리는 죽게 마련이다. 거친 인생길
에서 사랑의 위로가 없다면 메마른 사막과 같다. 부모님의 사
랑, 친구와의 우정, 부부간의 사랑, 자녀에 대한 사랑은 보편적

인 사랑의 모습이다. 인류의 역사는 사랑의 역사라 해도 과언이
아니다.

> "사랑은 삶의 본질이기 때문이에요. 사랑이 없으면 목적과 의
> 미를 상실해 결국 실의에 빠지게 되죠. 사랑의 적들―미움, 이기
> 심, 분노, 원한―은 몸 안에 독소를 생성해 마치 화학약품의 독
> 성이 그런 것처럼 우리를 서서히 무력하게 만들고 말죠. 사랑은
> 또한 마음과 몸과 영혼에 자양분을 주죠. 실제로 사랑을 받는다
> 고 느끼는 사람이 그렇지 못한 사람보다 병에서 빨리 회복된다
> 는 연구보고가 있어요."
>
> ― 애덤 잭슨, 『책의 힘』

사랑은 삶의 의미이자 사회를 유지하는 힘이다. 남녀가 서로 사
랑해서 아이를 낳고 기르며 가정을 이루고 사회를 구성하며 국
가를 만든다. 이것이 사랑의 기본적인 모델이다. 사랑은 우리가
삶에 의미를 부여하는 강력한 구심점이다. 사람은 돈과 쾌락으
로만 살 수 없다. 반드시 삶의 목적과 의미가 있어야 한다. 누가
시키지도 않았는데 거액의 재산을 사회에 기부하는 사람들, 가
난하고 병든 소외된 사람들을 위해 봉사하는 사람들이 그것을
증명하고 있다.

우리는 기본적으로 마음속에 사랑을 품고 있다. 타인에게 사랑받고자 하는 욕구도 강하다. 이것들이 서로 조화를 이룰 때 행복이 절정에 이른다. 사랑의 본질은 서로에 대한 신뢰와 믿음을 기초로 한다. 서로를 믿지 못하는 사회는 사랑이 고갈된 사회다. 우리는 언제부턴가 이웃 간에 인사가 사라지고 서로를 두려워한다.

한편으로 우리 사회는 물질만능주의로 얼룩져 있다. 오직 탐욕의 대상으로 사람을 대하며 서로 경쟁하는 모습이 우리의 자화상이다. 언제부터 우리 사회가 이렇게 되었을까? 어떤 조사에 의하면, TV와 컴퓨터가 사람들의 일상 속으로 파고든 것을 원인으로 지목하고 있다. 폭력적이고 음란한 영상을 매일 접하면서 우리의 도덕과 양심은 정도를 벗어나기 시작했다. 방송의 수위는 점점 더 자극적으로 높아지고, 사람들은 그에 맞춰 마음이 악해지고 있다.

나는 독서를 하면서 TV와 인터넷을 멀리하고 있다. 그 영상들은 나의 마음을 파괴하고 정서를 어지럽히기 때문이다. TV는 독서의 적이기도 하지만, 사람의 뇌를 죽이고 인생의 목적을 상실하게 만든다. 자극적인 영상을 자주 접하는 청소년들은 충동적이고 폭력적으로 변하게 마련이다. 우리 사회의 범죄가 나날이 늘어나는 주된 이유는 TV와 인터넷의 자극적인 영상 때문이다.

자극적인 영상은 우리의 영혼에 상처를 남긴다. 상처를 받은 사람은 적당한 해방구를 찾게 마련이다. 다음 순서는 마음에 새겨진 기억대로 죄를 저지르게 된다. 우리는 불완전한 존재이기에 작은 자극에도 흥분한다. 한 방울의 흙탕물이 웅덩이를 더럽히듯 나쁜 것은 보지 말아야 한다. 건전한 독서만이 대안이며 사회가 투명해지는 밑거름이 된다.

독서를 접하면서 인간의 영혼에 대해 관심을 갖게 되었다. 믿음이 생기고 신앙생활을 하면서 영혼에 대한 확신은 뚜렷해졌다. 저마다 십자가를 짊어진 인간에 대한 연민이 피어올랐다. 사랑의 감정은 우리의 영혼이 깨어날 때 느낄 수 있다. 위대한 사랑을 실천한 사람들의 글을 읽거나 미담을 접할 때 우리의 사랑 세포에 스위치가 켜진다.

"정서적, 정신적, 건강문제 대부분의 이면에는 낮은 자존감이 존재한다. 또한 낮은 자존감은 사람들이 상담을 받는 가장 흔한 이유다. 꽤 많은 정신적 문제가 낮은 자존감으로 인해 일어난다. 불안, 우울, 중독, 애정 결핍, 과잉행동 장애, 인간관계 문제 등등 수많은 이가 낮은 자존감 때문에 진정한 기쁨을 느끼지 못하고 삶의 모든 면에 부정적인 영향을 받는다.

– 주디스 벨몬트, 『자존감』

사랑의 기본은 자신을 사랑하는 것이다. 자존감은 이 세상을 살아가며 가장 필요한 감정이다. 자신을 사랑하고 소중하게 생각하면 타인도 소중하게 생각한다. 자존감은 얼핏 나르시즘과 흡사해 보이지만 전혀 다른 감정이다. 자신을 먼저 사랑해야 우리는 남도 소중하게 생각한다. 열등감을 가진 사람은 남을 진정으로 사랑하기 힘들다.

나는 과거에 열등감이 많은 사람이었다. 사소한 지적에도 분노하고 마음속에 칼을 갈곤 했다. 당연히 타인과의 관계도 좋지 않았다. 극소수의 친구를 사귀었고, 그마저 술로 맺은 관계를 이어갔다. 술자리에서 벌어지는 대화는 거의 부정적이고 자기 파괴적이다. 열등감을 가진 사람은 결국 자신을 파괴하는 행동을 반복하게 된다.

독서를 하면서 나의 자존감은 상당히 높아졌다. 자기비하의 감정에서 벗어나게 되었고, 나를 사랑하게 되었다. 나는 세상에 하나뿐인 소중한 존재라는 깨달음이 생겼다. 신앙을 갖게 되면서 그 생각은 더 견고해졌다. 나는 물론이고 남도 소중하다는 생각이 나의 가치관이 되었다. 가치관의 변화는 삶의 변화로 이어지게 마련이다.

변화의 기초는 사랑의 성숙에서 출발한다. 성숙한 사랑은 쉽게 생기지 않는다. 수많은 고뇌와 자아 성찰을 통해 이루어진다. 말초적인 사랑에 빠진 사람은 타인을 그저 쾌락의 대상으로 삼을 뿐이다. 충동적이고 가벼운 사랑은 상대를 집착의 대상으로 삼는다. 그것은 불안하고 위태로운 놀이일 뿐이다.

성숙한 사랑은 자신을 희생하고 상대를 옭아매지 않는다. 타인을 하나의 인격체로 생각하는 고차원적인 사랑이 우리에게 필요하다. 타인을 진정으로 사랑할 때 우리 사회는 건강해진다. 우리가 원하는 세상은 이기적이고 쾌락만 추구하는 사회가 아니다. 서로 배려하고 친절을 베풀며 나누는 사회가 우리가 원하는 모델이다.

사람의 지위나 외모에 따라 판단하는 사람은 진정한 사랑이 무엇인지 모르는 사람이다. 그런 편견에 젖은 사람이 갑질을 하고 갈등을 일으킨다. 우리 사회가 위험한 상태로 나아가는 것은 여러 원인이 있지만, 근본적으로 사람을 진정으로 사랑하지 않는 사랑 불감증에 빠진 결과라 할 수 있다.

"사람으로 있을 때 제가 살아갈 수 있었던 것은 스스로 계획해서가 아니라 지나가던 사람과 그의 아내의 마음에 있는 사랑 덕분이었습니다. 고아들은 자신을 챙길 수 있어서가 아니라 낯선 여인의 마음에 있는 사랑으로 그들을 가엽게 여기는 사랑으로 살아남았습니다. 모든 사람이 스스로 계획해서가 아니라 사람 안에 있는 사랑 때문에 살아가고 있는 것입니다."

– 톨스토이, 『사람은 무엇으로 사는가』

톨스토이의 작품을 읽어 보면 사랑이 무엇인지 깨닫게 된다. 우리가 자신의 힘으로 살아가는 것 같지만 작게는 가족과 주변의 도움으로, 크게는 자연의 도움으로, 신앙적으로는 하나님의 도움으로 살아가는 것이다. 인간의 어리석은 점은 사랑보다 돈을 앞세운다는 점이다. 오늘 베푼 사랑의 행위 하나가 미래에 어떤 선물로 올지 아는 사람은 행복해진다.

작품 속에서 천사가 살아남은 이유는 사람들의 마음속에 있는 사랑 때문이다. 우리 사회가 아직 따뜻한 이유는 남을 내 몸처럼 사랑하는 사람들이 있기 때문이다. 그들 때문에 우리는 사랑의 빚을 지고 살아가는 셈이다. 오늘 지하철을 타고 출근했다면 그곳에서 종사하는 사람들의 혜택을 받은 것이며, 밥 한 끼를 먹었다면 농부들의 사랑을 먹은 셈이다.

우리가 존재하는 이유는 사랑을 주고받으며 행복을 누리기 위해서다. 오직 돈만 추구하고 자신만을 위해 산다면 인생의 참된 의미는 사라진다. 그런 사람은 차디찬 우주 공간에 떠다니는 운석과 같다. 사람이 사람다운 이유는 마음속에 사랑이 있기 때문이다. 오늘 아침 작은 친절을 경험했다면 우리는 사랑의 체험을 한 것이다.

사랑은 받는 것이 아니라 주는 것이 참된 사랑이다. 사랑은 내가 말하지 않고 상대의 말을 경청하는 것이다. 골목길에서 마주치면 먼저 가라고 양보하는 것이다. 작은 친절로 사람을 대할 때 진정한 사랑의 싹이 움을 튼다. 작은 것, 이를테면 이웃들에게 상냥한 미소로 인사할 때 그대의 가슴속에 나도 모르는 작은 행복이 피어날 것이다.

인생을 현명하게 사는 사람은 바보 같은 사람이다. 주어도 아까워하지 않고, 받으면 절을 하는 사람이다. 이 세상에 바보들이 정말 많아졌으면 좋겠다. 이 세상의 자원은 고갈되어도 사랑의 자원은 넉넉하다. 내가 가진 사랑을 다 나눠주어도 사랑의 재고는 바닥나지 않는다. 이 세상의 진리가 사랑이라고 믿는 사람은 아낌없이 베풀고 나눠준다. 그것이 사랑으로 자신에게 되돌아올 것을 알기 때문이다.

'베푸는 자에게 복이 있다.'는 말이 있다. 빌 게이츠는 전 재산을 사회에 기부했더니 두 배의 재산이 다시 돌아왔다고 한다. 미국의 석유왕 록펠러는 자선사업을 했더니 불치병에서 벗어나

94세로 장수했다고 전해진다. 이런 사례를 보면 남을 사랑하고 베푸는 사람은 하늘이 도와준다는 말이 진리임을 깨닫게 된다.

사랑은 모든 것을 용서하고 안아준다. 테레사 수녀의 헌신적 사랑은 그것을 증명한다. 독서하는 사람은 사랑을 체험하는 사람이다. 책은 인간에 대한 사랑을 담고 있기 때문이다. 가벼운 책을 읽는 것으로 독서를 시작하지만, 결국 좋은 책을 읽게 마련이다. 책 읽는 사람은 결국 사랑의 언어로 자신을 채운다.

사랑으로 채워진 사람은 주변에 사랑을 퍼트린다. 남에게 향수를 뿌리면 자신의 손에도 향이 남는다. 사랑을 뿌리는 사람이 많아지면 사회는 행복해진다. 자살률은 꼴찌가 될 것이고, 이혼율은 제로가 될 것이다. 책을 읽는 민족은 지혜와 사랑이 넘치는 나라를 만든다. 그 모범사례가 이스라엘이다. 부모와 자식이 마주하고 책을 읽는 가정에는 평화가 넘치게 마련이다.

우리 사회가 혼탁해졌지만, 나는 독서로 다시 일어설 수 있다고 생각한다. 집집마다 TV를 없애고 책을 읽는 가정이 많아지기를 기도해 본다. 책 속에서 사랑을 발견하고 사랑을 실천하는 사람들이 많아지는 것이 내 소원이다. 나는 그런 사회가 오기를 소망한다. 독서하는 국민이 많은 나라에 희망이 있다.

04

독서가 주는 선물

● ● ● ●

"한 권의 책을 읽음으로써 자신의 삶에서 새 시대를 본 사람이
너무나 많다."

― 헨리 데이빗 소로우

사람들은 독서가 좋다고 이야기한다. 독서의 이익은 무엇일
까? 독서가 주는 혜택을 말하자면 끝이 없다. 독서는 지식을 주
며 창조력을 길러준다. 더불어 마음을 치유해 주고 꿈과 용기를
준다. 독서를 하면 자아를 성찰하게 되고 사색의 힘을 느끼게 된
다. 독서가 습관이 되면 모든 면에서 성장하며 사회를 이끌어가
는 사람이 된다.

누구나 행복한 삶을 꿈꾼다. 하지만 대부분 힘든 삶을 살아간다.
그 이유는 인생에 대한 깊은 성찰이 부족하기 때문이다. 책 속에
는 인생에 대한 매뉴얼이 들어 있다. 독서는 내가 누구이고 세상

은 어떻게 살아야 하는지 알려 준다. 독서는 인생을 좀 더 풍성하고 보람 있게 살아가도록 안내해 준다.

〈독서가 주는 이익〉

첫 번째, 독서를 하면 견문이 넓어진다는 점에 있다. 자식을 훌륭하게 키우려면 여행을 보내라는 말이 있다. 이것은 낯선 곳을 돌아다녀야 견문이 넓어지고 진취적인 사람이 된다는 뜻이다. 독서도 여행과 마찬가지로 좋은 수단이다. 굳이 여행을 다니지 않더라도 책상에 앉아서 전 세계를 탐험할 수 있다. 고전과 인문, 철학을 읽으면 타임머신처럼 역사를 체험할 수 있다.

"독서에는 만 배의 이익이 있다."는 두보의 말처럼 지식과 경험을 익히는 면에서 독서는 최고의 수단이다. 책을 읽으면 만나기 어려운 수많은 위인을 만날 수 있다. 독서는 시간과 공간을 초월한다. 지식정보화사회에서 우리의 경쟁력은 독서가 최선이다. 앞으로 다가올 미래를 예측하려면 책으로 통찰력을 길러야 한다.

두 번째, 책에 몰입함으로써 정서가 안정된다는 점에 있다. 현대인은 갖가지 스트레스에 노출되어 있다. 회사나 가정에서 받는 스트레스가 만만치 않다. 그런 걱정과 근심을 날려버리기에 독서는 아주 효과적이다. 일시적인 쾌락으로 스트레스를 잊으려

하지만, 그것은 오히려 독이 된다. 독서에 몰입하면 잡념도 사라지고 건강에도 큰 도움이 된다.

독서는 가난하고 외로운 이들에게 희망을 준다. 부자들도 책을 읽으면 존경받는 부자가 된다. 모든 사람에게 독서의 문은 열려 있다. 누구나 독서를 통해 새로운 사람으로 태어난다. 10년의 독서를 통해 나는 평범한 아저씨에서 작가로 변신할 수 있었다. 독서는 처음에는 표가 안 나지만 시간이 지날수록 비범한 사람으로 성장시켜 준다.

세 번째, 독서는 인간관계에 도움을 준다. 독서를 하면 바람직한 인격을 갖추게 된다. 거의 모든 책의 주제는 인간에 관한 것이다. 성공, 인간관계, 마음수련 등 사회생활에 관련된 지혜가 들어 있다. 철학이란 인간을 탐구하고 타인과 조화로운 생활을 할 수 있게 도와주는 학문이다. 인문 고전을 많이 읽으면 인간과 사회에 대해 관용의 마음을 갖게 된다.

사회생활에서 가장 문제가 되는 부분은 직장동료와의 관계, 시부모 고부갈등, 친구 간에 다툼이나 사업상 이해관계 등이다. 그에 따라 필요한 책을 선택해서 읽을 필요가 있다. 예를 들어 결혼을 앞둔 미혼남녀라면 연애나 결혼에 관한 책을 읽는 것이다. 나에게 필요한 책을 읽어야 훨씬 더 몰입이 잘되고 독서의 효과가 좋다. 필요도 없는 책을 굳이 읽을 필요는 없다. 일단 독서는 흥미가 있어야 할 수 있다. 무슨 일이든 재미가 있어야 한다. 지루하고 힘든 독서는 오래 지속되지 않는다. 자신에게 유익하고 즐거운 책을 읽을 때 독서의 진정한 세계로 들어갈 수 있다.

베스트셀러라고 해서 모든 사람에게 다 좋을 수는 없다. 자신의 상황에 맞는 책을 선택해서 읽어야 독서에 흥미가 붙는다. 나는 자기발전에 관심이 많아 성장과 치유에 관한 책을 선호한다. 재테크나 성공에 대해서도 관심이 있다. 자기계발과 경제에 관한 책을 주로 읽는 편이다. 좋아하는 분야를 바탕으로 점차 관심분야를 넓히는 것이 독서의 요령이다.

독서를 하면 책의 저자와 연결되어 인맥을 형성할 수 있다. 저자 강연회나 강의를 통해 관심사가 비슷한 사람을 만날 수도 있다. 모든 이들은 자신의 성장을 원한다. 독서를 통해 작가나 강사로 성장할 수 있다. 각 분야에 전문가가 되려면 독서가 기본이다. 관심 분야의 책을 100권 정도 읽으면 그 분야의 전문가로 성장하게 된다. 특히 자신의 저서를 쓴다면 더할 수 없이 좋다.

네 번째, 독서를 하면 건강이 좋아진다. 책을 읽으면 건강해진다? 조금 황당해 보이지만 사실이다. 필자는 독서를 통해서 건강도 많이 좋아졌다. 자신의 몸에 맞는 건강법을 찾아내는 것이 중요하다. 암 환자들은 필사적으로 암에 좋다는 약을 찾아 전국을 돌아다닌다. 암에 좋다는 생활 습관이나 치료법은 어디 있는가? 바로 책 속에 들어 있다. 건강에 관한 책을 읽다 보면 좋은 습관과 치료법을 터득하게 된다.

일례로 산에 들어가 좋은 약초를 섭취해서 말기 암을 고쳤다는 사람도 있다. 병에 걸리기 전에 건강에 좋은 습관을 실천하는 사람이 현명하다. 암에 걸려서 낫는 것도 좋지만, 미리 예방하는 지혜가 필요하다. 건강에 좋은 지식과 정보가 책 속에 들어 있다. 건강한 생활을 원한다면 관련된 분야의 책을 읽어야 한다.

> "지금 사회생활을 하는 사람들은 모두 피곤에 찌들어 있습니다. 그리고 피곤하다는 이유를 대며 될 수 있으면 책과 멀리 떨어져 있으려고 합니다. 그러나 정말로 피곤에 지쳐 있다면 오히려 책을 읽어야 하지 않을까요? 책에서 솟아나는 에너지가 피곤에 지친 몸과 마음을 치유해 주기 때문입니다."
>
> – 안상헌, 『생산적 책 읽기 50』

피곤하다는 것은 몸과 마음이 지친 상태라고 할 수 있다. 몸의 휴식을 위해 잠깐의 낮잠은 필요하지만, 지나치게 자는 것도 독이 된다. 마음의 휴식은 좋은 책을 읽을 때 진정한 평안을 얻는다. 몸은 음식과 운동으로 관리하지만, 마음에는 좋은 글이 필요하다. 맑은 정신을 가진 사람은 어떤 일을 해도 피곤하지 않고 활력이 넘치게 마련이다.

책 속에는 마음의 치유와 영혼의 안식을 도와주는 이야기로 가득하다. 진정한 휴식이란 몸과 마음의 평화를 의미한다. 지나치게 여행을 다니는 것도 건강에 좋지 않다. 가볍게 동네를 한 바퀴 산책해도 마음에 평화가 온다면 건강한 삶을 유지할 수 있다. 좋은 책과 함께하는 30분의 휴식으로도 당신의 하루가 달라질 것이다.

다섯 번째, 독서의 이익은 경제적인 면에도 도움이 된다는 점이다. 우리는 돈 없이 행복할 수 있을까? 자본주의 사회에서 돈 없이 산다는 것은 거의 불가능하다. 책을 읽으면 지식이 쌓이고 간접적인 경험도 할 수 있다. '정보는 곧 돈이다.'라는 말이 있다. 지식을 갖추지 않으면 돈을 벌 수 없는 세상이다. 우직하게 일만 열심히 한다고 부자가 될 수는 없다. 이미 양극화 사회로 들어선 지금, 우리에게 필요한 것은 금융 지식과 돈에 관한 올바른 태도이다.

여섯 번째, 독서를 하면 질문을 잘하게 된다. 공부를 잘하는 학생은 질문하기의 도사다. 모르는 것을 아는 척 넘어가는 것은 배우기를 포기한 것과 같다. 책을 읽으면 질문을 넘어서서 모든 분야에 걸쳐 학식이 넓어진다. 질문 역시 아는 것이 많아야 질문을 할 수 있다. 질문과 답변의 순환고리를 따라 여러분의 인생은 더욱 더 깊어지고 넓어질 것이다.

〈질문의 힘〉
1. 질문을 하면 답이 나온다.
2. 질문은 생각을 자극한다.
3. 질문을 하면 정보를 얻는다.
4. 질문을 하면 통제가 된다.
5. 질문은 마음을 열게 한다.
6. 질문은 귀를 기울이게 한다.
7. 질문에 답하면 스스로 설득이 된다.

– 도로시 리즈, 『질문의 7가지 힘』

질문은 모르는 것을 깨우치는 현명한 방법이다. 낯선 사람을 사귀는데도 질문이 좋다. 낯선 사람에게 인사하기가 어렵다면 가벼운 질문부터 시작하자. 지하철역이나 장소를 물어보는 것이 기본이다. 힘들게 헤매지 않고 말 한마디로 원하는 정보를 얻을 수 있다. 질문을 잘하는 사람은 모든 면에서 앞서 나가게 된다. 독서를 하면 아는 것이 많아지지만 더불어 모르는 것도 많아진다. 그러면서 저절로 겸손해진다. 책을 한 권만 읽은 사람은 교만에 빠질 위험이 있다. 많은 책을 읽을수록 스스로 겸손해진다. 남의 말에 경청하고 상대를 존중하는 사람이 된다. 독서의 진정한 이익은 자신을 성찰하는 데 있다. 벼가 익을수록 고개를 숙이듯이 독서하는 사람은 겸손의 미덕을 갖추게 된다.

05

독서는 아이의 미래를 바꾼다

● ● ● ●

"책은 꿈꾸는 것을 가르쳐 주는 진짜 선생님이다."

– G, 바슐라르

아이들은 국가의 미래다. 소중한 아이들이 잘못된 교육에 의해 희생되고 있다. 오로지 성적 위주의 교육과 부모의 과욕이 그 원인이다. 한 연구결과에 따르면, 부모와 자식의 대화시간이 하루에 10분도 되지 않는다는 통계가 나와 있다. 가정에서의 소통 부재는 사회적 소통 부재로 이어진다. 인성이 부족한 아이들이 사회로 진출하면 어지러운 사회가 된다.

국가의 백년대계는 아이들의 교육에 달려 있다. 아인슈타인은 이렇게 말했다. "교육의 목적은 기계적인 사람을 만드는 데 있지 않고 인간적인 사람을 만드는 데 있다. 교육의 비결은 상호존중의 묘미를 알게 하는 데 있다. 일정한 틀에 짜인 교육은 유익하지 못하다. 창조적인 표현과 지식에 대한 기쁨을 깨우쳐주는 것이 최고의 교육이다."

천재과학자의 말대로 교육의 목적은 좋은 사람을 길러내는 것이다. 아이들은 무한한 가능성을 지닌 하나의 인격체다. 미성숙한 아이를 완전한 인격체로 길러내는 것이 교육의 목적이다. 서로 존중하고 배려하는 태도를 기르고, 재능을 찾아내 성실한 사회인으로 성장시키는 것이 교육의 본질이다. 그러나 우리의 교육은 가장 기본이 되는 가정교육에서부터 어긋나고 있다.

> "현재 학교에서 인성교육을 하려고 해도 가장 문제시되는 것은 인성을 가르칠 교사가 없는 데다가 그보다 큰 문제는 인성이란 책으로 배우는 것이 아닌, 사람을 통해서 배운다는 점이다. 즉, 좋은 본보기를 통해서 배우는 것이 인성인데, 지금 우리의 교육 현장은 이것을 실천할 수 있는 프로그램을 확보하지 못했을 뿐만 아니라 교사의 우수성은 인성교육보다는 역시 잘 가르치는 실력으로 평가받는 시스템이기에 실천 가능성이 현저히 낮다."
>
> – 이대희, 『유대인의 밥상머리 자녀교육법』

우리의 미래가 되어야 할 청소년들의 범죄가 나날이 늘어나고 있다. 이제 그 연령도 점차 낮아지고 있는 추세다. 13세 이하 범죄자의 면책을 악용한 미성년 범죄도 심심찮게 뉴스에 나오고 있다. 코미디 같은 일은 한때 인성교육을 법으로 규제하려고 했다는 사실이다. 인성이란 강제적인 법이나 교육으로 배울 수 없는 것이다.

인성은 인간의 기본이 되는 자질이다. 사회를 구성하는 개개인들의 인성이 낮아지면 어떤 일이 벌어질까? 요즘 심심찮게 터지는 사건을 보면 알 수 있다. 사회 지도층의 갑질 사건, 패륜, 아동학대와 성범죄, 묻지마 범죄에 이르기까지 사건의 내용이 다양하다. 범죄자들의 이야기를 들어보면, 어린 시절 불우한 가정환경에서 자란 경우가 많다는 것을 알 수 있다.

이혼의 증가로 인한 아이들의 방치와 학대가 날로 증가하고 있다. 부모의 무관심 속에 방치된 아이들은 결국 문제를 일으킨다. 본받을 만한 스승의 부재도 한 원인이다. 요즘은 지나친 부모의 과잉보호로 인해 선생님들의 인권이 보호받아야 할 처지다. 이로 인해 훈육을 해야 할 아이들도 방치되는 문제가 생긴다.

인성은 가족과 주변 사람들의 품성을 통해 배우는 것이다. 교사의 획일적인 교육으로 배울 수는 없다. 성적을 중요시하는 학부모들의 인식도 문제다. 성적만 좋으면 만사형통이라는 식의 가정교육이 인성의 부재로 이어진다. 그 대안으로 나는 독서교육을 추천한다. 5살에서 13살 이전에 집중적인 독서교육을 해야 효과가 좋다고 한다.

부모가 책을 읽으면 아이들에게 좋은 영향을 끼친다. 특히 아버지가 책을 읽는 집안에서는 아이들의 인성과 사고력이 비약적으로 발전한다. 아버지가 책을 읽어주면 엄마보다 다양한 시각에서 전달해 주기 때문에 아이들의 사고력이 높아진다. 사회성을 기르는데 아버지의 역할이 중요하다는 이야기다.

아버지들은 책임감을 갖고 아이의 멘토가 되어야 한다. 이스라엘의 아버지들이 이런 식으로 교육을 한다. 그 결과, 세계적인 인재들이 이스라엘에서 많이 나오는 것이다. 유대인들의 《탈무드》는 교양서이자 지혜로운 고전 작품이다. 《탈무드》를 읽어 보면 고개가 끄덕여지는 대목이 많다. 이처럼 유대인들은 고전독서로 인성교육을 시키고 있다.

"독서전문가들은 아이가 어릴 때 부모가 함께 그림책을 보며 대화하고 안아주면서 정서적으로 안정을 주는 것이 더 필요하다고 말한다. 특히 3~6세에는 인간의 고등정신 기능과 종합적인 사고기능과 도덕성 등을 담당하는 전두엽이 발달하기 때문에 인성함양과 동기부여 중심으로 교육해야 한다는 것이 뇌과학자들의 주장이다. 결국 아이들의 뇌는 부모와 가족들의 따뜻한 사랑이 담긴 외부자극과 올바른 삶과 함께 바르게 발달한다."

- 김호진, 『뇌과학 독서법』

나는 뒤늦게 독서를 취미로 가지면서 많은 반성을 했다. 아이들의 교육에 무관심했던 나의 과거가 떠올랐기 때문이다. 태교는 커녕 아이들에게 동화책 한 번 읽어주지 않은 무심한 아빠였기 때문이다. 교육에 관한 책을 읽으면서 느낀 점은 아버지의 역할이 엄청나게 중요하다는 것이다. 아이의 사회성과 자긍심은 아버지의 관심이 키워주는 것이다.

예전의 부모님들은 먹고 사는 데 바빠 아이들의 교육에 관심을 가질 수 없었다. 그저 학교에 가서 공부 잘하는 것에 중점을 둔 게 사실이다. 그러다 보니 아이들의 인성은 어디를 가나 배울 데가 없었다. 부모는 일하기 바쁘고, 학교는 성적만 강조하다 보니 자연스럽게 우리의 인성은 낮아질 수밖에 없다.

획일적인 공부에 지친 학생들은 학교가 즐거울 리 없다. 하위그룹의 성적불량자들은 그저 잠이나 자고 멍하니 시간을 보내기 일쑤다. 그것이 우리 학교의 현실이다. 1%의 성적우수자들을 위한 학교는 대다수가 고통스러울 뿐이다. 학생이 전부 참여하는 교육프로그램이 절실한 이유다. 각자에 대한 토론과 사물에 대한 호기심을 배양하는 학교는 없을까?

나에게 학창시절 위안을 준 것은 집에 있던 세계문학 전집이었다.

그때 재미있게 읽었던 소설은 《이반 데니소비치의 하루》라는 작품이었다. 비참한 수용소의 하루를 사실적으로 묘사한 작품에서 주인공의 일상이 아직도 기억에 선하다. 인간이란 아무리 어려운 상황에서도 희망을 잃지 않는다는 것을 깨닫게 해주었다.

성적에 치인 아이들에게 필요한 것은 삶에 대한 희망이다. 독서가 좋은 이유는 아이들에게 희망을 주기 때문이다. 퇴학을 당하고도 인문학 독서로 인해 천재과학자가 된 아인슈타인의 일화나, 저능아라는 판정을 받았던 발명왕 에디슨의 전기는 아이들에게 희망을 준다. 소중한 우리의 아이들은 수학 점수에 따라 낙오자라는 낙인을 찍어야 할 존재가 아니다. 성적순에 따라 순위를 매기는 교육은 열등감만 키울 뿐이다.

"습관이 된 꾸준한 독서는 절대 배신하지 않는다. 독서를 하는 아이들은 미래에 대한 비전을 가지게 되고, 왕성한 호기심에 따른 탐구욕으로 세상을 보는 눈을 키워 나간다. 호기심과 탐구욕은 공부를 잘할 수 있는 기본적인 역량이다. 따라서 독서를 하는 아이는 미래의 큰 꿈에 도전하려는 의욕을 품고 스스로 문제를 해결하려는 자주적인 삶을 살기 때문에 크게 성장할 가능성이 높다."

— 김호진, 『뇌과학 독서법』

집안에 책을 쌓아놓는 것만으로도 아이들의 지적향상에 도움을 준다는 이야기가 있다. 그만큼 환경이 중요하다는 말이다. 부모가 TV대신 책을 좋아하면 아이들도 책을 좋아하게 된다. 나도 책을 좋아하게 되자 아이의 학업 성취도가 높아졌다. 공부하라는 잔소리보다는 자주 서점에 가서 책을 사고 집안을 서재로 꾸며야 한다.

유대인들의 집에 가면 아버지의 방이 서재로 꾸며져 있다. 거실에도 책장이 있기는 마찬가지다. 독서를 좋아하는 유대인들은 책을 소중하게 여기며 아이들에게 책을 읽어준다. 이런 문화 속에서 유대인들은 창의력이 높아진다. 그들이 노벨상을 독점하는 이유를 알 수 있다. 아이를 훌륭하게 키우려면 독서하는 습관을 길러 줄 필요가 있다.

주말이면 놀러 가는 대신 서점이나 도서관에 가야 한다. 아이들은 어린 시절의 습관이 중요하다. 게임을 즐기는 아버지 밑에서 어떤 아이가 나올까? 콩 심은데 콩 나는 것은 만고불변의 진리이다. 부모가 먼저 책을 읽어야 아이들도 책을 읽는다. 현명한 부모는 아이들 앞에서 일부러라도 책을 펼치고 있어야 한다.

06

독서로 인성을 키워라

● ● ● ●

"많은 사람들이 지식을 가지고 잠시 성공한다. 몇몇 사람들이
행동을 가지고 조금 더 오래 성공한다. 소수의 사람들이 인격을
가지고 영원히 성공한다."

― 존 맥스웰

지금 우리가 사는 세상은 복잡한 정보화 사회다. 하루에도 쉴
새 없이 스마트폰과 인터넷에서 정보가 쏟아진다. 각종 뉴스와
잡다한 정보들로 우리의 뇌는 피곤하다. 세상이 너무 빠르게 변
화하다 보니 우리는 정작 중요한 것을 놓치고 있다. 기본적으로
우리는 이성과 감정이 있는 존재이다. 그 중심에는 도덕과 윤리
를 포함한 인성이 있다.

공자는 인(仁)을 강조한 학자로 유명하다. 인이란 무엇인가? 어
질다는 뜻이다. 어진 사람은 덕이 넘치는 사람이다. 덕이란 서로

에게 예의를 갖추고 남을 자신처럼 대하는 것이다. 이런 사람이 많은 사회는 건강해지고 따뜻한 사랑이 넘치게 된다. 덕을 갖추는 데는 인성교육이 필요하다. 인성은 어느 정도 타고 나지만 후천적 교육도 중요하다.

'배우고 때로 익히면 또한 즐겁지 아니한가'는 공자의 근본 사상이다. 인간은 배움이 없이는 덕을 갖추기 힘들다. 어질고 착한 성품을 지니려면 어떻게 해야 할까? 그들의 공통점은 배움과 실행에 있었다. 모르는 것을 알고자 하는 호기심이 배움의 기본이다. 호기심이 넘치는 사람은 매사에 적극적인 사람이 된다.

배움의 목적은 모르는 것을 알고 인성을 닦는 것에 있다. 위인들은 배움을 통해 훌륭한 인격을 갖춘 사람이다. 우리는 그런 위인을 본받기 위해 자신을 갈고 닦아야 한다. 위인이란 단지 역사 속의 인물이 아니다. 그들은 바람직한 인성의 표본을 제시하고 있다. 오래 묵은 전통이라고 치부하지 말고 본받으려는 마음을 가져야 한다.

우리가 독서를 하는 목적은 교양과 인격을 쌓기 위함이다. 책을 외면하는 사람은 폭넓게 생각하지 못하고 좁은 인식의 틀 안에서 세상을 살아가게 된다. 지혜와 덕이 부족한 사람들은 세상을 더 악하게 만든다. 타인을 경쟁의 대상으로만 보거나, 성공의 도구로 생각하는 사람들이 각박한 세상을 만든다. 인성이 부족하면 인간관계에 금이 가고 갈등과 반목이 생긴다.

자장이 떠나고자 공자께 하직을 고하면서 말하였다. "몸을 닦는 가장 아름다운 길을 말씀해 주시기 원합니다." 공자가 말하였다.

> "모든 행실의 근본은 참는 것이 그 으뜸이 된다." 자장이 말하였다. "어찌하면 참는 것이 됩니까?" 공자가 말하였다. "천자가 참으면 나라에 해가 없고, 제후가 참으면 큰 나라를 이룩하고, 벼슬아치가 참으면 그 지위가 올라가고, 형제가 참으면 집안이 부귀하고, 부부가 참으면 일생을 해로할 수 있고, 친구끼리 참으면 이름이 깎이지 않고, 자신이 참으면 재앙이 없다."
>
> — 추적, 『명심보감』

우리는 인간관계를 통해 인성의 중요성을 느낀다. 크고 작은 갈등에서 자유로운 사람은 없다. 세상살이는 인내와 절제를 필요로 한다. 인내에는 두 가지 종류가 있다. 위선적으로 참는 것과 선한 의도로 참는 것이 있다. 그냥 습관적으로 참는 것은 화병으로 이어진다. 시어머니와 며느리 사이의 갈등이 대표적이다.

가족 간에 불화가 생기면 그것처럼 괴로운 것도 없다. 우리나라는 가족 간의 갈등으로 인해 사건, 사고가 끊이지 않는다. 명절이면 오랜만에 만나 서로 반가워해야 하는데, 평소 품고 있던 원망이 폭발해서 큰 싸움으로 번진다. 모두가 인성이 부족해서 생기는 불상사라고 할 수 있다. 화목한 가정은 돈을 주고도 못 사는 것이다. 서로 이해하고 배려하려는 마음가짐이 중요하다.

모든 문제의 원인은 인간관계 속에서 생긴다. 건강한 관계를 위해서는 이유를 갖고 참아야 한다. '내가 이 말을 해서 과연 가족이 화목해질까?' 라는 생각을 해야 한다. 성경에 이런 말이 있다. '비판하지 말라. 네가 헤아리는 것으로 네가 헤아림을 당할 것이다.' 라는 말씀이다. 네 눈의 들보를 먼저 보라는 이야기다. 남의 티끌은 너무 잘 보이는 것이 인간이다.

우리는 모두 불완전한 존재이다. 털어서 먼지 안 나는 사람은 없다. 그러므로 남을 판단할 때에는 먼저 나부터 돌아봐야 한다. 평소에 내가 사람들에게 진심으로 대했는지 먼저 반성해야 한다. 그것이 인내의 첫걸음이다. 무작정 인내하는 것은 나나 상대방이나 좋을 것이 없다. 이유가 있는 인내의 열매는 달지만, 이유 없는 인내는 독이 된다.

인성을 쌓는 데 가장 효과적인 방법은 위인을 본받는 것이다. 우리에게는 수많은 위인들이 있다. 위대한 성인들의 삶은 인류에게 사랑의 본질을 깨닫게 해준다. 조건 없는 사랑은 사람들을 감동시킨다. 예를 들면, 테레사 수녀의 헌신처럼 남을 돕는 행위가 이에 해당된다. 가족을 넘어 인류를 사랑하는 사람들의 공통점은 소명의식이다.

돌 한 개를 날라도 인류를 위해 봉사하는 사람은 사명감을 가진 사람이다. 그저 돈만 벌겠다는 마음으로 일하는 사람은 하루가 지겨울 뿐이다. 사람은 돈에만 목적을 둘 때 인생의 의미가 사라진다. 평범한 사람들의 공통점은 자신의 이익만 생각하는 데 있다. 그들은 무슨 일을 하든지 자신의 이익만 계산한다. 나만 내세우는 마음이 사회를 어둡게 하는 원인이 된다.

"치원 황상, 연암 박지원, 뉴턴, 처칠, 에디슨, 세인트 존스 대학, 시카고 대학, 마바 콜린스, 클레멘트 코스의 사례가 주는 교훈은 다음과 같다.

1. 인문고전 독서교육은 문맹을 천재로 만든다.
2. 인문고전 독서교육은 지능이 낮은 아이를 천재로 변화시킨다.
3. 인문고전 독서교육은 평범한 학생들을 아이비리그 졸업생들보다 뛰어난 인재로 만든다.
4. 인문고전 독서교육은 둔재를 노벨상 수상자로 만든다.
5. 인문고전 독서교육은 학습장애를 가진 아이들을 지적으로

성장시킨다.

6. 인문고전 독서교육은 어떤 희망도 없어 보이는 사람들에게
   새로운 길을 열어준다."

   – 이지성, 『리딩으로 리드하라』

이지성 작가는 인문학의 중요성을 강조하고 있다. 인류역사를
이끌어 온 사람들의 공통점은 바로 인문고전 독서를 치열하게
했던 사람들이다. 사회생활에 필요한 실용독서도 중요하지만,
인문고전은 우리에게 의미 있는 물음표를 던진다. 천재의 반열
에 오른 사람들이 인문고전을 좋아한 것이 그 증거이다.

인문고전을 통해서 우리의 지적 수준이 한 단계 올라간다. 인류
의 역사를 이끌어 온 위인들의 고전만큼 좋은 교재는 없다. 공자
로 대표되는 동양철학과 소크라테스로 시작하는 서양철학이 그
것이다. 철학은 인간을 탐구하는 학문이다. 인간의 본성을 탐구
하면서 철학자들은 다양한 이론을 만들고 우리의 양심과 도덕의
근본원리를 제시해 왔다.

양심이란 왜 존재하는 것일까? 인간에게만 유일하게 양심이 있
다. 불가사의한 일이지만 우리는 인정해야 한다. 양심이란 신의
선물이 아닐까 하는 추측을 가질 뿐이다. 양심이 없다면 우리가

도덕과 윤리를 지킬 필요가 없다. 동물처럼 배가 고프면 새끼를 잡아먹고, 거리낌 없이 동료를 잡아먹을 것이다. 양심이 실종되면 잔인한 본성대로 살아가야만 한다. 그 양심을 학문으로 집대성한 이들이 철학자들이다.

고대 중국에서는 우리나라를 동방예의지국으로 지칭했다. 그만큼 우리 민족은 충효사상을 강조했고 철저하게 지켜 왔다. 그러던 우리나라가 이제는 동방불효지국이 되어 버렸다. 부모가 돈이 없으면 박대하고, 노인들을 무시하는 세태가 지금의 현실이다. 하지만 효는 인성의 근본이며 모든 도덕의 기초이다.

부모를 공경하는 것은 모든 윤리의 시발점이다. 자기 부모도 사랑하지 않는 사람이 남을 사랑할 리 없다. 화목한 가정은 부모를 공경하고, 배우자와 자녀를 사랑하는 마음이 가득한 곳이다. 비행 청소년의 가정을 떠올려 보라. 부모는 매일 으르렁거리고 자식을 학대하는 모습이 그려질 것이다. 그런 가정들이 많은 사회가 지금의 우리 모습이다.

"그들은 분명 알 것이다. 결혼이 중요하고, 결혼을 유지하는 것의 힘이 대단하다는 것을 말이다. 그렇기 때문에 그들은 생각을 하고 서로를 배려하는 문화를 만든 것이다.(...) 대화란 무엇인가? 남녀 간에 최고로 가까워지는 방법이다. 남녀 간의 사랑은

대화에서 만들어지고 대화를 해야만 가슴이 트이게 된다. 대화
가 되면 행복하고 그렇지 않으면 불행할 수밖에 없다. 그들은
소통을 놓치지 않았을 것이다. 그 결과, 가정의 화합이 유지될
수 있었을 것이다."

− 이상민, 『유대인의 생각하는 힘』

유대인들은 왜 이혼율이 낮을까? 그 이유는 부부간에 대화로 소
통하고 자녀들과 독서로 소통하기 때문이다. 그런 아버지는 존
경의 대상이고, 아내는 남편과 아이들을 진정한 사랑으로 대하
기 때문이다. 우리는 아이들을 소유물처럼 여기지만, 유대인은
아이들을 하나의 인격체로 존중한다. 무조건 효도하라는 우리와
달리, 그들은 가정의 화목을 자연스럽게 유도하며 서로 아껴주
는 가정의 모델을 이루고 있다.

윗물이 맑아야 아랫물이 맑다는 속담이 있다. 나라가 잘되려면
윗사람들이 정치를 잘해야 하고, 가정이 잘되려면 부모가 성실
하고 올바르게 살아야 한다. 책 한 줄 안 읽는 부모가 자식에게
아무리 공부하라고 한들 먹혀들 리 없다. 먼저 모범을 보이는 부
모 밑에서 자란 아이들이 훌륭하게 성장한다.

인성은 전적으로 부모가 모범을 보여야 한다. 부부가 서로 사랑
하고 인격적으로 대할 때 아이들이 본받고 친구들과 잘 지내게

된다. 친구들을 때리고 학대하는 아이들의 가정을 보면 십중팔구 문제 부모가 있다. 이른바 결손가정이나 1인 가구가 늘어나는 것도 원인이다. 이것이 사회를 어둡게 하는 원인이 된다.

요즘 학폭 문제가 심각하게 대두되고 있다. 운동선수와 연예계까지 자신들이 저지른 과거의 폭력으로 지탄을 받고 있다. 몇십 년 전의 일도 피해자들은 어제 일처럼 느낀다. 자신에게 폭력을 가한 가해자가 TV에 나오는 모습을 보면 소스라친다. 나도 학창 시절과 군대에서 폭력에 시달린 적이 있다. 한동안 북쪽을 쳐다보지 않으리라 맹세한 적이 있다.

"요즘 뉴스를 보면 하루가 멀다 하고 학교폭력에 관련된 기사가 쏟아진다. 비단 어제오늘의 일만은 아니다. 최근 광주 야산에서 극단적 선택을 한 고교생은 동급생으로부터 기절할 때까지 목이 졸리는 동영상이 발견되면서 오랜 학교폭력의 피해자임이 드러났다. 그리고 강원도에서도 집단 따돌림을 견디지 못한 학생은 학교 옥상에서 투신함으로써 억울한 죽음을 알렸다.

이 두 사건에서 학교 측은 처음엔 학교폭력은 없었다고 부정한다. 학교는 몰랐다고 해서는 안된다. 그건 변명이 되지 않는다. 학교라는 울타리 안에 학생들을 모아놓기만 하고 그 안에서 일어나는 일조차 모른다면, 혹 알고도 사건을 축소 은폐하고 대수

롭지 않게 생각했다면 굉장한 직무유기가 아닐 수 없다. 교사가 없는 곳에서 일어나는 사건이라 몰랐다고 한다면 CCTV라도 설치해 학생들을 보호해야 할 것이다.

더 이상 학교폭력을 철없는 학생들의 치기 어린 장난 정도로 보아선 안된다. 이미 그 범죄의 잔혹성은 성인 범죄의 것과 다를 바 없다. 학교라는 특성상 교실에 있는 다수의 방관자로 인해 피해자는 더욱 고립감을 느끼고, 사춘기 예민한 시기에 인격적으로 모멸감을 느낀다. 불의를 보고 참는 연습을 하며 자란 다수의 방관자 학생들은 사회에 나와서도 똑같은 어른이 되어 불의에 침묵할 것이다. 대한민국 학생들은 안전하게 다닐 수 있는 학교를 원한다. 더 이상 학생들의 죽음을 외면해선 안될 것이다."

– 세계일보 2021. 7. 29일자

우리 사회는 폭력과 이기주의가 도사리고 있다. 맞은 놈도 잘못이라는 합리화로 우리는 피해를 입고도 숨죽이며 살아가고 있다. 과거 선생님들의 폭력과 부모들의 학대 역시 그런 맥락에서 출발한다. 인권이 신장되고 열린 사회로 나아가다 보니 잘못된 폭력과 언행들이 수면 위로 올라온 것이다.

과거의 사건을 보면 우리의 인성이 얼마나 중요한지 알 수 있다. 총체적으로 우리 사회는 위기에 놓여 있다. 물질적으로는 많이 좋아졌지만, 인성은 바닥이다. 진정한 선진국은 인권이 존중되고 서로를 인격적으로 대하는 사회라고 할 수 있다. 도덕과 윤리가 지금처럼 절실한 시기는 없었다. 사회가 발전할수록 더욱 필요한 것이 인성이다.

범죄자를 무작정 처벌하는 것만이 능사는 아니다. 죄를 지으면 교화를 하듯 우리에게는 반성의 기회가 주어져야 한다. 자신의 잘못을 깨닫고 인격이 성숙해지는 데 필요한 것이 인문고전이다. 고전을 보면 우리의 내면을 성찰하는 계기가 된다. 인간의 본성은 선한 면과 악한 면이 공존한다. 악을 이기려면 선을 끊임없이 부어주는 작업이 필요하다.

근본적으로 우리는 다른 사람을 나와 다른 경쟁상대로 본다. 이것은 대단히 잘못된 생각이다. 타인은 나의 동반자로 생각하고, 대신에 자기 자신과 경쟁을 해야 한다. 인간관계를 경쟁으로만 보는 것처럼 어리석은 일도 없다. 우리는 서로 협력해서 살아가는 사회적 존재이며 사랑을 필요로 한다. 다른 사람을 인생의 동반자로 생각하며 살아가는 것이 중요하다.

07

마음을 열어주는 독서의 힘

● ● ● ●

"눈으로 남을 볼 줄 아는 사람은 훌륭한 사람이다. 그러나 귀로
는 남의 이야기를 들을 줄 알고 머리로는 남의 행복에 대해서
생각할 줄 아는 사람은 더욱 훌륭한 사람이다."
– 유일한 박사

'곳간에서 인심 난다'는 말이 있다. 가진 것이 많아야 남에게
베풀 수 있다는 말이다. 하지만 가난한 사람도 친절한 미소나 웃
음, 인사로 남에게 사랑을 베풀 수 있다. 우리는 서로에게 사랑
을 받고 싶어하는 존재이다. 독서를 하는 사람은 가슴이 따뜻해
진다. 그 이유는 좋은 글을 많이 접할수록 우리의 인격이 성장하
기 때문이다.
우리의 현실은 갈수록 각박해지고 있다. 하루가 멀다 하게 수많
은 범죄가 일어나고 그 강도도 점점 더 심해지고 있다. 부모가

아이를 학대해서 죽인 '정인이 사건'이 대표적이다. 그 외에도 입에 담기 힘든 범죄가 뉴스를 차지하고 있다. 미디어가 나서서 자극적인 범죄기사를 선동하는 경우도 있다.

문제는 이런 미디어에 무감각해지는 우리의 감성이다. 나쁜 것을 매일 접하면 올바르게 세상을 바라볼 수 없다. 우리의 양심이 무뎌지고 범죄에 무감각해진다. 해가 갈수록 미디어는 더욱 더 자극적이고 폭력적인 영상을 만들고 있다. 이런 환경 속에서 우리의 내면세계는 파괴된다. 올바른 가치관이 사라지고 쾌락과 한탕주의만 횡행한다.

나 자신도 독서를 하기 전에는 쾌락을 추구하는 삶을 살았다. 음주와 게임을 즐겼고, 부정적인 가치관을 가지고 살아갔다. 독서를 하면서 나는 변화하기 시작했다. 과거의 나쁜 습관은 버리고 좋은 습관을 갖게 되었다. 원대한 꿈을 꾸기 시작했고, 타인을 관용의 대상으로 보고 살아가게 되었다.

독서를 하면 고난을 이겨낸 위인들의 이야기가 나온다. 그들의 일화를 통해 우리는 좋은 영향을 받는다. 나를 사랑하는 마음이 생기면 자연스럽게 남도 사랑하게 된다. 자존감은 건강한 나를 만들고 타인과 원만한 관계를 갖게 한다. 누구나 간절히 원해서 태어난 사람은 한 명도 없다. 그런 생각을 하게 되면 타인이 측

은해 보인다.

우리 사회는 사람들의 수고로 유지된다. 각자 맡은 일을 성실하게 하는 이웃이 있기에 내가 존재하는 것이다. 직업을 통해 우리는 보람을 찾고 생활을 영위한다. 우리가 하루를 무사히 보내는 것은 수많은 이웃의 수고 덕분이다. 세상은 서로의 도움 없이 존재할 수 없다. 보이지 않는 끈끈한 관계 속에서 사회가 유지되는 것이다.

독서는 자신을 위해서 시작하지만 결국 타인을 위한 행위가 된다. 나 또한 독서를 시작한 이유가 나의 성장을 위한 것이었다. 하지만 지금은 이웃을 생각하는 소명의식을 가지게 되었다. 위대한 사람들의 책을 통해 우리는 사명감을 갖게 된다. 독서는 결국 사회를 위해 봉사하는 사람을 만든다.

> "록펠러가 최후 검진을 위해 휠체어를 타고 갈 때였다. 그는 무심코 병원 로비에 걸린 액자의 글귀를 보게 되었다.
> "주는 자가 받는 자보다 복이 있나니."
> 그 글을 보는 순간 마음속에서 울림이 생기면서 눈물이 났다. 선한 기운이 온 몸을 감쌌고, 그는 눈을 지그시 감고 생각에 잠겼다."
>
> – 이채윤, 『십일조의 비밀을 안 록펠러』

우리는 남을 도울 때 인생의 행복을 최고로 느낀다고 한다. 봉사활동이나 나눔을 통해 우리는 자신의 보람을 찾는다. 록펠러가 불치병에서 회복된 비결은 자선활동이었다. 남을 돕는 이타적인 행위는 궁극적으로 자신의 건강과 행복을 가져온다. 남을 돕는 행위가 자신을 돕는 것이다. 이타심과 이기심은 반대편에 서 있지만 마음먹기에 달려 있다. 어떤 것을 선택하느냐에 따라 그 결과는 하늘과 땅 차이로 벌어진다.

성경 말씀에 "네 이웃을 사랑하라"는 말이 있다. 자기 가족을 사랑하는 것도 힘든데 이웃을 사랑하라는 말은 부담스럽다. 이 말대로 이웃을 사랑하려면 뼈를 깎는 성찰이 필요하다. 보통사람이 남을 사랑하는 것은 무척 힘든 일이다. 이타적인 삶을 살려면 좋은 책을 읽고 실천하려는 노력을 기울여야 한다.

우리는 남을 사랑하는 사람들의 미담을 가끔 목격한다. 거액의 재산을 사회에 환원하는 김밥 할머니의 미담을 보면 마음이 포근하다. 얼굴 없는 천사가 해마다 돈 봉투를 놓고 갔다는 뉴스도 마찬가지다. 나눔과 봉사는 누가 시켜서 하는 것이 아니라 마음에서 저절로 우러나오는 이웃사랑의 행위다. 이런 뉴스를 접하면 각박한 사회도 살만하다는 생각이 든다. 나보다 남을 생각하는 사람이 많아질 때 사회는 따뜻해진다.

인간은 원초적으로 사랑을 받고 베푸는 관계 속에서 성장한다. 사랑이 부족한 아이는 비행 청소년이 되고 범죄자가 된다. 사랑이 얼마나 소중한지 알 수 있는 대목이다. 사랑은 나눔의 행위로 표현된다. 작은 친절이라도 받은 사람이 타인을 사랑의 눈으로 바라본다. '콩 심은 데 콩 난다'는 속담이 있다. 사랑을 심으면 사랑이, 미움을 심으면 미움이 자라난다.

> "사실 독서란 이기적인 행위다. 독서를 많이 하는 사람은 틀림없이 이기심이 가득해야 할 텐데, 사실은 그렇지 않다. 이기적일 것 같은 독서가 상대를 배려하고 타인의 아픔을 이해하는 이타적인 삶으로 만들어 준다. 성숙한 시민으로서 세계관을 확립시켜 준다. 책은 반드시 독자에게 이타적인 삶을 살도록 강제한다."
>
> – 황민규, 『독서가 필요한 순간』

독서를 하면 왜 이타적으로 변할까? 좋은 책을 읽으면 나도 모르게 감동을 받는다. 위인들의 사례를 보면서 나도 그렇게 살아야겠다는 마음이 든다. 나는 어린 시절 헬렌 켈러의 이야기가 마음에 와 닿았다. 장애인으로 살아가던 그녀에게 변화가 일어난 것은 설리번 선생님의 헌신적인 사랑이었다. 설리번 선생님도 어린 시절 정신적인 병을 앓았는데, 간호원의 사랑으로 병이 나은 뒤 나눔의 삶을 결심했다는 것이다. 이처럼 사랑의 실천은 또 다른 사랑을 낳는다.

사랑의 힘은 위대하다. 인생은 사랑의 서클 안에서 관계를 만들고 뿌리를 내린다. 이런 사랑이 모여서 선한 사회를 만든다. 우리는 여러 사례를 통해 진실한 사랑을 실천한 성인들을 칭송한다. 그들의 선한 사랑이 좋은 사회를 만드는 밑거름이 되었다. 사랑은 대가를 바라지 않고 무조건 베풀어 준다. 어렵고 불쌍한 이들을 돕는 이들로 인해 사회가 건전해진다.

자신의 불우한 환경을 딛고 일어선 사람들은 대개 주변의 도움이 있었다. 타인의 대가 없는 사랑을 경험한 사람은 본인도 다른 사람을 돕는다. 도움을 받은 사람이 선행을 베푸는 사랑의 띠가 형성된다. 이런 연결고리가 모여서 사회를 따뜻하게 한다. 나도 책의 저자들에게 빚이 많다. 내가 글을 쓰는 이유는 그들의 사랑에 보답하기 위해서다. 내가 얻은 깨달음을 사람들에게 전하는 것이 나의 사명이다.

생각에는 무한한 에너지가 있다. 우리가 사랑과 감사로 충만한 생활을 한다고 가정해 보자. 그렇게 되면 지구는 일순간 천국으로 변화될 것이다. 수십억 인류가 가슴속에 사랑을 품는다면 모든 시기와 분노가 사라질 것이다. 갈등의 원인은 타인을 오로지 경쟁상대로 보기 때문이다. 전 인류가 가족애로 뭉치면 분쟁과 미움이 사라질 것이다.

모든 사람은 사실상 가족이라고 할 수 있다. 인류의 기원을 거슬러 가면 두 사람의 남녀가 있었다. 그들의 후손이 우리라는 사실에 이견은 없을 것이다. 민족과 인종, 국가를 아우르는 공통분모는 우리가 하나의 핏줄이라는 사실이다. 그 사실을 잊지 않고 살아가야 갈등이 사라진다. 너와 나는 다르다는 생각이 갈등과 반목을 일으킨다.

독서를 하면 이타심이 생긴다. 좋은 책이 마음을 따뜻하게 덥혀 주기 때문이다. 세상살이를 액면 그대로 받아들이면 악한 본성만 튀어나오게 마련이다. 좋은 글을 읽고 실천해야 올바른 사람으로 성장한다. 우리의 본성은 대개 선보다 악한 쪽에 가깝다. 남이 잘되면 축하해 줘야 하는데 슬며시 질투심이 피어오른다. 열등감도 일종의 이기심이라 할 수 있다. 남과 자꾸 비교하는 데서 열등감이 생기는데, 그것 또한 남보다 잘났으면 하는 마음에서 출발하기 때문이다.

인간의 이기심은 엄청난 후폭풍을 일으킨다. 분쟁의 역사, 그 중심에는 인간의 이기심이 숨어 있다. 독서는 그런 인간의 본성을 이타심으로 바꿔 준다. 너와 나는 남이 아니라 사실은 하나라는 것을 알려 준다. 올바른 생각의 전환이 이기심을 잠재울 수 있다. 좋은 글을 접하면 나도 모르게 마음의 평화가 오고 욕심이 사라진다.

사람들과 잘 지내는 사람을 가만히 살펴보면 마음에 욕심이 없음을 알 수 있다. 욕심이 없으니 마음이 편안하고 자신의 것을 베풀려고 한다. 그런 이들이 많아지면 사회가 밝아진다. 나눔과 사랑을 실천하는 사람이 많은 사회는 건강하다. 예전에 가난했던 우리나라는 오히려 이웃 간에 정이 넘치고 사랑이 넘치던 나라였다. 그 이유는 서로를 존중하고 아껴주었기 때문이다.

08

성공의 기본은 독서

● ● ● ●

"독서는 평범함을 넘어서려는 사람에게는 필수적이다."

– 짐 론

　우리의 인생은 번개처럼 순식간에 지나간다. 한 번뿐인 인생을 성공적으로 살아가려면 어떻게 해야 할까? 누구나 성공을 꿈꾸며 살아간다. 그러나 성공하려면 어떻게 해야 하는지 막연한 생각만 든다. 성공하는 법을 안다고 해도 실천하는 의지력이 강해야 한다. 일반적으로 성공에는 기본적인 공식이 있다.

성공의 기본은 올바른 인성이라고 할 수 있다. 인성이 비뚤어진 사람이 성공하는 것도 힘들지만 성공해도 문제가 된다. 무엇보다 성공하려는 사람은 자신의 마음과 태도부터 바꿔야 한다. 그런 면에서 독서는 다른 무엇보다 선행되어야 한다. 맛있는 음식을 만들려면 재료가 좋아야 한다. 성공하려면 먼저 성공한 사람의 사례를 찾아서 공부해야 한다.

성공하고 싶은 사람에게는 전략적인 독서가 필요하다. 이루고 싶은 소망을 목표로 잡고, 그 분야에 관련된 책을 모두 읽어야 한다. 일단 자신이 이루고 싶은 목표를 설정해야 한다. 목표가 생기면 그에 맞춰 당신을 도울 사람들이 모여든다. 성공을 하기 위해서는 인맥도 중요하다. 좋은 인맥을 얻으려면 먼저 좋은 사람이 되어야 한다.

목표를 설정하면 같은 목표를 가진 사람들이 당신의 동료가 된다. 그들은 당신과 동행하면서 같이 성장한다. 함께하는 동료들이 당신의 성공을 돕는다. '백지장도 맞들면 낫다'는 속담이 있듯 여럿이 힘을 합할 때 큰 효과를 낸다. "멀리 가려면 혼자 가지 말고 여럿이 가라"는 말이 있다. 원대한 목표를 이루기 위해서는 동반자가 필요하다.

"부자들은 얼마나 책을 읽을까? 부자들을 연구하는 작가 토머스 골리는 부자와 가난한 사람의 독서습관을 5년에 걸쳐 조사했다. 그는 자산이 36억 원 이상인 사람을 부자로 정의했다. 그들 중 88퍼센트가 하루 30분 이상 독서를 하며 주로 전문서와 비소설, 위대한 인물의 전기를 읽는다. 가난한 사람들은 훨씬 적게 책을 읽는데, 주로 머리를 식히기 위해 책을 읽는다. 부자가 책을 읽는 이유는 책을 읽어야만 한다는 사실을 알기 때문이다."

– 허필선, 『독서는 어떻게 삶의 무기가 되는가』

부자와 빈자의 차이점은 독서습관에 있다. 성장을 간절히 원하는 사람은 필연적으로 책을 읽는다. 자신에게 필요한 지식과 정보가 그 속에 있기 때문이다. 독서를 통해 책의 저자를 만나거나 동료를 만날 수 있는 계기도 된다. 부자들은 평소 독서와 운동을 즐기며 인맥 관리에 신경을 쓴다.

성공하기로 마음먹은 사람은 목표와 계획을 세운다. 자신이 관심 있는 분야의 책을 섭렵하고 실천하면서 서서히 성공의 대열에 합류하게 된다. 그 과정에서 주변의 만류와 비판이 따라오기도 한다. 하지만 원대한 목표가 있는 사람은 주변의 시선을 무시하고 자신의 길을 꿋꿋이 걸어간다. 그 원동력을 독서가 제공해 주기 때문이다.

가난한 사람들은 TV를 습관적으로 본다. TV를 보게 되면 말초적인 사람이 되고, 후회와 비판만 일삼게 된다. 게으름은 덤으로 얻는 습관이다. 소파에 비스듬히 누워 리모컨만 돌리는 모습이 빈자의 일상적인 모습이다. 그렇게 살다 보면 비만과 질병이 찾아오고 경제적으로도 힘들어진다. 그들은 독서가 좋다고 해도 귓등으로 들을 뿐이다.

독서를 하게 되면 뇌의 구조가 바뀐다. 평범한 삶에서 비범한 삶으로 변한다. 평범과 비범의 차이는 사고력과 상상력의 차이다. 생각이 바뀌면 행동이 달라지고 인생이 변하게 된다. 우리는 사고의 차원을 높임으로써 위대한 인물이 될 수 있다. 남보다 수준 높은 생각을 해야 성공의 길로 들어선다.

 자신감은 성공의 필수요소 중 하나이다. 소심한 사람이 성공했다는 말을 들어본 적이 있는가? 대부분의 성공한 사람들은 자신감과 목표의식이 뚜렷하다. 자신감을 높이려면 먼저 아는 게 많아야 한다. 자신감은 지식과 통찰력에서 나온다. 지식의 바탕 위에서 전문가가 되고 성공으로 나아가게 된다.

"성공한 사람들은 자신감으로 가득 찬 사람들이다. 성공은 우연의 산물이 아니다. 성공한 사람들은 성공할 수밖에 없는 필수요소를 가지고 있다. 그 필수요소 중 하나는 자신감이다. 대부분의 성공한 사람들은 자신감으로 가득하다. 그들은 자신감으로 가득하다 못해 뜨겁게 불타오른다. 성공한 사람들은 실패한다는 생각은 조금도 하지 않는다. 오직 성공한다는 신념으로 가득하다. 실패한다는 생각이 들어도 불타는 자신감으로 가볍게 극복해 낸다. 성공한 사람들은 자신감과 열정으로 불타오르는 사람들이기 때문이다."

자신감이 넘치는 사람은 일단 실행하고 본다. 이것이 자신감을 가진 사람의 장점이다. 무엇이든 경험해 보지 않고 잘할 수 있는 일은 없다. 매사에 열정을 갖고 실천하는 사람이 성공한다. 열정 없이 큰 성공을 이룬 사람은 없다. 평범한 사람은 열정이 없어 시도조차 하지 못한다. 그들은 실패할 일이 없지만, 성공도 남의 이야기가 될 뿐이다.

성공이란 녀석은 실천하는 사람을 좋아한다. 책만 읽고 실천하지 않으면 마치 공부는 했는데 시험을 안 보는 것과 같다. 친구를 사귀고 싶다면 일단 말을 걸어야 한다. 미인과 결혼하려면 용기를 내서 접근해야 한다. 망설이는 사람에게는 아무리 기회가 와도 잡지 못한다. 성공의 제 1단계는 자신감과 용기라고 할 수 있다.

집을 지으려면 설계도가 필요하다. 마찬가지로 성공은 원대한 목표가 있어야 하고, 그에 걸맞는 계획이 필요하다. 구체적인 꿈과 플랜을 설정하고, 매일 어떤 일을 해야 하는지 체크해야 한다. 몸짱이 목표라면 매일 1시간 이상 운동을 해야 한다. 하루도 거르지 않고 매일 운동하는 사람은 멋진 몸매를 가질 수밖에 없다.

〈꿈을 드러내는 설계도〉

1. 꿈과 목표를 구체화하고 그 중요한 방법으로 독서를 제시한다.
2. 성공하는 나, 승리하는 나에게 필요한 요건을 충족시킬 방안을 고민한다.
3. 독서를 통해 성공과 승리에 다가갈 수 있도록 하는 묘안을 짠다.

   – 심상민, 『비전을 실현해 주는 독서컨설팅』

성공을 하는 데 가장 중요한 포인트는 꿈과 목표설정에 있다. 꿈이 없는 사람은 목표도 막연하거나 아예 없다. 성공을 원한다면 자신 안에 있는 소망을 구체화시켜야 한다. 확실한 목표가 생겼다면 일단 그 분야의 책을 읽고 멘토를 만나야 한다. "부자를 따라 하면 부자가 된다."라는 말이 있다. 가장 좋은 방법은 성공한 사람의 행동을 본받는 것이다.

요리 분야의 대가가 된 백종원의 경우 여러 가지 사업을 벌이다가 실패한 과거가 있다. 그는 좌절하지 않고 마지막으로 남은 식당을 재기의 발판으로 삼았다. 그의 장점은 이른 나이에 여러 가지 사업실패를 경험한 데 있다. 무슨 일이든 이론과 경험이 중요하다. 두 가지가 조화를 이뤄야 성공에 한 발짝 다가설 수 있다.

"행운이란 준비가 기회를 만날 때 생긴다."

– 세네카

성공에는 행운도 따라야 한다. 에디슨의 전구가 히트를 친 이유는 먼저 전구를 개발하려고 노력한 선구자들의 도움이 있었다. 빌 게이츠 역시 마찬가지다. 같은 계통의 선구자들이 프로그램을 개발하고 있었다. 그들의 연구 덕분에 빌 게이츠는 성공의 발판을 마련했던 셈이다. 거대한 성공 뒤에는 보이지 않는 사람들의 도움이 있었다.

시험에 만점을 받으려면 어떻게 해야 할까? 대부분의 수재들은 평소에 시험준비를 한다. 시험 전날 벼락공부를 하는 학생은 공부를 잘할 수 없다. 평소에 준비를 철저히 하는 사람에게 성공과 행운이 찾아온다. 내일로 미루는 습관은 치명적인 실패의 원인이다. 매사에 미루는 습관이 있다면 지금부터라도 한 가지씩 실행하는 습관을 길러야 한다.

영어를 잘하고 싶다면 오늘부터 하루에 한 단어라도 외우는 습관이 중요하다. 처음에는 한 개지만 한 달 후에는 하루에 10개도 외울 수 있는 실력으로 바뀌게 된다. 이것이 바로 꾸준함의 마법이다. 무엇이든 이자가 붙는다. 오늘 한 줄의 글을 썼다면 1년 후에는 책 한 권을 출판할 수 있다. 낙숫물에 바위가 뚫리듯 성실한 사람에게는 그에 상응하는 보상이 뒤따른다.

성공한 사람들은 웃음의 대가들이다. 나는 독서를 통해 웃음의 효과를 알고 실천 중이다. 하루에 한 번 이상 일부러 웃는 시간을 갖는다. 특히 걱정거리가 생길 때 웃는 습관처럼 좋은 것은 없다. 성공자들은 항상 미소를 지으며 웃음을 달고 산다. 성공한 사람들은 성공해서 웃는 게 아니라 처음부터 웃는 습관이 몸에 밴 사람들이다.

웃음과 더불어 낙천적인 자세는 성공의 기본이다. 긍정적인 삶의 태도가 성공을 만든다. 나는 과거에 분노와 열등감으로 가득했다. 그로 인해 항상 우울했고 매사에 짜증이 나곤 했다. 실패하는 사람은 자신의 마음을 다스리지 못한 사람들이다. 성공하려면 일단 열등감에서 벗어나야 한다. 열등감을 자신감으로 바꾸지 않고 성공한 사람은 없다.

나를 변화시켜 준 계기는 독서다. 나는 책을 읽으면서 자연스럽게 내면의 힘이 생겼다. 긍정적인 마음을 갖게 되었고 자존감이 높아졌다. 독서를 통해 나는 글을 쓰게 되었고 작가로 성장했다. 대부분의 책에서 독서습관을 강조한다. 성공의 힘은 꾸준한 독서에 있다. 책을 읽으면 의식 수준이 높아지고 긍정적인 삶의 태도로 변화된다.

〈좋은 친구의 특징〉

1. 긍정적인 태도를 지니고 있다.
2. 열정과 자신감이 넘친다.
3. 올바른 인성을 갖고 있다.
4. 격려와 칭찬을 주로 한다.
5. 명확한 비전을 갖고 있다.

나에게 좋은 영향을 주는 친구는 보석 같은 존재이다. 좋은 친구는 서로 존중해 주고 상호간에 도움이 되는 관계가 되어야 한다. 각자의 단점을 보완해 주는 관계가 제일 이상적이다. 내게 없는 장점을 가진 친구, 내가 도움을 줄 수 있는 친구라면 금상첨화다. 더 나아가서 취미까지 비슷하다면 평생 친구가 될 수 있다.

성공하려는 사람은 주변에 좋은 친구가 필요하다. 이왕이면 나보다 조금 나은 친구와 사귀는 것이 좋다. 평범한 친구보다는 필요한 정보를 주고받는 친구를 만나야 한다. 서로 도와주고 이끌어 주는 친구가 있는가? 그렇다면 당신은 성공의 자질을 갖고 있다는 뜻이다. '친구 따라 강남 간다'는 말은 진실이다. 좋은 친구가 당신 곁에 많다면 이미 성공의 대열에 합류한 셈이다.

좋은 친구를 만나려면 당신이 먼저 좋은 친구가 되어야 한다. 나는 불성실하고 책도 안 보는데 좋은 친구가 생길 리 없다. '유유상종' 이란 말처럼 같은 뜻을 가진 사람과 어울리게 마련이다. 나는 가치관이 바뀌면서 예전에 만나던 사람들과 멀어졌다. 이왕이면 긍정적이고 진취적인 사람들과 어울려야 한다.

좋은 사람들과 자주 만나면 나도 그런 사람이 된다. 인간은 환경의 지배를 받는 존재다. 나보다 나은 사람들과 어울려야 성장할 수 있다. 세미나에 참석하고 열정적인 사람들과 인맥을 맺어야 한다. 당신이 만나는 사람들의 수준이 곧 당신의 수준이 된다. 열정적이고 긍정적인 사람들과 만나야 동기도 부여되고 열정이 생기게 된다. 성공은 그런 사람들에게 주어지는 선물이다.

09

독서는 소통의 도구

● ● ● ●

"독서는 완성된 사람을 만들고, 담론은 재치 있는 사람을 만들고, 필기는 정확한 사람을 만든다."

– 베이컨

현대사회는 말을 잘하는 사람이 인기를 얻고 성공할 수 있다. 능력 있는 사람은 대중 앞에서 자신의 의견을 자신 있게 표현한다. 말을 잘한다는 것은 쓸데없이 수다를 떠는 게 아니라 장소와 때에 맞는 말을 하는 것이다. 침묵할 때는 입을 닫고, 말해야 할 때 조리 있게 말하는 사람은 어디서나 환영받는다.

"한마디 말로 천 냥 빚을 갚는다."는 말이 있다. 말의 위력을 나타낸 속담이다. 말만 잘하면 어떤 사람도 설득할 수 있다. 말은 어떻게 하느냐에 따라 무기가 되기도 하고 실패의 단초가 되기도 한다. 실언 한마디로 인생이 망가진 사람이 얼마나 많은가?

과거에 말실수로 정상에서 추락한 사람들을 이야기하자면 끝이 없다.

말하고 후회하는 사람이 얼마나 많을까? 말은 주워 담을 수 없기에 쓸데없는 말이라고 생각되면 입을 닫아야 한다. 말을 잘하는 사람은 침묵할 줄 아는 사람이다. 지혜로운 사람은 자신의 말을 아낀다. 그 대신 귀는 항상 열어둔다. 말 한마디의 위력을 아는 사람은 말을 조심하고 경청하는 습관을 가진 사람이다.

> "'고맙습니다' 라는 글을 보여준 물은 또렷하게 육각형의 아름다운 결정을 만들었다. 그에 비해 '멍청한 놈' 이라는 글을 보여준 물은 헤비메탈 음악을 들려줄 때처럼 결정이 깨진 채 흐트러졌다. 이 실험을 통해 우리가 일상에서 쓰는 말이 얼마나 중요한지 알게 되었다. 좋은 말을 하면 그 진동음이 물질을 좋은 성질로 바꾼다. 반대로 나쁜 말을 던지면 어떤 것이든 파괴의 방향으로 이끌어 간다."
>
> – 에모토 마사루, 『물은 답을 알고 있다』

이 책을 읽으면 우리가 평소에 쓰는 말이 얼마나 중요한지 알 수 있다. 무심한 듯 보이는 물도 우리의 말에 따라 형상을 바꾼다고 하니 놀라운 일이 아닐 수 없다. 그만큼 우리가 하는 말의 중요성을 새삼 깨닫게 된다. 상대에 대한 긍정적인 말 한마디가 소통을 즐겁게 하고 본인에게도 유익하다.

바르고 고운 말은 주변을 화목하게 한다. 요즘 뉴스를 보면 우리의 심각한 현실이 드러난다. 입에 담기 힘든 범죄나 사건들이 헤드라인을 장식한다. 내가 어릴 때는 듣도 보도 못한 범죄가 벌어지고 있는 게 현실이다. 그 원인으로, 나는 폭력적이고 음란한 미디어를 지목한다. 아무렇지 않게 사람을 때리고 욕하는 장면이 안방에 나오는 게 현실이다.

자극적이고 폭력적인 영상은 사람의 영혼을 병들게 한다. 인간관계에 경쟁심만 생기고 순수함이 사라진다. 사람의 마음에서 양심을 제거하면 미디어가 진실이다. 조롱과 비웃음이 난무하는 프로그램의 피해는 고스란히 우리가 뒤집어쓴다. 이처럼 백해무익한 미디어가 우리의 이성을 마비시킨다.

우리 집에는 몇 년 동안 TV가 없었다. 마침 고장도 났거니와 큰딸의 공부를 위해 TV를 사지 않았다. TV가 없는 동안 우리 가족은 좀 더 대화가 늘어났고, 자녀교육에도 좋은 영향을 주었다. 지금은 TV를 다시 들여놓았지만 나는 거의 보지 않는다. 볼만한 프로그램도 없거니와 TV보다 책이 더 좋은 까닭이다.

TV는 사실 많은 해악을 끼친다. 좋은 프로그램도 간혹 있지만, 대부분은 우리에게 나쁜 영향을 준다. TV를 보면 전두엽이 마비

되고 사고회로가 정지된다. 이로 인해 사고력과 공감력이 떨어지고 사회성이 떨어진다. TV는 가족 간의 대화도 방해할 뿐 아니라 정신건강에도 좋지 않다. 여러분에게 하고 싶은 말은 될 수 있으면 TV를 멀리하는 게 좋다는 것이다.

"3년간 해마다 100권의 책을 읽으면 300권이 된다. 독서량이 300권을 넘어서면서부터 하고 싶은 말이 넘치기 시작했다. 세상에 존재하는 다양한 사상을 접하다 보면 자신도 뭔가를 이야기하고 싶어지는 모양이다. 그래서 맨 처음 시작한 것이 자신의 의견을 적어 나가는 변변찮은 작업이었다."

– 김범준, 『나는 매일 책을 읽기로 했다』

우리가 밥을 먹으면 배설을 해야 한다. 독서 역시 마찬가지다. 독서를 해서 머리에 들어온 지식을 쌓아두기만 하면 무용지물이다. 독서를 하는 사람은 말도 많아지고 글쓰기도 하게 마련이다. 유익한 것을 배우면 남에게 알려주고 싶은 마음이 든다. 읽는 책이 늘어날수록 하고 싶은 말이 많아진다.

말하는 것에 두려움을 느끼는 사람들이 많다. 나 역시 남 앞에서 말하는 것이 두려웠던 사람이다. 여럿이 모인 자리에서 내 차례가 오면 식은땀이 나고 얼굴이 달아오르곤 했다. 그만큼 부끄러움이 많고 자신감이 부족했다. 말하는 데 두려움을 느끼면 사회 생활이 무척 힘들어진다. 대중 앞에서 자신을 표현하는 능력은 누구나 필요하다.

예전에 우리나라는 침묵을 최고의 가치로 여기는 사회였다. 밥 먹는 자리에서 떠들면 아버지에게 구박을 당하기 일쑤였다. 말 많은 사람이 다수의 지적을 받는 그런 사회였다. 현대사회로 넘어오면서 말을 잘하는 것이 능력인 사회가 되었다. 대중 앞에서 말 잘하는 사람이 사람들에게 인정을 받는다.

말이란 것은 생각에서 나오는 것이다. "생각 그 자체가 인간이다."라는 말이 있다. 생각은 어디에서 나오는 것일까? 그것은 우리의 지식과 경험에서 나온다. 지식과 경험이 많을수록 대화의 수준이 올라간다. 수다쟁이를 싫어하는 것은 별 의미 없는 말을 쉴 새 없이 하는 데 있다. 의미 있는 대화를 하려면 나의 지식과 경험이 풍부해야 한다.

"이전까지 그는 동료를 대하는 것이 어려웠다고 한다. 하지만 독서를 통해 동료를 대하는 방법을 배웠고 이것이 그를 바뀌게 했다. 그 후 그의 얼굴은 미소 가득한 표정으로 변했고, 이를 본 동료들의 태도도 변했다. 동료들은 달라진 비결을 물었고, 그는

망설임 없이 독서라고 말했다. 이 말을 듣고 처음에는 반신반의
했던 동료들도 그가 책의 내용을 인용하면서 이야기하는 것을
듣고 독서에 관심을 가지게 되었다. 이 때문에 사내동아리에 독
서 모임도 공식적으로 포함될 수 있었다."

– 차석호, 『1년 100권 독서』

우리는 인간관계를 제일 어려워한다. 인간은 타고난 환경과 성
격이 제각기 다르다. 쌍둥이도 얼굴은 비슷하지만, 성격은 다르
다. 이것이 인간관계를 어렵게 하는 요인 중 하나이다. 독서를
취미로 가지면 인간의 속성을 알게 된다. 자신과 타인의 마음을
알게 되며 인간관계를 원만하게 이끌어 갈 수 있다.

비슷한 성격과 가치관을 가진 사람과는 인간관계가 매끄럽다.
하지만 가족이나 직장, 각종 모임의 인간관계는 어렵다. 나이나
직위에 따라 상대하기가 까다로워진다. 인간관계의 문제가 여기
에서 출발한다. 나를 좋아하는 사람도 있지만 무관심한 사람, 싫
어하는 사람이 분명히 있기 때문이다.

타인과 잘 어울리는 법을 배우면 행복해진다. 모든 불행은 인간
관계에서 오는 경우가 대부분이다. 인간의 행복은 인간관계를
어떻게 하느냐에 달려 있다. 인간관계의 기본은 매끄러운 대화
에서 출발한다. 남의 말을 잘 경청하고 내 의견을 적절하게 표현

하는 사람은 행복한 인간관계를 유지할 수 있다.

"하브루타는 둘이서 짝을 지어 토론하는 것을 기본으로 하지만 혼자서 할 수도 있다. 책을 읽으며 저자의 생각과 주장을 정리한 다음, 그 논지에 대한 자기 생각을 갖고 이야기하는 것이다. 혼자 있더라도 가능하면 소리를 내어 말하는 것이 좋다. 자신의 목소리를 귀로 듣는 것도 표현에 관한 공부가 되고 머릿속에 다시 한 번 정리가 되기 때문이다. 자신이 말하는 것을 녹화하거나 녹음을 해서 다시 들어보면 논리의 오류와 자신도 모르는 습관 등을 인지하여 그것들을 수정하면서 말의 능력도 향상된다."

– 허필선, 『독서는 어떻게 삶의 무기가 되는가』

유대인들은 세상에서 가장 시끄러운 민족이다. 말하는 대회가 있다면 그것마저 독식할 민족이라고 한다. 그들은 5살 때부터 아버지와 토론하기 시작해서 죽을 때까지 대화와 토론을 습관처럼 한다. 미국의 변호사들 중에서 가장 승소율이 높은 사람이 유대인이다. 평소 토론하는 습관으로 다져진 사람들이 말을 잘하는 건 당연하다.

토론할 여건이 안된다면 혼자서도 가능하다. 책을 읽고 나만의 생각을 정리한 후 자기 생각을 낭독하는 것이다. 나의 경우 혼자 있을 때 대본을 들고 낭독을 한다. 주로 내가 쓴 서평이나 좋은 글을 낭독하는데, 녹음을 해서 남기기도 한다. 나중에 들어보면 재미도 있고 말하는 데도 도움이 된다.

말하는 것이 두려운 사람은 낭독을 하면 된다. 혼자 있을 때 무엇이 두려운가? 낭독을 자주 하면 말솜씨도 점점 좋아진다. 평소 낭독습관을 들이면 남 앞에 나가도 떨지 않게 된다. 연습도 안 하면서 나는 말재주가 없다고 하면 할 말이 없다. 무엇이든 준비와 노력이 필요하다. 올림픽에서 금메달을 따기 위해 선수들은 피나는 노력을 한다.

말을 잘하는 것도 연습에서 비롯된다. 명강사들의 사연을 들어보면 리허설에 목숨을 건다고 한다. 가족이나 지인 앞에서 실전처럼 연습한다. 말은 타고나는 거야 라고 생각하는 사람은 그들의 노력을 들어볼 필요가 있다. 재능은 노력을 이기지 못한다. 말하기 역시 본인의 노력 여하에 달려 있다.

10

집중력, 독서가 답이다

● ● ● ●

"성공은 무서운 집중력과 반복적 학습의 산물이다."

– 말콤 글래드웰

'무아지경'이라는 말이 있다. 무언가에 빠져서 황홀해질 때 쓰는 표현이다. 계곡에서 득음하려고 수련하는 소리꾼을 예로 들 수 있다. 한곳에 집중해서 수련을 하다 보면 속칭 해탈의 경지에 이를 수도 있다. 어딘가 집중하면 물아일체의 상태에 들어간다. 집중할 때의 힘은 평소의 몇 배나 된다는 이야기도 있다.

무언가에 몰입하는 힘을 집중력이라고 한다. 우리는 좋아하는 것을 발견하면 밤새는 줄 모르고 빠져든다. 그것이 바로 집중력이며, 집중할 때는 시간을 초월한다. 집중하는 만큼 재미있기 때문에 일에 몰두하게 된다. 어딘가에 미친다는 표현이 바로 이런 상태이다. 미치면 몰입하고 몰입할 때 창조력이 생긴다. 모든 위대한 발명품은 몰입의 과정에서 탄생했다.

나는 도서관에 가면 몰입의 힘을 느낀다. 책을 읽으면서 시간이 정지되는 순간을 경험하기도 했다. 정신없이 책을 읽다 보면 어느새 밤이 찾아왔다. 나는 그런 날이면 일종의 황홀감을 맛보았다. 이것이 몰입의 즐거움이다. 몰입은 행복감을 주고 지루함을 물리치는 원동력이다. 어떤 문제나 일에 몰입할 때 비로소 창의력이 생기고 보람이 생긴다.

> "집중력을 기르는 효과적인 수단으로 독서를 들 수 있다. 시간이 가는 것을 잊을 만큼 또는 남의 말이 무아지경에 빠져 책에 몰두했던 경험이 누구에게나 있을 것이다. 이처럼 독서를 즐기다 보면 어느 사이엔가 집중력이 단련된다."
>
> – 후지하라 가즈히로, 『책을 읽는 사람만이 손에 넣는 것』

독서의 효과 중 하나는 집중력을 단련하는 데 있다. 산만한 아이들은 한 가지 일에 집중하지 못한다. 이런 아이들도 자신이 좋아하는 일을 발견하면 미친 듯이 빠지는데, 주로 게임과 오락이라서 문제가 된다. 인간은 절제하지 않으면 쾌락에 중독된다. 독서는 올바른 가치관을 심어주고 원대한 목표를 갖게 한다.

잡념을 없애는 가장 좋은 방법은 어딘가에 몰두하는 것이다. 몰입할 때 사람은 초능력을 발휘한다. 시간이 언제 갔는지 모르고, 누가 불러도 들리지 않는다. 그때 자신의 내면에 있던 진정한 천재성이 발휘된다. 몰입의 상태에서 나오는 에너지는 엄청나다. 인류에게 위대한 유산을 남긴 이들은 모두 몰입의 대가들이다. 레오나르도 다빈치의 천재성은 몰입 독서에서 나온 결과물이다. 그는 도서관에 파묻혀 책을 탐닉했고 분야를 가리지 않았다. 다빈치의 작품이 찬사를 받는 데 있어 독서가 한몫을 한 것은 분명한 사실이다. 그가 평범한 장인에서 독보적인 존재가 된 것은 인생의 한순간을 독서에 몰입한 결과였다.

독서의 재미에 빠지면 세상에서 그처럼 즐거운 일이 없다. 나 역시 독서의 묘미를 경험한 뒤에는 세상의 모든 일이 시시해졌다. 배우는 것만큼 즐거운 일이 없다고 말한 공자님의 얘기가 그제서야 이해되었다. 사람은 평생 배워야 하는 존재다. 무언가 새로운 것을 발견하고 배우는 것이 진정한 인생의 기쁨이다.

"사람의 기분은 몰입상태에 있을 때 절정에 이른다. 그것은 도전을 이겨내어 문제를 해결한 뒤 무언가 새로운 것을 발견하는 순간이다. 몰입을 낳는 활동은 대부분 명확한 목표, 정확한 규칙, 신속한 피드백이라는 공통점을 갖는다."

― 미하이 칙센트미하이, 『몰입의 즐거움』

탁월한 업적을 쌓은 사람들의 공통점은 어디엔가 몰입했다는 것이다. 이들은 남들이 금방 포기하는 문제에 대해 끈기 있게 매달린다. 자신의 일에 미치지 않고 위대한 업적을 이룬 사람은 없다. 위인들의 특징은 한 가지 분야에 미쳤다는 사실이다. 좋아하는 일에 빠지면 시간 가는 줄 모르고 몰입하는 것이 이들의 특성이다. 몰입은 창조성을 깨어나게 하고 새로운 통찰력을 갖게 한다.

아무리 어려운 일이라도 즐겁게 할 수 있다면 고통은 사라진다. 이른바 신명 난다는 표현이 있다. 즐겁고 기쁜 일은 어려워도 재미있다. 신나고 즐겁기까지 하다. 남들이 미쳤다고 여기는 일을 그들은 재미있게 해낸다. 몰입의 즐거움은 해본 사람만이 누리는 특권이다. 어딘가에 미치는 능력은 타고난 재능이다. 재능이란 어떤 일에 빠지는 힘이라고 할 수 있다.

에디슨이 발명왕에 오른 것은 의도한 것이 아니다. 그저 재미있게 밤을 새며 연구한 결과에 지나지 않는다. 빌 게이츠가 윈도우 프로그램을 개발한 마찬가지다. 그저 재미있게 컴퓨터와 연애를 했을 뿐이다. 모든 위대한 결과 뒤에는 재미와 즐거움이 들어 있다. 남들이 꺼리는 복잡한 수학 문제도 즐겁게 푸는 수학자처럼 몰입의 힘은 위대함을 낳는다.

워렌 버핏이 투자의 신이 된 것도 주식투자에서 즐거움을 발견했기 때문이다. 아무리 어렵고 힘든 일도 재미만 있다면 몰입할 수 있다. 인간은 어려운 것을 즐기는 유일한 존재다. 즐길 때 몰입할 수 있고 남보다 탁월해질 수 있다. 당신에게 밤을 새워서 즐거움을 느끼는 일이 있다면 그 일에 재능이 있는 것이다.

몰입의 대상은 건전하고 남에게 도움을 주는 것이어야 한다. 도둑질에 빠져서 즐거움을 느낀다면 제정신이 아니다. 그건 그저 물질에 대한 욕심일 뿐이다. 타인에게 해를 끼치지 않는 일이라면 열정적으로 몰입해야 한다. 이중섭이 가난 속에서도 그림을 그린 이유는 열정 외에 설명할 길이 없다. 그의 작품에는 열정이 깃들어 있기에 찬사를 받는 것이다.

우리에게는 신이 주신 '열정'이라는 선물이 있다. 나는 독서를 하면서 나의 열정을 발견했다. 책을 좋아하는 것도 열정의 한 가지다. 독서를 좋아하는 사람은 별로 없다. 지루하고 어렵게 느끼는 사람이 대부분이다. 나는 독서에 열정을 주신 신에게 감사를 드린다. 그 무엇보다 배움의 즐거움을 누리는 사람은 행복하다. 행복은 몰입에서 파생된다. 인간은 행복의 기준을 아파트의 크기나 고급 차로 판단하지만, 진짜 행복은 몰입할 수 있는 일에서 발견하는 것이다. 아무리 하찮은 취미라 할지라도 신명 나게 할 수 있다면 행복한 사람이다. 우리가 인생의 행복을 느끼는 것은 간단하다. 좋아하는 일을 신나게 하는 것이다. 몰입의 즐거움을 누리는 사람은 인생의 행복을 다 가진 셈이다.

> "천재란 없습니다. 만일 세계가 가치 있다고 주목하는 어떤 결과물을 누군가가 만들어 냈다면 그것은 순전히 실용적인 목표 하나만을 끈질기게 추구한 노력에 의한 것입니다."
>
> ‒ 정주영, 『하버드 상위 1퍼센트의 비밀』

'일체유심조'란 말이 있다. 모든 것은 마음먹기에 달려 있다는 뜻이다. 우리는 천재가 처음부터 만들어지는 줄 안다. 하지만 그것은 착각이다. 천재는 어떤 한 가지 일에 전력으로 몰두해서 다른 사람의 말을 무시한 사람이다. 그 과정에서 타인은 철저하게 냉혹한 판단을 내린다. 그들은 미래의 천재에게 함부로 이야기한다. "너 이거 안 되는 거 알지? 참 안타깝다. 그 시간에 다른 걸 하지 원."

몰입하는 사람은 철저하게 다른 사람의 말을 차단해야 한다. 타인은 함부로 당신을 판단한다. 이를테면 "너는 공부를 못했잖아? 넌 그 일에 재능이 없어"라는 말이다. 특히 가족과 친구들이 그런 역할을 담당한다. 실상 그의 인생에 별로 도움이 되지 않는 말을 가깝다는 이유로 던지곤 한다.

어떤 목표에 집중하는 사람은 귀가 두꺼워야 한다. 누가 뭐라고 해도 자신의 길을 가야 한다. 귀가 얇은 사람들은 행동하지 않고 핑계를 댄다. 그들은 나이 80이 넘어서야 후회를 한다. 후회는 우리 인생에서 아무 소용이 없는 행동이다. 나이가 들어 후회하기 전에 도전해야 한다. 도전에는 용기와 인내가 필요하지만, 그 열매는 달콤하다.

지금이라도 늦지 않았다. 몰입의 힘을 과소평가하지 마라. 당신은 세상에 아직 드러나지 않은 원석일 뿐이다. 불과 몇 년 전만 해도 나는 책을 쓰는 작가가 되리라고 아무도 기대하지 않았다. 오직 나는 불타는 열정만으로 매일 글을 썼을 뿐이다. 누가 등 떠밀며 책을 쓰라고 시키지 않았다. 다만 나의 마음이 시켰을 뿐이다. 우리는 누구나 내면의 힘을 갖고 있다. 재능이란 그 힘을 끄집어내서 몰입하는 것을 말한다. 어떤 분야든지 우리가 몰입할 수 있다면 그 분야에서 최고가 될 수 있다.

11

창조의 원천, 독서

● ● ● ●

"나는 삶을 변화시키는 아이디어를 항상 책에서 얻었다."

– 벨 훅스

창의력이 요구되는 세상에 살고 있다. 지금은 지식뿐 아니라 그 지식을 응용해서 사람들과 감성으로 연결되는 세상이다. 새로운 지식의 빅뱅이 일어나는 4차 산업혁명이 다가오고 있다. 앞으로의 미래사회는 창의성이 더 요구된다. 창의성을 기르려면 어떻게 해야 할까? 창의력이 높은 민족을 얘기하자면 이스라엘을 빼놓을 수 없다.

유대인의 나라 이스라엘은 작지만 강한 나라다. 세계적인 권위를 지닌 노벨상을 가장 많이 수상한 민족이다. 과학과 경제를 비롯한 모든 분야에서 두각을 나타내고 있다. 창의력의 대명사인 유대인들의 비밀은 무엇일까? 그들의 성공비결은 독서와 토론이다. 유대인들은 성경과 《탈무드》라는 교재를 갖고 토론하기를 즐겨한다. 정적인 독서보다는 활발한 토론을 통해서 현실에 적용시키고 있다.

창의력의 기본은 독서라고 할 수 있다. 책을 읽고 난 뒤에는 사색과 토론이 필요하다. 유대인들이 지혜로운 이유는 독서와 토론, 사색을 습관적으로 하기 때문이다. 매일 독서를 하고 토론하는 그들의 문화가 창의력을 키워준 비결이다. 독서를 좋아하지 않는 우리나라의 경우 창조력이 제대로 발휘되기는 힘들다. 책을 싫어하는 나라는 결국 쇠퇴의 길로 가게 된다.

> "책의 내용이나 수준을 가리지 말고 닥치는 대로 읽는 것이 필요하다. 이를 통해 우리는 뜻밖의 발견이나 기적적인 조우를 의미하는 세렌디피티(완전한 우연으로부터 중대한 발견이나 발명이 이루어지는 것을 말하며, 특히 과학연구의 분야에서 실험 도중 실패해서 얻은 결과에서 중대한 발견을 하거나 발명하는 것을 이르는 말-옮긴이)를 유발할 수도 있다."
>
> – 후지하라 가즈히로, 『책을 읽는 사람만이 손에 넣는 것』

다양한 분야의 책을 읽으면 우리의 뇌는 자극을 받는다. 자극을 통해 새로운 뇌세포가 생성된다. 지적인 활동은 창의력의 원천이다. 똑같은 일을 하는 사람에게 창의력을 기대할 수 있을까? 반복되는 일상에 갇힌 사람들에게 창조력을 기대하는 것은 어리석은 일이다. 새로운 아이디어는 호기심이 왕성한 사람들에게서 나온다. 호기심은 독서를 통해 길러진다.

인간에게 호기심은 식욕을 능가할 정도로 크다고 한다. 호기심 때문에 문명과 과학이 발전하는 기초가 되었다. 우리가 일상에 젖어 살면 호기심은 죽어 버린다. 무엇을 봐도 새롭지 않고 지루하다면 뇌가 굳어 있다는 증거다. 나이가 많더라도 호기심이 있다면 청춘과 다를 바 없다. 젊음을 유지하는 비결은 호기심을 갖는 것이다.

평범한 일상을 탈출하려면 새로운 것을 배워야 한다. 다양한 분야의 책을 읽고 자극을 받아야 한다. 그 과정에서 숨겨진 나의 잠재력을 발견할 수도 있다. 창의력은 독서와 사색을 통해 얻어진다. 단순하게 독서만 해서는 새로운 것이 잘 나오지 않는다. 기존의 지식을 넘어서는 새로운 시각과 사색을 통해 놀라운 창조가 일어난다.

우리나라의 학교 교육은 주입식 교육을 위주로 한다. 명문대학을 가기 위한 성적 위주의 교육은 창의력을 죽이는 일등공신이다. 주입식 교육을 받고 성인이 되면 평범한 현실주의자가 되기 마련이다. 진정한 독서와 사색 없이 새로운 도전과 창의력은 생기지 않는다. 현실적으로 학교 교육이 바뀌기는 힘들다. 그렇다면 부족한 부분을 독서와 토론으로 채워야 한다.

"비빔밥 독서법이란 여러 장르의 책을 한 그릇에 담아 융합시키는 것이다. 독서가 중에는 한 번에 여러 권의 책을 펼쳐놓고 읽는 사람이 있다. 이때 이들 책에서 공통된 점을 찾아 하나로 연결하는 것이 비빔밥 독서법이다. 다양한 장르의 책을 골고루 읽고 융합해야 효과가 있다. 일단 다섯 장르를 선택하고 장르별로 10권씩 추린다. 독서 효과를 극대화하려면 여러 장르의 책을 큰 그릇에 담아 비벼야 한다. 이 방법은 분야의 한계를 뛰어넘는 것이다."

– 차석호, 『1년 100권 독서법』

독서를 할 때 몇 권을 놓고 번갈아 읽는 방법이 있다. 이렇게 독서를 하는 이유는 뭘까? 얼핏 괴상한 방법이라고 생각되지만 나름대로 이유가 있다. 뇌는 한 가지에 집중하면 지루해한다. 이럴 때 여러 가지 주제를 번갈아서 읽으면 흥미를 느끼게 된다. 독서의 기쁨을 느끼면 뇌는 창의적으로 바뀐다. 여러분도 그런 적이 있지 않은가? 흥미 있는 놀이를 할 때 번뜩이는 아이디어가 나오듯이 다양한 분야의 독서를 하면 뇌도 흥분한다.

창의력은 책만 본다고 생기는 게 아니다. 자유로운 상상을 통해 창의력이 증가한다. 독서만 하고 사색하지 않으면 쉽게 말해 고리타분한 지식인이 된다. 독서의 목적은 사색에 있다. 생각하는 힘을 기르려면 혼자 있는 사색의 시간을 가져야 한다. 좋은 책을 읽었다면 내 것으로 소화해야 한다. 그 비결은 여러 가지 각도로 생각해 보는 것이다.

독서를 하지 않고 사색할 수 있을까? 전혀 불가능한 이야기다. 사색의 재료인 독서를 하지 않으면 마치 학생이 공부를 안 하고 시험을 보는 것과 같다. 다양한 분야의 책을 섞어서 읽으면 사색의 재료가 풍부해진다. 이를테면 심리학, 철학, 음악, 미술을 한데 묶어서 사색해보는 것이다. 스티브 잡스는 스마트폰을 발명한 사람이지만, 평소에 선불교나 명상에 심취했다고 한다. 즉, 사색의 시간을 많이 가졌다는 이야기다.

명작은 고요한 사색의 시간을 통해 만들어진다. 수많은 예술가의 영감 역시 혼자 있는 고독의 시간을 거쳐 완성되었다. 다양하고 생소한 분야를 접할 때 창의력이 생기고 응용력이 높아진다. 창조는 응용력이란 단어와 비슷하다. 새로운 것을 만들려면 남이 안 하는 엉뚱한 생각을 잘해야 한다.

에디슨이 달걀을 품었다는 일화는 유명하다. 어린 시절부터 호기심이 왕성했다는 이야기인데, 발명왕이 된 계기를 알 수 있다. 호기심은 다양한 분야에 걸쳐 독서를 할 때 자연스럽게 생겨난다. 남독이나 다독을 실천하면 나도 모르게 호기심과 창의력이 생긴다. 나라의 미래인 어린이들에게는 다양한 책을 읽게 해야 한다.

"책은 지성을 훈련시키고 분별력을 키우며 상상력을 펴서 창조적인 사람이 되게 한다."

– 벤 카슨, 『크게 생각하라』

독서의 좋은 점은 시공간의 제한 없이 생소한 것을 경험할 수 있다는 것이다. 솔제니친의 《이반 데니소비치의 하루》를 읽으면 소련의 얼어붙은 동토가 떠오른다. 가보지 않고도 혹독한 추위를 연상할 수 있다. 내가 삽질을 하지 않아도 딱딱한 땅을 파고 있을 주인공의 손길이 느껴진다. 책 속의 주인공이 되어 거친 시베리아를 탐험하기도 한다.

이 작품은 소련의 독재와 참상을 폭로했다는 공로를 인정받아 노벨 문학상을 받았다. 이데올로기가 세상을 점령했던 시대를 배경으로 희생된 사람들의 참상이 소개된 작품이다. 짧은 하루의 일상을 담았지만, 비참한 인간군상과 현실을 사실적으로 묘사했다는 평을 들은 명작이다. 일반인은 잘 모르는 수용소의 생활을 생생하게 전달해 준 사실주의가 돋보인다.

나는 이 한 권의 책으로 독재에 시달린 소련의 참상을 알 수 있었다. 처음 읽었을 때는 10대였기에 잘 이해되지는 않았다. 하지만 성인의 시각으로 보니 깊은 공감을 하게 되었다. 이처럼 독서의 맛은 나이를 먹어감에 따라 다르다. 자신의 상황과 감정, 시간에 따라 느낌이 달라지는 것이다. 독서의 묘미는 그것에 있다. 사람은 세월이 지남에 따라 생각이 변화된다. 같은 책을 읽어도 느낌과 생각이 다른 것은 그 때문이다.

"유대인은 사실상 생각하는 힘만으로 모든 것을 이룩한 민족이다. 그들은 절대 암기하지 않는다. 지혜와 창의성을 키우는 것에만 집중한다. 그래서 문제 해결력을 키운다. 그리고 그 중심에는 인간에 대한 이해가 있고, 그 토대가 독서와 음악과 미술이다. 그러한 예술이 인간에 대한 이해의 중심이고, 이러한 기둥이 없다면 모든 것이 무너지는 것을 잘 알고 있다. 그러므로 그들은 인문학교육, 이른바 독서를 생활화한 것이다."

– 이상민, 『유대인의 생각하는 힘』

우리는 먹고사는 데 온 힘을 집중한 나머지 깊이 있는 교육이 미흡했던 게 사실이다. 그러나 이제는 얄팍한 교육방식이 통하지 않는 사회가 되었다. 세계화가 진행된 지금 우리에게 필요한 것은 유연한 창의성이다. 창의성은 대학만 간다고 생기지 않는다. 학위가 창의성을 대변하지 못한다.

졸업장과 스펙은 회사에 들어갈 때 도움이 될지는 몰라도 자신과 회사의 성장에는 도움이 되지 못한다. 교과서만 달달 외워서 점수 따기에만 도사가 된 젊은이들에게 창의성을 요구한다는 것 자체가 무리다. 깊이 있는 사고력과 창의력을 기르는데 가장 기본이 되는 것이 인간에 대한 이해력이다. 인간을 이해하는 인문철학교육이 무시되는 풍토에서 창조력은 죽어 버린다.

인문고전 독서와 사색을 하지 않고 창의성을 논할 수 없다. 모든 물질을 움직이는 것은 인간이다. 인간의 내면을 모르고 세상의 이치를 알 수 없다. 정치, 경제, 사회, 문화에 이르기까지 모든 것은 인간의 힘으로 이룩해 놓은 것이다. 유대인들이 우수한 것은 인간의 본질을 정확하게 꿰뚫어 보는 통찰력에 있다. 그들은 《탈무드》와 성경을 치열하게 연구하고 토론하는 역사를 유지해 왔다. 독서와 토론문화가 창의력의 원천이 된 셈이다.

창의성은 주입식 교육에서 절대 나올 수 없다. 1+1=2라고 외운 학생들이 다른 답은 다 틀렸다는 고정관념을 버리지 않는 한 창의성은 나오지 않는다. 유대인들의 창의성은 다양한 답을 인정하는 데서 출발한다. 다양한 사고를 존중하는 사회적 분위기가 창조성을 키운다. 질문이 없는 교실에서 자란 학생들에게서 창조력은 나올 수 없다.

질문은 창조의 원천이다. 교수가 가르치는 대로 받아 적기만 해서는 안된다. 시대에 따라 진리는 변하게 마련이다. 아무리 교과서에 실렸다 해도 의문을 제기하고 토론해야 한다. 질문하지 않는 사람은 절대 창조성이 나오지 않는다. 남과 다른 사고를 해야 질문도 할 수 있다. 기존의 것을 수용하는 태도로는 새로운 것이 나올 수 없다.

창의성은 매일 같은 생각을 하고 살아가는 사람에게 생기지 않는다. 작은 것에도 감동하고, 사물을 깊이 있게 바라봐야 한다. 오늘 태양이 떠올랐다면 신비롭게 생각해야 한다. 세상에 당연한 것은 아무것도 없다. 사과가 떨어지는 당연한 일을 뉴턴은 신기하게 바라봤다. 그 엉뚱한 생각 하나로 만유인력이 탄생한 셈이다.

물을 연구한 학자가 있다. 일본의 에모토 마사루라는 사람이다. 남들은 그저 먹는 물 정도로 생각한 물도 감정이 있지 않을까,

라는 엉뚱한 생각을 했다. 그 과정에서 신비한 연구결과가 나왔다. 그의 생각대로 물은 감정이 있고 생각을 하는 존재였다. 나는 그 책을 읽으면서 평범한 물도 인간처럼 생각한다는 점이 놀라웠다. 사람의 말을 알아듣는 물의 신비한 비밀을 알게 되었고, 모든 존재에게 감사함을 느끼게 되었다.

아인슈타인은 천재과학자로 불린다. 하지만 그의 학교성적은 낙제수준이었다. 그 시간에 다른 일을 했던 까닭이다. 성적을 올리는 대신 그는 인문철학에 몰두했다. 독학으로 미적분을 공부했고 과학에 심취했다. 남들이 하지 않는 독서에 빠진 결과 상상력에 날개를 달 수 있었다. 그의 연구 대부분은 모두 상상력에서 출발한 것이다.

모든 위대한 발명의 뒤에는 상상력이 있었다. 뱀이 꽈리를 튼 꿈을 꾸고 DNA의 나선 고리를 발견한 과학자도 있다. 인간의 뇌는 한계가 없다고 한다. 무엇이든 꿈꾸고 상상하는 것이 현실이 된다는 뜻이다. 아무리 둔재라도 상상력의 힘을 알게 되면 천재가 될 수 있다. 보잘것없는 스펙에 집착하고 학벌에 연연해서는 창조력은 요원한 일이다.

관료사회가 잘 변하지 않는 이유가 있다. 그들의 뇌가 굳어 있기 때문이다. 매일 같은 일을 반복하다 보니 상상력이 죽은 까닭이다. 인간은 딱딱한 이성만 가진 존재가 아니다. 사랑과 기쁨, 슬픔을 느끼는 존재다. 인간을 이성으로만 몰아가면 괴물이 된다. 독서를 해야 하는 이유는 지킬박사가 되지 않기 위해서다.

과학정보만이 정답은 아니다. 아인슈타인도 말년에는 이런 말을 했다. "나에게 과학은 이제 흥미가 없다. 내가 원하는 건 하나님의 존재다. 그분이 하는 일에 관심이 있을 뿐이다." 천재과학자도 과학의 한계에 싫증이 난 것이다. 딱딱한 학문에는 미래가 없다. 그곳에는 인간의 감성과 사랑이 없기 때문이다.

우리에게 진정 필요한 것은 첨단과학이 아니다. 사물을 바라보는 관점이 변해야 한다. 하찮은 풀 한 포기에도 자연의 신비함이 들어 있다. 인간은 더 말할 것도 없는 위대한 창조의 결정체다. 우주와 인간의 내면을 탐구하는 사람에게 빛이 임할 것이다. 그 빛은 진리라고 명할 수 있다. 진리를 깨달은 사람은 어둠 속에서도 빛을 본다.

빛이 있는 곳에는 생명이 있고 희망이 있다. 우리는 그 희망을 찾아 방황하는 존재다. 상상력이 중요한 이유는 그 빛을 찾아내는 비밀이 들어 있기 때문이다. 보이는 것에만 한계를 두는 것처럼 어리석은 일도 없다. 진리는 우리 눈에 확연히 드러나지 않는다. 오히려 우리가 마음의 눈으로 바라볼 때 깨닫게 된다. 인류의 역사와 발자취를 더듬는 사람에게 그 비밀의 문이 열리게 된다.

Chapter
03

제3장

독서에도
기법이
있다

01

나만의 독서법

● ● ● ●

"인생은 책을 얼마나 읽었느냐에 따라 달라진다."

– 인나미 아쓰시, 『1만권 독서법』

1. 훑어 읽기 독서법

나의 기본적인 독서법은 훑어 읽기다. 말 그대로 물 흐르듯 책을 읽는 방법이다. 짧은 시간 내에 책을 읽고 싶을 때 사용한다. 서점에서 책을 고를 때도 좋다. 다독하는 사람들은 거의 이 방법을 사용할 것이다. 재빠르게 좋은 책을 선별하고 많은 양의 책을 읽을 수 있다. 훑어 읽기는 독서의 고수들이 주로 사용하는 방법이다.

대충 훑어 읽는 이유는 좋은 책을 고를 때 효과적이기 때문이다. 보통 책의 두께는 300페이지가 넘는다. 이것을 정독해서 읽기에는 시간이 부족하다. 이럴 때 훑어 읽으면 재빠르게 책을 볼 수 있다. 아무리 두꺼운 책도 훑어 읽기를 하면 5~10분 이내에 끝낼 수 있다. 시간은 없고 좋은 책을 골라야 할 때 아주 유용하다. 독서의 목적은 자신이 필요한 정보를 얻는 것이다. 그러므로 불필요한 부분은 건너뛰어도 좋다. 독서를 오랫동안 하다 보니 이제는 보통 책 한 권을 읽는데 30분 정도 소요된다. 도서관에서 3시간 정도 보내면 대 여섯 권을 읽을 수 있다. 훑어 읽기는 빠른 시간 안에 많은 책을 읽을 때 좋은 독서법이다.

　‘스키밍’이란 ‘건져낸다’ 혹은 ‘대충 읽는다’는 뜻이다. 미국 명문 대학들 중에는 스키밍기법을 정규과목으로 가르치는 곳이 많다. 스키밍은 한마디로 미국에서 주로 쓰는 속독법을 대표하는 기술이다. 최근에는 타인의 신용카드에서 부정하게 정보를 빼내는 기술을 일컬어 스키밍이라고 부르고 있다. 그 때문에 좋지 않은 이미지가 첨가됐지만, 속독 방법으로는 20년 이상의 역사가 있으며, 많은 사람들이 활용해 온 매우 유용한 기술이다. 스키밍의 핵심은 전부가 아닌 필요한 부분만 기술적으로 빼내는 것이다.”

　－ 안계환, 『성공하는 사람들의 독서습관』

책의 요점을 파악해서 많은 정보를 얻으면 남보다 앞서 나아갈 수 있다. 그러므로 다독을 해야 하는 사람은 훑어 읽기가 필요하다. 강사나 전문가들은 해박한 지식을 필요로 한다. 많은 지식을 얻고 싶은 이들에게 훑어 읽기는 효과적이다. 기본적으로 책을 고를 때 혹은 시간이 없을 때 아주 유용하다.

즐거운 독서를 위해 재미있는 부분만 골라서 읽는 방법도 좋다. 지루한 부분을 억지로 읽는 것은 고문이다. 한 권의 책에서 재미있고 유익한 부분은 일부분에 지나지 않는다. 책 한 권을 읽는데 많은 시간을 들인다면 시간이 부족하다. 우리의 인생은 그렇게 길지 않다. 다양한 책을 많이 읽고 싶을 때 훑어 읽기는 효과적인 기법이다.

훑어 읽기의 순서는 보통 제목과 목차를 보는 것으로 시작한다. 머리말 역시 맛있는 읽을거리 중 하나이다. 대개 머리말은 작가가 심혈을 기울여 쓰기 때문에 가독성이 좋다. 대개 저자의 필력은 서문에서 나온다. 서문만 읽어도 책의 수준을 대충 파악할 수 있다. 그런 다음 본문을 한번 훑어본다. 책장을 술술 넘기다가 마음에 드는 부분은 정독해서 읽는다. 이런 방식으로 읽으면 10분 내외로 책 한 권을 볼 수 있다. 그리고 책의 구매 의사가 결정된다. 시간은 부족하고 읽을 책은 많다. 이런 환경에서 최대한 독서의 효과를 얻으려면 훑어 읽기가 제격이다.

2. 재독법

"독서의 참다운 기쁨은 몇 차례 그것을 다시 읽는 것이다."
– D. H. 로렌스

나는 한 번 읽고 마음에 든 책은 몇 번이고 다시 읽는다. 여러 번 읽으면 책에서 새로운 깨달음을 얻기도 한다. 그런 책들은 소장해서 영원히 보관한다. 실용서적을 공부하는 방법은 다시 반복해서 읽는 것이 좋다. 기억에 관한 법칙 중에 한 달에 4번 읽는 방법이 있다. 3일, 일주일, 보름, 한 달 이렇게 네 번에 걸쳐서 읽으면 뇌에 장기기억으로 저장된다. 복습의 효과는 대단해서 망각이 될 때쯤 다시 읽으면 평생 기억이 된다.

암기의 왕으로 고승덕 변호사가 있다. 이분의 공부법은 아주 독특한데, 밥 먹을 시간도 아까워 비빔밥을 해서 먹었다는 일화가 있을 정도이다. 고변호사의 경험담을 들어보면 시험을 볼 때 열 번을 반복해서 읽으면 합격하고 그 이하로 보면 떨어졌다고 한다. 이처럼 반복해서 읽는 것은 효과가 검증된 방법이다.

《7번 읽기 공부법》이라는 책이 있다. 수험생들의 합격을 보장한다는 책인데 효과적인 방법이라 할 수 있다. 반복의 힘은 검증된 공부법이다. 이해될 때까지 읽는 것이 재독법의 핵심이다. 여러 번 읽다 보면 쉬운 부분과 어려운 부분이 드러난다. 이해가 안될 때는 집요하게 그 부분을 공략해서 내 것으로 만드는 것이 중요하다.

> "라이프니츠는 미적분학을 발견한 사람이다. 이 사람은 독학으로 혼자 공부하여 다방면에 놀라운 지식을 쌓게 되었는데, 그 비결은 같은 책을 되풀이해서 읽는 반복독서였다. 각 분야의 대표적인 책을 선택해서 몇 번이고 읽어 내려갔다.
>
> "나는 구멍이 뚫릴 정도로 열심히 꿰뚫어 보았습니다. 잘 이해되지 않는 대목에 크게 신경 쓰지 않고 이것저것 골라 읽었으며, 전혀 뜻을 알 수 없는 곳은 뛰어넘고 읽었습니다. 몇 번이고 이런 읽기를 계속하여 결국 책 전체를 읽어내고 얼마 동안의 시간이 지난 다음 같은 작업을 되풀이해 가면 전보다 훨씬 이해가 잘되는 것이었습니다."
>
> — 김정진, 『독서불패』

미적분은 수학을 포기하게 만드는 어려운 부분이다. 라이프니츠 역시 반복독서를 통해 미적분을 완성했다. 이해가 되지 않더라도 꾸준히 반복해서 읽으면 어느새 문리가 뚫리고 이해가 된다. 그 지점에서 지식의 빅뱅이 일어나는 셈이다. 물은 99도에서 끓지 않는다. 꾸준한 반복만이 100도를 완성한다. 라이프니츠의 반복독서는 좋은 사례라 할 수 있다.

고수들의 공부법은 대개 교과서를 반복해서 읽고, 이해가 안되는 부분은 건너뛴다. 그러다 보면 전체를 이해하게 마련이고, 안 풀리던 내용도 조금씩 선명해지기 시작한다. 세종대왕 역시 백독백습 독서법을 통해 수많은 업적을 쌓은 것이다. 반복의 효과는 검증된 공부방법이다.

사람도 자주 만나야 정이 들듯 책도 마찬가지다. 어려운 책도 자주 보면 익숙해진다. 모든 위인들의 공부법은 끊임없는 반복이었고, 그 과정에서 위대한 결과물이 나오게 된 것이다. 에디슨은 전구를 발명할 때 2천 번의 실패를 거듭했다. 어느 분야든지 2천 번을 반복한다면 성공할 수밖에 없다.

무엇이든 위대한 창조물은 한 분야를 지독하게 파고든 사람들의 작품이다. 그들은 아무리 어렵고 지루해도 끊임없이 반복해서 읽고 연구했다. 우리가 누리고 있는 모든 문명과 발명품이 그 과정에서 만들어진 것이다. 처음에는 어려워 보이는 분야라도 지속적인 연구와 노력이 들어갈 때 각광받는 신기술이 탄생한다. 인류의 역사는 반복적인 탐구를 통해 오늘도 새로운 것을 창조하고 있다.

3. 자투리 독서법

지하철의 승객들은 무엇을 하며 시간을 보낼까? 여러분도 짐작하겠지만, 거의 대부분은 스마트폰을 보고 있다. 그 사람들 외에는 잠을 자거나 멍하니 창밖을 보는 사람들이 있을 뿐이다. 책을 보는 사람은 아주 가끔 눈에 띌 뿐이다. 책을 든 사람을 보면 나는 동지의식을 느껴 반가운 마음이 든다.

보통 지하철은 출퇴근을 위해 하루에 두 시간 이상을 보내는 공간이다. 그 긴 시간 동안 잠을 자거나 스마트폰을 보며 시간을 보낸다면 큰 낭비라고 할 수 있다. 자기계발을 하는 사람이라면 이 황금 같은 시간을 놓쳐서는 곤란하다. 시간은 보물과 같이 다뤄야 한다. 두 시간이라면 적어도 한 권의 책을 읽을 시간이다.

나는 붐비는 지하철에서 두꺼운 책보다는 전자책을 이용해 독서를 하고 있다. 물론 책을 볼 때도 있지만, 전자책이 여러모로 유리한 것은 사실이다. 눈이 피곤한 단점을 빼고 휴대성 면에서 효율적이다. 요즘은 전자책 시장이 활성화되어 스마트폰으로 책을 볼 수 있다. 언제든지 간편하게 책을 읽을 수 있고 오디오로도 들을 수 있다.

지난 몇 년간 읽은 전자책을 헤아려보니 이백 권이 넘어버렸다. 대부분 출퇴근 시간에 읽었는데도 적지 않은 책을 읽은 셈이다.

이처럼 직장인들은 출퇴근 시간을 그냥 보내지 말고 자기계발의 시간으로 활용해야 한다. 피곤한 사람은 이어폰으로 오디오북을 들으면 된다. 책 읽을 시간이 없다는 것은 핑계일 뿐이다.

화장실에서 보내는 시간도 독서에는 제격이다. 화장실은 나만의 공간이며 책을 읽기에 아주 효과적이다. 중국의 구양수는 말안장과 화장실, 침실 등 세 가지를 독서의 최고로 꼽았다. 나는 개인적으로 화장실에서 책 한 권을 다 읽을 때도 있다. 혼자만의 공간에서 조용히 최적의 독서를 즐길 수 있다. 책 내용을 사색하고 명상하기에 화장실은 최고의 공간이다.

새벽 시간이나 잠자기 전 하는 독서는 질적으로 훌륭하다. 보통 새벽 시간은 머리가 맑고 고요하다. 나는 이 시간을 황금시간대라고 생각한다. 이 소중한 시간을 헛되이 보내지 말고 책을 읽어야 한다. 머리에 흡수되는 양이 평소보다 두 배는 크다. 잠자기 전에 독서를 하는 이유는 밤새도록 읽은 책의 내용이 무의식에 저장되기 때문이다. 우리는 무의식의 힘을 무시하면 곤란하다. 우리가 하는 행동의 90%가 무의식에서 나오기 때문이다.

'시간은 금이다' 라는 프랭클린의 명언대로 우리는 시간을 귀하게 여겨야 한다. 단 1분이라도 명언 한마디를 외울 수 있다. 시간을 어떻게 보내느냐에 따라 우리의 인생이 결정된다. 단 한 줄의 글이라도 매일 읽는다면 위대한 사람으로 성장할 수 있다. 나는 독서의 힘을 알게 되면서 자투리 시간이라도 책을 본다. 작은 것을 귀중하게 여기는 습관이 위대함을 만들기 때문이다.

02

낭독법

● ● ● ●

"눈으로 보고 입으로 소리 내어 읽고 마음에서 얻는다."

– 주자

책을 소리 내어 읽는 방법은 우리 선조들의 공부법이었다. 실제로 낭독은 공부의 효과를 높이고 낭독자의 학습효과를 배가시킨다. 낭독은 말하기에도 큰 도움이 된다. 대화에 자신이 없는 사람이라면 낭독하는 습관이 좋다. 운동처럼 말하는 것도 연습이 필요하다. 대화에 자신이 없거나 대중 앞에서 말하기가 힘들다면 낭독을 취미로 삼아야 한다.

책을 빨리 읽어야 할 경우는 대개 묵독을 하지만, 좋은 책을 가슴속에 남기고 싶다면 낭독을 해야 한다. 낭독은 묵독에 비해 암기에 효과적이고 몸에 기억된다. 낭독을 통해 아이들에게 책을 읽어준다면 두 배의 효과가 있다. 본인도 독서습관이 들고 아이들과도 좋은 관계를 맺게 된다.

나는 개인적으로 아이들에게 가끔 책을 읽어주는데 친밀도가 높아졌다. 요즘 가정에서는 대부분 TV나 스마트폰으로 인해 대화가 부족하다. TV대신 책을 읽고 서로 토론하는 문화는 가족해체로 인한 문제를 줄이는 데 큰 효과가 있다. 낭독법 하나로 가정이 화목해지고 배움의 장도 열리게 된다.

책을 소리 내서 읽으면 뇌 건강에 좋고 치매 예방에도 도움이 된다. 치매는 두뇌활동이 현저하게 줄어들어 생기는 병이므로 평소 독서를 취미로 가진다면 예방이 가능하다. 다행히도 사람의 뇌는 쓰면 쓸수록 발달하며 노인이 되어도 활성화된다. 나이를 먹을수록 뇌세포가 줄어드는데, 낭독을 하게 되면 뇌세포가 줄어드는 치매를 막을 수 있다.

나는 개인적으로 책을 소개하는 일을 계획하고 있다. 낭독이 습관이 되면 타인에게 전달력이 강해진다. 독서의 효과가 높아지고 자신감도 생긴다. 낭독은 발표력에 큰 도움이 되며 대인관계에도 좋다. 자신의 생각을 조리 있게 말하는 능력은 사회생활의 기본이다. 낭독은 그런 면에서 효과적인 독서법이다.

어떤 연구결과에 의하면 낭독하는 학생과 묵독하는 학생을 구분해서 조사해 보니 낭독하는 학생의 성적이 훨씬 더 잘 나왔다고 한다. 이런 결과를 보더라도 소리 내서 읽는 것은 학습효과에 큰 영향을 끼친다. 그 이유는 소리 내서 읽으면 뇌에 자극을 주고 남에게 소개하는 과정에서 뇌에 잘 저장되기 때문이다.

책을 읽어도 소리 내서 읽지 않으면 50점이다. 아무리 기억력이 좋은 사람도 속으로만 읽으면 효율성이 떨어진다. 낭독을 하면 암기력도 높아진다. 소리를 내서 읽는 것은 뇌와 몸을 사용해서 하는 전위적 행동이기 때문이다. 제일 좋은 학습법은 남에게 자신의 지식을 가르치는 것이라고 한다. 상대를 가르치려면 일단 입으로 말해야 한다. 그 과정에서 기억력이 증가하는 것이다.

우리 조상들은 서당교육을 통해서 큰 소리로 읽는 것이 공부의 기본이었다. 소리를 내서 읽다 보면 몸으로 글을 익히게 되고 언변도 좋아질 수밖에 없다. 서당교육의 핵심은 입으로 크게 소리 내어 읽는 것에 중점을 둔다. 낭독법의 장점을 일찌감치 깨달은 조상들의 현명함에서 비롯된 교육법이다.

말하기 능력이 부족하다고 판단되면 소리를 내어 읽는 습관을 들여야 한다. 낭독 습관을 들이면 목소리도 좋아지고 암기력도 향상된다. 이런 습관이 반복되면 대화의 기술도 향상되어 인간관계가 좋아진다. 낭독은 자기계발은 물론 인간관계에도 큰 도움이 된다. 내성적인 사람이라면 낭독법으로 인간관계를 개선할 필요가 있다.

나도 소심한 성격으로 인해 남 앞에서 말하는 것이 어려웠다. 그런 이유로 스피치 학원도 다니고 공원에 나가 연습을 하기도 했다. 그 결과는 매우 긍정적으로 나타났다. 예전보다 말을 잘하게 되었고, 남 앞에서도 떨지 않고 발표를 하는 수준까지 이르렀다. 이것은 모두 낭독하기의 이점이다. 일단 책을 소리 내서 읽는 습관이 첫걸음이다. 사람들이 말에 자신이 없는 것은 평소 연습을 하지 않기 때문이다.

낭독법을 실천하면서 가장 큰 이점은 대화에 자신이 붙는 데 있다. 사람들은 자신을 드러내고 싶어한다. 이럴 때 가장 필요한 것이 자기표현이다. 자기를 소개할 때나 동료들과 대화를 할 때 자신 있게 말하는 능력이 필요하다. 말은 재료가 풍부해야 잘할 수 있다. 말해야 할 때를 알고 적시에 화답하는 것이 중요하다. 낭독법은 그런 상황에서 가장 필요한 독서법이다.

"당신이 만약 입을 꼭 다물고 내면의 스트레스를 쌓인 감정을 배출하지 않으면 가슴속이 썩어갈 것이다. 가슴과 영혼이 부정적인 에너지를 쌓아 훗날 감정의 폭탄이 당신을 날려버릴지도 모른다. 하지만 낭독을 하면 당신은 오롯이 당신에게 집중할 수 있다. 당신의 목소리를 당신에게 들려주고 들을 수 있다. 내면에 자리 잡으려고 했던 부정적인 에너지를 씻어내고 긍정적인 에너지로 채워갈 수 있다. 그러면 어느 날 당신의 내면의 목소리가 들려올 것이다. 개인적인 통찰이나 창의적인 아이디어가 떠오를 수도 있다. 낭독은 매일매일 새롭게 당신을 치유하는 독서법이다. 누구든 언제든 시도할 수 있는 자가치유법이다."

– 진가록, 『낭독독서법』

현대인은 스트레스에 심각하게 노출되어 있다. 수많은 업무와 인간관계, 날마다 쏟아져 나오는 정보에 정신이 하나도 없다. 우리에게는 편안한 휴식이 필요하다. 그런데 육체만 쉰다고 온전한 휴식이 되는 것은 아니다. 정신의 휴식, 더 나아가서는 영혼의 치유가 필요하다. 낭독법은 그런 면에서 정신 건강에 효과적이다.

화병은 주로 내성적이고 소심한 사람들에게 잘 나타난다. 그들의 특징은 할 말을 제때 하지 못하고 속으로 삭히는 데 있다. 그와 같은 습관 때문에 화가 쌓이게 된다. 화는 적절히 배출해야 건강에 좋은데 나쁜 방법으로 풀어서 오히려 건강에 문제가 된다. 이를테면 음주나 흡연, 게임중독에 이르기까지 다양하다.

낭독법은 화를 해소하는 데에도 효과적이다. 응어리진 마음의 화를 내뱉음으로써 화가 가라앉는다. 책을 읽고 감동을 받아 눈물을 흘린다면 일석이조가 아닐 수 없다. 우는 것은 감정의 배설이요, 소리 지르기는 억눌린 자아를 해방시키는 행동이다. 좋은 책은 소리를 내서 읽어야 한다. 자신의 건강을 위해서도 내 안에 갇힌 화를 해방시켜 줘야 한다.

"암송을 제대로 하려면 발성기관을 활발하게 움직여야 하고, 그러기 위해선 오장육부 중에서도 특히 신장에서 기운을 끌어올려야 한다. 동의보감에도 나와 있듯이 신장이 소리를 주관하는 기관이기 때문이다. 다시 말하면 암송을 규칙적으로 하다 보면 신장의 기운이 튼실해진다는 뜻도 된다. 아울러 소리를 내면 턱관절을 유연하게 움직여야 하는데, 이 운동은 특히 뇌를 자극하는 데 아주 효과적이다. 음식을 꼭꼭 씹어 먹어야 한다고 하는 것도 바로 이점과 관련이 있다. 그런 점에서 암송이 암기보다 기억의 효과 면에서 열 배 이상 좋다는 뇌과학적 보고가 있는 것도 결코 우연이 아니다. 요컨대 암송은 신장에서 뇌까지 신체의 전 기관을 역동적으로 회통시켜 주는 기막힌 공부법에 속한다."

– 고미숙, 『공부의 달인, 호모 쿵푸스』

낭독법은 암송의 장점에서 한 걸음 더 나아가 건강에도 좋다고 한다. 공부하는 학생들도 조용히 공부하는 것보다 소리 내서 읽으면 암기에도 효과적이다. 몸의 건강은 물론, 뇌 건강에도 도움이 된다. 공부는 끈질긴 인내력을 요구한다. 소리 내서 암송하는 공부법을 한번 시도해 보자. 읽는 것은 온몸으로 공부하는 것이다. 뇌와 오장육부를 자극하기 때문에 추천하고 싶은 공부법이다.

소리 내서 읽는 가운데 발표력도 길러지고 자신감도 상승한다. 암송은 암기보다 몇 배 효과가 있다는 연구결과도 있다고 하니 공부하는 학생이라면 암송에 도전해야 한다. 자신의 목소리가 약하다면 이번 기회에 암송을 통해 목소리에 힘을 줄 기회로 삼아도 좋다. 목소리 가 큰 사람은 자신감도 넘쳐난다. 자신감은 성공의 밑거름이라 할 수 있다.

나는 개인적으로 책을 소리 내서 읽고 녹음을 한다. 나중에 들어보면 책의 내용을 다시 한 번 음미하는 효과도 있다. 강사의 경우에는 평소 낭독을 꾸준히 해야 최고의 강연을 할 수 있다. 유명강사들은 강연 전에 몇 번씩 리허설을 가진다고 한다. 이것도 낭독의 연장선이라고 볼 수 있다. 낭독은 남을 가르쳐야 하는 직업을 가진 사람에게 효율적인 독서법이라고 할 수 있다.

아나운서나 선생님들은 낭독의 대가들이다. 그들 역시 병아리 시절부터 남모르게 낭독을 했을 것이다. 남들 앞에서 발표를 잘하면 자신감도 높아지고 인간관계가 좋아진다. 낭독을 하면 마음에 여유가 생기고 차분해진다. 더 나아가 명상의 효과도 느낄 수 있다. 평소에 꾸준히 낭독을 실천하면 매사에 자신감이 넘치게 된다.

03

네트워크 독서법

● ● ● ●

"우리는 혼자가 아니라는 것을 알기 위해 독서를 한다."
- C. S. 루이스

현대는 네트워크 사회다. 전 세계와 연결된 인터넷망으로 우리는 소통한다. 네트워크는 서로를 연결해 주는 징검다리와 같다. 독서에도 이 네트워크가 적용된다. 같은 분야의 책이나 한 작가의 책을 모조리 읽는 전작을 예로 들 수 있다. 특히 전작은 저자의 인적네트워크를 파악할 수 있어 독서에 큰 도움이 된다. 책을 읽다 보면 마음에 드는 저자를 만나게 된다. 우리는 보통 한 권의 책으로 작가를 판단하고 단편적으로 그를 평가한다. 그러나 작가 역시 사람이고, 시간이 지남에 따라 생각은 바뀐다. 따라서 그의 작품 하나를 읽고 그를 평가하는 오류를 범해서는 곤란하다. 이때 필요한 것이 그의 모든 작품을 읽어보는 방법이다.

좋아하는 작가가 생겼다면 그가 쓴 책을 모두 읽어보는 것이 좋다. 그런 방법으로 책을 읽으면 작가의 생각이나 현실 인식이 점차 변화되는 점을 알 수 있다. 또한 여러 분야에 관한 저자의 생각을 읽을 수 있고 나의 사고 역시 확장된다. 예를 들어 톨스토이에게 관심이 생겼다면 그의 대표작을 비롯한 모든 작품을 읽어보는 것이다.

어떤 분야든지 인기 있는 스타가 있다. 학창시절에 좋아하는 연예인의 사진을 벽에 붙여놓고 콘서트장에 가던 시절이 있었다. 그런 팬들이 성장해서 새로운 스타로 등장하는 예도 드물지 않다. 박세리 선수를 좋아하던 어린 학생들이 성인이 되어 골프계에 혜성같이 등장하는 것도 그 때문이다. 사람은 이같이 존경하는 사람을 닮아가면서 성장하게 된다.

"그런데 서로 관련 있는 책을 연달아 읽자 이전의 독서방식으로 책을 읽을 때와는 비교할 수 없는 만족감을 얻을 수 있었다. 한 주제에 국한된 독서는 자칫 세계를 전체적으로 이해하는 데 가장 느린 걸음일 것 같지만 실은 가장 빠른 지름길이었다. 서로 내용이 겹치고 한 권의 책이 다른 한 권의 책을 이해하는 데 밑바탕이 되자 이해력이 급속히 증대되었다. 이후 이런 방식을 통해 나의 독서능력은 빠르게 향상되었다."

네트워크 독서는 다른 말로 계통독서라고 한다. 같은 분야에서 계속 이어지는 독서를 하면 전문가로 성장한다. 한 분야의 전문가가 되려면 관련된 책을 많이 읽어야 한다. 내용이 겹치고 뻔하더라도 꾸준히 읽어 나가면 점차 지식이 체화되고 전문성이 생긴다. 어느 정도 내공이 쌓이면 그 분야에 관해 강의도 할 수 있는 전문가로 발전한다.

다른 저자가 쓴 같은 분야의 책을 보면서 서로 다른 관점을 발견할 수 있다. 사람의 생각은 모두 다르므로 될 수 있으면 많은 양의 관련 도서를 읽어야 한다. 이에 따라 깊은 사고와 통찰력을 기를 수 있다. 통찰력은 시대가 요구하는 능력이며 인재가 되는 기본적 소양이다. 통찰력이 부족한 사람은 전문가로 인정을 받기 힘들다. 같은 주제라도 다른 입장에서 쓴 책을 많이 읽을수록 통찰력은 상승한다.

우리는 네트워크 세상에 살고 있다. 서로가 거미줄같이 얽혀 있는 관계 속에서 소통하려면 다른 사람의 생각을 읽을 수 있어야 한다. 폭넓은 생각을 하려면 다양한 지식과 사색이 동반되어야 한다. 남의 책을 많이 읽으면서 내 생각을 발견하고 새로운 창조적인 사고가 탄생한다. '모방은 창조의 어머니' 라는 말이 있듯 독서라는 도구는 창조에 있어 가장 멋진 조력자이다.

어떤 책을 보면 저자의 참고문헌이 소개되는 책이 있다. 이름 있는 저자의 추천도서는 배신하는 경우가 별로 없다. 저자의 추천도서를 찾아 읽는 것을 일명 '고구마 독서법' 이라 할 수 있다. 고구마를 하나 캐면 줄줄이 다른 고구마가 달려 나오듯이 한 권의 좋은 책으로 인해 줄줄이 다른 책을 소개받을 수 있다.

> "좋아하는 저자가 말하는 내용은 매우 빠르게 흡수할 수 있다. 그것은 좋아하는 선생님이 가르치는 내용이 머릿속에 쏙쏙 들어오는 것과 같다. 좋아하는 저자는 지적세계로 입문하는 가장 좋은 길목임을 알아야 한다. 자신에게 익숙한 가장 좋은 길목을 놔두고 처음 가는 낯선 길만 돌아다니며 방황하는 것은 좋은 방법이 아니다."
>
> – 박민영, 『책 읽는 책』

사랑하는 사람이 말하면 우리는 귀를 쫑긋 세우고 경청한다. 독서 역시 마찬가지다. 좋아하거나 존경하는 저자가 말하는 것은 귀에 쏙쏙 들어오게 마련이다. 전작 독서가 좋은 이유는 독서에 더 흥미를 갖게 되고 독서력이 향상되기 때문이다. 여러분이 아직 독서에 흥미가 없다면 빠른 시일 내에 좋아하는 작가를 만들어야 한다.

전작 독서의 이점은 저자가 소개하는 또 다른 작가의 작품을 만나기 때문이다. 존경하는 저자가 추천해 준 저자의 책을 손쉽게 소개받을 수 있다. 이에 따라 굳이 서점을 전전하지 않더라도 좋은 책을 소개받고 선택의 어려움도 해소된다. 초보 독서가가 책을 선별하는 능력이 좋을 리는 없다. 친구를 한 명 사귀면 그 친구의 친구까지 사귀게 된다. 이처럼 전작 독서를 하면 폭넓은 독서의 세계로 연결된다.

좋은 책을 선별할 때까지 전작 독서를 꾸준히 해야 한다. 세종대왕이 같은 책을 백 번 읽은 이유가 여기에 있다. 좋아하는 저자가 생기면 이런 습관이 생긴다. 사랑하는 사람은 언제 봐도 질리지 않는다. 독서습관을 갖고 싶은 사람에게 추천해 주고 싶은 독서법이다. 좋아하는 작가를 통해 독서량이 늘어나면 그것보다 좋은 일은 없다. 자신이 좋아하는 작가로 인해 자신도 독서 고수가 되는 셈이다.

"계독은 한 분야의 전문가가 될 수 있다. 계독의 방법은 먼저 관심 분야의 책 10여 권 정도를 빠르게 통독하고 전체적인 방향을 잡는다. 다음으로 그 분야 최고의 전문가가 쉽게 쓴 책을 읽고 본질을 명확하게 이해하고 큰 줄기를 잡을 수 있는 개론서 2

권 정도를 읽는다. 이 정도 되면 그 분야의 트렌드나 과거, 현재, 미래를 이해할 수 있다. 다음으론 독서법을 다르게 하여 100여 권 정도를 읽는 것이다."

– 황민규, 「독서가 필요한 순간」

어떤 분야의 전문가가 되기 위해서는 그 분야의 책 100권을 읽어야 한다. 일단 관심 분야의 최고 전문가가 쓴 책을 먼저 고르고 그를 바탕으로 넓혀 나가야 한다. 예를 들어 심리학에 관심이 있다면 아들러나 프로이트의 책을 만화나 학생용으로 가볍게 시작한다. 그다음에는 원서로 바꿔 읽어가는 식이다. 쉬운 책에서 어려운 책으로 읽어가는 것이 초보의 독서 방식이다.

10권의 개론서만 읽어도 그 분야에서 어느 정도 식견이 생긴다. 누구를 만나도 심리학에 대해서 간단한 이론을 설명할 수 있을 정도가 된다. 100권을 읽은 사람은 그 분야에서 두 시간 이상 강연할 수 있는 실력을 갖추게 된다. 이른바 지식의 체화가 되었다는 이야기다. 그 분야를 전문적으로 연구해서 자신의 저서도 출간할 수 있다.

열정을 바치고 싶은 일이 생겼다면 그 일을 소개한 개론서를 먼저 읽어야 한다. 농사를 짓고 싶다면 농업에 관한 기초적인 책부터 읽어보고 세부적인 이론으로 나가야 한다. 버섯재배를 하고 싶다면 버섯 도감과 같은 책으로 전문지식을 쌓고 이를 바탕으로 다양한 재배법을 공부해야 한다. 지식이 어느 정도 쌓였다고 생각되면 실전경험을 병행해서 이론과 경험을 겸비한 전문가로 성장할 수 있다.

네트워크 독서법의 좋은 점은 많은 작가를 만날 수 있다는 것이다. 나는 책을 고를 때 다른 작가를 소개하는 책을 우선 꼽는다. 좋은 책을 소개받을 기회가 생기기 때문이다. 자신의 주장만 나열하는 책은 여간해서 읽히지 않는다. 다른 이의 사례나 경험담이 많이 들어 있어야 흥미롭게 읽을 수 있다.

인간은 혼자서 살 수 없다. 네트워크 사회는 시대적 흐름이다. 독서 역시 한 권의 책을 바탕으로 점차 지경을 넓혀가는 데 초점을 맞춰야 한다. 내가 읽은 책이 늘어갈수록 나의 인적네트워크가 확장된다. 이 가운데 나의 실력이 길러진다. 독서의 목적은 내가 필요한 정보를 얻고 삶에 필요한 통찰력을 얻는 데 있다.

04

메모독서법

● ● ● ●

"기억을 믿지 말고 손을 믿어 부지런히 메모하라. 메모는 생각의 실마리다. 메모가 있어야지 기억이 복원된다. 습관처럼 적고 본능으로 기록하라."

‐ 다산 정약용

우리는 대부분 독서를 하면 책을 깨끗하게 읽는다. 다음에 중고로 팔려는 의도도 있지만 습관적으로 굳어진 탓도 있다. 하지만 그렇게 읽으면 남는 것이 없음을 깨닫게 된다. 교과서나 참고서를 보면 깨알 같은 메모를 통해 그 학생이 공부를 잘하는지 못하는지 알 수 있다. 마찬가지로 독서를 잘하는 사람은 책에 자신의 흔적을 남기고 메모를 한다.

메모를 하는 이유는 중요한 부분을 기억에 새기기 위함이다. 책을 다시 펼칠 때 내가 읽고 싶은 부분을 찾기에 편하다는 점도 있다. 좋은 문장을 만나면 메모를 남겨서 마음에 새기고 싶다. 깨끗하게 책을 읽으면 머릿속에 책의 내용이 남지 않는다. 사람이 집에 살면 자신의 흔적을 남기듯 독서 역시 마찬가지다. 누구나 소중한 것에는 자신만의 흔적을 남기게 마련이다.

"눈으로 책을 읽으면서 부지런히 손으로 밑줄을 긋거나 박스를 치면 내용을 보다 확실하게 기억할 수 있다. 인간의 기억은 반복할수록 머릿속에 깊이 저장되는데, 밑줄을 긋거나 박스를 치면 자연스럽게 책 내용을 한 번 더 보면서 기억할 수 있다. 밑줄을 긋거나 박스를 치거나 중요표시를 하는 행위가 집중력을 높이고 기억을 돕는다는 것은 새로운 게 아니다. 이미 그 효과가 입증돼 공부법을 소개할 때마다 단골손님으로 등장한다. 이 방법으로 공부해 성공한 사람들도 많다."

– 박상배, 『본깨적』

밑줄을 긋는 것만으로도 독서의 효과는 높아진다. 특히 빨간색으로 밑줄을 치면 머리에 쏙쏙 들어온다. 책에 밑줄을 그으면 뇌에 밑줄을 긋는 것과 같다. 이와 함께 귀를 접으면 다음에 책을 쓸 때나, 서평이나 리뷰를 쓸 때 아주 간편하다. 중요한 구절에 느낀 점을 간략하게 메모해 놓으면 본인의 저서를 쓸 때도 요긴하다. 읽고 난 책에 밑줄과 메모가 많을수록 좋은 책이라는 증거다.

나도 독서 초기에는 책을 깨끗하게 보고 중고서점에 팔기도 했다. 독서법에 관한 책을 읽으면서 메모를 하고 밑줄을 긋기 시작했다. 그런 습관을 들이면서 책의 내용이 더 머릿속에 남게 되었다. 지금은 무조건 빨간 펜을 들고 책을 본다. 밑줄을 긋는 것만으로도 독서의 효과는 높아지고 귀를 접어놓으면 다시 읽을 때 편리하다.

책에 흔적을 남기는 공부법은 새삼스러운 게 아니다. 독서에 열정을 갖기 위해 과감하게 밑줄을 그어야 한다. 나아가서 메모나 그림, 도형을 첨가해야 한다. 깨끗한 책과 흔적을 남긴 책은 전혀 다른 책이 된다. 메모를 통해 나만의 소중한 책이 되어주는 것이다. 우리는 소중한 물건에 자기 이름을 쓴다. 독서 역시 자신의 흔적을 많이 남겨야 내 것으로 만들 수 있다. 메모가 많은 책은 그만큼 좋은 책이라고 할 수 있다.

"생각하지 않는 사람은 곧 질문하지 않는 사람이고 메모하지 않는 사람이다. 다른 사람이 만든 정보를 소비하면서 느낌표만 있는 사람이다. 메모하는 사람은 생각하는 사람이고 질문하는 사람이다. 물음표를 가진 사람은 해답을 찾는다. 정보를 만들고 자신이 만든 정보로 다른 이에게 느낌표를 안겨 준다."

— 신정철, 『메모습관의 힘』

신정철 작가는 메모를 통해서 인생이 변화되었다. 평범한 회사원이던 그가 메모하는 습관으로 인기작가가 되고 파워블로거로 성장한 것이다. 그는 메모라는 아웃풋을 통해 자신만의 독특한 창작물을 만든 셈이다. 책이나 사물을 그저 눈으로만 보면 남는 것이 없다. 사물을 관찰하고 느낀 점을 기록하면 자료가 되고 타인에게 유익한 콘텐츠가 된다.

나 또한 에버노트와 일반 노트, 블로그 등으로 메모를 저장한다. 그 정보들이 모여서 중요한 자료가 된다. 어떤 일을 처리할 때 메모를 보면 시간을 절약하기도 한다. 지금은 정보화시대이며 메모의 중요성이 더 부각되는 시대이다. 손으로 쓰는 습관이 뇌의 기능을 높여주고 암기력에도 큰 도움이 된다.

〈메모요령〉

1. 알아볼 수 있게
2. 중요한 내용 강조
3. 질문을 적기
4. 내 생각을 적기

"다산은 책을 읽을 때 어느 순간 깨달음이 오면서 마음에 품은 의심이 가시는 때가 있는데 그 순간을 놓치지 말고 기록하라고 했다. 생각은 바람처럼 사라져버리기 때문에 붙들어 두지 않으면 없어진다. 이런 바람 같은 생각을 붙잡는 방법으로 메모보다 좋은 것은 없다. 기억을 지배하는 것은 기록이라는 말이 있다. 잘 다듬어지지 않은 글이라도 순간순간 자기의 고유한 생각이나 느낌들은 잘 담아놓으면 그것이 결국 학문을 발전시키는 힘이 된다."

– 차석호, 『1년 100권 독서법』

다산의 독서방법 중 초서는 책의 문장을 옮겨 적는 것이고, 질서는 읽으면서 생각을 메모하는 것이다. 초서와 질서를 합치면 메모독서법과 다를 바 없다. 작가들 중 대부분은 책을 읽으면서 메모를 한다. 문인 장석주는 책을 읽으면서 적는 메모를 통해 책을 쓴다고 말한다. 메모하는 습관에서 좋은 시가 탄생했던 셈이다.

책을 읽다 보면 다산처럼 깨달음이나 감동을 주는 부분이 나온다. 그 상황을 놓치지 말고 책에 느낀 점을 메모하거나 노트에 적어 놓으면 창의적인 생각이 나온다. 작가들은 다산처럼 책을 그냥 읽지 않고 메모나 기호를 통해 기록을 남긴다. 그런 과정에서 글쓰기에 도움이 되고 새로운 깨달음을 얻기도 한다.

메모를 해 놓으면 나중에 다시 읽을 때 소소한 재미도 있다. 내가 그때 이런 생각을 했었구나 하는 감회에 젖기도 한다. 한 권의 책도 보는 시기에 따라 계절이 바뀌듯 새롭게 보인다. 자신의 생각이 시간에 따라 바뀌고 의식이 변화되기 때문이다. 의식이 바뀌면 같은 책이라도 다르게 보인다. 예전에 재미없던 책도 이런 재미가 있었네, 라는 생각이 든다.

그것이 바로 독서의 묘미라고 할 수 있다. 독서를 많이 할수록 즐거움이 커지게 된다. 책을 많이 읽고 생각이 깊어질수록 글을 음미하게 된다. 자세히 알수록 재미있다는 말이 있다. 바둑도 기초를 모르면 재미없듯이 독서 역시 마찬가지다. 독서의 기초는 배움의 기쁨을 느끼고 모르는 것을 알아가는 즐거움에 있다.

새로운 지식을 접했을 때 스마트폰에 메모할 때가 있다. 나는 에버노트를 활용해서 다양한 지식을 저장하고 있다. 에버노트는 글이나 사진, 파일 등을 저장할 때 유용하다. 카메라로 직접 찍어서 저장하는 기능이 있어 많은 양의 글을 저장할 때 유용하다. 메모의 달인이 되려면 어떤 상황에서도 메모하는 습관이 필요하다. 나는 번쩍 떠오르는 아이디어가 있으면 장소를 가리지 않고 메모를 한다. 에버노트는 그런 면에서 최적의 도구이다.

메모하는 습관을 갖고 있으면 직장생활에도 큰 도움이 된다. 업무에 필요한 지식도 메모를 해서 필요할 때 보면 아주 요긴하다. 사람의 기억은 오래가지 못하기 때문이다. 요즘같이 정보가 쏟아지는 환경에서는 사진으로 찍어서 메모를 하기도 한다. 용량이 많은 글은 일일이 손으로 기록하기 힘들다. 카메라로 저장하는 메모법은 이럴 때 필요하다. 일단 노트에 기록해서 사진으로 저장하면 된다.

필요한 정보는 기록해서 파일로 저장해 둔다. 컴퓨터의 백업 기능을 사용해서 저장해 놓으면 안심이다. 나는 글을 쓸 때마다 컴퓨터에 저장해놓는다. 이런 방법을 사용하면 혹시 모를 사고에 대비할 수 있다. 바이러스나 PC고장으로 파일이 날아갔을 때 아주 좋다. 예전에 대용량의 파일이 송두리째 날아간 적이 있어서 백업은 기본적으로 해놓는다.

인간의 기억은 신뢰할 수 없기에 메모는 필수적이다. 메모를 하는 사람은 매사에 정확하고 치밀해진다. 특히 회사원이나 연구원 등 사무직에 종사하는 사람에게 메모습관은 중요하다. 물론 어떤 일을 하던 메모는 필요하다. 사소한 것도 메모해 놓으면 효자 노릇을 한다. 나는 어떤 지식이든 좋다고 판단되면 일단 적는다. 이렇게 적는 습관으로 블로그를 운영하고 책을 출간하기도 했다.

중요한 정보를 머리에만 넣지 말고 적어보자. 머리는 신뢰할 수 없기에 메모가 중요하다. 우리의 기억은 3일이면 대부분 날아가 버린다. 뇌의 특성은 여러 번 보아야 중요하다고 판단한다. 노트나 스마트폰에 저장해 놓고 주기적으로 보면 장기기억으로 저장된다. 메모하는 습관은 매사에 꼼꼼한 사람으로 성장시켜 준다.

한 분야를 공부할 때 파일로 정리해서 기록하면 나중에 필요할 때 쉽게 찾을 수 있다. 나는 노트를 여러 권 갖고 있다. 가방에는 작은 노트가 있고 이것은 책을 읽을 때 활용한다. 집에서는 컴퓨터 옆에 항상 노트가 있다. 일어나면 먼저 날짜를 적고 그날 할 일을 기록한다. 중요한 일을 순서대로 적어 놓으면 시간 관리가 편해진다.

"나는 책을 매우 귀하게 여기는 사람이다. 그런데 이런 내가 책은 지저분하게 본다. 내가 읽은 책들은 온갖 메모와 표시로 어지럽다. 책을 읽으면서 중요하다고 생각되는 것, 떠오르는 것, 의문 나는 것들을 모두 여백에 적고, 밑줄 치고 표시를 하기 때문이다. 나는 책의 내용만큼 끄적거려 놓은 이 낙서들을 소중하게 여긴다. 그것은 소중한 내 생각의 편린이요, 새로운 사유의 실마리이기 때문이다. 낙서로 가득한 책은 이미 다른 누구의 책이 아니라 나만의 책이다."

– 박민영, 『책 읽는 책』

사람은 소중한 것에 흔적을 남기고 싶어한다. 외국의 유적지에 가보면 유독 우리나라 한글이 눈에 들어온다고 한다. 한국 여행객들의 낙서 때문이다. 이처럼 부끄러운 일도 있지만, 귀한 것에 자신의 메모를 남기고 싶어하는 마음은 누구나 마찬가지다. 그렇기에 독서를 하면서 자신의 메모나 흔적을 남기면 나만의 소중한 책이 되는 것이다.

사랑하면 스킨십을 하고 싶어하듯 독서도 마찬가지다. 책을 사랑하는 사람은 책을 깨끗하게 다루지 않는다. 자신만의 기호나 낙서로 의미를 남기는 것이다. 내가 흔적을 남긴 책은 나만의 보물이 된다. 메모는 생각의 표현이고 일기가 되기도 한다. 훗날 다시 그 책을 읽었을 때 발견하게 되면 소중한 추억의 한 페이지가 된다.

05

사색독서법

● ● ● ●

"사색 없는 독서는 전혀 씹지 않고 삼키기만 하는 식사와 다를
바 없다."

-애드먼드 버크

독서만 하고 사색하지 않으면 반쪽짜리 독서가 된다. 독서를
하는 이유는 생각의 힘을 기르기 위해서이다. 그냥 지식만 머리
에 넣는 독서는 아무 소용이 없다. 성찰과 사색이 들어가야 진정
한 독서를 한 것이다. 독서는 사색을 통해 완성된다. 독서 고수
들은 사색의 과정을 거쳐 지적 성장을 이루게 된다.

독서를 오랫동안 하다 보니 이제는 좋은 책을 선별하는 능력이
생겼다. 이것도 사색이 낳은 결과다. 좋은 책은 여운을 남기고
다시 읽고 싶어진다. 내게는 그런 책들이 분야별로 있다. 궁합이
맞는 이성이 있듯 책도 마찬가지다. 내 마음에 드는 책을 찾으면

그렇게 좋을 수 없다. 독서의 재미는 나와 맞는 책을 만날 때 최고조에 달한다.

사색하는 것은 생각을 한다는 뜻이다. 책에서 읽은 대로 실천하고 자신의 것으로 만드는 것, 그것이 진정한 사색이다. 생각의 힘으로 인류는 찬란한 문명을 남겼고 지금도 전진하고 있다. 파스칼은 그의 어록에서 '인간은 생각하는 갈대' 라고 했다. 연약하지만 생각하는 인간은 세상에서 가장 위대한 존재가 된 것이다.

> "아이와 대화를 잘하려면 무엇보다 나 자신과 대화를 잘해야 한다. 자기 자신과도 대화를 잘 나누지 못하는 사람이 타인과 대화를 잘 나눌 리 만무하기 때문이다. 그렇다면 어떻게 해야 자기 자신과 대화를 시작하고 또 잘할 수 있을까? 독서와 사색이 답이다. 사람은 책을 읽을 때 비로소 자신과 대화를 시작하게 되고, 깊은 사색에 잠기는 시간이 바로 자기 자신과 깊은 대화를 나누는 시간이기 때문이다."
>
> – 이지성, 『생각하는 인문학』

사회생활에서 소통이 중요하다고 이야기한다. 대개 남들과 소통하는 것으로 말하지만, 사실 자신과 소통하는 것이 먼저다. 내가 어떤 존재인지, 어떻게 살아야 하는지 아는 사람은 별로 없다.

그저 남을 흉내 내며 사는 사람이 대부분이다. 나와 소통을 잘하는 사람은 건강한 사고력을 갖게 된다.

자신에게 평소에 어떤 생각을 주로 하는지 질문을 던져보자. 그저 놀러 갈 생각이나 하고, '뭔가 재미있는 일은 없나' 라는 일차원적인 생각만 한다면 문제이다. 나도 독서를 하기 전에는 쓸데없는 공상만 하며 시간을 보냈다. 건설적인 생각 대신 주로 비생산적인 일만 생각했던 셈이다. 진정한 나를 모르고 타인과 건강한 소통을 하는 것은 어렵다.

독서를 오랫동안 하면서 진정한 나를 찾기 시작했다. 어떻게 살아야 하는지, 나는 누구인지 성찰하며 내면과 소통하기 시작했다. 물론 아직도 가야 할 길은 멀다. 하지만 꾸준히 독서를 하면 삶은 더 나아질 것이다. 나는 독서의 힘을 믿으며 오늘도 책장을 열심히 넘기고 있다.

"토론은 대화가 충분히 이루어진 뒤에 시작해야 한다. 우리나라에는 토론문화가 거의 없다고 해도 과언이 아니다. 심지어는 TV토론 프로그램에 나오는 지식인들조차 제대로 토론할 줄 모른다. 어쩌다가 이렇게 되었을까? 이유는 간단하다. 서로의 사색을 함께 나누는 것이 대화고 대화의 확장이 토론인데, 우리나라 사람들은 사색도, 대화도 할 줄 모르기 때문이다. 눈을 맞추고 입을 열어서 대화를 해야 서로에 대해서 알게 된다. 즉, 대화란 이해와 공감과 존중의 언어적 표현이다. 이 아름다운 대화의 바탕 위에서 토론을 했을 때 서로 성장하게 된다. 서로 감사하고 사랑하게 된다. 반면 이해와 공감과 존중에 기반한 대화가 선행되지 않고 이루어진 토론은 서로에게 상처만 줄 뿐이다."

　　　　- 이지성, 『생각하는 인문학』

'토론은 대화의 연장' 이란 말이 마음에 와 닿는다. 대화가 선행되어야 토론도 꽃을 피울 수 있다. 우리는 주로 TV에서 정치인들의 토론을 지켜보는데, 정말 막장 드라마가 따로 없다는 느낌을 받는다. 욕설은 기본이고 상대에 대한 예의도 찾아볼 수 없다. 오직 자신의 아집과 주장만 상대에게 강요하는 모습이다. 이런 태도를 갖고 토론하는 것이 우리의 현실이다.

어떤 주제가 있다면 그것에 관한 충분한 사색을 거친 후 상대와 대화를 나눠야 한다. 그 뒤에 토론을 하는 것이 맞다고 할 수 있다. 그저 상대를 이기려고만 하는 사색 없는 주장은 서로에게 상처만 남길 뿐이다. 대화와 토론의 기본은 상대에 대한 존중이다. 호전적인 태도를 장착하고 토론장에 나서는 순간 그곳은 전쟁터와 다름없다.

토론은 '대화의 꽃' 이라고 할 수 있다. 대화는 사색을 전제로 요구한다. 상대에 대한 사색 없이 생산적인 대화는 기대할 수 없다. 우리는 생각 없는 문화에 길들여져 있다. 군사정권 시절 탄생한 국민교육에 따라 그저 상명하복식 군대 문화에 복종해 온 까닭이다. 이제는 우리가 탈권위화해서 민주사회로 접어든지 오래인데 토론문화만은 아직 그대로다.

그 문제의 근원에는 독서의 부재가 있다. 책을 읽지 않으면 생각 없는 사회가 되어 버린다. 자신을 제대로 이해하지 못하는 사람이 남과 대화가 될 리 없다. 정치인들의 토론회를 보면 그 사실이 자명해진다. 질문 없는 교실과 구태의연한 사고방식을 가진 기성 사회가 변하지 않는 한 이런 상황이 지속될 것이다.

나는 우리 모두 책과 친구가 되어 서로를 존중하는 토론문화가 성숙되기를 원한다. 플라톤이 주장했듯이 철학자가 정치를 해야 한다는 것은 조금 무리가 있다. 하지만 적어도 생각 없는 사람들이 정치를 해서는 안된다고 생각한다. 독서를 안 하는 국회의원들이 나라를 다스려서는 안된다. 국민들도 깨어있으려면 독서를 해야 한다. 그래야 지역주의에 매몰되지 않고 정직하고 올바른 정치인을 뽑을 수 있다.

독서는 생각하는 사람을 만들고 건전한 가치관을 형성한다. 남의 의견을 비판 없이 수용하는 사람은 가치관이 실종된 사람이다. 사회가 시키는 대로 행동하는 사람은 심하게 말하면 동물 같은 삶을 사는 것이다. 학교에서 배우는 대로 모든 것을 받아들이면 안된다. 모든 일에 호기심을 갖고 진리를 탐구하는 한편, 적절한 비판능력도 있어야 한다.

우주 만물을 보면 독특하고 일정한 규칙이 존재한다. 서로 상생하며 조화를 이루는 것이 자연의 모습이다. 이것을 보고 그저 감탄만 하면 그 내면의 진실을 알 수 없다. 주어진 대로 살아가는 사람은 보이는 것만 바라보는 사람이다. 자연과 우주, 인간의 본질을 탐구하는 정신이 필요하다. 사회 역시 마찬가지다. 사색하지 않고 비판 없이 살면 우리는 동물과 같은 삶을 살아가는 셈이다.
세계의 역사를 보면 어렴풋이 답이 보인다. 잔혹한 전쟁과 약탈의 역사가 인간의 자화상이다. 그 중심에는 인간의 도를 외면한 위정자들이 있다. 진리에 대한 성찰을 외면한 사람들이 저지르는 죄악은 엄청나다. 사색이 우리에게 중요한 것은 우리가 동물이 아니기 때문이다. 우리는 위대하고 소중한 영혼을 가진 존재다.

독서를 하는 사람은 자아의 정체성이 확립된다. 이른바 생각하는 사람이 된다. 세상의 본질을 깨닫고 현명하게 자신의 길을 간다. 남들이 뭐라 해도 자기의 가치관을 고수한다. 그런 사람들이 세상을 밝히고 진리의 문을 연다. 위대한 성인과 철학자들이 그 사실을 증명하고 있다. 인간은 생각하는 힘을 잃어버릴 때 위험한 존재가 된다.

생각하는 힘을 기르는데 독서처럼 좋은 것은 없다. 책을 읽으면 생각이 많아진다. 자신에 대해 알고 싶어진다. 더 나아가 우주 만물에 대해 호기심이 생긴다. 나와 세상의 본질을 깨달은 사람은 어떤 것에도 휘둘리지 않는다. 남과 다른 삶을 살아가게 된다. 그들이 세상의 빛이 된다. 빛은 세상의 어둠을 걷어버린다.

빛나는 삶을 살고 싶다면 오늘부터 책을 들어야 한다. 세상의 고난에 지친 사람은 책에서 위안을 얻고 자아를 발견한다. 자신이 얼마나 소중한 존재인지 깨닫게 된다. 나는 하찮은 존재가 아니라 위대한 내면의 자아를 가진 사람이다. 그 깨달음이 세상의 어둠을 물리치는 힘이 된다. 자신을 성찰하는 사람은 고난 앞에서 무릎 꿇지 않고 오히려 세상을 이끄는 사람이 된다.

"당신에게 가장 필요한 책은 당신으로 하여금 가장 많이 생각하게 하는 책이다."

– 마크 트웨인

06

성장독서법

● ● ● ●

"책을 사는데 돈을 들이는 것은 결코 손해가 아니다. 오히려 훗날 만 배의 이익이 있다."

– 왕안석

독서에는 세 가지 종류가 있다. 취미독서, 지식독서, 성장독서가 그것이다. 이 중에서 진정한 독서는 성장독서라고 할 수 있다. 성장독서는 나를 변화시키고 발전하게 만든다. 성장 독서에는 자기계발과 위인전이 대표적이다. 위인들의 삶을 통해 나를 돌아보고 동기부여가 될 수 있다. 자기계발 분야는 내용이 반복되는 단점이 있지만, 성장을 위해서는 열심히 읽어야 한다.

사람은 절대 변하지 않는다. 변화를 주는 딱 한 가지가 있는데, 그것은 고정관념을 바꾸는 것이다. 사람은 생각을 바꾸면 인생이 바뀐다. 나는 그것을 독서에서 체험했다. 딱딱하게 굳어있던 나의 고정관념이 독서로 인해 바뀐 셈이다. 평범한 사람이 변하기 위해서는 독서라는 망치가 필요하다. 책이 고리타분하다는 생각을 하고 있다면 오늘 그 고정관념부터 버려야 한다.

일반인들은 다람쥐처럼 매일 똑같은 일상을 반복한다. 그러면서 왜 자신의 인생이 고달픈지 전혀 모르고 한탄만 한다. 그들에게는 고정관념이 자신을 옭아매고 있는지 전혀 깨닫지 못한다. 고정관념은 이를테면 공부를 잘하려면 부모의 경제력이 좌우한다는 생각이다. 하지만 공부의 기본은 동기부여에 있다. 내가 왜 공부를 해야 하는지 목적이 앞에 있어야 한다.

아이들을 '공부의 신'으로 만들려면 어떻게 해야 할까? 먼저 공부할 수 있는 분위기가 중요하다. 좋은 공부방을 마련해 주고 비싼 학원에 보내라는 이야기가 아니다. 그것도 하나의 전략이겠지만, 그 이전에 부모의 습관부터 바꿔야 한다. 그 출발점은 부모가 먼저 책을 읽는 일이다. 거실을 차지하고 있는 TV부터 없애고 대신 책장과 테이블을 놓아야 한다.

"독서에 미치고 싶으면 어떻게 해야 할까? 아주 간단하다. 주위환경을 책을 볼 수밖에 없는 조건으로 만들면 된다. 먼저 집한 가운데 떡하니 차지하고 있는 텔레비전부터 제거한다. 값이 비싸더라도 당장 베란다 문을 열고 밖으로 던져버린다. 지나가는 사람이 맞든지 말든지 모르겠다. 누굴 줄까 고민도 하지 마라. 그냥 던져버려라. 내친김에 확 버려야 한다. 아깝다는 생각에 중고로 팔아버릴까 생각해서도 안된다. 그러다 보면 언제 그랬었냐는 듯이 다시금 텔레비전이 집 한가운데를 떡하니 차지하고 그 위용을 자랑하게 될 것이다. 그러니 지금 당장 문을 열고 던져라."

-김우태, 『소소하게 독서중독』

조금 과격한 표현이기는 하지만 독서를 하기 위해서는 TV를 없애야 한다는 말이다. TV는 공부와 독서의 가장 큰 적이다. TV를 계속 보면 전두엽이 마비되고 수동적인 뇌로 바뀐다는 연구결과가 나와 있다. 반면에 책을 읽으면 전두엽이 활성화되고 능동적으로 변하게 된다. 우리 집의 경우를 봐도 딱 들어맞는 말이다. 딸이 중학교에 올라갈 때 TV가 고장이 났다. 기회는 이때다 싶어 TV를 사지 않았다. 그 당시 나의 취미가 독서로 바뀌었던 터라 미련도 없었다.

나는 아이들이 초등학교에 다닐 때 독서에 취미를 붙였다. 늦은 감이 있지만, 그때부터 아이들에게 책 읽는 아빠의 모습을 보여줬다. 나는 아이들에게 공부하라고 강요한 적은 별로 없다. 대신에 목표를 잡으라고 조언해 주고 지켜봐 주었다. 이처럼 부모가 독서하는 습관을 가지면 아이는 올바르게 성장한다.

아버지가 텔레비전이나 보고 밤늦게 술 먹고 들어오는 모습을 보는 아이들은 어떻게 될까? 아이들은 아버지의 등을 보고 자라는 존재다. 집안의 가장인 아버지의 행동이 중요하다. 아이들은 안 보는 것 같아도 아버지를 따라 한다. 아이들 앞에서는 찬물도 조심해서 마셔야 한다고 한다. 부모가 책을 좋아하고 올바른 생활을 해야 아이들에게 긍정적인 영향을 준다.

"이처럼 성공한 사람들은 왜 독서를 강조하는가? 그 이유는 책이 우리에게 통찰력과 전문성을 가지게 만든다는 것이다. 그중에서 독서가 주는 가장 큰 힘은 통찰력이다. 통찰력은 사물을 꿰뚫어 보는 능력을 말한다. 독서를 통해 책 속에서 다양한 천재들을 만나보고 그들의 삶을 들여다볼 수 있다. 또한 그들과 함께 질문하고 답을 찾아가는 대화를 할 수 있다. 그리고 의식이 확장되면서 세상을 보는 눈이 넓어지고 통찰력으로 이어진다."

– 김호진, 『뇌과학 독서법』

통찰력은 성장의 필수요소이다. 일례로 세상을 직관적으로 바라보고 시대를 꽤뚫어 보는 혜안을 가진 사람이 성공할 수 있다. 지금 우리 시대는 개개인의 통찰력을 더 요구하고 있다. 하루에도 수없이 많은 정보가 우리를 어지럽히기 때문이다. 인터넷정보나 뉴스가 더 이상 진실되지 않고 오히려 왜곡되어 우리에게 나타나고 있다. 그러므로 우리는 정보를 무작정 받아들이지 말고 분석하고 예측할 수 있는 통찰력이 필요하다.

박근혜 정부 때 '창조경제'란 말이 무성했다. 창조란 무엇인가? 새로운 것을 만들어 낸다는 의미이다. 그렇다면 우리 사회는 창조를 하기에 좋은 토양인가? 나는 단호하게 아니라고 말하고 싶다. 획일적인 대학입시 위주의 교육풍토, 상명하복의 공무원사회, 경직된 기업 문화 속에서 새로운 생각이 나온다는 것은 무척 어려운 일이다.

우리와 반대로 전 세계에서 가장 창조적인 민족을 예로 들면 유대인의 나라, 이스라엘이 떠오른다. 그들은 의외로 전통을 중시하며 신앙을 바탕으로 율법에 철저한 나라이다. 얼핏 보면 경직된 유교 문화가 떠오르는데, 실상은 노벨상 최다 수상국가이자 경제 대국이다. 유대인들이 이렇게 뛰어난 이유는 무엇일까?

나는 유대인에 관한 책을 읽으면서 그 이유를 알게 되었다. 이스라엘의 아버지들은 성경과 《탈무드》를 평생 공부하며 자신만의 서재가 있을 정도로 독서광이다. 자식들과 스스럼없이 대화와 토론을 주고받으며 가족 간의 정을 유지한다. 어머니는 그런 남편을 존경하며 아이들에게 책을 읽어준다. 이런 생활을 통해 아이들은 창조적인 인재로 성장한다.

유대인의 생활을 엿보니 우리나라의 현실이 떠올랐다. 우리나라는 세계 최고 수준의 자살률과 이혼율을 기록하고 있기 때문이다. 아버지들은 술로 스트레스를 달래며 가족들과 원만한 관계를 갖고 있지 않다. 아내는 그런 남편을 존경하지 않고 오직 돈 벌어오는 기계로 인식한다. 아이들도 아버지와 멀어지고, 사춘기가 오면 방문을 잠그고 나오지 않는다.

가족들과 서로 사랑하며 살아가는 것은 가장 큰 행복이다. 하지만 그 행복의 비결을 아는 사람은 적다. 아버지들은 열심히 일하면서도 가장 대접을 받지 못하는지 의문을 갖는다. 돈만 벌어다 준다고 행복이 찾아오지는 않는다. 가족들과의 관계가 원만하지 않으면 어떤 행복도 오래 갈 수 없다.

이 땅의 아버지들은 사실 고단하다. 나 역시 지난 20년간 아버지 노릇을 하면서 힘든 시간을 보냈다. 여자도 마찬가지지만 남자 역시 인생의 고난 앞에서 남몰래 눈물을 흘린다. 자신에 대한 성찰과 타인에 대한 이해 없이 행복을 유지하기는 힘들다. 이스라엘의 아버지들은 그런 면에서 현명하다. 독서로 자신을 성찰하고 가족들과 소통하는 것을 최우선으로 여기니 말이다.

우리는 그런 모습을 본받고 우리만의 문화로 만들어야 한다. 독서가 당신을 그 지점으로 데려가 줄 지원군이다. 나와 타인을 이해하지 못하면 원만한 생활을 이어 갈 수 없다. 한때의 사랑으로 결혼했다고 해도 부부간의 사랑은 영원하지 않다. 오직 서로를 이해하고 인내하는 소통의 끈이 중요하다. 아이들은 화목한 부모의 모습을 보며 안정된 어른으로 성장한다. 가정의 화목이 이루어져야 우리 사회의 문제가 점차 해소될 것이다.

굳어 있는 고정관념을 바꾸는데 독서처럼 좋은 도구는 없다. 나보다 훌륭한 멘토를 만나는 것도 하나의 방법이다. 하지만 그런 사람을 만나는 것은 쉽지 않다. 그 사람들은 평범한 나를 만나줄 시간이 없다. 손쉽게 멘토를 만날 수 있는 방법은 그가 쓴 책을 읽는 것이다. 훌륭한 저자의 책을 읽으면서 나도 모르게 그 사람을 닮아가게 된다.

도서관이나 서점에 가면 수많은 분야의 멘토들이 나를 기다리고 있다. 나 역시 독서 초기에 훌륭한 저자들을 통해서 변화되기 시작했다. 자기계발과 재테크가 나의 주된 관심 분야였다. 그 책들을 통해서 좋은 습관을 갖게 되었고 통찰력이 생기기 시작했다. 내가 바라는 목표를 달성하려면 그 분야의 멘토를 따라 하는 게 제일 빠른 방법이다.

새로운 목표를 이루려면 어떻게 해야 할까? 일단 내면의 자신감
이 중요하다. 자신감이 생기려면 실패했던 사람의 성공담을 읽
어야 한다. 누가 봐도 열등했던 조선시대의 문인, 김득신이 있
다. 그는 글을 깨우치는데 남보다 열 배는 둔한 사람이었고, 하
인들보다 어리석었던 사람이었다. 그런 그가 60세에 과거에 급
제해서 뛰어난 문필가가 되었던 일화는 노력의 중요성을 일깨워
준다.

그는 치열하게 책과 승부했다. 남들은 몇 번이면 깨우치는 책도
만 번씩 읽어야 했다. 각고의 노력으로 조선시대 최고의 문장가
로 성장했다. 김득신은 노력의 끝판왕에 해당된다. 에디슨은 또
어떠한가? 엉뚱하고 산만했던 아이는 학교에서 열등생으로 퇴
학을 당했다. 하지만 도서관에서 책을 열심히 읽어 최고의 발명
왕이 되었다. 이 외에도 독서의 힘을 빌어 성공한 이들은 부지기
수로 많다.

나 역시 그런 책들을 반복적으로 읽으면서 나도 할 수 있다는 자
신감이 생기기 시작했다. 때로는 책을 읽으면서 눈물이 나왔고
동병상련의 감정을 느끼기도 했다. 독서란 자신에게 깨달음을
주는 작업이다. 저자의 글에 공감되고 감동을 주는 책이면 금상

첨화다. 저자와 감정을 공유하며 읽어 나가면 나도 모르게 주먹이 쥐어지고 가슴에 열정이 생긴다.

사람은 밑바닥에 있을 때 다시 위로 올라가려는 절박함이 생긴다. 나도 그런 시절이 있었다. 몇 년 전 나는 인생의 바닥을 경험했다. 모든 면에서 최악의 상황이 나에게 덮쳐 왔다. 무리한 투자를 통해 빚쟁이로 전락했고, 건강마저 최악으로 떨어졌다. 계단을 못 오를 정도로 몸이 안 좋았다.

나는 몇 년 전 신앙을 갖게 되면서 가치관에 큰 변화가 일어났다. 성경을 통해서 나는 위안을 얻고 치유를 경험했다. 예수님의 삶을 통해 비로소 진리에 눈을 뜨기 시작했다. 나를 반성하고 원수 같았던 주변 사람들을 용서하기 시작했다. 나를 사랑하고 타인을 사랑하는 마음이 생기면서 새로운 삶이 시작되었다.

사람은 모든 욕심을 내려놓아야 바뀐다. 나는 돈에 대한 욕심, 사람에 대한 원망을 내려놓을 수 있었다. 나에 대한 반성이 재기의 발판이 되었다. 다른 사람 때문에 내가 이렇게 되었다는 식의 자기연민은 아무런 변화도 일어나지 않는다. 평생 타인에 대한 원망만 하다가는 어떤 변화도 이끌어낼 수 없다. 진정한 변화는 타인을 수용하고 자신을 사랑할 때 생긴다.

나는 수많은 책을 읽었지만, 성공의 방편으로만 책을 대했다. 그런데 정작 진정한 변화는 성공을 내려놓고 타인의 성공을 바랄 때 이루어진다. 나는 내면의 성찰을 통해 세상의 이치를 알게 되었다. '네 이웃을 내 몸처럼 사랑하라' 는 말씀에 모든 진리가 들어 있다. 타인은 용서와 사랑의 대상이지 원망의 대상이 아니다. 나는 이 위대한 진리 앞에 무릎을 꿇었다.

> "아이들은 넘어지면서 넘어지지 않는 법을 배우고, 벌에게 쏘이면서 어떻게 하면 벌에 쏘이지 않고 놀 수 있는지를 배웁니다. 바늘에 많이 찔려본 사람이 바늘을 능숙하게 사용할 수 있는 것과 같은 이치입니다. 이와 같이 고통은 우리의 삶에서 무엇인가를 배우기 위해서 자연스럽게 따라오는 것이며, 고통을 맛본 사람은 좀 더 세상을 보는 인식이 넓어지고 성장해 갑니다. 이런 관점에서는 직면한 고통은 반드시 피해야 할 대상이 아니라 오히려 그것을 통해서 배우고 성장하려는 계기를 만들 수 있음에 집중합니다."
>
> – 안상헌, 『책력』

인생을 살아가면서 고난은 피할 수 없다. 고난을 좋아할 사람은 하나도 없지만, 닥쳐온 고난 앞에서 사람들은 두 가지 선택을 할 수밖에 없다. 어떤 사람은 고난을 성장의 발판으로 삼고, 다른 한 명은 고난 앞에서 좌절하는 것이다. 어떤 선택이 현명한지는 불 보듯 뻔한 일이다. 일단 고난을 수용하고 도약의 기회로 삼는 자가 현명한 사람이다.

우리는 TV에 나오는 명사들을 보면서 그들의 성공한 모습을 바라보며 부러워한다. 화려한 그들의 모습 뒤에 숨겨진 진짜 흑역사는 알려고 하지 않는다. 그저 성공한 모습만 바라봐서는 인생의 진리를 알 수 없다. 인생의 고통은 직접 겪어보지 않으면 도저히 가늠할 수 없다. 그것이 인간의 한계이다.

남자는 군대를 갔다 와야 사람이 된다고 한다. 모두 그런 것만은 아니지만, 고통스런 경험을 통해 인간은 성장한다는 이야기라 할 수 있다. 반면에 여자는 아기를 출산해야 비로소 어른이 된다. 출산이라는 최대의 고통을 통해 여인은 처녀에서 엄마로 성장하는 셈이다. 이것은 아프리카의 성인식과 비슷한 통과절차라고 볼 수 있다. 육체의 고통을 통과해야 비로소 어른으로 인정해주는 의식처럼 우리도 그런 단계를 묵묵히 이겨내야 한다. 그런 의식을 통해 우리는 한 단계 성숙해지고 사회에서 필요한 일꾼으로 성장한다.

우리가 결혼하기 전에는 부모의 사랑을 헤아릴 수 없다. 결혼을 해서 자식을 낳아봐야 부모의 마음을 이해하는 것처럼 인간은 배신, 이별, 실패, 질병을 통해서 인생을 배운다. 나 역시 좌절과 실패 속에서 인생의 의미를 깨달았고, 질병을 통해 인생의 고통을 경험했다. 인간이란 존재는 마치 사막 속의 선인장처럼 세찬 풍파를 거치며 강인해진다.

쇠는 순수한 자연상태일 때는 쓸모없는 물질이다. 그런 쇠가 담금질을 거치면 근사한 망치가 된다. 사람 역시 10대까지는 나약하고 쓸모없어 보이지만, 성인의 단계를 거치며 성숙해진다. 누구나 철이 없는 소년의 시기를 거쳐 고난을 겪고 어른으로 성장한다. 이것을 보면 인생이란 학교는 다시없는 천혜의 조건을 지닌 훈련장이다.

군대에 처음 가던 날 나는 거친 욕을 바가지로 얻어먹었다. 발길질은 기본이었고, 조금만 잘못해도 얼차려가 이어졌다. 그런 훈련 속에서 마지막 6주 훈련이 끝나던 날 부모님의 면회가 허용되었는데, 나는 부모님을 제일 마지막으로 만날 수 있었다. 이유는 6주 동안 10킬로가 넘는 체중이 빠졌고 검게 그을린 얼굴 때문이었다.

그때 먹은 치킨 한 조각이 아직도 기억에 남아 있다. 세상에서 제일 맛있는 치킨이었다. 그렇게 훈련소를 졸업하고 힘든 군대 생활을 겪으며 인간사회의 축소판을 경험했다. 계급사회의 특성과 유약한 나의 성격으로 인해 때로는 인간적인 모욕을 겪으며 구타는 일상적으로 이어졌다. 집합을 주로 당하는 저녁 8시 이후에는 항상 가슴이 두근거렸다. 오늘은 어떤 구실로 구타가 이어질지 긴장의 연속이었던 기억이 생생하다.

우리나라의 남자들은 군대라는 고난을 통과하며 성장한다. 사람은 고난을 겪어야 변화가 된다. 독서 역시 고난의 한 형태라고 볼 수 있다. 독서를 좋아하는 사람은 아무도 없다. 만일 독서가 정말 재미있고 즐거웠다면 우리는 모두 서울대나 하버드 대학에 가야 했을 것이다. 학창시절 우리의 소원은 빨리 졸업하고 공부에서 해방되는 것이 아니었던가? 하지만 그 지겹던 공부에서 해방되면 또 다른 난관이 기다리고 있는 것이 인생이다. 취업과 결혼, 육아가 연이어 이어지고, 질병에 시달리다가 죽는 게 우리의 인생이다.

사실상 독서는 그런 우리의 기억에서 자유롭지 못하다. 그것을 이겨내지 못하면 진정한 독서의 세계로 갈 수 없다. 나는 한 권의 책에서 감동을 받고 독서를 좋아하게 된 케이스이다. 사람은 좋아하는 취미로 인해 삶이 변화된다. 내가 게임을 좋아할 때 다른 것은 눈에 들어오지 않았듯, 지금은 책과 함께 하는 삶이 즐거울 뿐이다.

무릇 독서란 성장을 위해서 하는 것이다. 그렇지 않다면 독서는 무용지물이라 할 수 있다. 오늘보다 나은 내일을 위해 나는 책을 읽는다. 나날이 발전하는 나를 보면서 흐뭇하고 기쁘기에 기꺼이 도서관에 가고 서점을 기웃거리는 것이다. 사람은 성장하는 자신을 보며 행복을 느낀다.

아무도 현실에 만족하지 못하고 버티며 살아가는 것이 현실이다. 그들은 뭔가 돌파구가 필요한데, 책이 그 역할을 할 것인지 의문을 던질 뿐이다. 독서가 막연히 좋다는 것은 알지만, 현실의 취미가 더 달콤해서 그럴 수도 있다. 나 역시 게임과 술에 빠져 있을 때 독서는 남의 나라 이야기일 뿐이었다.

마지막으로 단언하건대 독서는 당신을 변화시킨다. 일만 열심히 하는 사람은 성장할 수 없다. 내면의 성장 없이 외면은 절대로 성장할 수 없다. 인생의 진리를 모른다면 성장은 이루어지지 않는다. 남들과 똑같이 행동하고 현실에 안주해서는 그냥 어제와 같은 오늘이 있을 뿐이다. "어제와 같은 생각을 하면서 달콤한 미래를 기대하는 것은 미친 짓이다."라고 아인슈타인은 말했다. 성장의 비밀은 독서를 통해 당신의 생각을 바꾸는 데 있다.

07

인문학독서법

● ● ● ●

"좋은 책을 읽는 것은 과거의 가장 뛰어난 사람들과 대화를 나
누는 것과 같다."

– 데카르트

인류가 남긴 최고의 유산은 무엇일까? 단편적으로 보면 찬란
한 문명과 유적, 과학기술을 꼽을 수 있다. 이런 것도 훌륭하지
만 정신적인 측면에서 가장 위대한 유산은 바로 인문고전이다.
고전은 우리에게 삶의 지혜를 주고 진리를 깨닫게 하며 미래를
내다보는 혜안을 제시한다. 고전의 가치를 아는 사람은 현명한
삶을 살아간다.

인문학을 읽어야 하는 이유는 무엇인가? 인문학은 내가 누구인
지 묻는 학문이다. 사람의 존재와 사는 이유에 대해 탐구하는 것
이 인문학의 본질이다. 복잡한 현대사회에 살고 있는 우리는 더

욱 인문학이 필요하다. 바쁜 일상 속에서 나를 잊어버리고 사는 현대인에게 인문학은 자신의 내면을 깨닫게 해준다.

"인문학 공부에서 왜 선 이야기를 하는 것일까? 인문학에서 선은 그 정점에 있기 때문이다. 선은 인간의 본성을 깨우치는 과정을 담고 있다. 선은 인간의 본성에 기초해서 그 본성 자체가 되는 일을 가리킨다. 그런 점에서 선은 인간 자체이기도 하다. 스티브 잡스가 자신만의 독특한 삶의 철학과 일하는 방법을 가질 수 있었던 것도 선에 빠져 매일 가부좌를 틀고 참선에 임했기 때문이다."

– 안상헌, 『인문학 공부법』

선과 악은 태초부터 사람들의 관심 대상이었다. 인간은 선과 악의 갈등 속에서 분쟁과 다툼을 지속하고 있다. 이것은 유사 이래 인류가 피할 수 없었던 갈등의 역사다. 맹자와 순자는 인간의 본성에 대해 다른 의견을 제시했다. 인간은 본래 선한데 주변 환경의 영향으로 악해진다는 맹자의 주장과 인간은 원래 악한데 교육을 통해 선해질 수 있다는 순자의 학설이 대비를 이룬다. 두 가지 모두 인간의 본성은 선과 악으로 이루어졌음을 암시하고 있다.

사람을 아무렇지도 않게 연쇄적으로 죽이는 사람을 보통 '사이코패스'라고 말한다. 화성 연쇄 살인 사건이 대표적이다. 《나니아 연대기》를 쓴 작가 C. S. 루이스는 선과 악에 대해 이렇게 말한다. 본질적인 악은 없고 다만 빛이 없는 곳에 어둠이 있듯 악은 선을 바탕으로 구분된 것이라고 설명한다.

아인슈타인 역시 학창시절 선과 악에 관해 토론하면서 명쾌한 해석을 내놓았다. 우리가 악이라고 부르는 것은 사실 선의 부재일 뿐이지 근원적인 악은 없다는 것이다. 예를 들어 두 아이가 과자 하나를 갖고 다툰다고 하면 서로의 필요 때문에 다투는 것일 뿐 서로 미워해서 다투는 것은 아니다. 모든 사람은 자신의 필요 때문에 악을 저지르는 셈이다. 누구나 3일 굶으면 도둑질을 하게 된다. 이것은 자신의 생존이나 필요에 의해 어쩔 수 없이 저질러지는 악이다.

집단의 이익을 위해 전쟁이 나기도 한다. 인류 역사는 전쟁의 역사라 해도 과언이 아니다. 지금도 세상의 갈등은 계속되고 있다. 언제 전쟁이 날지는 아무도 모르지만, 위험은 상존하고 있다. 선과 악을 지나치게 의식할 필요는 없다. 하지만 인간의 근원적인 악에 대해 고심하기보다 착한 일을 의도적으로 하려는 실천이 필요하다.

모든 악의 근원에는 이기심과 게으름이 바탕을 이루고 있다. 학생들이 공부를 열심히 안 해서 저임금노동자로 전락하는 일과 부자들의 이기심으로 양극화가 생기는 것이 대표적이다. 나만 잘살겠다는 이기심으로 인해 범죄가 발생하고 전쟁으로 치닫게 된다. 또한 인간의 게으름처럼 나쁜 것도 없다. 노동이란 신이 인간에게 부여한 첫 번째 의무이다. 주어진 일을 성실하게 하는 사람에게는 풍성한 수확의 기쁨이 찾아온다..

인류 역사를 100으로 보면 평화는 3에 불과하다고 한다. 그렇다면 사람들은 항상 전쟁을 치르고 살았다는 이야기가 된다. 전쟁처럼 비참한 것도 없다. 누군가를 죽이지 않으면 내가 죽는 아비규환의 전쟁터가 일상이 된 사람들은 내일을 준비하려는 여유조차 없었다. 전쟁은 악의 결정체라고 할 수 있다.

《명상록》을 쓴 아우렐리우스는 그런 전쟁터에서 생의 대부분을 보낸 철학자였다. 명상록을 읽어보면 자아에 대해 성찰을 하게 된다. 한때 《명상록》을 잠자리에 두고 읽었던 적이 있다. 거대제국 로마의 황제였던 그도 죽음과 삶의 고난을 피할 수는 없었다. 특히 죽음에 관한 그의 성찰은 탁월하다.

뇌과학 이론에 의하면 시간은 상대적으로 흐른다고 한다. 천재들은 몰입을 생활화한 사람들이므로 일반 사람보다 더 보람 있는 시간을 보냈을 것으로 생각된다. 아인슈타인은 그 이론을 실제로 증명한 과학자이다. 시간은 흐르는 것이 아니라 질량에도 영향을 받고 휘어지기도 하며 아예 시간이 정지하기도 한다. 영화 '인터스텔라'를 보면 그 사실이 증명된다. 같은 공간에 있어도 어떤 지점에 있느냐에 따라 중력의 영향으로 시간이 다르게 흘러간다. 아버지는 중년인데 지구에서 기다리던 딸은 백발의 할머니로 나오는 마지막 장면이 인상적이다.

우리의 능력은 단련할수록 무한히 커진다는 이야기가 있다. 뇌의 능력을 최대로 발휘한다면 신과 같은 능력을 지니게 된다는 영화도 있다. 내용을 보면 어떤 사고로 인해 초능력을 가진 주인공이 나온다. 그는 슈퍼맨처럼 못하는 일이 없고, 아무리 어려운 문제도 척척 풀어낸다. 영화처럼 막강하지는 않아도 비슷한 능력을 가진 존재가 인간이다. 평범한 사람도 인문학에 눈을 뜨면 가능해지지 않을까?

《미움받을 용기》라는 책을 보면 주변 사람들에게 적당한 무관심을 가지라고 주문한다. 내가 성장하기 위해서는 타인의 말에 지나치게 반응해서는 곤란해진다. 마치 자동차가 가속을 하려는데 자꾸 빨간 신호등이 켜지는 것과 같다. 이렇게 해서는 목적지에 갈 수도 없고 제자리에 돌아올 수도 없는 처지가 된다. 배움의 과정에서는 치열하게 몰입할 필요가 있다.

인간은 배움을 통해 성장한다. 인문학은 성장을 위한 하나의 훌륭한 도구다. 모든 배움에는 가치가 있다. 수학을 통해 사물의 정교함을 배우고, 철학을 통해 인간의 내면을 알 수 있다. 신학을 통해 신의 존재를 깨우치고, 과학을 통해 우주의 이치를 배운다. 심리학과 경제학을 통해 경제를 배우고, 자기계발을 통해 좋은 습관을 갖게 된다.

인간은 영리하지만, 내일을 모르는 어리석은 존재이기도 하다. 점을 보러 가는 것과 무모한 행동을 즐기는 것은 인간의 불확실성을 말해 준다. 나는 인문학을 공부하면서 인본주의를 경계한다. 내일의 일도 모르는 인간은 겸손함을 가져야 한다. 모든 것을 안다고 하는 것은 교만함에 지나지 않는다. 우리의 생활을 보면 충동적이고 소비 지향적이다. 자연은 조화롭게 질서를 유지하는데 인간만이 이 질서를 파괴하고 있다. 무절제한 식습관, 자연파괴, 과잉 생산 등 여러 가지 문제들이 우리의 미래를 위협하고 있다.

이런 현실에서 우리가 나아갈 길은 어디일까? 이제는 우리가 뒤를 돌아봐야 할 때라고 생각한다. 먹고사는 문제에만 몰두하지 말고 좀 더 장기적으로 내다보는 혜안을 가져야 한다. 우리의 현실을 직시하고 미래를 내다보는 깨달음을 얻어야 한다. 그것을 얻는 현명한 방법은 인문학을 가까이하는 것이다. 인간을 탐구하고 세상을 넓게 바라보면 진리를 얻을 수 있다.

"인문고전 독서는 두뇌에 특별한 기쁨을 가져다준다. 물론 처음에는 고되다. 이루 말할 수 없이 힘들고 어렵다. 단어 하나, 문장 하나를 이해하지 못해 진도가 일주일 또는 한 달씩 늦어지는 경우가 다반사다. 하지만 어느 지점을 넘기면 고통은 기쁨으로 변한다. 인류의 역사를 만들어 온 천재들이 쓴 문장 뒤에 숨은 이치를 깨닫는 순간 두뇌는 지적쾌감의 정점을 경험하고 그 맛에 중독된다. 그리고 서서히 변화하기 시작한다. 뻔한 꿈밖에 꿀 줄 모르고, 평범한 생각밖에 할 줄 모르던 두뇌가 인문고전 저자들처럼 혁명적으로 꿈꾸고 천재적으로 사고하는 두뇌로 바뀌기 시작한다."

– 이지성, 『리딩으로 리드하라』

인문고전을 처음 대하면 그 내용의 어려움과 지루함에 짜증이 밀려온다. 책 한 장 넘기기가 어려울지도 모른다. 그러나 꾹 참고 읽어 나가면 새로운 세상이 그대에게 열리게 된다. 고전의 깊이를 깨닫게 되면 비할 데 없는 기쁨을 느끼게 된다. 평범한 두뇌에서 철학자의 두뇌로 변하는 시점이 찾아온다. 이때 느끼는 감정이 바로 위대한 현자들과의 교감에서 비롯된 벅찬 환희라고 할 수 있다.

인문학의 세계는 넓고 깊다. 인간은 미약한 존재지만 그 속에 위대한 잠재력이 있다. 인문학을 읽어야 하는 이유는 잠재력을 찾기 위함이다. 우리는 주로 겉에 드러난 현상을 보고 쉽게 판단한다. 인문학은 본질을 깨우치는 학문이다. 얄팍한 껍데기만 보지 말고 속을 보라고 한다. 알이 깨질 때 아픔을 느끼는 것처럼, 인문학을 통해 우리는 고정관념을 벗고 알에서 새로 태어난다.

우리의 힘은 미약하나 우리를 도와줄 현자들이 있다. 인문고전은 우리의 평범한 의식을 깨고 보다 넓은 세계로 인도해 준다. 우리의 현실은 고통스럽고 암울하지만, 고전을 통해 진리를 깨닫고 더 높은 이상을 향해 나아갈 수 있다. 인류 역사를 바꾼 사람들은 고전을 탐독했던 사람들이다.

"철학서는 세계를 어떻게 바라볼 것인가 하는 문제, 즉 인간의 세계관을 가장 직접적으로 다루는 책이다, 그리고 세계가 어떤 과정을 통해 인간에게 해석되는지도 문제 삼는다, 밖으로는 세계를 대상화하고, 안으로는 자신의 인지 과정을 대상화하여 관찰하는 학문이 바로 철학이다. 그래서 철학서를 읽은 사람은 나는 이렇게 생각한다는 것을 뛰어넘어 내가 이렇게 생각하는 이유는 무엇일까? 하고 자문하게 된다. 철학서는 자신이 생각하는 것에 대해 생각하게 하는 책이다. 철학이 인간에게 고도의 통찰력을 갖추게 하는 요인이 바로 여기에 있다."

– 박민영, 『책 읽는 책』

철학은 생각하는 힘을 길러 준다. 동, 서양 철학을 통해 인류는 지적인 면에서 비약적인 발전을 했다. 인간은 누구인가? 어떻게 사는가? 어디로 가는가?에 대한 질문은 인간에게 영원한 탐구의 영역이다. 철학은 그런 난제를 해결하려는 욕구에서 태어난 학문이다. 철학을 사랑하게 되면 문제에 대한 인식이 바뀌게 된다.

인생은 '문제의 연속'이라고 한다. 하나를 해결하면 또 다른 문제가 기다리고 있다. 결국 우리는 좁은 인식의 틀 안에서 방황하게 마련이다. 철학은 그런 문제에 대한 진지한 답을 제시한다. 우리가 문제라고 여기는 것들이 사실은 선물이라는 깨달음을 준다. 세상의 모든 일은 생각하기 나름이다. 남보다 깊은 생각을 하는 사람은 인생이 축복이라는 사실을 깨닫게 된다.
철학을 공부한 사람은 세계관이 넓어지고 인간사회에 대한 통찰력이 생긴다. 인간이 고차원의 존재인 이유는 철학을 하기 때문이다. 동물은 자신의 존재에 대해 의문을 갖지 않는다. 오직 인간만이 자신과 세상에 대해 의문을 가진다. 그 교차점에서 인류의 찬란한 유산인 인문고전이 탄생한 것이다.

우리가 인문, 철학을 공부하는 이유는 진리를 탐구하고 우리의 존재 이유를 깨닫기 위해서다. 인간에게 생각하는 힘이 주어진 것은 자신의 참된 모습을 발견하라는 신의 뜻일지도 모른다. 고도의 지능과 감성을 갖춘 인간은 최고의 걸작품이다. 인문학 독서를 통해 우리는 새로운 나를 발견하고 더 나은 미래를 창조하는 지혜를 얻을 수 있다.

08

필사독서법

● ● ● ●

"읽기만 하고 쓰지 않는다면 연필을 깎아놓고 필통 속에 고이
모셔두는 것과 매한가지다. 읽는 것과 쓰는 일은 동전의 양면이
다. 읽는 만큼 쓸 수 있으며 쓰는 만큼 변화할 수 있다."

– 이석연, 『책, 인생을 사로잡다』

　좋은 글을 그대로 베끼는 것을 필사라고 한다. 이것을 독서법
으로 분류하면 필사 독서법이 된다. 메모는 간략하게 쓰는 것을
말한다. 반면에 필사는 책의 내용을 그대로 옮겨 적는다. 필사의
장점은 책의 내용을 깊이 이해할 수 있고 몸에 새기는 효과가 있
다. 더 나아가서 새로운 것을 창조하는 밑거름이 된다.

읽기만 하고 쓰지 않으면 완벽하지 않다. 우리가 읽은 것은 휘발
성이 강해서 금방 날아가 버린다. 공부를 잘하는 학생의 참고서
나 노트를 보면 지저분하다. 메모와 밑줄이 빼곡하다. 우리는 쓰

기를 통해 암기력이 높아진다. 무엇이든 흔적을 남겨야 기억에 오래 남는다. 손으로 쓰는 것은 두 번째 독서라 할 수 있다.

손은 '제2의 뇌'라고 불린다. 눈으로 읽은 후 필사를 하면 독서가 완성된다. 학창시절 나의 공부법은 노트에 반복해서 적는 것이었다. 암기를 목적으로 하는 공부에 있어서 기본적인 공부법이다. 누구나 자신만의 암기법이 있다. 반복해서 읽기, 눈 감고 외우기, 소리 내어 읽기, 중요한 부분만 공부하기까지 다양하다. 그중에서도 암기의 기본은 손으로 반복해서 쓰는 것이다.

필사는 작가들의 일상적인 습관이다. 《태백산맥》의 작가 조정래, 《엄마를 부탁해》의 작가 신경숙은 필사를 강조한다. 며느리와 아들에게 필사를 권할 만큼 조정래 작가는 필사에 필사적이다. 《하버드 150년 글쓰기 비법》의 저자 송숙희도 칼럼을 필사하도록 권유한다. 좋은 글을 쓰려면 남의 글을 베끼는 게 기본이라는 이야기다.

필사는 고통이 수반되는 작업이다. 타자를 치든, 노트에 필기를 하든 손과 어깨를 사용해야 한다. 몸이 기억하지 않을 수 없다. 백 번을 읽는 것도 엄청난 인내가 필요하다. 하물며 그 방대한 양의 책을 필사한다는 것은 무척 고단한 작업이다. 나도 책을 읽으면서 눈에 띄는 글이 있으면 필사를 한다. 글쓰기의 재료가 되기 때문이다.

> "필사하면 영혼에 새겨진다는 말이 있다. 필사하면 영혼에 새겨질 만큼 머리에 오래 기억된다는 말이다. 독서 후 활동으로 필사를 반드시 해야 하는 이유는 두뇌에 각인시키기 위해서이다. 나는 책에 밑줄을 치면서 나의 두뇌에 밑줄이 쳐지는 느낌을 받았고, 필사를 하면서는 조각칼 같은 것으로 나의 두뇌에 새기는 듯한 느낌을 받았다. 밑줄을 치면서 두뇌에 밑줄이 쳐지고, 필사를 하면서 두뇌에 새겨지는 것 같은 느낌을 받으면서 필사하면 영혼에 새겨진다는 말을 실감하기도 하였다. 책에 밑줄을 치고 필사하는 것은 책이 내 몸의 일부가 되게 하는 것이다. 독서 후 활동으로 밑줄을 치고 필사하는 것은 성장 독서를 하기 위한 필수과정인 것이다."
>
> – 강건, 『위대한 독서의 힘』

독서를 취미로 하는 사람은 필사를 하지 않는다. 그들에게 메모나 밑줄 같은 것은 남의 일이다. 하지만 성장 독서를 하는 사람은 다르다. 메모와 밑줄은 기본이고 필사도 공을 들여서 한다. 나중에 기록으로 남기 때문이다. 기록하는 사람은 강해진다. 업무나 기타 일도 메모를 해놓으면 편리하다. 필사는 창조자의 또 다른 이름이다.

사람은 몰입할 때 아름답다. 필사를 통해 자신의 일에 집중력이 높아진다. 쓰기라는 작업을 통해 몰입의 힘이 강해진다. 무엇이든 잘 배우려면 집중력이 필요하다. 필사는 그런 면에서 유용한 작업이다. 아무리 시끄러운 곳에서도 집중하면 아무것도 들리지 않는다. 이른바 무아지경에 이르는 것이다. 성장하고 싶은 사람은 몰입하는 힘이 있어야 한다.

성장 독서의 기본은 필사라고 할 수 있다. 우리의 기억력은 형편없다. 쓰지 않으면 아무것도 남지 않는다. 나는 기록을 통해 블로그를 운영하고 글을 쓴다. 기록하는 습관이 없었다면 아무것도 이루지 못했을 것이다. 창조하는 사람은 언제나 기록한다. 기록의 힘을 믿기 때문이다. 좋은 글을 보거나 정보를 얻으면 무조건 남겨야 한다.

필사는 글쓰기의 전초작업이다. '해 아래에는 새것이 없나니' 라는 솔로몬의 잠언에서 보듯 세상에 있는 모든 것은 기존의 것을 살짝 바꾼 것뿐이다. 문학, 예술, 과학에 이르기까지 모든 문화유산은 모방의 산물이다. 바퀴를 발명한 인류가 살을 붙여 자동차가 되고, 새의 날개를 본떠 비행기가 되었다. 필사는 저술의 기본이며 그림 역시 마찬가지다.

기존의 작품을 모방해서 새로운 작품이 출판된다. 1년에 500여 종의 출판물이 새로 서점을 장식한다는 통계가 있다. 인간의 창조 욕구는 아무도 막을 수 없다. 새로운 것을 추구하며 인간은 발전하는 존재다. 누구에게나 표현의 자유가 있고 상상력은 자유롭다. 새로운 것을 창조하려는 인간의 욕망으로 세상은 변화한다.

"뉴턴과 헤겔의 필사는 초서와 약간 유사한 면이 있다. 뉴턴의 독서 노트는 마흔 다섯 개의 소제목으로 구성되어 있었다. 소제목은 물질, 장소, 시간 등 자신의 관심사를 충분히 반영했다. 뉴턴은 책을 읽다가 각 소제목에 해당되는 부분이 나오면 노트에 필사를 하면서 자신의 생각을 함께 적었다. 그리고 그 노트를 보면서 자신의 사상을 형성해 나갔다."

– 이지성, 『리딩으로 리드하라』

필사하는 습관은 뉴턴의 경우처럼 위대한 발견으로 이어진다. 필사는 개인별로 자유롭게 변형해서 기록을 남기면 된다. 새롭게 떠오른 생각이나 창의적 발견이 이에 해당된다. 뉴턴은 이런 습관을 통해 만유인력의 법칙을 발견했을 것이다. 아무리 위대한 천재라도 기록을 남기지 않으면 잊어버리게 마련이다. 필사는 그런 면에서 위대한 조력자라고 볼 수 있다.

위대한 철학자나 과학자들은 이런 필사를 통해 자신의 연구를 완성해 갔다. 위대한 선각자들, 이를테면 소크라테스나 공자는 남의 책에서 영감을 얻고 자신의 생각을 덧입혀서 새로운 이론을 정립해 나갔던 것이다. 그러므로 필사는 위대한 영혼을 배출시키는 산파와 같다. 독서를 눈으로만 하는 사람은 사실상 독서에서 얻을 게 없다. 수박을 핥기만 해서는 맛있는 속을 먹을 수 없는 것처럼 독서 역시 마찬가지라 할 수 있다.

명사들은 자신의 롤모델을 스승으로 삼아 더 한층 발전해 갔다. 우리가 아는 위대한 예술가이자 천재인 레오나르도 다빈치는 무려 8,000쪽의 메모를 남겼다고 한다. 그 메모 안에는 위대한 이들의 생각이 들어 있었다. 다빈치 역시 그들을 스승으로 삼아 지식을 흡수하고 자신의 생각을 덧입혀 훌륭한 작품을 남겼다.

> "다산 정약용은 명문장을 만나면 무조건 쓰라고 말한다. 쓰지 않는다면 책을 진정으로 흡수할 방법이 없다는 것을 잘 알고 있기에 아들에게 편지를 쓸 때 초록의 중요성을 항상 강조했다. 다산 정약용은 아웃풋을 염두에 둔 필사를 했다. 그에게는 명확한 목표의식을 가지고 주제에 맞는 필사를 하며 책을 쓰는 소재로 삼기에 능했다."
>
> – 김시현, 『필사, 쓰는 대로 인생이 된다』

다산은 그의 저서 500권을 오로지 필사의 힘으로 완성했다. 좋은 문장을 옮겨 적으며 그의 필력은 늘어갔다. 결과를 보면 유배 생활 14년 동안 필사를 바탕으로 다작을 했던 것이다. 이처럼 필사는 놀랍고 위대한 결과를 만들어 낸다. 독서와 필사를 병행하면 놀라운 일이 벌어진다. 남의 것을 모방하는 것은 창조의 필수 작업이다.

필사를 하지 않고 눈으로만 독서를 하면 생각이 남지 않는다. 무슨 책을 읽었는지 며칠 지나면 기억도 나지 않는다. 이런 독서는 결국 포기로 치닫게 되고 아무것도 남지 않는다. 평범한 사람들의 독서가 바로 이와 같이 끝나게 된다. 오직 눈으로만 읽는 독서는 아무 깨달음도 얻지 못한 채 사라진다.

인간은 망각의 존재다. 필사는 그런 인간의 단점을 획기적으로 보완해 주는 셈이다. 필사를 하는 또 다른 이유는 손으로 쓰는 고단함을 통해 뇌에 각인되는 효과를 주기 때문이다. 우리는 고통스런 기억이 오래간다는 것을 안다. 나는 아직도 군대 생활이 가끔 떠오른다. 너무 고통스러운 기억이었기 때문이다.

그럴 때 필요한 것이 인내력이다. 필사를 통해 책과 친해지게 되고 인내력을 기르게 된다. 독서의 목적 중 하나는 인내심을 기르는 일이다. 위대한 것은 반드시 고통을 필요로 한다. 금메달을 목에 건 선수들의 공통점은 고된 훈련을 이겨냈다는 점이다. 인내 없이 이루어지는 일은 단 하나도 없다. 인생을 편안하게 사는 사람에게는 승리의 왕관이 주어지지 않는다.

09

토론독서법

● ● ● ●

"독서는 완성된 사람을 만들고, 담론은 재치 있는 사람을 만들고, 필기는 정확한 사람을 만든다."

– 베이컨

우리는 가끔 방송을 통해 청문회나 정치인들의 시사 토론을 시청한다. 그때마다 느끼는 것은 마음의 불편함이다. 상대를 헐뜯거나 꼬투리를 잡는 막무가내식 토론 때문이다. 아무리 정치가 권력 싸움이라고 하지만 정도가 너무 심한 것이 문제다. 초등학생의 말싸움 수준으로 변한 토론장면을 언제까지 봐야 하는지 답답한 노릇이다. 토론의 기본은 상대에 대한 존중인데 우리에게 그런 의식이 없는 점은 유감이다.

토론의 진정한 목적은 상대와 나의 접점을 찾는 일이다. 그러나 우리의 토론문화는 일단 상대를 이기기 위한 것이 대부분이다.

더 나아가서 상대를 꾸짖거나 비하하는 등의 비인격적인 언사를 보이기도 한다. 일례로 정치인들의 국회 모습을 보면 알 수 있다. 멱살을 잡고 단상을 부수고 몸싸움을 벌이는 일은 흔한 일상이다. 이런 현상의 뒤에는 토론문화의 부재가 한 몫을 하고 있다.

독서에는 여러 가지 방법이 있지만, 원활한 소통을 위한 토론독서가 있다. 사람들은 각자 생각과 가치관이 다르다. 사는 곳과 성격, 가치관이 다르기 때문이다. 이런 사람들과 원만한 인간관계를 형성하기 위해서는 대화와 토론이 필요하다. 깊고 내밀한 대화와 토론을 통해 사람은 소통의 기쁨을 누릴 수 있다.

타인을 이해하고 배려하는 것은 사회생활의 기본이다. 타인과 건강한 관계를 갖지 못하면 서로 불편해지고 심하면 대인관계를 기피하게 된다. 이에 따라 비자발적 고독에 빠지게 된다. 대인관계가 어려워지면 가족관계나 사회생활도 어려워진다. 원만한 인간관계를 유지하려면 남들과 소통하려는 노력을 해야 한다.

독서를 취미로 가지면 얻게 되는 이점 중에 소통의 힘이 있다. 남과 스스럼없이 대화하고 소통하는 것은 가장 기본적인 소양이다. 부끄럼을 많이 타거나 대인관계에 어려움을 느끼는 사람들은 독서 모임이 유익하다. 독서를 주제로 하는 모임은 많다. 내가 관심만 가지면 얼마든지 모임에 참여할 수 있다.

필자도 독서 모임에 몇 번 나가서 발표도 하고 토론을 한 적이 있다. 다양한 사람들과 만나는 것만으로도 즐거웠던 기억이 난다. 책만 읽고 사람들과 만나지 않으면 나만의 아집에 빠질 위험이 있다. 사람들은 모임을 통해 소통하고 싶어한다. 독서 모임은 다른 모임보다 소통의 묘미를 느낄 수 있는 좋은 모임이다.

> "독서는 세상과 소통할 수 있는 가장 좋은 무기이다. 독서가 고정관념을 깨뜨려주기 때문이다. 세상과 소통을 잘하게 해주는 것 중에서 독서보다 더 좋은 방법은 없다고 단언한다. 워런 버핏도 '당신은 결코 독서보다 더 좋은 방법을 찾을 수 없을 것이다.' 라고 말했다. 독서를 통해서 좋은 생각들이 머리에 들어와야 고정관념이 깨지고 진정한 소통을 할 수 있기 때문이다. 독서하라. 세상과 진정한 소통을 하게 될 것이다. 진정한 소통은 당신의 삶을 행복과 성공으로 이끌어 줄 것이다."
>
> – 강건, 『위대한 독서의 힘』

소통을 잘하는 사람은 인간관계가 원만하다. 상대의 말에 귀 기울이는 것이 소통의 기본이다. 말을 잘하는 사람보다 잘 들어주는 사람이 인기를 끈다. 독서는 사람들과 소통을 잘하게 할 뿐 아니라 보다 폭넓은 인간관계를 만들어 준다. 나와 생각이 다른 사람과 어울리려면 그에 걸맞는 소통의 힘이 있어야 한다.

인간관계가 부족한 사람은 일단 사람을 사귈 수 있는 모임에 나가야 한다. 이왕이면 독서 모임에 나가는 것이 좋다. 독서 모임이 좋은 이유는 발표력도 좋아지고 상대와 공감 능력을 키울 수 있기 때문이다. 자신만의 세계에서 고립된 사람은 마음을 닫게 마련이다. 혼자 지내면 자신감도 사라지고 열등감이 생길 수도 있다.

혼자만의 세계에서 벗어나려면 다른 사람과 어울려야 한다. 독서 자체도 좋은데 다른 사람들과 소통하는 것은 더 말할 나위가 없다. 대개 책을 좋아하는 사람들은 교양 있는 사람이다. 그런 사람들과 인간적인 교류를 한다면 인격도 높아진다. 교양과 예의를 갖춘 사람은 어디서나 환영받게 마련이다. 평소 토론과 대화를 위한 모임을 정기적으로 가져야 한다.

〈토론의 이점〉

1. 나의 시야를 넓힌다.

독서 토론은 나만의 세상에서 나와 더욱더 큰 세상을 볼 수 있도록 해준다. 개인이 아무리 많은 책을 읽는다고 해도 읽기만 해서는 자신의 관점을 넓히기 어렵다. 책의 수준과 관계없이 우리는 자신이 알고 있는 범위 내에서 책의 내용을 이해하기 때문이다. 책을 읽고 다른 사람과 토론하면 수많은 해석과 관점을 접할 수 있게 된다. 이 과정을 통해 소통력과 공감력이 향상된다.

2. 나를 치유한다.

토론은 참가자들의 상처를 치유한다. 토론을 하면서 서로의 생각과 이야기를 나누고 상대방의 말에 경청하고 공감하는 것이다. 자신의 내밀한 감정을 토로하고 위안을 받을 수 있다. 독서모임은 단순히 책을 읽고 발표하는 것이 아니다. 참가자들은 서로의 생각을 알게 되고 그 속에서 위로를 얻는다. 일종의 평온함이 토론과 대화 속에서 꽃을 피운다. 평소 마음에 상처가 있는 사람에게 안성맞춤이다.

3. 진솔하게 나를 표현한다.

문학작품이 주제라면 작품 속의 주인공을 통해서 나의 감정을 이입시킬 수 있다. 토론을 통해 자연스럽게 나 자신을 드러낼 용기가 생긴다. 자신의 상처를 드러내는 것만으로도 충분히 치유의 효과가 있다. 토론을 통해 참가자의 상처를 치유하고 건강한 생활을 도모할 수 있다. 자신의 숨겨진 내면을 표현하고 서로 치유 받는 시간이 된다.

독서 토론의 주제는 주최자나 참가자들의 협의에 의해 정하게 된다. 자신이 좋아하는 주제의 모임에 참가하면 더 큰 효과를 얻을 수 있다. 자신과 비슷한 사람들과 어울리며 성장할 수 있다. 토론을 통해 서로 단합도 되고 고민에 대해 도움을 받을 수 있다. 자신의 성장을 위한 수단으로 모임에 참가하는 사람들도 많다.

토론의 방식은 여러 가지가 있다. 차례대로 돌아가면서 하는 것이 일반적이다. 먼저 자기소개를 하고 감명 받은 책의 내용과 소감을 말하면 된다. 거기에 덧붙여 자신의 개인적인 감상을 표현하면 좋다. 1인당 10분 정도의 시간을 분배해서 진행하는 요령이 필요하다. 주최자의 진행능력에 따라 좋은 모임이 될 수 있다.

유대인들은 토론을 좋아한다. 둘만 모이면 토론을 한다. 그 결과, 세계에서 제일 말을 잘하는 민족이 되었다. 유대인 래리 킹은 유명한 토크쇼 사회자다. 그가 말하는 비법은 상대를 어려워하지 않고 말을 건네는 것이다. '후츠파' 라는 유대인만의 정신이 있다. 후츠파는 권위에 도전한다는 뜻이다. 토론은 상대를 두려워하지 않아야 진정한 소통이 이루어진다. 권위에 휘둘리거나 상대를 어렵게 생각하면 진정한 토론이 불가능하다.

토론의 목적은 상대를 이기는 데 있는 것이 아니다. 상대를 존중하면서 상대의 의견을 인정하는 것이다. 토론이 격렬해지면 언쟁이 된다. 토론의 목적은 상대를 이해하고 설득하는 것이지 일방적으로 내 뜻을 관철시키는 것이 아니다. 토론의 목적을 제대로 이해하면 토론시간이 즐거워진다. 상대와 더 깊은 관계를 맺는 것, 그것이 토론의 진짜 목적이다.

우리가 친구를 사귀는 계기는 눈빛과 대화로 시작된다. 나와 뜻이 맞으면 친구가 되는 것처럼, 토론도 상대와 가까워지는 것을 목적으로 해야 한다. 비록 나와 생각이 다르더라도 인정해 줘야 한다. 그것이 상대를 설득하는 비법이다. 겸손한 마음으로 상대가 나보다 낫다고 인정해야 한다. 토론의 고수는 일부러 져주는 사람이다. 결국 지는 사람이 이기게 마련이다.

하수들은 무조건 상대를 제압하려고 기를 쓴다. 목소리 큰 사람이 이긴다는 속설처럼 우리나라는 큰 소리를 내야 이길 수 있다고 생각한다. 그러나 억압한다고 해서 승리하는 것은 아니다. 독재자의 말로는 항상 비참했다. 강한 힘으로 상대를 제압한다고 이기는 것은 아니다. 논리적으로 합리적인 진실을 제시할 때 그것이 힘을 발휘한다.

이 세상의 진리는 상대방을 존중하고 사랑하는 것이다. 토론의 목적도 이와 마찬가지다. 적을 내 편으로 만드는 것이 진짜 고수들이다. 내 힘과 지식만 믿고 토론장에 들어선다면 이미 적에게 진 셈이다. 그들은 지더라도 당신을 뒤에서 험담한다. 그것은 진정한 승리가 아니다. 상대는 굴복한 척 고개를 숙이지만, 기회가 오면 당신을 물고 뜯으려 할 것이다.

진정한 토론은 상대와 교감하고 이해하는 것에서 출발한다. 상대의 입장을 헤아리고 내 의견을 나누는 것이다. 상대도 자신의 의견이 있다. 그 자체는 존중받아야 한다. 내 의견이 옳다고 해서 상대가 쉽게 인정하지는 않는다. 경청과 설득의 기술을 발휘하는 지혜가 필요한 이유다. 토론이란 격의 없는 대화가 선행되어야 한다.

토론은 상대가 있는 싸움이라고 할 수 있다. 논증과 반박을 통해 상대와 설전을 벌여야 한다. 먼저 상대의 의도를 파악하는 것이 가장 중요하다. 상대를 알기 위해서는 경청해야 한다. 제대로 들어야 제대로 옹호하거나 반박할 수 있다. 토론의 가장 중요한 첫 번째 태도는 잘 듣는 것이다. 철학자 에픽테토스는 이런 말을 남겼다.

"우리는 두 개의 귀와 한 개의 입을 가졌다. 이는 두 배로 열심히 들으라는 뜻이다."

인간사회는 대부분 토론으로 모든 일이 진행된다. 토론에서 이기고 싶다면 인간에 대한 이해가 먼저 선행되어야 한다. 이른바 철학적인 사고가 필요하다. 지피지기면 백전백승이라고 했다. 나를 먼저 알아야 상대를 알 수 있다. 나의 약점과 장점을 파악해서 상대와 마주해야 여유가 생긴다. 이기고 싶은 욕심에 아무 말이나 내뱉다가는 얻어맞기 십상이다.

토론의 진정한 목적은 상대를 존중하고 서로의 의견을 조율하는 것이다. 무작정 내 의견이 옳으니 들어라 하는 식의 막무가내는 통하지 않는다. 고려시대 때 서희의 담판처럼 담대한 마음으로 상대를 대하는 것도 필요하다. 너무 저자세로 상대의 의견에 휘둘리지 말고 내 것을 주장하는 용기도 필요하다.

10

실천독서법

● ● ● ●

"행동하는 사람 2%가 행동하지 않는 사람 98%를 지배한다."

– 지그 지글러

책을 읽으면 깨달음을 얻거나 감동을 받는다. 하지만 그 후에 아무것도 하지 않으면 무용지물이다. 좋은 글을 읽었다면 일단 실행해야 한다. 구슬이 서 말이라도 꿰어야 보배다. 작은 일이라도 실천하는 자세가 필요하다. 감동을 받은 구절이 있다면 잘 보이는 곳에 적어 두고 매일 봐야 한다. 나는 《보물지도》라는 책을 읽고 비전보드를 만들어서 벽에 붙여 놓았다.

인간은 망각의 동물이기 때문에 자주 보이는 곳에 목표를 붙여 놓아야 한다. 이왕이면 자신이 좋아하는 롤모델이나 갖고 싶은 물건의 사진도 좋다. 잠재의식은 그것을 좇아 부지런히 움직인다. 사람은 자주 보고 듣는 것을 닮아간다고 한다. 실천력을 높이러면 시각적으로 동기부여를 계속해서 받아야 한다. 좋아하고 존경하는 사람의 사진을 붙여 놓는 것은 그 때문이다.

"자기계발서는 대개 자신의 부족함을 채우고자 하는 사람들이 읽는다. 때문에 어떤 분야의 책보다도 실천이 필요한 분야다. 물론 책 속에 있는 모든 내용을 실천할 수는 없다. 하지만 그중 한 가지는 바로 실천할 수 있다. 마음에 가장 와 닿았던 문장을 적고 바로 실천해 보자. 다음은 책만 읽는 바보가 되지 않기 위해 행해야 하는 사항이다.

– 현재 나의 문제는 무엇인가? 그에 맞는 책은 무엇인가? 라는 질문을 던지며 자신에게 도움이 될 만한 책을 선정한다.

– 책을 읽은 후 본인에게 필요한 문장을 뽑는다. 그리고 가장 잘 보이는 곳에 적어 둔다. 사람은 망각의 동물이기 때문에 아무리 가슴에 와 닿았던 문장이라도 금세 잊어버린다. 매일 보고 또 봐야 한다.

– 뽑은 문장을 바탕으로 자신의 실천지침을 만든다. 그리고 매일 지침을 잘 수행하고 있는지 체크한다. 3주 정도만 꾸준히 실천한다면 따로 체크하지 않아도 될 만큼 습관화될 것이다."

– 유근용, 『일독일행 독서법』

하루에 하나라도 매일 하는 사람이 성공에 가까워진다. 운동을 예로 들면 팔굽혀펴기 10개라도 매일 하는 것이 낫다. 하루에 100개를 하더라도 매일 하지 않는 사람은 결코 습관을 만들 수 없다. 매일 턱걸이 한 개라도 꾸준히 하는 사람이 성공한다. 몸짱을 부러워만 하는 사람보다 매일같이 한 개라도 아령을 드는 사람이 몸짱이 된다.

자기계발서는 아무리 읽어도 소용없다는 사람이 있다. 그 사람의 평소 습관은 안 봐도 짐작이 간다. 아무리 책을 읽어도 실천하지 않을 확률이 크다. 작은 일이라도 실천하는 사람이 이긴다. 벤츠를 눈으로만 본 사람과 타본 사람은 하늘과 땅 차이로 느낌이 다르다. 고기도 먹어본 사람이 먹는다는 말이 있듯 해본 사람이 잘한다.

'백문이 불여일견'이라는 말이 있다. 책을 백 번 읽었더라도 실천 하나가 낫다. 무엇이든 직접 해봐야 어렵고 힘든 것을 느낄 수 있다. 자신의 인내력도 키울 수 있고 경험도 얻을 수 있다. 실행력은 곧 성공의 지름길이라 할 수 있다. 인간관계를 넓히고 싶다면 일단 사람과 접촉을 해야 한다. 처음엔 어려워도 자주 만나면 익숙해진다.

누구나 인생의 고난과 문제가 있다. 자신의 문제가 무엇인지 알면서도 고치려고 하지 않는다면 무슨 소용이 있을까? 나는 열등감과 질병에 시달렸기 때문에 좋은 습관과 치유가 필요했다. 그 분야에 관한 자기계발서를 통해 조금씩 나아질 수 있었다. 낮은 열등감을 자존감으로 승화시켰고, 질병에 찌든 몸을 독서와 운동을 통해 치유하고 있다.

2억이 넘는 빚에 시달렸던 나는 재테크를 통해 빚을 갚아 나가고 있다. 이것도 역시 책을 통해 얻은 지식으로 얻은 결과다. 가난은 죄가 아니지만, 자랑거리도 아니다. 할 수 있다면 빚에서 벗어날 수 있는 기회가 얼마든지 있다. 조금만 관심을 가지면 자산을 키울 수 있는 분야가 보인다. 그 해답은 필요한 지식을 쌓고 실행하는 것이다.

가난과 부는 백지 한 장 차이라고 할 수 있다. 그것은 세상을 대하는 마음의 자세에서 출발한다. 나는 얼마든지 풍요롭게 살 수 있다는 믿음이 중요하다. 그런 믿음을 가진 사람은 어떤 일이든지 긍정적인 태도로 임하게 마련이다. 가난한 사람들의 특징은 일단 부정적인 태도를 갖고 있다. 그들은 누구보다 돈에 욕심이 많지만, 역설적으로 돈에 대해 부정적인 생각을 갖고 있다.

부자들은 일반적으로 나쁘다는 생각이 가난한 사람들의 가치관이다. 그런 생각을 가져서는 절대로 풍요롭게 살 수 없다. 주변에 잘된 사람이 있다면 축복해 주고 자신에게도 그런 일이 일어나기를 바라야 한다. 매사에 감사하고 기쁨을 느끼는 자세가 부자로 가는 지름길이다. 돈은 자신을 좋아하는 사람에게 몰려간다. 부자들은 돈을 사랑하고 삶을 축복이라고 여긴다.

대표적인 부자인 록펠러는 생전에 많은 기부를 통해 명성을 얻은 사람이다. 부자들의 특징은 자선과 기부를 통해 사회에 다시 환원한다는 점이다. 이런 면에서 우리나라의 부자들은 조금 부족한 면이 있다. 하지만 대다수의 자수성가한 부자들은 알게 모르게 자선을 베푼다. 진정한 부자들은 그런 마음을 가져야 자신의 부를 유지한다고 믿는다.

독서를 통해 지식을 얻었다면 실천은 나의 몫이다. 결국 실천하는 태도에 따라 명암이 엇갈린다. 실패한 사람이 변하는 이유는 절박함 때문이다. 어쩔 수 없는 환경에 처한 사람은 간절하다. 지푸라기라도 잡는 것이 인간의 마음이다. 그런 마음을 가진 사람은 작은 일이라도 최선을 다한다. 지성이면 감천이라고 그런 사람은 하늘이 감동한다.

매사에 게으르고 마지못해 하는 사람이 성공했다는 이야기를 들어본 일이 있는가? 로또 1등에 당첨되어도 그런 사람은 결국 빚더미에 빠지게 된다. 평소 삶의 태도가 긍정적인 사람이 성공을 하고 그 성공을 유지한다. 욕심만 크고 성실하지 못한 사람은 결국 범죄에 연루되거나 실패하게 마련이다.

실행력은 성공의 바로미터다. 마음에 열정이 가득해야 실천이 뒤따른다. 자기계발서를 적절히 활용해야 한다. 가슴에 불을 지르는 문장을 골라 눈앞에 잘 보이게 붙여두고 수시로 들여다보자. 열정은 신이 주신 선물이다. 누구나 성공할 수 있는 소질을 갖고 있지만, 정작 열정이 없는 사람은 아무 소용이 없다.

열정을 기르는 방법은 감동을 주는 책과 강의, 동영상을 보는 것이다. 인터넷을 뒤져보면 동기부여를 받을 수 있는 영상을 제공하고 있다. 무료로 볼 수도 있지만, 좋은 강의라면 돈을 주고라도 들어야 한다. 인생을 성공으로 이끄는 지름길은 성공한 사람들의 조언을 듣는 것이다.

나 역시 열정이 식으면 예전에 감동을 받았던 책이나 영상을 들춰 본다. 그러면 다시 동기부여가 된다. 우리의 삶은 마음가짐에 따라 달라진다. '대추 한 알'이란 시를 보면 잘 익은 감 하나에도 수많은 비바람과 태풍을 이겨낸 고통이 숨어 있다. 인간은 닥쳐오는 고난 속에서 참된 인격을 갖추게 된다.

"독서법을 다룬 많은 책들이 실천의 중요성을 강조함에도 행동으로 옮기는 사람들이 드문 이유는 실천의 중요성을 보는 순간

"당연히 알지. 누가 그걸 모르나. 하기가 어려워서 그렇지."라고 생각해 버리기 때문이다. 안다고 생각하므로 거기서 생각이 멈춰 버린다. 자꾸 안다고 생각하는 교만을 내려놓고 나 자신을 돌아봐야 한다."

    - 정회일, 『읽어야 산다』

보기만 해서는 감나무에 달린 감을 딸 수는 없다. 반드시 실천이 뒤따라야 한다. 글을 쓰는 것도 뇌와 손을 쓰는 노동에 속한다. 운동은 또 어떤가? 인내력 테스트의 끝판왕이 운동이다. 김연아 선수에게 어떤 기자가 인터뷰를 했다. "이렇게 힘든 걸 어떻게 해요? 김연아 선수의 대답이 걸작이다. "그냥 해요."

이렇듯 실천하는 사람에게 이유는 없다. 단지 습관대로 하는 것이다. 새벽 4시에 일어나야 할 이유는 없다. 그냥 일어나는 것이다. 루틴이 그 사람의 모든 걸 말해 준다. 위대한 사람들은 당연한 것을 당연히 하는 사람들이다. 모든 일은 입을 닥치고 하는 것이다. 입만 살아있는 사람은 몸을 움직이지 못한다. 그저 묵묵히 덤벼서 해야 한다.

우리는 유치원이나 학교에서 이미 사회생활에 필요한 지식을 다 배운 사람들이다. 문제는 다 아는 것을 당연히 안 하는 당신의 태도이다. 어른에게 인사 잘하고, 친구와 사이좋게 지내고 성실하게 살면 된다. 이 당연한 습관을 무시하고 살아가는 사람들이 문제를 일으킨다. 독서를 안 하는 사람보다 독서를 했는데 실천 안 하는 사람이 더 나쁘다. 그 사람은 게으르고 교만한 마음을 가졌다는 뜻이다.

> "왜 운동선수들은 시합 직전에 평소보다 더 열심히 훈련을 하게 되는 것일까? 왜 영업사원들은 분기 말에 평소보다 더 나은 실적을 내는 것일까? 왜 부모들은 개학을 앞두고 더 규칙적으로 생활하게 되는 것일까? 바로 마감 시한이 만들어 내는 동기 부여 효과 때문이다."
>
> – 브랜든 버처드, 『식스 해빗』

아무리 공부를 안 하는 학생이라도 시험 전날은 열심히 공부한다. 책을 산더미같이 쌓아놓고 공부하면서 후회한다. '일주일 전에만 했어도, 아니 3일 전에만 했어도'라는 생각 때문이다. 실천력이 떨어지는 사람이라면 이 마감 시한의 효과를 이용해 보자. 무엇이든 마감 시한을 정해서 하는 것이다.

진행 중인 과제가 있다면 며칠, 아니 몇 시간이라도 앞으로 당겨 보는 것이다. 당신은 반드시 그 시간 안에 일을 마치게 될 것이다. 나 역시 어떤 목표가 생기면 마감 시한을 정한다. 그러면 신기하게도 몸이 알아서 일을 처리한다. 일을 마치고 남는 시간에 뭘 하냐고? 다음 프로젝트를 조금 일찍 시작해 보는 것은 어떨까?

독서리셋

제4장

독서로
성장하기

01

꿈을 이루는 독서의 힘

● ● ● ●

"당신이 할 수 있는 가장 큰 모험은 당신이 꿈꾸는 삶을 사는 것
이다."

– 오프라 윈프리

누구에게나 크고 작은 꿈이 있다. 어떤 이는 꿈을 이루지만
대부분은 꿈을 포기한다. 우리의 인생은 꿈의 크기에 따라 그 차
이가 벌어진다. 꿈이 있는 사람은 빛나는 삶을 살아가고, 없는
사람은 평범한 삶을 살아간다. 꿈이 있는 사람은 희망과 기대로
하루를 시작한다. 반대로 꿈이 없는 사람은 억지로 몸을 일으켜
일터로 향한다. 이것이 꿈꾸는 사람과 평범한 사람의 가장 큰 차
이점이다.

우리에게 꿈이 중요한 이유는 무엇일까? 꿈이 없어지면 사는 것
은 허무해진다. 매사에 무기력해지고 기쁨이 사라진다. 생각은

멈추고 매일의 일상은 그저 습관이 된다. 평범한 사람들은 구체적인 목표의식이 없다. 목표가 없으면 남의 인생을 흉내 내면서 살아가게 된다. 목표가 없는 인생에는 감동도 없고 지루한 일상만 있을 뿐이다.

꿈이 있어야 목표가 생기고 삶에 활력이 생긴다. '꿈이 없는 인생은 죽은 인생이다.' 라는 말이 있다. 가슴 뛰는 열정이 없다면 살아있는 시체와 다를 바 없다. 어린아이에게 꿈을 물어보면 거창한 꿈을 이야기한다. 그런 아이들도 어른이 되면서 꿈은 사라지고 현실에 굴복한다. 왜 이런 일이 벌어지는 걸까?

사람은 성장하면서 점차 생각이 부정적으로 바뀐다. 그렇기 때문에 의식적인 목표설정과 동기부여가 필요하다. 꿈을 이루려면 끊임없는 열정과 실행력을 필요로 한다. 실행력에 필요한 용기는 의식이 높은 사람에게 생긴다. 아무리 꿈이 거창해도 용기가 없다면 무용지물이다. 이럴 때 독서는 꿈꾸는 자에게 무한한 용기와 실행력을 제공한다.

"에너지 수준 200, 이 수준에서 비로소 무엇인가를 할 수 있는 힘을 갖기 시작한다. 이 수준의 사람들은 자기가 흡수하여 소화하는 에너지만큼 그 에너지를 되돌려 보내는 반면, 낮은 수준의

사람들은 사회로 환원하지 않고 자신만을 위하여 에너지를 흡
수한다고 할 수 있다."

– 데이비드 호킨스, 『의식혁명』

《의식혁명》이란 책을 읽어보면 신기한 이야기가 나온다. 사람에
게는 의식 수준이 있는데 용기가 생기는 수준이 200 정도라고
한다. 인류의 85%는 100 이하의 수준이어서 용기를 발휘하기가
힘들다는 것이다. 우리의 의식이 고양되어야 진정한 용기가 나
온다고 할 수 있다. 전 인류를 사랑하고 자신 스스로 깨달음과
평화상태로 들어간 사람은 인류의 1%에 지나지 않는다고 저자
는 말하고 있다.

꿈을 이루고 타인에게 위대한 영향을 끼치는 사람은 의식 수준
이 높고 용기가 있는 사람이다. 용기를 갖는 것 자체만으로도 그
사람의 의식 수준은 꽤 높다고 볼 수 있다. 우리의 꿈은 용기를
먹고 자란다. 꿈을 이룬 사람들은 대개 다른 사람들에게 감동을
주고 사회에 좋은 영향을 준다. 이것이 진정한 우리의 목적이며
사명이라고 할 수 있다.

"1929년 하버드 경영대학원 졸업생들에게 명확한 장래 목표를
설정하고 기록한 다음 그것을 성취하기 위해 계획을 세웠는가?

라는 질문을 해보았더니 졸업생의 3퍼센트만이 목표와 계획을 세운 것으로 밝혀졌다. 13퍼센트는 목표는 있었지만, 그것을 종이에 직접 기록하지는 않았고, 나머지 84퍼센트는 학교를 졸업하고 여름을 즐기겠다는 것 외에는 구체적인 목표가 전혀 없었다."

– 브라이언 트레이시, 『목표 그 성취의 기술』

목표가 있는 사람과 없는 사람의 차이는 엄청나다. 꿈이 생겼다면 목표설정은 당연하다. 반드시 종이에 기록하고 잘 보이는 곳에 붙여야 한다. 나 역시 목표를 적어서 책상 앞에 걸어 두었다. 목표가 눈에 보이지 않으면 눈을 가리고 뛰는 경주마와 같은 것이다. 목표를 항상 보고 있는 사람은 결국 목표를 이루게 된다. 나는 어느 날 청소를 하다가 10년 전에 쓴 낡은 노트를 발견했다. 노트를 펼쳐보니 이런 글이 있었다. '51세에 작가 등단'이란 글귀였다. 그런데 갑자기 내 눈에서 눈물이 '툭' 떨어졌다. 내가 책을 내고 작가로 등단한 때는 바로 51세가 되던 해였기 때문이다. 목표를 기록한 대로 이루어진 셈이다.

꿈을 그냥 꾸고 잊어버리는 사람과 그것을 적는 사람의 차이는 크다. 꿈을 적어 놓은 사람은 꿈을 구체적으로 상상하는 사람이고 막연한 꿈을 꾸는 사람은 몽상가일 뿐이다. 노트에 적거나 벽에 붙여놓고 매일 보는 사람은 결국 일을 낸다. 그 작은 차이가 현저한 결과를 가져온다. 목표를 적는 사람은 이미 목표를 달성한 것처럼 생생하게 느끼는 사람이다.

큰 딸이 고등학교 때 원하는 대학을 종이에 적어서 붙여놓으라고 했다. 내 습관대로 조언을 해준 것인데 아이는 내 말대로 실천했다. 3년이 지나 수능을 보게 되었고 결과는 만족스러웠다. 그런데 그 과정은 결코 순탄치 않았다. 원하는 대학에 예비합격자로 들어갔는데 마지막 날 마감 시간이 오후 5시였다. 그 시간에 나는 낮잠을 자고 있었는데 갑자기 딸이 기쁜 얼굴로 들어왔다. "아빠, 학교에서 연락 왔는데 합격이래." 종이에 적은 목표가 이루어지는 순간이었다.

이처럼 목표를 글로 적는 것은 의미 있는 행동이다. 더불어 잘 보이는 곳에 붙여놓고 자주 본다면 더욱 좋다. 사람은 시각적으로 강하게 반응한다. 대다수의 사람들은 보이는 것만 믿는다고 한다. 이것이 인간의 단점이지만 효과적으로 이용해야 한다. 백문이 불여일견이라는 속담이 있다. 매일 보는 것이 현실이 된다. 내가 하고 싶은 일을 적어서 붙여놓는 것처럼 효과적인 것도 없다.

나는 과거에 죽은 인생을 살았다. 마지못해 직장에 가고, 저녁이면 술을 찾아 유흥가를 기웃거렸다. 술을 마시면 그나마 현실의 스트레스를 잊을 수 있었다. 그런 상태에서 나는 로또나 당첨되어서 부자가 되는 것이 유일한 꿈이었다. 거의 10여 년 간 미친 듯이 복권을 샀던 기억이 난다. 복권은 유일한 나의 탈출구이자 희망이었다.

나는 다행히 마흔 초반에 독서를 만났다. 독서는 꿈을 잃어버린 나에게 한 줄기 빛이었다. 《꿈꾸는 다락방》의 저자인 이지성 작가는 생존 독서를 강조한다. 나는 그의 말처럼 독서에 몰두했다. 틈만 나면 서점과 도서관으로 달려갔다. 점점 잊고 있었던 나의 꿈이 되살아나기 시작했다. 취미로 읽는 독서와 생존 독서는 질적으로 어마어마한 차이가 있다는 걸 깨달았다.

오프라 윈프리는 꿈을 잃어버린 사람들에게 하나의 롤모델이다. 그녀는 미혼모에 마약중독자였지만, 불행한 과거를 독서로 회복하고 새로운 인생을 살고 있다. 윈프리의 삶에 감동을 받은 사람들은 긍정적으로 변화된다. 오프라 윈프리는 자신의 습관 중에 감사하기를 꼽았다. 평범한 일상에 감사하는 습관은 그녀를 토크쇼의 여왕으로 만들어 주었다. 감사하는 습관은 매사에 복을 부르는 좋은 행동이다. 감사하는 마음은 자신을 낮춰서 세상과 조화를 이루게 된다.

평범한 일에 감사를 느끼지 못하는 사람은 대개 불평과 원망을 하게 된다. 감사의 반대말은 불평이다. 작은 일에서 감사를 느끼지 못하는 사람은 매사를 당연하게 생각한다. 하지만 곰곰이 생각해보면 이 세상에 당연한 일은 하나도 없다. 지구가 쉬지 않고 태양을 돌기에 우리는 별 탈 없이 살아간다. 우주의 질서가 없다면 우리도 존재할 수 없다. 그 간단한 사실만 깨달아도 우리의 평범한 일상은 기적이 된다.

> "여러 해 동안 나는 감사하며 살아가는 것의 힘과 즐거움을 옹호해 왔다. 10년 동안 빼놓지 않고 감사일기를 썼고, 내가 아는 모든 이에게 그렇게 하기를 권유했다. 감사해야 할 순간을 만날 때마다 나는 메모를 한다. 확신하건대 매일 짧게나마 짬을 내어 감사한다면 크게 감탄할 만한 결과를 맛보게 될 것이다."
>
> – 오프라 윈프리, 『내가 확실히 아는 것들』

오프라 윈프리는 성공한 여성의 대명사로 불린다. 그녀의 평생 습관은 감사일기를 쓰는 것이다. 감사하는 사람은 매사에 긍정적인 사람이며 활기가 넘친다. 그런 습관을 가진 그녀가 성공한 것은 우연이 아닐 것이다. 귀찮더라도 감사할 일이 생기면 메모하는 습관이 그녀를 만들었다. 범사에 감사하라는 성경 말씀처럼 우리는 사소한 일에도 감사하는 태도를 지녀야 한다.

우리가 무심코 넘어가는 일, 이를테면 우리나라에 태어난 것만 해도 감사한 일이다. 만약에 아프리카나 북한에 태어났다면 벌써 굶어 죽었거나 평생 고통을 받아야 한다. 이런 것을 무시하고 '나는 왜 가난한 집에 태어나서 이 고생을 할까' 라며 한탄하는 사람들이 있다. 현실에 불만을 가지면 매사에 불평과 비교를 하게 된다. 불평하는 사람에게 꿈과 행복은 멀리 달아나 버린다.

부정적인 감정에 사로잡히면 자기연민으로 발전한다. 자기연민은 얼핏 보면 타당해 보이지만 자신을 갉아먹는 암 덩어리와 같다. 나 역시 질병과 열등감으로 인해 자기연민에 빠져 살았던 과거가 있다. 남과 비교하며 자기비하를 거쳐 자기연민으로 끝이 나곤 했다. 그런 탓에 자존감은 바닥이었고 대인관계도 엉망이었다. 자기연민에서 헤어나지 못하면 그 사람의 인생은 항상 뒤처지게 된다. 자기 위안에 그치는 삶은 결국 허무한 삶을 살게 마련이다.

사람들에게 꿈이 뭐냐고 물어보면 대부분 복권에 당첨되거나 막연하게 부자가 되기를 꿈꾼다. 하지만 이런 것들은 꿈이 아니다. 일확천금을 꿈꾸는 것은 부질없는 환상일 뿐이다. 진짜 꿈이란 실현 가능성이 있어야 하고 진정으로 좋아하는 일이어야 한다. 목표를 생각하면 가슴이 벅차오르고 즐거워지는 것이 진정한 꿈이다.

자신의 가슴속에 들어온 꿈은 이루라고 주어진 것이다. 꿈이란 생각만 해도 가슴이 벅차야 한다. 내가 반드시 해야 할 일이란 확신이 들어야 한다. 신은 우리에게 불가능한 꿈을 가슴에 넣어주지 않는다. 진짜 꿈이란 생각하기만 해도 가슴이 뜨거워져야 한다. 꿈이 이루어진 모습을 상상하면 잠이 안 올 정도의 상태가 되어야 꿈이 이루어질 가능성이 높아진다.

> "《10년 후》의 작가 그레그 레이드는 '꿈을 날짜와 함께 적어 놓으면 목표가 되고 목표를 잘게 나누면 계획이 된다. 계획을 실행에 옮기면 꿈이 현실이 된다.' 라고 했다. 머릿속에 담아둔 생각을 글로 써두면 자신과의 약속이 되고 의식적으로 그 약속을 지키기 위해 노력하게 되는 것이다. 이렇듯 말에는 힘이 있다. 그리고 글에는 더욱 큰 힘이 있다. 그러니까 지금 당장 자신의 꿈을 상상하고, 사람들에게 당당하게 말하고 구체적인 계획을 글로 써보면 어떨까."
>
> – 김수영, 「멈추지마, 다시 꿈부터 써봐」

꿈 멘토 김수영은 인생 자체가 꿈인 사람이다. 수많은 꿈을 현실로 이뤄 가며 그녀의 꿈은 현재진행형이다. 현실에 굴복해서 핑계만 대는 인생은 이제 접고 그녀의 조언대로 없는 꿈이라도 만들어서 희망을 품어보자. 그래야 이 냉혹한 현실에서 빠져나와 제대로 된 삶을 살아갈 수 있다. 꿈을 가진 사람은 사소한 일은 무시하고 자신의 꿈을 향해 전진하는 사람이다. 그런 사람에게 현실의 고난은 아무런 장애물도 되지 못한다.

꿈꾸는 사람은 열정이 넘치게 된다. 그 꿈을 생각만 해도 생동감이 넘치고 하루하루가 즐거워진다. 꿈이 있는 사람은 밥을 먹지 않아도 배가 부르다. 반면에 꿈이 없는 사람은 하루하루가 지루할 뿐이다. 꿈이 없는 사람은 평범한 삶에 안주하며 살아간다. 평범한 삶은 안락해 보이지만 황량한 사막과 같은 삶이라고 볼 수 있다.

그저 돈만 버는 것이 꿈이라면 그것은 가짜 꿈이라고 봐야 한다. 다시 한 번 자신의 내면을 들여다봐야 한다. 돈은 수단에 불과하다. 수단을 목표로 하는 사람을 봤는가? 돈만 목표로 삼는 인생에는 허무함만이 따라온다. 꿈이란 결국 타인을 위한 삶을 목표로 할 때 의미가 있다. 그런 꿈을 꿔야 성공할 확률이 높아지고 사명감이 생긴다. 사명감이 있는 꿈은 이루어지게 마련이다.

나에게 주는 가장 큰 선물은 꿈을 갖는 것이다. 평범한 삶에 만족하는 것은 자신에 대한 모독이다. 대부분의 사람들은 현실에 안주하기에 자신의 꿈을 잊고 살아간다. 한 번뿐인 인생에서 하고 싶지 않은 일에 매달려 평생을 살아가는 것처럼 안타까운 일은 없다. 하루빨리 자신의 잃어버린 꿈을 되찾고 가슴 뛰는 삶을 살아야 한다.

나는 독서를 하면서 꿈을 키우고 있다. 진정으로 좋아하는 일을 찾게 되었다. 독서가 좋다고 하는 사람은 별로 없다. 하지만 나는 세상에서 독서처럼 즐거운 일은 없다고 생각한다. 공자님의 말씀처럼 배우고 때로 익히면 즐겁다는 말이 실감난다. 독서의 참맛을 알고 나면 다른 것은 쳐다보지 않게 된다.

사람에게 제일 즐거운 일은 새로운 것을 배우는 것이다. 배우는 사람은 절대 늙지 않는다. 그는 소년처럼 항상 들떠있고 활력이 넘치게 된다. 나는 독서를 통해 배움의 기쁨을 느끼고 있다. 꿈을 찾는 일도 역시 배움의 한 부분이다. 링컨 대통령은 "사람은 아는 만큼 행복해진다."라는 말을 남겼다. 그의 말처럼 사람에게는 배움 그 자체가 기쁨이 된다.

아는 것이 힘이며 인생의 본질이다. 사람의 잠재 능력을 보면 저절로 감탄사가 나온다. 인간은 지혜롭고 다양한 감정을 가진 창조적인 존재다. 인간의 정교한 신체와 우수한 두뇌를 보며 나는 경이로움을 느낀다. 인간은 상상력으로 달을 정복했고 우주를 탐험하고 있다. 그렇게 위대한 존재가 인간이다. 자신의 한계를 스스로 규정해 버리는 것처럼 어리석은 일은 없다.

우리의 본능을 들여다보면 선과 악이 존재한다. 선한 마음은 남을 돕고 사랑하려는 마음이고, 악한 마음은 남을 시기하며 범죄를 저지른다. 꿈을 가진 사람은 악한 본성을 이기고 사회에 이바지한다. 꿈꾸는 사람은 인류에게 공헌하려는 소명의식이 생기고 주변 사람에 대한 태도가 달라진다. 이런 마음을 바탕으로 점차 발전해 나가는 것이 꿈을 가진 사람의 특징이다.

한 방울의 깨끗한 물이 계속 떨어지면 더러워진 웅덩이를 맑게 하듯이 한 사람의 영향력은 아주 막강하다. 우리의 영향력을 과소평가해서는 곤란하다. 처칠의 한마디가 전쟁 중인 영국의 국민들에게 희망을 주었듯 한 사람의 힘은 엄청나다. 우리의 에너지를 극대화시키면 한 도시를 밝힐 정도로 강하다고 한다.

인간의 힘은 우리의 상상력을 초월한다. 사람은 스스로 만물의 영장이라고 지칭한다. 인간이 그렇게 생각하는 것은 동물과 다른 특별함이 있기 때문이다. 인간은 생각의 힘으로 고결함을 유지하고 상상력을 통해 문명을 건설했다. 오직 인간만이 꿈을 꾸고 사고의 힘으로 세상을 변화시킨다. 꿈은 개인과 사회는 물론 세상을 바꿔 나간다.

우리의 꿈을 없애는 존재가 있다. 두려움과 부정적인 생각이 그 것이다. 두려움 때문에 묻힌 꿈들은 셀 수 없이 많다. 꿈의 가장 큰 적은 두려움이다. 실패하면 어쩌나 하는 부정적인 생각이 그 것이다. 꿈을 이루려면 부정적인 생각을 차단할 필요가 있다. 자 신의 꿈을 함부로 남에게 말하지 말고 오직 자신과 뜻을 같이하 는 사람과만 공유해야 한다. 비슷한 꿈을 가진 사람끼리 모여야 꿈이 성장한다.

가족이나 친구에게 당신의 꿈을 밝히면 곤란하다. 왜냐하면 그 들은 당신의 꿈을 응원하지 않기 때문이다. 가족이나 친구는 당 신이 안정적인 직장에서 일하기만 바란다. 꿈이라는 말만 꺼내 도 사람들은 기겁을 하며 당신을 말리기 급급하다. 일반적으로 사람들은 꿈을 믿지 않는다. "그게 현실적으로 말이 되니? 십중 팔구는 실패할 거야"라는 말로 그들은 당신의 꿈을 깨뜨려 버 린다.

모든 사람은 자신과 비슷한 사람끼리 어울린다. 사람은 원래 타 인의 성공을 질투하는 속성을 지니고 있다. 그것은 인간의 본능 이다. 당신은 성공할 때까지 그들을 잠시 무시하는 것이 필요하 다. 당신이 꿈을 이루는 과정에서 진짜 친구들이 새롭게 생긴다. 그들은 당신의 꿈을 응원하려고 달려온다.

생존만 급급해서 살아가는 것은 우리를 만든 조물주의 뜻이 아니다. 배를 만든 이유는 항구에 정박하기 위한 것이 아니라 드넓은 바다를 항해하기 위해 만든 것이다. 우리가 현실에 짓눌려 꿈을 잃어버리면 항구 한구석에 처박혀 있는 낡은 배와 같다. 모든 것은 만들어진 이유가 있다. 인간의 능력을 보면 결코 현실에 안주하라고 만들어진 존재가 아님을 알 수 있다.

02

독서로 열정 만들기

● ● ● ●

"그 어떤 위대한 일도 열정 없이 이루어진 것은 없다."
– 랄프 왈도 에머슨

어떤 일을 성공적으로 하려면 지속적인 동기부여가 필요하다. 어떤 분야에 흥미가 생겨서 시작했다면 계속 유지하는 것이 중요하다. 이럴 때 포기하지 않고 끝까지 해내려면 확고한 의지력이 필요하다. 낚시꾼이 하루 종일 찌만 바라보는 이유는 물고기를 잡아야겠다는 강력한 의지가 있기 때문이다. 의지가 있으면 신념과 열정이 생기게 된다.

사람들은 보통 두 가지로 분류할 수 있다. 열정적으로 시작했지만 금세 꺼지는 사람과 한결같이 은은한 열정을 가진 사람이다. 나도 전자에 속한 사람이라 어딘가에 흥미가 생기면 불같이 덤비다가도 조금만 시간이 지나면 시들해지는 성격이었다. 그런 내가 변화된 것은 지속적인 독서 습관에 있다.

누구나 열정을 가지고 시작했다가 여러 가지 이유로 포기한다. 그러므로 우리에게는 지속적인 동기부여가 필요하다. 동기부여는 일종의 땔감이라 할 수 있다. 열정이라는 땔감을 넣어주는 방법은 좋은 영향을 주는 책을 읽는 것이다. 성공한 사람들은 대부분 독서를 통해 자신의 목표를 세우고 실천한 사람들이다.

> "해는 날마다 나를 위해서 떠오르고 파도는 나를 위해 몰려 온다."
>
> -론다 번, 『시크릿』

이 한 줄의 글로 인해 내 마음에 울림이 왔다. 변화는 한 번의 만남과 책으로 인해 시작될 수 있다. 우리는 위대하고 소중한 존재라는 메시지가 이 글 속에 담겨 있다. 이 문장에 사로잡힌 나는 독서에 흥미를 갖기 시작했다. 사람은 단지 한 번의 계기로도 인생의 가치관이 변할 수 있다. 나에게는 그것이 한 줄의 글이었다.

그때 내 나이가 마흔한 살이었다. 나는 독서를 통해 내 인생을 바꾸기로 마음먹었다. 인생에는 세 번의 기회가 온다고 한다. 나는 이 기회를 놓치기 싫었다. 평범하게 살아가던 나에게 신이 내려준 선물은 한 권의 책이었다. 나는 《시크릿》을 통해 인간은 누구나 소중한 존재라는 의식이 싹트게 되었다.

> "된다는 믿음을 가진 사람과 갖지 않은 사람의 차이는 하늘과 땅 차이다. 그저 된다고 믿기만 해도 그러지 않은 사람과는 완전히 다른 결과를 얻는다. 반드시 될 것이고 되어야만 한다는 예비신념, 그 강력한 믿음이 스스로를 움직이게 만드는 매우 중요한 동인이 되기 때문이다."
>
> – 강헌구, 『가슴 뛰는 삶』

믿음은 기적을 연출한다. 된다고 믿는 자와 의심하는 자는 결과에서 큰 차이를 나타낸다. 반드시 이루어질 것이라고 믿는 사람은 항상 활력이 넘치게 마련이다. 반대로 의심하는 사람은 확신이 없어 매사에 최선을 다하지 못한다. 의심을 버리려면 긍정적인 믿음이 필요하다. 어떤 일을 하기로 마음먹었다면 하면 된다는 믿음을 갖는 게 현명한 태도라 할 수 있다.

《가슴 뛰는 삶》은 내가 소중하게 생각하는 책 중에 하나다. 중년의 나이에 새로운 삶을 개척하기는 쉽지 않다. 저자는 늦은 나이에 비전을 갖고 묵묵히 실천했다. 그 결과 베스트셀러 작가가 되었고, 전국에 비전 열풍을 일으켰다. 이것이 바로 강력한 동기부여가 준 결과라 할 수 있다. 이 책을 통해서 나는 비전의 중요성을 알게 되었다.

누군가를 롤모델로 해서 열정을 키우고 목표를 세우는 것은 성공의 첫걸음이다. 성공한 사람들의 책을 읽으면 가슴에 울림이 온다. 그럴 때 우리에게는 사명감이 생긴다. 위대한 목표를 설정한 사람에게는 남다른 사명감이 있다. 이순신 장군은 애국심을 바탕으로 12척의 배를 이끌고 왜선 300척을 물리쳤다. 세종대왕은 국민을 사랑하는 긍휼한 마음으로 한글을 창제했다. 이들이 위대한 이유는 나라와 국민을 사랑하는 소명의식이 있었기 때문이다.

인간은 환경을 극복하려는 의지가 필요하다. 세상은 그런 의지를 가진 사람에게 선물을 나눠준다. 성공과 명예라는 훈장이 그것이다. 우리는 대부분 성공을 하기 위해 열심히 살아가지만 포기하는 사람이 대부분이다. 우리를 들뜨게 하는 열정이 그래서 필요하다. 열정을 가지려면 성공한 사람들의 책을 읽어야 한다. 만사는 마음먹기에 달렸다는 말이 있다. 아무리 어려운 환경 속에서도 가뿐하게 이겨내는 사람이 있다. 그 사람에게는 평범하지 않은 열정이 숨어 있다. 성공의 관건은 어떤 일에 열정을 가진 상태를 유지하는 것이다. "평안감사도 내가 싫으면 그만이다,"라는 말이 있다. 아무리 좋은 자리도 자신이 하기 싫으면 그만이라는 뜻이다. 우리의 마음이 모든 것을 결정한다. 긍정적이고 확고한 신념을 가지면 못할 것이 없다.

> "공부에 대한 열정을 키워 나가려면 주기적으로 열정을 되살려 주는 자극이 필요하다. 자극은 우리를 돌아보게 하고, 보다 숭고한 비전을 볼 수 있게 하며 나아지고 싶다는 욕망을 끌어올려 준다. 그 대표적인 것이 서점을 찾아가는 일이다. 서점에서 새롭게 출간된 책을 살펴보거나 바닥에 앉아 독서삼매경에 빠진 젊은이들을 보는 것만으로도 공부에 대한 열정이 생기고 머릿속에서는 이미 공부할 계획을 세우고 있는 자신을 발견하게 된다.
> 공부는 공부하는 사람들 옆에서 해야 더 잘된다. 혼자 집에서 하는 것보다 도서관에서 열심히 책을 보고 있는 사람들과 함께 하면 경쟁의식도 강해지고 집중력도 높아진다. 가끔 서점이나 도서관이 주는 에너지를 얻는 것은 공부를 계속할 수 있도록 스스로에게 적절한 자극을 제공하는 중요한 방법이 될 수 있다."
>
> – 안상헌, 『인문학 공부법』

나는 틈이 날 때마다 서점이나 도서관에 가곤 한다. 마음이 느슨해지거나 게을러지면 그곳에 가서 힘을 얻는다. 책을 보는 사람들과 함께 있으면 열정이 다시 살아난다. 도서관에 가면 열심히 책을 보는 사람들로 인해 동기부여를 받을 수 있다. 열정은 같은 목적을 가진 사람들과 함께할 때 생기게 된다.

평범한 사람들과 어울리면 발전과 성공은 기대할 수 없다. 인간은 혼자 사색할 때 성장한다. 빌 게이츠는 회사를 경영하며 많은 사람과 부대끼지만 1년에 한 번씩 3주간의 고독한 시간을 보낸다고 한다. 남들과 어울리지 않고 보내는 시간 속에서 위대한 경영이 탄생하는 것이다. 자발적 고독을 통해서 인간은 내적으로 성찰의 시간을 갖고 새로운 활력을 얻을 수 있다.

일찍이 세상을 바꾼 사람은 책을 사랑한 사람들이다. 레오나르도 다빈치가 그랬고 에디슨이 그랬다. 이외에도 수많은 위인이 도서관에서 꿈을 이룬 사람들이다. 책은 그래서 위대하다. 사람이 위대한 이유는 책을 만들었기 때문이다. 책을 읽는 사람만이 현실을 바꿀 수 있다고 나는 믿는다. 그 이유는 나의 멘토들이 독서를 통해 인생을 위대하게 살았기 때문이다.

열정은 책을 읽는 사람만이 갖게 되는 마법의 약이다. 꿈이 없는 사람들은 보통 다른 것에 눈이 팔려 있다. 의미 없는 취미활동이나 음주, 게임, 오락이 그것이다. 인간은 본능적으로 안락하고 편한 것을 추구한다. 그 결과, 눈앞의 일에 집착하고 남과 비교하며 열등감만 느낀다. 고정관념에 갇힌 나를 변화시키려면 과거의 나와 단절해야 한다.

인간의 뇌는 개발되지 않은 금광과 같다. 캐면 캘수록 엄청난 보물이 숨어 있는 곳이 인간의 뇌다. 인간의 몸은 뇌의 지시에 따라 움직일 뿐이다. 생각은 뇌에서 나오고 마음이 몸을 지배한다. 잠자는 뇌를 깨워주는 것은 감동을 주는 글이다. 생각이 변해야 인생이 바뀐다. 생각을 바꾸려면 새로운 생각을 집어넣어야 한다.

새롭고 알찬 지혜의 글이 책 속에 들어 있다. 더불어 저자들의 소중한 경험담을 책 속에서 읽을 수 있다. 독서는 많은 사람을 만나지 않고도 간접 경험을 제공한다. 단 만 원의 투자로 몇 배 유용한 정보를 얻을 수 있는 것이 독서의 장점이다. 책을 보지 않으면 매사에 불안한 선택을 하게 된다. 무모한 열정은 실패를 가져온다. 먼저 독서를 통해 지혜를 얻고 올바른 전략을 가져야 열정이 빛을 발할 수 있다.

"오늘도 나는 행군한다. 지금은 몸에 익지 않은 배낭을 메고 오르막길을 오르느라 좀 괴롭다. 무엇보다 앞서가는 사람 없이 길 없는 길을 가야 하는 게 제일 힘들다. 이 길 끝은 과연 정상인가. 내가 가진 식량과 장비는 충분한가. 앞으로 닥칠 크레바스와 암벽을 어떻게 넘어가나 하는 생각으로 때로는 버겁고 무섭기도 하다. 그러나 내 능력에 대한 의심이 들 때마다, 기가 꺾여 자신이 없어질 때마다, 몸이 지쳐서 한 걸음 한 걸음이 천근만근일 때마다 그래서 무릎을 꿇고 싶을 때마다 가슴 저 밑바닥에서 울려오는 진군의 북소리가 들린다. 그리고 나에게 내려진 절체절명의 명령 소리가 들린다. 지도 밖으로 행군하라!"

– 한비야, 『지도 밖으로 행군하라』

한비야는 여행을 통해서 자신의 사명을 발견했다. 국제구호전문가라는 타이틀이 그것이다. 그녀는 지구 세 바퀴 반을 여행하며 자신을 발견했고, 그 열정으로 지금도 전진하고 있다. 그녀를 통해 여행 붐이 일었고 국제구호에 많은 사람들이 관심을 갖게 되었다. 그녀의 인생은 여행이라는 키워드를 통해 사명을 발견한 경우라 할 수 있다.

가슴이 뜨거워지는 일을 발견한 사람은 운이 좋은 사람이다. 왜냐하면 대부분의 사람이 꿈을 망각한 채 그저 하루하루 목숨을 연명하기 때문이다. 나 역시 인생의 대부분을 낭비하며 살았다. 그때를 굳이 표현하자면 감동 없는 삶이라고 할 수 있다. 사람에게 열정과 사명감이 생기면 펄떡거리는 물고기처럼 생동감이 넘치게 된다.

한비야 님의 책을 읽으면서 느낀 점은 나와 생각이 비슷하다는 점이다. 가슴속에서 울려오는 북소리를 외면하지 않고 자신의 길을 묵묵히 걸어간다는 점이 그것이다. 가슴속에서 끊임없이 솟아 나오는 열정은 사람을 변화시킨다. 그 열정은 독서에서 출발하기도 하고, 낯선 여행에서 얻기도 한다. 무엇이 되었든 변화를 준다면 시도해야 한다.

삶의 목표와 열정을 되찾은 사람은 운이 좋은 사람이다. 그 사람에게는 잊어버렸던 꿈이 되살아난다. 꿈을 이루는 기초 작업은 생각의 변화에서 출발한다. 거창한 꿈도 처음에는 작은 행동에서 출발한다. 어쩌다 떠난 여행, 생각 없이 집어 든 책 한 권이 당신의 인생을 바꿀 수도 있다.

> "어제까지의 자신은 죽었다고 생각할 정도로 굳은 각오가 필요하다. 배수진을 치고 독서를 해야 한다. 인생에서 지금까지 아무것도 이룬 것이 없는 사람들일수록 모든 것을 바쳐서 지독하게 책을 읽어야 한다. 자신의 시간과 에너지를 오롯이 독서에 집중해야 한다."
>
> – 김시현, 『독서로 세상을 다 가져라』

독서가 좋은 것을 깨달았다면 다음 단계는 무엇일까? 사람은 꿈

과 열정이 생겼다면 오로지 목표에 집중해야 한다. '불광불급'
이란 말이 있다. 미칠 정도로 열심히 해야 성공할 수 있다는 고
사성어인데, 한마디로 이것 아니면 죽는다는 배수진을 의미한
다. 로마의 황제 율리우스 카이사르는 타고 온 배를 모두 불사르
는 배수진을 쳐서 전쟁을 승리로 이끌었다.

변화를 원한다면 독서에 목숨을 걸어야 한다. 예전의 나는 죽여
버리고 오직 책을 끼고 살아야 한다. 화장실이든 지하철이든 항
상 책을 읽어야 한다. 단 5분이라도 시간이 나면 우리는 책을 펼
쳐야 한다. 이것 아니면 죽는다는 각오를 해야 무언가 이룰 수
있다. 배수진의 각오를 가진 사람은 무엇이든 할 수 있다.

> "작은 일에서부터 시작해야 한다는 것을 알고 있어도 우리는 그
> 시작을 거창하게 생각할 때가 있다. 변화해야겠다고 꿈꾸는 순
> 간 우리는 흥분하고 빨리 많은 일을 하려고 한다. 여기에 대응하
> 는 가장 효율적인 방법으로 나는 2분 규칙을 사용한다. 새로운
> 습관을 시작할 때 그 일을 2분 이하로 하라는 것이다. 내 경험에
> 따르면 거의 어떤 습관이든 2분짜리로 축소할 수 있다."
>
> - 제임스 클리어, 『아주 작은 습관의 힘』

어떤 일에 사로잡히면 우리는 금세 흥분한다. 다이어트를 예로

들면 시간을 내서 헬스클럽에 등록한다. 한동안 무리하게 운동을 한다. 몸살이 나서 며칠 눕는다. 그리곤 얼마 지나지 않아 열정이 식어버린다. 이것이 전형적으로 실패하는 사람들의 습관이다. 습관은 그 일이 즐겁지 않아도 지속하는 것을 말한다. 작게 시작해야 끝까지 할 수 있다고 저자는 말한다. 단 1회나 5분이라도 매일 하는 것이 좋은 습관의 토대가 된다.

몸에 밴 습관이 모든 것을 결정한다. 쉽게 타오른 장작이 쉽게 사그라든다. 우리는 불타는 열정보다 은은한 열정이 필요하다. 밤새도록 따뜻한 온돌 같은 열정이 지속되어야 한다. 우리를 짓누르는 세상의 차가움을 우리의 잔잔한 열정으로 녹여야 한다. 나는 열정이 식을 때마다 다시 지펴 줄 시스템이 있다. 그 시스템이 가동되면 부정적인 습관은 멀리 도망간다.

지피지기면 백전백승이다. 인생은 준비된 자가 이기는 게임이다. 나의 습관이 흔들릴 때 제2, 제3의 가동 시스템이 있어야 한다. 인간관계가 안 좋으면 인간관계에 관한 책을 읽어야 한다. 돈이 부족하면 경제나 재테크에 관한 책을 읽어야 한다. 무언가 결핍된 채로 장시간 버틸 수는 없는 노릇이다.

우리는 조금만 누가 건드리면 쓰러질 정도로 나약한 면을 지니고 있다. 그런 소심함과 허약한 몸으로 세상에 나가 꿈을 펼칠 수는 없다. 나만의 재생 시스템을 만들어 놔야 IMF가 다시 와도 일어날 수 있다. 무모한 열정은 쉽게 사그라든다고 말했다. 안정적인 재가동 시스템이 중요하다. 나의 취약한 면을 커버해 줄 각 분야의 멘토와 매뉴얼이 항상 대기하고 있어야 한다. 나는 그런 시스템의 구축을 통해 만반의 준비를 하고 있다.

열정은 마음만 갖고는 안된다. 목표를 세웠다면 그것에 맞는 시스템을 갖춰야 한다. 담대함과 지성을 갖추고 인격과 교양을 장착해야 한다. 마음에는 항상 사랑과 평화가 넘쳐야 하고 몸은 어떤 어려움이 와도 견뎌줄 강인함을 지녀야 한다. 인간관계에 항상 적을 만들지 말고 적이 생겼다면 무시하는 대범함이 필요하다. 우리는 치열한 경쟁 사회에 노출되어 있다. 결코 나약하게 삶을 생각하고 대충 살아서는 곤란하다.

우리에게는 인생의 매뉴얼이 필요하다. 독서는 지혜와 용기를 겸비한 멘토와 같다. 멘토와 함께 전쟁에 나설 때 우리는 다윗과 같이 용감하게 골리앗과 맞설 수 있다. 소도 비빌 언덕이 있어야 하고, 동네 강아지도 자기 동네에서는 자신감이 넘친다. 내 뒤에는 수많은 멘토가 포진해 있고 적재적소에 배치된 실전 매뉴얼이 장착되어 있다.

독서라는 무기가 나에게는 천군만마와 같다. 인생이라는 험한 경주에서 책만큼 좋은 동료는 없다. 전우는 생사고락을 같이할 때 피로 맺어진 형제보다 소중한 존재가 된다. 나에게는 그런 존재가 책이라는 친구다. 주변에 좋은 사람이 많으면 그 사람은 천하무적이 된다. 나는 든든한 멘토들이 내 옆에 있기에 오늘도 열정을 갖고 인생이란 전쟁터에 자신 있게 나설 수 있다.

03

목표를 이루는 독서의 힘

● ● ● ●

"위대한 인물에게는 목표가 있고 평범한 사람들에게는 소망이
있을 뿐이다."

– 워싱턴 어빙

누구나 새해에는 목표를 세운다. 금연이나 다이어트가 단골
메뉴에 들어간다. 여기 두 사람이 있다. 첫 번째 사람은 막연하
게 살을 뺀다고 목표를 세웠다. 두 번째는 내년 1월에 보디빌딩
대회에 나가 1위를 한다는 목표를 세웠다. 두 사람 중 누가 목표
를 달성했을까? 당연히 후자가 목표를 달성할 확률이 높다. 구
체적인 날짜와 수치를 정한 사람은 성공할 확률이 높아진다.

누구나 인생의 목표가 있다. 사람에 따라 그 목표가 다를 뿐이
다. 목표를 세울 때 중요한 점은 막연하게 목표를 세우지 말라는
것이다. 그저 돈을 많이 벌어서 부자가 된다는 목표는 절대 이루

어지지 않는다. 막연한 목표는 한 달만 지나도 기억에서 사라진다. 목표는 숫자를 넣어서 정확한 시기를 정해야 진정한 목표라고 할 수 있다.

뚜렷한 목표를 설정하면 우리는 매일 무엇을 해야 할지 설정할 수 있다. 1년 후에 날씬한 몸매를 갖고 싶다면 일주일에 최소 5번은 러닝머신 위에서 1시간은 뛰어야 한다. 어떤 일이 있어도 달리기를 하는 습관을 만들어야 한다. 일단 집에서 가장 가까운 체육센터에 등록하고 매일 출근을 해야 한다. 이런 실천이 없는 목표는 그저 몽상에 그치고 만다.

매일 계획대로 살면 성취감이 생기고 이는 긍정적인 결과를 낳는다. 작은 습관이 쌓여서 큰 목표를 달성한다. 남보다 일찍 일어나면 1시간 이상 여유시간이 생긴다. 그 시간에 운동을 하고 책을 읽는다면 목표달성이 쉬워진다. 매일 실천하는 사람은 어떤 목표든 이룰 수 있는 자신감을 갖게 된다.

좋은 습관을 만드는 비결은 작은 습관이라도 꾸준히 하는 것이다. 예를 들어 독서를 하고 싶다면 책을 펼쳐서 단 5분이라도 매일 보는 것이다. 멋진 몸매를 원하면 매일 한 개라도 팔굽혀 펴기를 해야 한다. 우리가 실패하는 이유는 단 한 가지다. 무리한 계획을 세우고 이를 밀어붙이는 것이다. 하루에 10시간을 운동

해도 작심삼일에 그친다면 그건 아무 소용이 없는 행동이다.

"오늘 당장 뛰어난 성과를 지향하는 습관을 익힌다고 결정하라. 당신 분야에서 상위 10%에 든다고 결심하라. 상위 10%에 들기 위해 무엇을 해야 하고, 얼마만큼의 수입을 올려야 하는지 알아보라. 그리고 그것을 목표로 삼아라. 매일 계획에 따라 목표달성을 위해 필요한 기술을 개발하라. 얼마나 빨리 삶이 개선되는지를 보고 놀랄 것이다."

– 브라이언 트레이시, 『백만 불짜리 습관』

인생에는 뚜렷한 목표가 필요하다. 남에게 과시하기 위해 설정한 목표보다는 자신의 내면에서 우러나온 목표가 좋다. 브라이언 트레이시는 목표를 설정하고 유지하는 방법을 구체적으로 제시하고 있다. 목표는 크게 잡고, 세부목표는 작게 잡아야 한다. 아무리 거창한 목표라도 나의 능력은 아직 미약하기 때문이다. 우리의 인생에는 게으름이라는 잡초가 매일 자라고 있다. 목표라는 낫을 대야 이것들이 사라진다. 뚜렷한 목표의식이 있는 사람에게 게으름은 멀리 달아나버린다. 확실한 목표가 인생을 결정하고 성공으로 가게 만든다. 매일 목표를 생각하는 사람은 활력이 넘치고 건강한 삶을 살게 마련이다.

매일 조금씩 성장하는 사람은 결국 목표에 도달하게 된다. 에베레스트 산을 올라가려는 사람은 동네 뒷산부터 올라가야 한다. 단숨에 목표를 이룬 사람은 한 명도 없다. 매일 목표를 점검해야 하는 이유가 여기에 있다. 한 걸음의 의미가 중요하다. 매일 조금씩 전진하는 사람이 결국 목표를 이루게 된다.

> "보물 지도를 만드는 일은 현재를 감사하고 행복을 느끼고 꿈을 이루어 가는 과정을 즐기는 일입니다. 그렇게 인생의 좋은 흐름이 찾아오게 되면 당신은 그 흐름을 따라 어느 순간 최종 목적지에 도달하게 됩니다."
>
> – 모치즈키 도시다카, 『보물지도』

성공을 위해서는 구체적인 목표를 사진이나 글로 써서 붙이라고 한다. 나는 《보물 지도》에서 제시하는 드림 보드를 작성해서 책상 앞에 걸어 두었다. 목표는 매일 보는 것이 좋다고 한다. 잠재의식에 새겨 넣기 위해서다. 인간은 보는 대로 반응하는 존재이다. 보물 지도의 시각적인 효과는 대단하다고 한다. 매일 보면서 자신의 꿈을 상상하다 보면 기분도 좋아진다.

인간은 자신이 생각하는 만큼 성장한다고 한다. 누구에게나 소망이 있게 마련이다. 다만 그 소망을 현실로 바꿔줄 무기가 없을 뿐이다. 목표를 써서 잘 보이는 곳에 붙이고 매일 바라보는 사람은 잠재의식에 각인된다. 아무리 현실이 괴로워도 목표가 있는 사람은 포기하지 않는다. 목표가 확실한 사람은 어떤 고난이 와도 무너지지 않는다.

매일 같은 사람과 만나고 똑같은 일을 반복하면 변화는 기대할 수 없다. 좀 더 나은 미래를 원한다면 주변 환경도 바꿔야 한다. 맹자의 엄마처럼 좋은 환경으로 이사도 하고 멘토를 만들어야 한다. 독수리는 칠면조와 어울리지 않는다는 말이 있다. 진정한 변화를 원한다면 만나는 사람과 환경을 바꿔야 한다.

목표를 이루는 방법은 여러 가지가 있다. 제일 좋은 방법은 본받고 싶은 사람들과 어울리는 것이다. 훌륭한 사람을 만나려면 세미나와 독서 모임이 좋다. 나보다 수준이 높은 사람들과 어울리면 나도 모르게 그 사람들처럼 되어간다. 좋은 책을 읽고 강의를 들으면서 의식이 바뀌고 행동이 변한다. 긍정적인 태도는 덤으로 얻게 된다.

"옛말에 근묵자흑(根墨自黑), 근주자적(近周紫赤)이라 했고, 맹자 엄마도 괜히 극성을 떤 게 아니다. 적극적으로 새 친구를 찾아라. 성공하고 싶다면 성공한 친구들을 만나고, 글을 잘 쓰고 싶다면 글 잘 쓰는 친구들을 만나라. 나에게 어울리는 미래를 가

습속에 품고 있다면 거기 어울리는 친구들을 만나고 모임에 나가라."

- 강헌구, 『가슴 뛰는 삶』

환경이 바뀌면 사람이 바뀌듯 만나는 사람을 바꾸면 인생이 바뀐다. 친구 따라 강남 간다는 말이 있듯 사람은 주변 사람에 따라 변화되는 존재이다. 나는 글을 쓰면서 같은 길을 가는 사람들과 만나고 있다. 긍정적인 사람들과 어울리면 나도 긍정적인 사람이 된다. 내가 좋아하는 분야의 동료를 만드는 일은 아주 중요하다.

동료가 생기면 어려운 문제를 서로 의논하고 조언을 들을 수 있다. 먼 길을 가려면 여럿이 가야 한다는 말이 있다. 혼자서 가는 것보다 같이 가 주는 동료들이 필요하다. 열정적인 사람들을 만나야 나도 같이 성장하게 된다. 좋은 동료나 멘토를 만나는 일은 목표달성에 아주 중요한 행동이다.

하고 싶은 일이 생겼다면 그 분야의 책부터 읽고 멘토가 될 만한 사람을 만나야 한다. 멘토가 강사라면 그 사람의 강의도 들어야 한다. 강연을 통해 뜻이 맞는 동료를 만날 수 있다. 저자가 주최하는 모임에도 적극적으로 나가야 한다. 존경하는 저자도 만나고 같은 뜻을 가진 동료를 만나는 좋은 기회가 된다.

나와 같은 길을 걸어가는 동료는 소중한 보물처럼 대해야 한다. 동료가 성장해야 나도 성장할 수 있다. 이런 과정을 거치면 과거의 친구들은 만나지 않게 된다. 술과 오락을 위해 만나는 친구는 사실상 인생의 낭비라고 할 수 있다. 대신에 진취적이고 긍정적인 친구들과 어울리며 발전해야 한다. 진정한 친구는 자신과 같은 길을 가면서 격려해 주는 친구다.

목표를 만들고 성취하는데 독서는 중요한 역할을 한다. 나 역시 글쓰기에 도전하면서 독서량도 많이 늘었고, 그 과정에서 한 단계 성장할 수 있었다. 기한을 정하고 목표를 수치화하면 실천하는 사람이 된다. 책 속에는 내가 하고 싶은 분야를 인도해 주는 나침반이 들어 있다.

자신의 숨겨진 잠재력을 발견하는데 독서처럼 좋은 도구는 없다. 사실상 당신을 둘러싸고 있는 주변사람에게 좋은 영향을 받을 확률은 거의 없다. 평범한 주변 사람은 당신 내면의 잠재력을 인정하지 않는다. 그들이 오히려 당신의 열정에 물을 끼얹지 않으면 다행이다. 좋은 책을 통해 당신은 내면의 자아를 발견하고 목표를 세우게 된다.

독서는 내면에 숨어 있는 당신의 능력을 일깨워 준다. 책으로 인해 인생이 바뀐 사람들이 그것을 증명하고 있다. 다만 당신의 고정관념과 게으름이 그것을 막고 있을 뿐이다. 평범한 인생을 바꾸고 싶다면 책과 만나야 한다. 오늘 당장 도서관이나 서점으로 달려가 보자. 우리의 내면에는 엄청난 힘이 들어 있다. 마음속에 하고 싶은 일이 있다면 그것에 관한 책을 읽는 게 최우선이다.

04

진정한 나를 찾는 독서의 힘

● ● ● ●

"자아는 이미 만들어진 것이 아니라 선택을 통해 계속 만들어
가는 것이다."

– 존 듀이

자아성찰이란 내면의 나를 만나는 것이다. '내가 누구인가'
라는 질문은 인간의 오래된 고민이다. 나의 정체성과 삶의 목적
을 깨닫는 것은 그 어떤 문제보다 중요하다. 평범한 사람들은 자
신이 누구인지 모른 채 남들을 따라 대충 살아간다. 자신이 누구
이고 왜 살아야 하는지 모르는 사람은 빈껍데기와 같은 삶을 사
는 것이다.

가치관이란 나와 사회를 바라보는 시각을 말한다. 어떤 가치관
을 가지고 있느냐에 따라 인생이 결정된다. 올바른 가치관을 가
지면 삶을 긍정적으로 바라보게 된다. 자신의 가치를 아는 사람

은 열등감도 없고 타인을 존중한다. 내가 중요하듯 남도 중요하기 때문이다. 가치관을 정립하는 일은 자아 성찰의 큰 부분을 차지한다.

독서를 하면 인간과 세상을 넓게 인식하는 통찰력이 길러진다. 부정적인 생각에서 벗어나 긍정적인 가치관을 갖게 된다. 모든 것은 내가 생각하기 나름이고 타인과 내가 하나라는 깨달음을 얻게 된다. 우리가 모두 연결되어 있다는 생각만으로도 내면이 성장한다. 우리가 하나라는 깨달음을 얻으면 인생을 바라보는 시야가 넓어진다.

인생이란 기쁨과 슬픔이 반복되는 뫼비우스의 띠와 같다. 삶은 우리가 보는 시각에 따라 천국과 지옥이 된다. 모든 만물에는 배울 점이 있다. 떨어지는 낙엽 한 개에도 인생의 의미를 느낄 수 있다. 오 헨리의 《마지막 잎새》라는 작품에는 벽에 붙어 있는 잎새 하나에 생명을 되찾은 소녀가 등장한다. 우리는 나뭇잎 하나에도 삶의 의미를 느끼는 존재다.

자연은 서로 도움을 주고받으며 조화를 이루고 있다. 인간사회도 자연처럼 조화와 균형을 이룰 때 진정한 행복을 느끼게 된다. 그 기본은 나 자신을 진정으로 만나는 일이다. 우리의 자아를 깨닫는 데 필요한 학문이 인문학이다. 수많은 인문, 철학자들이 앞서서 연구한 덕분에 인간의 내면세계를 인식하게 되었다.

독서는 외로운 작업이다. 골방에 들어앉은 수도승처럼 도를 닦는 것과 같다. 얼핏 보면 독서를 하는 사람은 왕따나 외톨이처럼 보이기도 한다. 그러나 독서를 하는 사람은 외롭지 않다. 오히려 나중에 보면 더 좋은 인맥이 생긴다. 책을 많이 읽은 사람은 좋은 사람들이 그 주변에 모이게 마련이다.

독서를 하는 사람치고 외로워 자살하는 사람은 거의 없다. 진짜 외로운 사람은 책을 읽지 않는 사람이다. 내면의 성찰이 부족한 사람은 끊임없이 친구를 찾고 혼자 있기 힘들어한다. 독서를 하는 사람은 내면의 성장을 통해 외로움을 승화시킨다. 독서를 통해 같은 뜻을 가진 사람들과 어울리며 외부적으로도 성장한다.

자아에 대한 성찰은 평범한 일상에서 얻기 힘들다. 절대 고독의 상태에서 책을 읽을 때 생기는 일이다. 인간은 무리를 지어 사회를 이루고 문명을 일구어 왔다. 그러나 복잡한 일상 생활 속에서 내면을 성찰하기란 힘들다. 일부러라도 고독한 시간을 가져야 한다. 아무리 바쁜 사람도 하루에 10분 정도는 독서할 시간이 있다. 그 시간이 위대한 나를 만든다.

복잡한 환경 속에서 나의 내면을 찾기는 힘들다. 더구나 현대사회는 속도경쟁이 붙은 정보화 사회다. 하루에도 쉴 새 없이 스마트폰과 인터넷에서 정보가 쏟아진다. 각종 뉴스와 볼거리가 우리의 눈을 어지럽히고 있다. 이런 상황에서 자신의 내면을 제대로 알기는 매우 힘들다. 우리가 골방에 들어가서 책을 읽어야 하는 까닭이다.

부모라면 아이들이 공부를 잘했으면 한다. 공부 잘하는 비결은 독서에 취미를 붙이는 일이다. 아이와 손잡고 주말이면 도서관이나 서점에 가서 책을 읽는 아빠가 되어야 한다. 처음에는 어색하고 힘들겠지만 일단 흥미로운 책을 집어 들어라. 이것이 독서의 첫걸음이다. 누구나 좋은 습관을 들이기는 어렵다. 그러나 그 과정을 견디면 책과 좋은 친구가 된다.

조용한 장소에서 내면의 평안이 찾아온다. 시끌벅적한 곳에서 사람들과 수다를 떠는 것은 자신의 내면을 쓰레기로 덮는 일이다. 자아 성찰은 고독한 환경에서 자라는 꽃이다. 화초가 말없이 자라듯 인간도 마찬가지다. 고독한 시간을 통해 인간은 성장하게 되어 있다. 살아오면서 고독한 시간이 없었다면 성장하기는 힘들다.

"아버님의 보석이신 언니들. 눈물 어린 눈으로 코딜리어는 작별인사를 드립니다. 언니들의 됨됨이를 잘 알지만, 동생으로서

차마 그 결점들을 꼬집어 말씀드리고 싶진 않군요. 부디 아버지를 잘 보살펴주세요. 언니들이 공언하신 그 사랑을 믿고 아버님을 맡깁니다.

오. 아직도 제가 아버님의 사랑을 받고 있다면 더 좋은 곳으로 모실 텐데... 두 언니들 안녕히 계세요."

– 셰익스피어, 『리어왕』

셰익스피어의 4대 비극 중 하나인 『리어왕』은 아버지와 세 딸에 관한 이야기다. 리어왕에게는 세 명의 딸이 있었는데, 막내딸 코딜리어는 언니들과 달리 아버지를 진심으로 사랑한다. 어리석은 리어왕은 달콤한 말을 늘어놓은 첫째와 둘째 딸에게 나라를 물려준다. 그러나 두 딸에게 버림을 당한 리어왕은 막내딸의 효심을 알게 되지만 비극적인 최후를 맞는다. 어리석지만 불행한 리어왕의 모습을 보면서 안타까운 마음이 들었다.

리어왕에게 자아성찰의 시간이 있었다면 현명하게 유산을 배분했을 것이다. 더불어 막내딸의 진심을 알아채고 불행도 없었을 것이다. 이처럼 내면의 성찰이 없으면 인간에게 불행과 슬픔이 닥쳐오게 마련이다. 설령 고난이 오더라도 현명하게 이를 극복할 수 있다. 우리의 인생은 내면의 성장을 통해 알찬 열매를 맺게 된다. 인생이란 자아성찰을 끊임없이 요구한다. 이것을 거부하지 말고 담대하게 이겨내는 것이 지혜로운 사람이다.

> "범죄라고? 어떤 범죄 말이냐?" 그는 갑작스럽게 격분해서 외
> 쳤다. 내가 더럽고 해로운 '이' 같은 존재, 아무에게도 필요치
> 않은 고리대금업자 노파를 죽인 범죄 말이냐? 가난한 사람들에
> 게 즙을 빨아먹은 그 여자를 죽였다는 이유로 사람들은 40가지
> 의 죄도 용서해 줄 거야. 과연 그런 게 범죄일까? 난 그런 것에
> 대해서는 생각지 않아. 죄를 씻을 생각도 없어."
> – 도스토예프스키, 『죄와 벌』

《죄와 벌》은 러시아문학을 이야기할 때 빠지지 않고 나오는 대
작이다. 주인공은 가난한 고학생으로 무신론자다. 그는 어느 날
사회에 필요해 보이지 않는 고리대금업자 노파를 죽일 계획을
세운다. 그러나 노파만 죽이려다가 동거하던 여자를 같이 죽이
고 만다. 이로 인해 마음의 갈등을 겪고 빼앗은 재물도 바위 뒤
에 숨긴다.
나중에 창녀 소냐를 만나 자신의 범죄를 고백한 뒤 뽀르피리 경
감에게 자수를 한다. 경감은 주인공의 정상을 참작해 고작 8년
의 시베리아 형벌을 선고한다. 소냐에게 전해 받은 성경을 쥐고
그는 참회의 길을 가게 된다. 주인공의 내밀한 심리묘사가 돋보

이는 명작으로 인간의 죄에 대해 많은 성찰을 하게 된다.

인간을 이해하는 데 있어서 이 작품은 훌륭한 교재다. 주인공 라스콜리니코프의 내면을 보면 선과 악의 갈등으로 고뇌하고 있다. 결국 악은 선에 의해 패배하는 것이 결말이다. 악은 결코 정당화될 수 없지만, 인간에게 피할 수 없는 선택지다. 고리대금업자를 죽인 주인공의 내면적 갈등이 치열하게 독자들을 이끌어 간다.

이 작품을 통해 나는 주인공의 양심에 대해 주목했다. 비록 사회에 별 필요 없어 보이고 악에 물든 노파를 제거한 것이 얼핏 보면 정의로운 행위로 보인다. 하지만 모든 인간은 신의 피조물이다. 소중하지 않은 사람은 하나도 없다. 주인공은 한순간 잘못된 생각으로 노파와 그의 여동생을 죽이고 고뇌한다.

이것은 그의 양심이 마음을 계속 찌르기 때문이다. 개나 고양이를 죽여도 마음이 편치 않은데, 더구나 같은 사람을 죽였다는 것은 어떤 이유로도 정당화될 수 없는 악의 결과다. 악은 슬며시 사람의 마음속에 어떤 관념을 형성한다. '저 사람은 쓸모없어, 죽여도 돼' 라는 위험한 생각을 마치 선의로 포장한다. 정의를 위한다거나 죽어 마땅하다는 생각이 그것이다. 하지만 죽어도 마땅한 사람은 아무도 없다. 설령 남을 괴롭히고 악을 행하는 사람도 나의 손으로 죽일 권리는 아무에게도 없다. 그 사람은 사회의 법에 맡겨야 한다. 또한 법 위에는 사회의 규범과 도덕이 있고, 더 나아가서는 신의 심판이 있다.

우리가 굳이 판단하고 체벌을 가하지 않아도 그의 양심이 그를 처벌한다. 그것이 바로 양심이 존재하는 이유다. 우리의 양심은 대단히 민감해서 죄를 짓지 못하게 한다. 그러나 악이 점령한 사람은 양심이 실종되어 범죄자가 되는 것이다. 우리는 그런 사람을 사이코패스라고 부른다. 연쇄 살인범이나 패륜 범죄자를 일컫는 말이지만, 그 무엇으로도 악을 정당화시켜서는 곤란하다. 악은 그 자체로 사회에 막대한 피해를 주기 때문이다.

윤동주 시인은 하늘을 우러러 부끄러움이 없는 인생을 갈망했다. 그렇게 훌륭한 시인도 자신의 내면을 부끄러워한 셈이다. 누구나 진정한 내면의 나를 만나면 참회하게 마련이다. 양심 앞에서 떳떳한 사람이 과연 얼마나 될까? 나는 신앙을 갖게 된 뒤 양심 앞에서 부끄러운 나의 모습을 발견하고 많은 회개를 했다. 사람들 앞에서 올바른 척 행동하지만, 뒤에서는 교활하고 악한 나를 발견한다.

이것은 인간의 양심이 주는 하나의 사례일 뿐이다. 선량함으로 가장한 악한 나를 직시하며 양심이 있는 것에 감사하게 되었다. 좋은 책은 위선적으로 살아가는 나를 지적해주고 때로는 친구나 멘토가 되어준다. 부족했던 과거를 반성하고 앞으로 전진하게 만든다. 그 과정에서 새로운 자아가 탄생된다. 내면의 나를 발견하는 기쁨은 더할 수 없이 크다.

독서와 사색은 더불어 가는 친구 사이다. 나는 책에서 지식을 얻고 사색을 통해 자아를 발견한다. 책을 읽으면 어떻게 사는 것이 올바른 것인지 고뇌하게 마련이다. 인생은 끊임없는 자아 성찰의 과정이다. 그 시간을 잘 통과해야 우리가 원하는 유토피아로 갈 수 있다는 것을 깨닫게 된다.

Chapter

05

제5장

나를
바꾸는 책

01

가슴에 열정이 생기는 책

● ● ● ●

"최고의 경쟁력은 열정이다."

– 잭 웰치

1. 가슴 뛰는 삶

저자 : **강헌구**

대한민국 최고의 비전(vision) 멘토. 그가 십여 년간 수많은 사람들의 인생에 '비전'이라는 불꽃을 심어주며 설파해 온 비전 이야기의 결정판이 바로 《가슴 뛰는 삶》이다. 꿈을 현실로 만드는 '비전'의 힘 덕분에 인생이 완전히 달라진 사람들, 그들의 생생한 승리와 성취의 경험이 오히려 작가 자신에게 더 큰 에너지로 돌아왔다고 말하는 저자는 그 '가슴 뛰는' 에너지와 응축된 열정을 이 책에 모두 담았다.

"강한 자는 망설이지 않는다. 굳건히 자리를 잡고 땀을 흘리며 끝을 향해 나아간다. 잉크를 다 써서 없애고 종이를 모두 써버린다."

– 쥘 르나르

강한 사람은 비전의 힘으로 자신이 하고 싶은 일을 묵묵히 그려 나간다. 오직 비전의 힘으로 그 일은 즐거운 일이 된다. 비전을 향해 모든 힘과 정열을 불태운다. 그것이 비전이 가진 거대한 힘이다. 나는 이 책을 읽고 난 후 가슴이 뛰고 열정이 샘솟는 것을 느꼈다. 평범한 직장인에서 동기부여 전문가로 변신한 저자는 가슴 뛰는 열정을 글로 승화시켜 독자들의 몰입도를 높이고 있다.

"비전은 약해지지도 그치지도 않는 전진의 북소리."

본문 중에서 가슴에 꽂힌 글이다. 비전은 거침없이 전진하게 만든다. 지치지 않는 열정을 불러일으킨다. 가슴속에서 쉴 새 없이 나팔소리를 울려댄다. 당신에게 지금 내면의 북소리가 들리지 않는다면 어딘가 문제가 있다는 이야기다. 꿈이 없는 이는 평범한 일상을 살아가다가 결국 허무한 최후를 맞이한다. 비전을 가진 사람은 내면의 북소리가 항상 들려온다. 비전은 세상을 이끌어 가는 리더들의 무기다.

우리가 인생을 살면서 주로 쓰는 말이 있다. 바로 "무엇 때문에 안돼"라는 말이다. 실패해 놓고 핑곗거리가 없을 때 주변 환경을 탓하는 것이다. 나에게는 문제가 없는데 주위가 문제라서 실패했다는 게 요점이다. 그런데 주변 환경은 결코, 당신에게 우호적이지 않다. 세상은 치열하고 험악한 전쟁터와 같다. 그렇기에 나만의 숨겨진 비밀 무기가 필요하다. 그것은 바로 가슴속에 품은 생생한 비전이다.

미래일기는 나의 미래를 결정짓는 요소 중 하나다. 인간에게는 상상력이 부여되어 있다. 상상하는 힘은 왜 주어졌을까? 그것은 바로 비전을 이루라는 뜻이다. 보이지 않는 미래지만 우리는 눈을 감으면 그려볼 수 있다. 달나라에도 갈 수 있고, 은하계에도 갈 수 있다. 내 손이 날개가 되어 하늘을 날아가기도 한다. 그러므로 인간의 상상력에는 제한이 없다.

나는 황홀한 꽃들이 만발한 정원에서 흔들의자에 누워 작품을 구상하며 캔버스에 멋진 그림을 그린다. 나는 남들이 존경하는 작가이며 화가다. 가끔씩 해외로 여행을 떠나기도 한다. 나의 일상은 내가 원하던 대로 이어진다. 나를 좋아하는 사람들이 가끔 놀러 오면 다과를 곁들인 담소를 즐긴다.

이상은 나의 미래일기 중 한 부분이다. 백일몽같이 보일 수도 있다. 그러나 이런 일기를 매일 상상하다 보면 어느덧 나의 잠재의식에 각인되어 버린다. 그러면 놀라운 일이 벌어지기 시작한다. 뇌는 현실과 상상을 구별하지 못하기 때문이다. 그러면 뇌는 일단 현실과 맞지 않는 상상을 위해 일을 추진하기 시작한다.

거지가 왕자로 바뀌는 과정은 상상을 통해 이루어진다. 나의 유전자 스위치가 그때 비로소 켜진다. 상상을 시작하면서 켜진 것이다. 점점 내 주위에는 지원군들이 도착하기 시작한다. 나를 발전시키려고 미래의 사자들이 몰려온다. 내가 원하는 일들이 조금씩 이루어진다. 갑자기 책을 쓰게 되고 작가가 된다. 상상이 현실이 되는 순간이다. 좌절과 두려움도 느낄 필요가 없다. 왜냐하면 잠재의식은 내가 상상한 대로 일을 추진하기 때문이다.

"적극적으로 새 친구를 찾아라. 성공하고 싶다면 성공한 친구들을 만나고, 글을 잘 쓰고 싶다면 글 잘 쓰는 친구들과 만나라. 나에게 어울리는 미래를 가슴속에 품고 있다면 거기 어울리는 친구들을 만나고 모임에 나가라."

나는 꿈이 생기면서 과거의 인연들과 멀어졌다. 비전을 품게 되면 자연스럽게 일어나는 현상이다. 그들과 어울리기보다는 창작의 시간을 가지거나 새로운 사람을 만나는 것이 더 즐겁기 때문이다. 나보다 나은 사람을 만나면 같이 성장하게 된다. 내 비전에 가속도가 붙고 꿈이 더 가까워진다. 그들의 긍정에너지가 나에게 전달되기 때문이다. 비전을 가진 사람들과 만나야 하는 이유가 거기에 있다.

"믿는 자에게는 능치 못할 일이 없느니라."라는 성경 구절이 있다. 말 그대로 믿음은 그렇게 중요하다. 확신이 없는 믿음은 하늘에 오르지 못하고 땅에 떨어진다. 믿는 자에게는 하늘의 선물이 쏟아진다. 신념을 가진 사람은 매사에 자신감이 넘치고 즐거울 수밖에 없다. 그에게는 불가능이란 낱말이 사라지고 오직 '이루어진다' 라는 믿음만이 충만하다."

비전을 가진 사람은 꿈에 미친 사람이다. 스티븐 스필버그는 자신의 꿈을 생각할 때마다 가슴이 터질 듯이 기뻤다고 한다. 매일 아침 가슴이 두근거려 도저히 생활을 못할 정도였다고 하니 그 기쁨이 얼마나 대단했을까 짐작이 간다. '나는 할 수 있다' 는 말을 하루에 열 번, 아니 백 번씩 해보자. 거짓말같이 느껴질지라도 어느 사이에 자신감이 하늘을 찌르게 될 것이다.

사명선언문을 작성할 때부터 비전은 시작된다는 저자의 글에 공감이 간다. 사람은 꿈꾸고 쓰는 대로 변화되게 마련이다. 가슴이 식어버린 사람들에게 비전을 품게 해주는 저자의 일화가 알차게 담겨 있는 책이다. 우리의 삶은 하루하루 활력과 기쁨이 넘쳐야 한다. 그렇지 않은 삶은 죽은 삶이다. 변화를 주저하는 사람들에게 추천하고 싶은 책이다.

2. 뜨거워야 움직이고 미쳐야 내 것이 된다.

저자 : **김병완**

남들이 부러워하던 직장을 10년 만에 그만두고 3년 동안 도서관에 파묻힌 남자, 그리고 2년 만에 60권의 책을 출간한 작가이다. 그의 책을 읽어보면 나도 모르게 감정이 이입된다. 저자는 신들린 듯 만 권의 독서를 하고, 남들이 흉내 낼 수 없는 일을 단기간에 해냈다. 저서로는 《48분 기적의 독서법》, 《마흔, 공부에 미쳐라》 등이 있다.

"물을 바라보는 것만으로는 바다를 건널 수 없다."

"사람이 위대해지는 경우는 두 가지가 있다. 첫째는 자신의 앞에 놓인 곤경과 장애물을 뛰어넘을 때이다. 여기에는 의심의 여지가 없다. 둘째는 평범한 이들이 상상도 하지 못하는 거대한 꿈과 목표를 향해 도전할 때이다. 이것을 하기 위해 필요한 것이 대담성이다."

용기는 리더들의 제일가는 덕목이다. 꿈이 명확해지면 사람은 전에 없이 대담해진다. 주위의 우려와 걱정은 무시하고 원하는 곳에만 시선을 집중한다. 그런 사람의 눈에서는 광채가 나온다. 칭기즈칸이 그랬고, 나폴레옹이 그랬다. 용기는 거저 주어지는 것이 아니다. 오직 비전과 꿈이 명확한 사람에게만 주어지는 선물이다.

"삶에 지쳐서 힘들고 슬퍼지고 우울해질 때 많은 사람들이 명상과 기도, 그리고 긍정적으로 삶을 바라보는 자세를 통해 잃어버린 기쁨을 회복하게 된다. 스티브 잡스도 명상을 자주 하면서 자신의 마음과 기분을 잘 다스렸기에 세상을 놀라게 할 만큼 위대한 혁신가로 도약할 수 있었던 것이다."

리더들도 외롭고 힘든 시절이 있었다. 그런 시간에 그들은 기도와 명상의 힘으로 고난을 이겨냈다. 세상을 흔든 위인들의 공통점은 어려운 고난 속에서 기도했다는 점이다. 간절한 기도는 하늘을 움직이게 만든다. 지금 슬럼프에 잠겨 있다면 조용한 곳을 찾아 내면의 시간을 가질 필요가 있다.

> "가장 창조적인 사람들, 가장 일을 잘하는 사람들은 모두 자신이 하고 싶은 일을 하는 그 순간이 가장 즐겁고 가장 자신이 뜨거워지는 순간이라고 말한다. 그리고 이 말이 의미하는 것은 그런 사람들은 모두 자기 자신이 가장 하고 싶어하는 일을 하는 사람들이라는 사실이다."

좋아하는 일을 해야 열정이 생긴다. 아무 흥미도 없는 일을 단지 월급을 준다는 이유만으로 다니는 사람들에겐 꿈이 없다. 다만 그들은 시간이 얼른 가기만 바랄 뿐이다. 퇴직금과 연금 몇 푼이 그들의 손에 쥐어질 것이다. 그런 인생은 덧없는 인생일 뿐이다. 우리는 하루하루 멋지고 뜨거운 인생을 살 권리가 있다.

> "뜨거워질 때 우리가 가벼워질 수 있고, 그로 인해 우리는 날아오를 수 있을 뿐만 아니라 행동과 생각이 빨라진다. 한마디로 결단력이 있고 민첩해진다는 것이다. 그것은 뜨거움이 우리에게 선사하는 또 하나의 유익함이다."

결단력은 우유부단하고 게으른 사람에게 절대 생기지 않는다. 열정이 넘치고 가슴이 뜨거운 사람은 결단력이 남다르다. 모 아니면 도라는 식의 강짜가 아니라 계획된 대로 그들은 결단하고 책임을 진다. 사내대장부의 기질이 그들에게 속한 능력이다. 리더는 신중히 결단한 후 그 결정에 신념을 갖는 사람이다.

"평범한 사람들은 지루함을 넘어 나아가는 방법을 알지 못한다. 하지만 위대한 이들은 지루함을 넘어 행복한 등산길로 나아가는 방법을 알고 있다. 그래서 그들은 훨씬 더 꾸준함을 가진 자들이 될 수 있고, 그 꾸준함의 결과로 그들은 위대한 인물로 도약하게 되는 것이다."

아무리 열정과 패기가 넘쳐도 인내력이 없다면 절대 성공할 수 없다. 때로 지루하고 힘든 시기가 닥쳐온다. 그럴 때 대부분의 사람들은 넘어지고 세상을 원망한다. 위인들은 그런 시기를 인내와 믿음으로 이겨낸 사람들이다. 아무리 넘어지고 장애물이 막아설지라도 열정을 가진 사람은 오히려 그것을 즐기기도 한다. 즐기는 사람은 세상이 감당할 수 없다.
어떤 일을 하더라도 즐기는 사람은 성공할 수밖에 없다. 마지못해 주어진 일을 하는 사람에게는 흥도 없고 재미도 느낄 수 없다. 하찮게 보이는 일이라도 하늘이 주신 사명이라고 생각하면 즐겁게 일할 수 있다. 사명감은 열정을 가진 사람에게 생기는 일종의 활력소라고 할 수 있다. 매시간 사명감으로 무장한 사람은 일이 즐거워 가는 시간이 아깝게 느껴진다.

평범함과 사명감의 차이는 하늘과 땅의 차이라 할 수 있다. 그 미묘한 차이가 세상을 빛내는 위인과 평범한 사람으로 나뉘게 만든다. 이왕이면 내가 하는 일을 하늘이 주신 사명으로 생각해 보자. 일을 보는 시각이 달라지면 매일 아침 즐겁게 일어날 수 있다. 어서 일터로 가고 싶어 몸이 근질거리는 당신의 모습은 매력이 넘치게 된다.

3. 10미터만 더 뛰어봐

저자 : **김영식**

IMF시절 사업이 망해 컵라면으로 끼니를 때우며 노숙자로 생활했다. 다시 재기의 열정을 갖고 전단지를 돌리며 천억대의 매출을 올리는 건강식품 회사를 만들었다. 천호식품 하면 떠오르는 인물로서 한때 '몸에 좋은데 뭐라 말할 수가 없네' 라는 광고 신드롬을 일으킨 장본인이다.

노숙자에서 성공적인 기업을 만든 한 남자의 성공스토리다. '나도 할 수 있다'는 불굴의 집념을 느끼게 해주는 책이다. 지하철에서 전단지를 돌리고 컵라면 한 개로 하루를 버티며 열정을 불태우는 주인공의 일대기가 뜨겁게 펼쳐진다. 사업을 하고 있거나 하고 싶은 사람에게 롤모델이 되어주는 책이다.

'우리는 하면 된다.'라는 말을 알고 있다. 하지만 문자 그대로 실천하는 이는 드물다. 그 과정이 혹독하고 힘들기 때문이다. 이 책은 그런 이들을 위한 성공의 교과서라고 할 수 있다. 성공은 결과보다 그 과정에서 희열을 느끼는 자만이 얻을 수 있는 열매라고 할 수 있다. 성공을 꿈꾸는 것만으로도 그는 행복한 사람이다. 저자는 그런 이치를 깨닫고 그 누구보다 열정적인 삶을 개척했다. 그 결과 어려운 환경을 극복하고 자신의 기업을 최고로 키웠다.

"나는 어떤 분야에서든 멋진 업적을 남긴 사람은 예외 없이 큰 결심, 위대한 결심, 결심 중의 결심을 한 사람이라는 것을 알고 있다. 결심이 그 사람을 성공의 길로 인도한 것이다. 그리고 그들은 대부분 우연하게도 어떤 사건을 만나 인생이 달라지는 결심을 하게 되었다. 결심부터 하라. 그 결심이 당신의 소중한 꿈을 모두 이루어 줄 것이다. 진정 결심을 해본 사람은 모든 것이 결심으로 이루어진다는 사실을 안다."

'마음이 모든 것을 결정한다.'는 말이 있다. 우리가 어떻게 마음 먹기에 따라 인생이 바뀐다. 저자도 한순간 마음에 들어온 결심을 통해 새로운 인생을 개척했다. 아무리 어려운 환경이라도 비전을 갖고 마음을 굳게 먹으면 안될 일은 없다. 마음의 태도가 중요하다. 스펙이나 외모가 아무리 뛰어나도 마음이 흐트러져 있으면 아무 소용이 없다.

마음이 올바르고 목표가 거대한 사람은 어떤 일을 맡겨도 묵묵히 자신의 일을 수행한다. 주어진 일이 마음에 안 든다고 불평하고 상사의 말이 듣기 싫다면 자신을 의심해야 한다. 내 마음이 어떤 상태인지 직시하는 태도가 성공의 기본을 이룬다. 타인의 말을 존중하고 겸손하게 대하는 마음이 성공의 기본이다.

"인간의 뇌세포는 98퍼센트가 말의 지배를 받는다고 한다. 그래서 말에는 행동을 유발하는 힘이 있다. 말을 하면 그 말이 뇌에 박히고, 뇌는 척수를 지배하며, 척수는 행동을 지배한다. 내가 말하는 것이 뇌에 전달되어 행동을 이끄는 것이다. 할 수 있다고 말하면 할 수 있게 되고, 할 수 없다고 말하면 할 수 없게 된다."

말은 우리의 미래를 결정짓는다. 우리가 어떤 말을 하며 살아가느냐에 따라 인생의 성패가 달려 있다. 평상시 자신이 하는 말을 유심히 관찰해 보라. 부정적인 단어를 주로 쓴다면 반성하고 긍정적인 단어로 바꿔야 한다. 우리가 하는 말대로 우리의 인생이 된다. 이왕이면 칭찬과 격려의 말, 긍정적인 태도를 가져야 한다.

할 수 있다는 말은 자신감을 가지게 한다. "그건 불가능해요. 어려워요."라는 말을 입에 달지 말자. 사소한 말이라도 습관이 되면 걷잡을 수 없다. 부정적인 사람은 신뢰감을 주지 못한다. 못할 것 같아도 일단 해보겠다는 말을 해보자. 정주영 회장의 말대로 "해보기나 했어"라는 말을 새겨봐야 한다. 해보겠다는 말은 위대한 힘이 있다. 그에겐 도전정신이 있기 때문이다.

4. 인생에 변명하지 마라

저자 : **이영석**

〈총각네 야채가게〉의 대표이사. 새벽 1시부터 일어나 가락동시장을 들락거리며 자신의 꿈을 개척한 인물이다. 저자는 누구보다 부지런하고 열정적인 가슴의 소유자다.

실패한 사람의 말은 한결같이 변명과 핑계를 달고 있다. 반면에 성공자들은 핑계 대신 자신의 책임이라고 당당하게 말한다. 저자는 그런 면에서 자신에게 혹독했다. 매일같이 새벽 1시에 일어나 가락동시장을 휘젓고 다녔다. 자신만의 노하우로 신선한 채소와 과일을 구매하고, 그 누구보다 성실하게 자신의 가게를 운영했다. 우리에게 친숙한 〈총각네 야채가게〉 이영석 대표의 모습이다.

"목표가 없는 사람은 늘 만족하지 못하고 투덜댈 핑계만 만든다. 왜 야근을 해야 하는지, 왜 주말에도 나와서 일을 해야 하는지, 왜 상사가 나를 못 살게 하는지 불만만 가득하다. 하지만 생각을 조금만 바꾸면 간단해진다. '내가 이곳에서 살아남으면 어딜 가서도 살아남는다.'는 목표의식을 가져보자. 그러면 세상에 못할 일도, 힘든 일도, 불가능한 일도 없다."

"지금도 나는 매일 새벽 4시가 되면 가락시장에 가는데, 그 시간에 첫 공기를 마시는 게 무척 좋다. 집을 나설 때 아파트 불이 다 꺼져 있으면 '그래, 나는 다른 사람들 잘 때 일어나서 일하는구나.' 마음이 뿌듯해진다. 그 시간에 큰 길로 나오면 술 마시는 사람, 시비 붙어서 싸우는 사람 등 별의별 사람이 다 있다.

그들을 보면서도 생각한다. 아! 저 사람들이 저렇게 허비하는 시간에 나는 열심히 일을 하는구나."

세상에는 두 가지 부류의 사람이 있다. 주어진 일을 즐겁게 하는 사람과 마지못해 하는 사람이다. 성공한 사람들의 특징은 성실함에 있다. 절대 핑계를 대지 않고 묵묵히 자신이 해야 할 일을 성실하게 해낸다. 아니 성실함보다 더 치열하게 절제와 부지런함으로 자신을 채찍질한다. 자신이 세운 원칙을 묵묵히 지키는 사람에게 미래가 있다.

"하늘은 스스로 돕는 자를 돕는다."

이 말은 인생의 진리를 함축적으로 담고 있다. 요행을 바라며 사는 사람에게 성공은 오지 않는다. 위대한 사람들은 인생의 고난을 남보다 몇 배로 겪은 사람이다. 위대한 도자기는 1000도가 넘는 고열 속에서 탄생한다. 지금 남보다 힘든 삶을 살고 있는 사람들에게 이 책을 추천한다. 책장마다 우직한 성실함으로 성공을 거둔 저자의 진한 땀방울이 배어 있다.

5. 육일약국 갑시다

저자 : **김성오**

마산에서 육일약국을 모르는 사람은 간첩이라고 할 정도로 유명하다. 이 약국에 대해 아는 사람은 처음 놀라고, 그 약국의 주인이 대기업 CEO라면 두 번째 놀란다. 김성오 대표는 마산 변두리에 약국을 차리고 손님이 없어 파리만 날리고 있었다. 그는 일단 약국을 알려야겠다고 결심한 뒤 무작정 마산역에 가서 택시를 타고 "육일약국 갑시다."라고 외쳤다.

택시기사는 약국이 어딘지 몰라 물어봤고, 그때마다 약국을 설명하며 목적지에 다다랐다. 택시기사들이 잔돈을 바꾸는 데 애를 먹는 것을 보고 약국에 동전을 잔뜩 준비해서 도움을 주었고, 음료수를 서비스하면서 기사들과 친해졌다. 말 그대로 맨 땅에 헤딩을 하며 성공의 발판을 마련하기 시작했다.

> "고객은 기대에 못 미치거나 기대와 비슷할 때는 절대로 감동을 하지 않는다. 생각지 못한 기대치보다 더한 확연히 다른 서비스가 이루어질 때에야 비로소 감동하게 된다. 나는 항상 손님이 기대하는 것보다 1.5배 이상 친절하라고 강조한다. 누구나 베풀 수 있는 정도의 친절, 즉 경쟁업체가 베푸는 친절과 같은

양으로는 절대로 상대를 감동시킬 수 없다."

저자는 약국 천정에 전등을 새로 달고 24시간 켜놓음으로써 광고를 했다. 거금을 들여 그 당시 첨단이던 자동문을 설치해 아이들의 인기를 끌었다. '사람을 남기는 것이 장사다'라는 철학을 갖고 손님들의 이름을 외웠다. '한 명이라도 최선을 다하자'라는 원칙을 세우고 실천했다. 그는 친절을 기치로 내걸고 약국 손님들을 일일이 기억해서 말을 걸었고, 한번 들어온 손님은 절대 놓치지 않는 친근함을 주었다.

마산시 교방동에서 4.5평으로 시작했던 육일약국은 현재 마산역 앞으로 이전해서 기업형 약국으로 발전했다. 이 책을 읽으면 평범한 약사로 살아가던 저자의 열정이 느껴진다. 남이 하지 않는 새로운 발상으로 사람들에게 자신의 사업을 알리고 적극적으로 인생을 개척해 나가는 도전정신을 배울 수 있다.

02

긍정적인 태도를 기르는 책

● ● ● ●

"비관론자는 모든 기회에서 어려움을 찾아내고, 낙관론자는 모든 어려움에서 기회를 찾아낸다."

– 윈스턴 처칠

1. 긍정의 힘

저자 : 조엘 오스틴

항상 웃는 얼굴로 '웃는 목사' 라는 별명을 갖고 있다. 그는 목사지만 연예인 못지않은 인기를 누리며 베스트셀러 작가가 되었다. 긍정의 힘은 우리가 힘들 때 다시 일으켜 주는 고마운 친구다. 긍정적 사고는 놀라운 위력을 갖고 있다. 세상을 어떤 눈으로 바라보는가에 따라 우리의 인생이 결정된다.

"말은 씨앗과 같다. 입 밖으로 나온 말은 우리의 무의식 속에 심어져 생명력을 얻는다. 그리고 뿌리를 내리고 자라서 그 내용과 똑같은 열매를 맺는다. 우리가 긍정적인 말을 하면 우리 삶은 긍정적인 방향으로 펼쳐진다."

'말이 씨가 된다.'는 속담이 있다. 우리가 하는 말대로 인생이 펼쳐진다는 뜻이다. 긍정의 말만 골라 해야 하는 이유가 여기에 있다. 이왕이면 칭찬과 감사의 말, 사랑의 말을 하면 기분도 좋아지고, 듣는 사람도 기분이 좋아진다. 한마디 말로 하루를 망칠 수도 있고 행복해질 수도 있다. 쾌활함은 긍정적인 사람의 무기다. 우리는 웃는 사람과 있을 때 즐거워진다.

"용서는 다른 누구를 위한 것이 아닌 우리 자신을 위한 것이다. 용서하는 것은 독이 우리 삶에 더 이상 퍼지지 않도록 막기 위함이다. 누군가 엄청난 잘못을 했더라도 그것을 잊지 못하고 끊임없이 상처를 떠올려 봐야 우리 자신만 손해다. 상처를 준 사람이 아닌 우리 자신만 점점 더 상처받을 뿐이다."

용서는 여간해서 하기 어려운 행동이다. 인간은 대부분 과거에 상처를 준 사람을 끝까지 미워하고 증오한다. 하지만 상대는 기억하지 못하고 미워하는 사람만 마음이 불편하다. 증오는 일종의 불길과 같은 것이다. 마음속에 불타는 석탄을 품고 살아가기는 힘들다. 한국인에게 유독 화병이 많은 이유는 우리가 과거의 원한을 품고 살아간다는 증거이다.

긍정적인 사람은 과거에 매달리지 않고 원수를 용서한다. 그런 생각을 해야 자신이 자유로워진다는 사실을 알기 때문이다. 운전 중에 백미러만 보면서 가다가는 사고를 겪을 수도 있다. 그러므로 우리는 과거의 나쁜 기억을 떠올려 봐야 좋을 게 하나도 없다. 모든 사람은 불완전하고 부족한 존재이다. 이런 사람들 사이에서 살아가려면 긍정적인 마음을 가져야 한다.

긍정과 부정 사이에서 우리는 하나를 선택해야 한다. 이왕이면 긍정적인 삶을 선택하는 편이 현명하다. 긍정적인 사람은 자신감이 넘친다. 인생을 적극적으로 살면 전반적으로 행복해지고 일도 잘 풀리게 된다. 이전보다 즐겁고 활기찬 인생을 꿈꾼다면 오늘부터 긍정적인 사고방식을 가져야 한다.

2. 시크릿

저자 : **론다 번**

《시크릿》은 '끌어당김의 법칙'을 처음으로 세상에 널리 전파했다. 이 책은 출간 당시 선풍적인 인기를 끌며 전 세계에 큰 반향을 일으켰다. 사람들 사이에 입소문을 타며 단숨에 베스트셀러로 올라섰다. 이 책을 통해 수많은 사람들이 새로운 인생을 개척했다. 나도 이 책의 영향을 받아 생각이 변화되었고 긍정적인 삶을 살아가고 있다.

나는 세상의 중심이며 내가 생각하는 대로 모든 것이 이루어진다. 나는 책에서 제시한 대로 실천하면서 과거를 버리고 새롭게 변신했다. 마음이 변하자 세상이 바뀌는 경험을 하고 있다. 고된 현실만 바라보다가는 누구나 좌절하고 만다. 열등감이나 부정적인 경험 등 나를 옭아매는 것에서 벗어나야 한다.

성공한 사람들의 공통점은 비슷하다. 그들은 어려운 환경을 넘어서서 꿈과 희망을 바라보고, 매사에 긍정적이고 감사하는 삶을 살아갔다. 그 결과, 현실을 딛고 위대한 사람으로 성장했던 것이다. 부정적인 자아상을 가지면 결코 잠재능력을 발휘할 수도 없으며, 오히려 주변 사람에게 나쁜 영향을 끼치게 된다.

"당신은 무엇이든 끌어당길 것이다. 돈이 필요하다면 돈을 끌어당기고, 사람이 필요하다면 사람을 끌어당기며, 어떤 책이 필요하다면 그것도 끌어당기리라. 자신이 어디에 끌리는지 주의

하라. 끌리는 대상에 마음을 집중하고 있으면 당신도 그리로 끌려가고 그것도 당신에게로 끌려올 테니. 그것은 문자 그대로 당신을 통해서 실체로 나타나게 된다. 그리고 그렇게 만드는 원동력은 바로 법칙이다."

우리는 생각하는 대로 대상을 불러들인다고 한다. 우리가 집중하는 것이 현실에 나타나는 것은 양자물리학에서 증명된 사실이다. 물질을 잘게 쪼개면 미립자가 되는데, 미립자는 관찰자의 유무에 따라 성질이 변화된다고 한다. 즉, 우리의 관심에 따라 물질이 변화된다는 이야기다. 예를 들어 부에 집중한다고 하면 그것이 물질로 변화되어 현실로 이루어지는 것이다.

우리가 무언가를 골똘히 생각하면 현실에 나타나게 되어 있다. '원수는 외나무다리에서 만난다.'는 속담이 있다. 끌어당김의 법칙과 일맥상통하는 속담이 아닐 수 없다. 미워하는 대상은 하필이면 곤란한 상황에서 마주친다. 그러므로 우리는 되도록 긍정적인 생각을 해야 한다. 가능한 많은 사람을 사랑하도록 노력하고 이미 있는 것들에 감사해야 한다. 이 책은 긍정적인 생각과 감사하기에 초점이 맞춰져 있다.

"당신에게 이미 있는 것들에 고마워하지 않으면 더 좋은 일이 일어날 수 없다. 왜일까? 고마워하지 않을 때 내뿜는 생각과 감정이 모두 부정적이기 때문이다. 질투든, 원망이든, 불만이든, 부족하다는 느낌이든, 이런 것은 당신이 원하는 것을 얻게 해주지 못한다. 지금 있는 것들에 감사하라. 고마운 모든 일에 대해 생각해 보면 놀랍게도 감사해야 할 일들이 끊임없이 꼬리를 물고 이어질 것이다. 시작은 당신이 해야 한다. 그러면 끌어당김의 법칙이 그 고마운 생각을 받아들여 그와 비슷한 것들을 당신에게 보내 준다."

감사하는 마음을 통해 기적적인 삶을 일궈낸 사례는 너무나 많다. 대표적인 사람은 오프라 윈프리다. 그녀는 감사일기를 통해 토크쇼의 여왕으로 성장했다. 그녀의 프로그램에서 이 책이 소개되었음은 물론이다. 감사하기는 우리가 이미 충분하다는 메시지를 세상에 보내는 겸손한 행동이다.

"우주의 마음은 지능이 있는 존재일 뿐 아니라 원료이기도 하다. 이 원료는 끌어당김의 법칙에 따라 전자들을 끌어당겨 원자를 형성한다. 원자는 다시 똑같은 법칙에 따라 분자를 형성하고, 분자는 다시 눈에 보이는 형상을 만들어,낸다. 따라서 우리는 끌어당김의 법칙이 원자뿐 아니라 세상과 우주, 그리고 상상

가능한 모든 만물을 창조해 내는 힘이라는 사실을 알게 된다."

과학자들에 의하면 원자나 양자 같은 보이지 않는 것들이 우리의 몸과 세상의 재료라고 한다. 이것은 양자역학에 의해 증명되었는데, 우리의 생각에 의해 물질이 만들어진다는 법칙이다. 우리의 생각과 마음에 따라 우리의 행복이 결정된다는 이론에 다다르게 된다. 이것은 과학적으로도 인정받고 있는 사실이다.

물리학자들은 집요한 실험을 통해 양자물리학의 세계를 개척했다. 특히 '이중 슬릿' 실험에서는 관찰자의 시선에 따라 미립자가 변화되는 놀라운 현상을 발견했다. 오늘날 양자물리학은 과학의 주류를 형성하고 있다. 양자 이론에 따르면 우주는 관찰자 효과에 의해 존재한다는 사실을 알 수 있다. 달이 있는 것은 우리가 달을 보고 인정해야 존재할 수 있다는 것이다.

우리가 믿는 대로 세상이 존재한다는 양자역학의 발견은 신비롭다. 인간의 생각이 얼마나 대단한 에너지를 갖고 있는지 과학으로도 증명된 셈이다. 보이는 것만 믿고 살아가는 사람은 세상의 극히 일부분만을 보고 사는 것이다. 우리가 모르는 우주의 미세한 영역에서는 보이지 않는 미립자들이 무수한 교류를 하고 있다.

같은 성질을 가진 미립자끼리 뭉친다는 연구결과가 있다. 이에 따르면 유유상종과 같은 말이 왜 생겼는지 알 수 있다. 같은 에너지를 가진 것끼리 뭉치는 것은 당연한 과학적 상식이다. 비슷한 생각을 가진 사람끼리 모이게 되는 것도 이 때문이다. 우리가 어떤 생각을 해야 하는지 한번 생각해 볼 일이다.

> "마음속으로 과거의 어두운 면을 바라보면서 불행하고 실망스러웠던 일을 계속 곱씹는 사람은 앞으로도 비슷한 불행과 실망이 찾아와 달라고 기도하는 것이다."

과거에 연연해서 살아가는 사람들은 불행한 삶을 계속 불러들이는 것과 같다. 이왕이면 행복한 미래를 꿈꾸고, 주변 사람들과 화목한 모습을 그려야 한다. 아침에 일어나면 '좋은 아침이야!' 라고 말하고 '오늘은 좋은 일이 생길거야!' 라고 기대해야 한다. 《시크릿》은 매사에 긍정적이고 감사하는 마음으로 살아가야 한다고 이야기한다.

론다 번은 자신의 책을 통해 인생이 극적으로 변화되었다. 인생의 비밀을 알아내려는 그녀의 의지가 온갖 좋은 것들을 끌어당겼던 것이다. 나도 《시크릿》의 영향을 받아 독서를 하게 되었고, 결국 인생이 긍정적으로 변화되었다. 한 사람의 힘이 엄청난 결과를 가져온다. 나로 인해 다른 사람들도 긍정적인 변화를 가져

올 것이다. 한 사람의 생각이 변화되면 주변 사람들도 변하게 마
련이다.

3. 긍정적 사고방식

저자 : 노먼 빈센트 필

저자는 여러 편의 저서를 통해 독자들의 의식을 긍정적으로 변
화를 유도한다. 목회 활동과 저술을 통해 사람들을 긍정적인 변
화로 이끄는 데 탁월한 능력이 있다. 저자의 대표작인 《긍정적
사고방식》은 의식적 고양을 통해 인생의 의미를 깨닫게 해준다.

"언제나 최선의 것을 생각하라. 절대로 최악의 것은 생각조차
하지 마라. 그것을 당신의 생각 속에서 추방해 버려라. 최악의
상황이 발생하리라고 생각할 수 있는 여지를 조금도 남겨두지
마라. 최악의 것에 대한 생각은 받아들이지 마라. 그것이 무엇
이든 당신의 마음 가운데 받아들이는 그것은 마음속에서 성장
해 나가게 되기 때문이다. 그러니 마음에 최선의 것만을 받아들
여라. 오직 그것만을 받아들여라. 그것에 영양분을 공급해라.
그것에 모든 것을 집중시켜라. 그것을 강조하라. 상상하라. 그
것을 위해 기도하라. 그것을 믿음으로 감싸라. 그것에 열중하

라. 최선의 것을 기대하라."

"믿음은 언제나 걱정을 극복할 수 있으며 걱정이 감히 대항할 수 없는 강력한 힘이다. 하루하루 믿음으로 마음을 가득 채워 나가면 마침내 당신의 마음에는 걱정이 들어설 여지가 없어진 다. 바로 이것이 결코 잊어서는 안되는 위대한 사실이다. 믿음 을 자신의 것으로 지배하라. 그러면 자동적으로 당신은 걱정을 지배할 수 있게 된다."

믿음의 힘은 위대하다. 인간은 자신이 믿고 생각한 대로 자신의 인생을 만들어 간다. 우리가 믿는 것은 무엇이든 현실로 이루어 진다. 믿음의 힘을 깨달은 사람은 인생의 비밀을 발견한 사람이 다. 그는 평범한 삶을 벗어나 고차원으로 올라가게 된다. 의식 수준이 높아지면 말과 행동이 변하게 마련이다. 믿음은 이 세상 을 이끌어 가는 궁극적인 힘이다.

어떤 학교에서 특이한 실험을 했는데, 학생을 두 그룹으로 나누 었다. 첫 번째 그룹은 상위권 학생처럼 대하고, 두 번째 그룹은 별다른 기대 없이 평범하게 대했다. 3주 후에 시험을 치른 결과 첫 번째 그룹의 성적이 좋아졌다는 결과가 나왔다. 이것은 믿음 의 힘이 얼마나 대단한가를 증명해 준 사례이다. 인생은 우리의 믿음대로 이루어진다. 보이지 않는 믿음의 힘이 그것을 알려주고 있다.

누구나 행복한 인생을 꿈꾼다. 그러나 대부분의 사람들은 불만족스럽게 인생을 살아가는 게 현실이다. 왜 이런 일이 벌어지는 걸까? 그것은 우리의 생각에 달려 있다. 어떤 생각을 갖고 살아가느냐에 따라 인생의 희비가 엇갈린다. 그것은 바라보는 시각의 차이다. 우리는 긍정의 힘을 알면서도 정작 평소에 부정적인 말을 자주 한다.

내가 생각하고 말하는 대로 인생이 펼쳐진다고 하면 당장 우리의 생각을 조심하게 된다. 말도 가려서 하게 될 것이다. 말에는 그 사람의 평소 생각이 튀어나오게 된다. 좋은 말은 좋은 결과를, 나쁜 말은 나쁜 결과를 가져온다. 이왕이면 긍정적인 생각과 말을 하려고 노력해야 한다.

긍정적인 생각과 말은 우리의 인생에 고스란히 반영된다. 우리가 부러워하는 성공한 사람들을 보면 항상 웃음이 넘치고 인성이 훌륭하다. 그들의 기본 태도는 웃음과 친절, 사랑과 감사가 넘쳐난다. 대부분의 성공한 사람들은 보통사람보다 열악한 환경에서 일어났던 사람들이다. 그들은 남들이 모르는 인생의 비밀을 알고 있다. 긍정의 힘이 바로 그것이다.

03

마음과 몸이 건강해지는 책

● ● ● ●

"건강은 제일의 재산이다."

– 랄프 왈도 에머슨

우리가 삶을 살아가는 데 있어 가장 중요한 것은 건강이다. 건강은 마음과 몸이 조화를 이뤄야 한다. 몸이 불편하면 힘들듯이 마음도 불편하면 견디기 힘들다. 스트레스와 질병은 서로 연관되어 있으며 평소에 관심을 가져야 한다. 평생 질병을 달고 살아온 나도 건강에 관심이 많은 편이다.

십대 시절에는 장 질환과 허리디스크, 20대 이후에는 알레르기 증상과 위염으로 고생을 하고 있다. 불규칙적인 식습관, 음주와 스트레스가 원인으로 생각된다. 지금은 규칙적인 건강습관으로 호전되고 있다. 담배와 술을 끊고 명상과 운동을 병행하고 있다. 좋은 습관을 통해 정기적인 건강검진에서도 별다른 이상이 없는 편이다.

진정한 건강은 몸과 마음이 조화를 이루어야 한다. 나는 개인적으로 정신건강이 몸의 건강보다 중요하다고 생각한다. 몸이 불편하면 살 수 있지만, 마음이 불편하면 죽을 수도 있다. 그만큼 현대인의 정신건강은 중요하다. 특히 마음은 정신건강에 밀접한 역할을 담당하고 있다. 마음이 편하면 몸도 건강해지고 삶의 만족도가 전반적으로 좋아진다.

1. 마음의 힘

저자 : **바티스트 드 파프**

저자 바티스트 드 파프는 1977년 벨기에 브라슈하트 출생. 영적 탐색자이자 작가이며 영화 제작자. 네덜란드 틸부르흐 대학교 법대를 졸업한 직후 전도유망한 법률사무소에서 스카우트를 받았으나 영적인 깨달음을 얻어 법조계를 완전히 떠나기로 마음먹었다. 이렇게 드 파프는 마음의 영역을 탐색하여 머리보다는 마음으로 사는 삶의 의미를 찾아 나섰다. 시점을 달리하자 이러한 변화는 곧 동시적인 다른 사건으로 이어졌다. 그는 영적인 깨달음을 통해 이 시대의 선도적인 영적 지도자, 작가, 과학자들을 인터뷰하며 영화를 제작하는 한편, 그것을 토대로 이 책을 집필했다.

"마음에 따르는 순간부터 인생은 경이로 가득해진다."

　-파울로 코엘료

마음은 과연 무엇일까? 마음은 눈에 보이지 않는 신비의 영역이다. 눈에 보이지 않는 마음이 세계를 움직인다는 사실이 조금씩 인정되고 있다. 보이는 것만 믿는 세상에서 마음의 눈으로 본다는 것은 어지간한 성찰이 아니고선 힘든 일이다. 그러나 진정으로 마음의 눈이 떠진다면 새로운 세상을 보게 된다.

"신체의 소통이 최상일 때 우리는 배려, 감사, 연민, 사랑처럼 마음과 오랜 관련이 있는 감정들과 연결된다. 사람들은 심장과 심장의 특성이 진실임을 직관적으로 안다. 뉴사이언스는 신체 일부인 심장의 역할에 관해 우리가 직감하는 것을 충분히 믿을 수 있도록 우리 정신을 납득시킨다. 바로 마음에 지성이 있다는 사실 말이다."

"마음은 우리가 제대로 된 길로 가고 있는지 아닌지를 판단하는 대단히 훌륭한 기준을 가지고 있다. 바로 열정이다."

　-파울로 코엘료

가슴이 시키는 일이 바로 열정이다. 어떤 일에 관심을 갖고 에너지가 충만해지면 열정이 생긴 것이다. 지금 하는 일에 열정이 있는가? 그럼 박수를 보낸다. 당신은 제대로 된 길에 접어든 셈이다. 무슨 일을 하든 열정이 있다면 행복은 저절로 온다. 삶에 열정이 없다면 식어버린 난로와 같다.

> "누군가를 용서하면 영혼에서 독소가 풀려날 뿐만 아니라 전에는 있는 줄도 몰랐던 빛으로 가득한 존재의 차원을 발견하게 된다. 그 세계를 설명할 적절한 말도 제대로 떠오르지 않는다. 용서는 세상에 존재하는 가장 강력한 방법이다."
>
> ─마이클 백위스

용서처럼 어려운 일은 없다. 하지만 넓은 마음을 갖고 상대를 용서하면 묵었던 앙금이 사라진다. 비로소 진정으로 마음에 평화가 찾아온다. 건강해지려면 마음의 평화가 가장 중요하다. 용서하는 행위는 남을 위한 것이 아니라 나를 위한 일이다. 용서는 나를 해방시키는 멋진 행동이다.

마음의 힘을 깨닫는 순간 당신은 멋진 신세계로 들어온 것이다. 인생이란 결국 마음을 다스리고 주변과 조화를 이루는 데 목적이 있다. 잔잔한 평안이 당신을 감쌀 때 진정한 행복을 느끼게 된다. 우리의 삶은 우리가 마음먹은 대로 흘러간다. 마음이 제일 중요한 인생의 나침반이다. 제대로 된 길을 들어서려면 내 마음을 매일 들여다봐야 한다. 마음이 시키는 대로 살아가는 사람이 현명한 사람이다.

2. 치유

저자 : 루이스 헤이

수천만 독자를 거느리고 있는 확언을 통한 자기치유의 대표적인 전문가다. 특히 이 책으로 인해 전 세계 독자들에게 확언을 통한 건강법을 널리 퍼트려 팬덤을 형성했다. 루이스 헤이 본인의 삶도 드라마틱하다. 우리의 말 한마디가 얼마나 중요한지 깨닫게 해주는 책이다. 건강은 우리의 말에 의해 결정된다는 학설을 만든 인물이다.

"우리가 하는 말과 생각이 우리의 미래를 만든다."

우리의 말 한마디는 강력한 힘을 발휘한다. 그러므로 자신이 하는 말을 주의 깊게 지켜볼 필요가 있다. 말은 곧 그 사람의 미래를 말해 준다. 이왕이면 긍정적인 말과 친절한 태도로 살아가라.

분명 그 사람의 미래는 밝을 것이다. 부정적인 말로 자신의 미래를 망치는 사람이 얼마나 많은지 모른다.

과거에 나는 자신을 쓸모없고 가치 없는 존재로 생각했다. 나보다 나은 사람을 비교하고 자책하기를 반복했다. 그 결과로 나는 정말 못난 사람이 되었다. 자신을 부정적으로 생각하는 사람은 자존감도 낮고 열등감이 생긴다. 남과 제대로 어울리기 어렵고 대인관계를 원만하게 할 수 없다. 나를 사랑하지 않는 대가는 혹독하다. 이 세상은 자신을 사랑하지 않는 사람을 배척하고 상대하지 않는다.

믿음에는 신비한 힘이 있다. 당신이 위대하다고 믿으면 그렇게 된다. 당신이 건강하다고 믿으면 역시 건강해진다. 과학적으로도 진리는 시간에 따라 바뀐다. 역사가 그것을 증명한다. 신념은 사실이 되고 믿음은 현실이 된다. 믿음과 신념에 따라 우리의 인생이 정해지는 것은 사실이다.

당신이 표출하는 감정은 무조건 당신에게 되돌아온다. 화를 많이 표출할수록 화가 날 만한 상황이 더 많이 발생한다. 화는 강력한 에너지다. 불이 나면 그 엄청난 화염과 연기에 사람들은 압도당한다. 분노하면 주변의 숨어 있던 어둠의 에너지들이 모여든다. 따라서 화는 더 많은 화를 불러오고 결국 재가 되어 버린다. 화는 모든 재앙의 근원이 된다. 분노는 사람들 앞에서 표출하지 말고 건전하게 해소하는 지혜를 발휘해야 한다.

"사랑은 모든 것을 치유할 수 있다. 사랑으로 가는 지름길은 용서다."

당신의 가슴에는 어마어마한 양의 사랑이 있어서 마음만 먹으면 지구 전체를 치유할 수도 있다. 사랑에는 한계가 없다. 부모가 자식을 바라볼 때 느끼는 사랑의 힘은 지구를 들어 올릴 수도 있다. 사랑은 인류를 지탱해 온 위대한 힘이다. 나는 사랑의 결정체다. 사랑은 치유의 핵심이다.

우리가 사랑하지 못하는 이유는 용서하지 않기 때문이다. 하루에도 수십 명의 사람들이 용서하지 못하고 죽음을 선택한다. 자신과 타인을 용서하지 못하는 사람은 절망에 빠진다. 치유의 핵심은 자신과 타인을 긍휼의 시선으로 보고 놓아주는 것이다. 더 나아가 사랑의 영역에 들어서면 모든 것은 아름답게 변화한다. 사랑은 모든 것을 치유하고 영원으로 인도한다.

확언의 힘은 긍정적인 태도를 갖게 해준다. 하루에 만 번씩 원하는 것을 말하면 이루어진다는 인디언들의 격언이 있다. 매일 떨어지는 한 방울의 낙숫물이 바위를 뚫듯이 반복적인 말은 힘이 있다. 자신이 가진 것에 감사하라. 그러면 가진 것이 늘어날 것이다. 당신의 좋은 습관 하나가 당신의 운명을 바꾼다.

현재 갖고 있는 환경에 대해 감사한 사람에게 희망이 있다. 불평과 불만을 품으면 잘될 것도 도망간다. 비관론자는 원하는 것을 오히려 멀리 튕겨낸다. 기회가 와도 부정적인 마음으로 인해 관망만 하다가 후회한다. 감사하기는 성공하는 사람의 습관이다. 범사에 감사하는 사람은 행운의 여신이 따라다닌다.

저자의 인생은 파란만장 그 자체였다. 고난 끝에 얻은 질병으로 고생하다가 확언의 힘을 깨닫고 그 과정을 책에 담아냈다. 우리의 말은 신비한 힘이 있다. 저자는 그 힘을 십분 활용해서 자신의 병도 고치고 독자들에게 큰 영향을 끼쳤다. 이 책의 장점은 확언의 반복을 통해 몸과 마음의 병을 치유하고 더 나은 삶을 살아가도록 유도한다는 것이다.

"내가 살아가는 끝없는 삶의 가운데에서 모든 것은 완벽하고 온전하며 완전하다. 신이 항상 나를 이끌어주고 보호한다."

3. 미라클

저자 : **이송미**

우리의 몸은 우리의 생각에 따라 얼마든지 변한다. 우리의 마음은 신비롭다. 마음의 선택에 따라 우리는 암도 걸리고 암도 치유한다. 부정적인 생각을 하면 질병이 악화되거나 질병에 걸리고 악화된다. 심하면 죽음에 이르는 우리의 부정적인 마음에 대해 일침을 가한다. 누구나 건강을 원하지만 평소 긍정적인 마음을 갖지 못하면 원하는 건강을 얻을 수 없다.

스트레스는 만병을 일으키며 좋은 생각은 질병을 물리친다. 나역시 부정적인 마음으로 살 때 질병에 걸렸고 모진 고생을 했다. 병원을 내 집 드나들 듯했고 한때는 죽음의 고통까지 경험했다. 정말 이러다 죽는구나 싶은 경험을 하면서 건강의 중요성을 실감했다. 지금은 독서와 신앙생활을 병행하며 건강한 삶을 유지하고 있다.

질병의 원인은 다양하다. 그중에 가장 큰 원인으로 스트레스가 있다. 스트레스는 왜 생기는 걸까? 스트레스가 많은 사람에게는 공통점이 있다. 똑같은 환경에서 살아가도 어떤 사람은 건강하고 어떤 사람은 병을 달고 산다. 그 차이는 환경을 어떤 시각으로 보느냐에 따라 엇갈린다. 긍정적으로 사느냐, 부정적으로 사느냐가 문제이다.

남을 미워하고 불평을 일삼다가는 병을 불러들이는 셈이다. 내 안에 사랑을 채우고 타인을 긍정적인 시선으로 바라봐야 질병에서 벗어날 수 있다. 사랑하는 사람은 얼굴에서 빛이 나고 행복하다. 결혼을 앞둔 커플의 모습을 보면 알 수 있다. 반면에 결혼생활을 오래 한 부부는 불행해지는 경우가 많다. 이것은 사랑 에너지가 고갈된 현상이다. 행복을 누리려면 우리의 마음속에 사랑을 가득 채워야 한다.

대부분의 스트레스는 인간관계에서 기인된다. 사람은 누구나 인정받고 행복을 누리고 싶어한다. 주변 사람에게 인정받지 못하면 우울증이 온다. 스트레스의 원인은 인정욕구의 거절에서 비롯된다. 그 다음에 오는 현상은 자신을 끝없이 비하하고 타인을 비난하며 환경을 저주한다. 이런 사람들은 결국 질병에 시달리다가 삶을 마감하게 된다.

독서가 좋은 이유는 마음에 평화를 준다는 점이다. 우리는 가만히 놔두면 저절로 부정적인 생각을 선택한다. 매사에 불만을 갖고 남과 비교하며 자신을 질책한다. 그런 삶을 살다가는 오래지 않아 질병에 걸리고 만다. 내 경험상 일부러 좋은 생각을 하지 않으면 반드시 나쁜 생각으로 빠져든다. 질병에 대한 걱정, 인간 관계에서 오는 부정적 감정, 경제적 고난 등 여러 가지 문제에서 벗어나기 힘들다. 우리가 질병에 걸리는 이유는 위와 같은 이유 때문이다.

4. 운동화 신은 뇌

저자 : 존 레이티, 에릭 헤이거먼

"유쾌한 기분이 드는 진정한 이유는 운동을 해서 혈액을 뇌에 공급해주면 뇌가 최적의 상태가 되기 때문이다."

운동을 하면 처음에는 힘들고 어색하지만 시간이 지날수록 기분이 좋아지고 자신감이 충만해진다. 혈액순환이 원활해지기 때문에 뇌가 춤을 추는 것이다. 스트레스를 많이 받을수록 신체는 더 많은 양의 운동을 해야 한다. 운동을 하면 흥분을 가라앉히는 화학물질이 생성된다. 유산소 운동은 모든 우울증 증세에 긍정적인 영향을 끼친다.

운동은 갱년기로 인해 힘들어하는 중년의 여인들에게도 효과적이다. 젊은 여성이라면 임신과 출산을 더 원활하게 도와준다. 폐경기에도 호르몬의 균형을 잡아준다. 유산소운동을 한 여성들이 더 낙천적이고 긍정적인 삶의 자세를 보여준다. 운동하는 여자는 활력과 매력이 넘치게 된다.

제일 좋은 운동은 자신에게 맞고 즐거워야 한다. 중요한 것은 매일 꾸준히 하는 것이며, 강도 높은 달리기는 호흡을 가빠지게 해서 운동 효과를 높여준다. 일주일에 두 번 정도는 근육 운동을 해야 근육의 감소로 인한 질병도 예방할 수 있다. 나이를 먹을수록 근육은 점차 줄어든다. 중년에 접어들고 있다면 먼저 근력운동을 해야 할 필요가 있다.

"역설적이지만, 세포가 정기적으로 적절한 강도의 스트레스를 받는 것은 오히려 좋은 결과를 가져옵니다. 스트레스에 대한 저항력이 커져서 나중에 더 심한 스트레스를 극복할 수 있는 능력이 생기니까요."

우리가 예방주사를 맞고 질병을 예방하는 것처럼 운동도 마찬가지다. 운동을 하면 몸에 지속적으로 같은 강도의 스트레스를 주는 것과 같다. 자극을 받은 몸은 저항력을 가지게 된다. 운동이 좋은 이유는 낡은 세포를 걷어내고 새로운 세포를 생성하는 데 있다. 공부도 평소에 꾸준히 해야 성적이 나오는 것처럼 운동도 마찬가지다.

"유산소운동은 외부 상황에 대처하는 능력을 길러주고 뇌의 균형을 바로잡을 뿐만 아니라 뇌 기능을 최적화한다. 그러므로 자신의 가능성을 최대한 발휘하고 싶은 사람은 반드시 유산소운동을 해야 한다."

멋진 인생을 살고 싶다면 당장 운동화를 신고 나가야 한다. 인생을 성공적으로 살아가는 사람들은 누구나 운동을 하고 있다. 가볍게 걷는 것도 좋고 달리기도 좋다. 헬스나 요가도 좋은 운동이다. 어떤 운동이든 매일 습관적으로 하는 것이 중요하다. 운동을 규칙적으로 하는 사람은 건강하고 활력이 넘친다.

건강이 나쁜 사람들의 특징은 집에 항상 TV가 켜있고 누워서만 생활한다는 점이다. 이는 일에 지친 탓도 있지만 근본적으로 정신자세가 잘못된 까닭이다. "건강한 몸에 건전한 정신이 깃든다."는 말처럼 두둑한 뱃살을 달고 건강해질 수는 없다. 식사 역시 마찬가지다. 가벼운 패스트푸드나 육류 위주의 식사습관은 내 몸을 망치는 나쁜 습관이다.

운동도 중요하지만 식사 역시 중요하다. 소식하는 사람은 장수한다는 이야기가 있다. 운동을 아무리 열심히 해도 많이 먹으면 소용없다. 지나치게 많이 먹고 무절제한 식사습관을 가진 사람은 건강해질 수 없다. 결국 건강이란 절제 있는 식사와 운동습관이 조화를 이룰 때 만들어진다. 음식이란 살기 위해서 먹는 것이지 탐욕의 대상이 아니다.

> "신이 우리에게 준, 성공에 필요한 두 가지 도구는 교육과 운동이다. 하나는 영혼을 위한 것이고, 다른 하나는 신체를 위한 것이다. 하지만 이 둘은 결코 분리할 수 없다. 둘을 함께 추구해야만 완벽함에 이를 수 있다."
>
> – 플라톤

04

의식 수준을 높여주는 책

● ● ● ●

"인격은 그 사람의 운명이다."

– 헤라클레이토스

데이비드 브룩스의 《의식혁명》에서는 의식 수준을 수치로 표현하고 있다. 이에 따르면 보통사람은 100 이하이고, 성인이라고 불리는 예수님이나 공자는 900 이상으로 평가한다. 100 이하의 의식 수준에서는 자신의 감정을 잘 조절하지 못한다고 한다. 예를 들면 분노와 시기, 열등감 같은 부정적인 감정을 절제하지 못하는 사람의 경우를 들 수 있다. 의식 수준의 차이에 따라 삶의 방식이 달라진다.

독서를 오랫동안 하면서 나에게 찾아온 것은 의식의 변화다. 아직은 부족하지만 긍정적인 변화라고 할 수 있다. 매사에 불만스럽고 사소한 일에 분노를 느낀다면 의식 수준의 문제라고 볼 수 있다. 좋은 책을 읽으면 의식의 고양이 시작된다. 생각의 전환을 통해 우리는 고정관념에서 벗어나 새로운 차원의 의식을 갖게 된다.

1. 잠언

저자 : **솔로몬**

역사상 최고로 지혜로웠다고 전해지는 솔로몬 왕의 잠언집이다. 우리가 인생을 살아가는 데 필요한 글이 다양하게 수록되어 있다. 성경에 나오는 《잠언》은 인생을 살아가는 모든 이들이 읽어야 하는 필독서라고 할 수 있다. 잠언은 삶의 지침이 되는 지혜로운 말이다. 잠언은 우리에게 깨달음을 주고 올바른 가치관을 갖게 해주는 글이라고 할 수 있다.

지혜는 부귀보다 가치 있는 최고의 재산이라고 한다. 《잠언》을 읽으면 인간의 기본도덕과 윤리, 신과 우리의 관계에 대해 생각하게 한다. 지혜의 근본은 창조주 하나님을 아는 것이라고 잠언은 말하고 있다. 인류는 날마다 모든 면에서 발전하고 있다. 이것은 동물과 비교할 수 없는 인간의 특징이다. 우리는 객관적으로 봐도 신의 능력을 닮은 신비한 존재이다.

인간의 존재도 신비롭지만, 눈을 들어 자연을 보면 경외감을 느끼게 된다. 이런 자연이 우연하게 생겼다는 학설이 진화론이고, 신이 설계했다는 이론이 창조론이다. 세상 만물이 우연하게 생겼다고 믿으면 인간은 그저 자연의 한 부분일 뿐이다.

현대사회는 과학을 신봉하고 진화론을 정설로 여기고 있다. 이에 따라 인간은 동물과 같은 존재로 폄하되었다. 20세기에 인본주의와 유물론을 바탕으로 한 자본주의가 들어왔다. 이에 따라 도덕과 윤리는 실종되고 대신 자유와 인권을 강조한 포스트모더니즘이 시대의 패러다임이 되었다. 과학과 물질만능주의가 낳은 허무주의는 현 시대의 고민거리가 되었다.

과학기술과 자본주의는 만능이 아니다. 우리는 현재 코로나바이러스와 자연재해로부터 협공을 당하고 있다. 인류가 과학기술에 집착한 결과 인간은 자연을 파괴했고 인성은 실종되었다. 이에 대한 대안은 무엇일까? 잠언은 지혜의 말씀을 통해 우리에게 교만함과 악한 본성을 버리라고 한다.

자연을 정복했다고 우쭐대지 말고 지혜의 근본을 찾으라고 권면한다. 사실 우리가 이룩한 모든 문명은 도리어 우리를 위협하고 있다. 최선의 방법은 우리가 교만함을 버리고 자연의 본성으로 돌아가야 한다. 과학과 인본주의에 의한 피해는 고스란히 우리의 몫이다. 이제는 우리가 지난날을 반성하고 신의 지혜를 구해야 한다.

"자기의 마음을 제어하지 아니하는 자는 성읍이 무너지고 성벽
이 없는 것과 같으니라."

– 잠언 25장 28절

하루를 보내면서 우리는 종종 스트레스를 받는다. 그 과정에서
마음의 찌꺼기가 생기게 마련이다. 이를테면 짜증, 분노, 모멸
감, 질투 등 부정적인 감정이다. 이럴 때 우리는 손쉽게 술을 마
시거나 오락을 통해 해소하려고 한다. 하지만 이런 행동은 오히
려 장기적으로 건강을 해치는 나쁜 습관이다.

《잠언》은 이런 우리의 마음을 지키라고 권면한다. 내 마음을 내
려놓고 지혜의 말씀에 귀를 기울여야 한다. 부정적인 생각은 잠
재의식에 숨어 있다가 자신을 파괴한다. 악한 생각은 우리의 마
음을 황폐하게 만들고 일상까지 위협한다. 《잠언》은 우리에게
마음의 평화가 중요함을 말해 준다. 마음을 다스리지 못하는 사
람은 항상 불안하고 두려움 속에서 인생을 살아가게 된다.

마음을 제어하는 자는 인생을 현명하게 살아간다. 인생은 고난
의 연속인 까닭에 우리의 마음은 항상 요동친다. 잠언을 매일 묵
상하면 올바른 삶을 살아가게 된다. 인생을 행복하게 살아가려

면 지혜의 말씀이 필요하다. 베개 옆에 두고 자기 전에 한 구절씩 읽으면 의식의 변화를 느낄 수 있다.

2. 명상록

저자 : **마르쿠스 아우렐리우스**

로마의 5현제 중 마지막 황제이다. 어린 시절에 위대한 철학자 아리스토텔레스의 지도를 받았다. 스토아철학의 영향을 받아 삶과 죽음에 대해 깊은 성찰을 남겼다. 《명상록》을 읽어보면 전쟁터에서 고뇌하는 한 철학자의 모습이 담겨 있다. 《명상록》은 우리가 누구이고 어떻게 살아야 하는지 깨달음을 얻게 해준다.

> "이 땅에서 네게 주어진 시간은 엄격하게 한정되어 있기 때문에, 네가 그 시간을 활용해서 네 정신을 뒤덮고 있는 안개를 걷어내어 청명하게 하지 않는다면, 기회는 지나가 버리고 너 자신도 죽어 없어져서, 다시는 그런 기회가 네게 오지 않을 것이라는 사실도 알아야 한다."

인생은 찰나같이 지나간다. 오늘 태양이 떠오른 것만 해도 생명을 주신 신에게 감사하고 하루를 알차게 보내야 한다. 나는 오늘이 마지막이라는 마음으로 살아간다. 오늘이라는 시간은 나에게 유일한 선물이기 때문이다. 과거는 지나갔고 미래는 아직 오지 않았다. 지금 현재에 감사하고, 만나는 사람들을 따뜻한 시선으로 대해야 한다. 오늘 우리가 볼 사람들은 어쩌면 마지막일 수도 있다. 우리의 인생이 유한하다는 것을 깨달으면 오늘 하루가 정말 소중하게 느껴질 것이다.

"머지않아 너는 죽게 될 것이다. 그런데도 너는 아직도 여전히 단순하지 않고, 초연하지 않으며, 외적인 것들에 의해서 해악을 입게 될 것에 대한 두려움에서 벗어나지 못하고, 모든 사람과 화목하지 못하며, 정의롭게 행하는 것만이 지혜라는 확신도 갖고 있지 못하다."

식당 종업원의 주문 착오에 화를 내다가 5분 후에 심장마비가 와서 죽었다는 사람도 있다. 이처럼 인간은 어리석은 존재다. 죽음이 아직 먼 것처럼 분노하고 성을 내다가 죽음을 맞이한다. 아니면 질병에 너무 집착해서 하루의 환희와 기쁨을 날려버리는 사람도 있다. 오늘 하루를 생애의 마지막인 것처럼 보내는 사람은 충실한 하루를 살아갈 수 있다.

역사를 보면 우리의 미래가 그려진다. 나는 고전을 보면서 인생을 성찰한다. 우리의 인생이 수고와 슬픔밖에 없다는 사실을 깨닫는다. 그 속에서 진리를 갈구하며 살다간 이들의 현명함을 발견한다. 솔로몬은 우리의 인생을 전도서에서 헛되고 헛되다는 말로 귀결한다. 우리의 모든 소망과 행동이 죽음 앞에서는 부질없다는 뜻이다.

> "오직 네가 하는 모든 일에서 최고의 선을 추구하는 데 집중하라. 상황과 행동 중에서 행동이 중요하고 상황은 아무 상관이 없기 때문에, 상황을 활용해서 너의 행동의 목표를 이루는 것이 중요하다는 것을 기억하라. 네가 어떤 자들에게 인정받고 칭찬받고자 하는지, 그들을 지배하고 움직이는 것이 무엇인지를 늘 잊지 말라. 네가 그들의 판단과 충동의 원천을 들여다보고 알게 된다면, 그들이 자기도 모르게 저지른 잘못들에 대해 화내지도 않게 될 것이고, 그들의 인정이나 칭찬을 받고 싶은 마음도 사라지게 될 것이다."

사람은 하나의 그릇으로 비유할 수 있다. 모든 사람은 금이 간 그릇처럼 마음의 상처를 지닌 채 살아간다. 그런 인간에게 칭찬과 인정을 구하는 것처럼 어리석은 일도 없다. 오늘의 말과 내일의 말이 다른 인간에게 무엇을 기대한단 말인가? 그들은 오직 자신의 작은 이익에 웃고 무시할 때 분노할 뿐이다.

"마음의 부패는 우리가 숨 쉬는 대기의 그 어떤 오염과 변질보다도 훨씬 더 심각한 역병이다. 대기의 오염은 생물에 해를 가하여 목숨을 위협하지만, 마음의 부패는 인간에게 해를 가하여 인간성을 위협한다. 우리의 분노와 괴로움을 불러일으키는 다른 사람들의 행동들보다도, 우리의 분노와 괴로움으로 인해 생겨나는 결과들이 훨씬 더 심각하다는 것을 기억하라."

우리의 마음은 하루에도 몇 번씩 요동을 친다. 복잡한 세상에 살다 보니 눈치 볼 것도 많고 해야 할 일도 많다. 현대인들은 저마다 무거운 짐을 짊어지고 살아간다. 그런 우리에게 필요한 것은 위인들의 지혜로운 잠언이다. 지친 사람에게는 위로의 말이 필요하고, 게으른 사람에게는 채찍의 말이 필요하다.

마음이 완악해지면 매사가 힘들어진다. 우울증 환자가 늘어나는 이유는 현대인들이 마음이 망가졌다는 뜻이다. 허탄한 데 마음을 두지 말고 성인들의 지혜와 위로가 담긴 좋은 글을 읽어야 한다. 우리의 마음이 더 실종되기 전에 마음을 묶어주는 한 줄의 글이 필요하다. 《명상록》은 그런 면에서 사색의 시간을 우리에게 선물한다.

3. 사서삼경

인류 역사에서 동양고전을 빼놓고 이야기할 수 없다. 그중에서 사서삼경은 동양철학의 근간을 이룬다. 논어, 맹자, 대학, 중용과 시경, 서경, 역경을 묶어서 사서삼경이라고 한다. 사서삼경은 나를 다스리고 세상을 배우는 책이다. 리더가 되고 싶은 사람에게는 최고의 교양서라고 할 수 있다.

논어는 인간의 가장 기본적인 도리와 갖춰야 할 행동을 담고 있다. 중국의 철학을 논할 때 제일 먼저 떠오르는 인물이 공자다. 그의 제자가 3천 명에 이를 정도로 박학다식했던 인물이다. 공자는 평생 배움을 사랑했고 도를 알기 위해 노력했다. 논어는 그의 언행을 제자들이 기록해서 후세에 남겨졌다.

"배우고 때로 익히면 즐겁지 아니한가" 하는 말로 대표되는 논어에는 인간의 도리를 담고 있다. 군자로 대표되는 그의 '인' 사상은 덕을 중시하고 임금과 신하, 부모와 자식 간에 해야 할 예절을 말하고 있다. 배우는 즐거움을 강조한 공자의 주장은 동의하기 힘들지만, 진리가 들어 있다. 사람은 아는 것이 많아야 인간의 도리를 다할 수 있고 자신의 품행을 조심하게 된다.

"덕불고 필유린(德不孤必有隣)"
덕 있는 사람은 외롭지 않다. 반드시 이웃과 동료가 있다.

올바른 사람에게는 뜻이 같은 동료가 나타난다. 덕과 교양을 갖
춘 사람은 주변에 사람이 몰려든다. 그러므로 지금 사람이 주변
에 없다고 한탄하지 말고 내게 덕이 없음을 탓해야 한다. 덕이란
자신의 품행을 바르게 하고 이웃에게 온정을 베푸는 마음이다.
덕을 갖춘 군자는 마음이 선하고 정의로운 사람을 뜻한다.

> "우물 안 개구리에게는 바다를 설명할 수 없다. 우물이라는 공
> 간의 한계에 갇혀 있기 때문이다. 여름에만 살다 죽는 곤충에게
> 는 얼음을 알려줄 수 없다. 시간의 제약이 있기 때문이다. 어설
> 픈 전문가에게는 진정한 도의 세계를 말해줄 수 없다. 자신의
> 지식에 갇혀 있기 때문이다."
>
> – 조윤제, 『이천 년의 공부』

사람에게 배움이 없다면 우물 안 개구리와 다를 바 없다. 세상이
라는 넓고 깊은 바다를 받아들이려면 일단 뛰어들어야 한다. 물
이 무섭다고 들어가지 않으면 수영을 배울 수 없다. 위인들의 고
전은 사람과 세상에 대해 설명하는 교과서이자 지혜의 창고와

같다. 뿌리 깊은 나무가 태풍에 흔들리지 않듯 고전으로 머리가 깬 사람은 두려울 것이 없다.

나만의 세상에 갇히지 않으려면 틀을 깨고 나와야 한다. 경직된 사고와 가치관으로 세상을 살아가는 것은 마치 면허도 없이 운전하는 사람과 같다. 고전은 우리의 마음을 살찌우고 미래를 통찰하는 능력을 키워준다. 주기적으로 고전을 탐독하는 사람은 세상을 폭넓게 살아가는 힘을 얻게 된다. 바른 마음에서 바른 행동이 나오듯 위대한 고전을 읽는 사람은 세상살이에 자신감이 생긴다.

사서삼경을 읽으면 덕과 교양을 쌓는 데 큰 도움이 된다. 인간이라면 누구나 지켜야 할 근본적인 도덕과 윤리, 공동체 의식을 배울 수 있다. 더 나아가 세상에 나가 뜻을 펼치는 데 힘을 얻는다. 인간 세상은 지혜와 덕을 쌓는 학교와 같다. 고전을 내 삶에 적용해 나가면 치열한 세상에서 나만의 원칙을 세울 수 있다.

동양고전은 나라의 질서를 유지하고 인간의 근본도리를 깨닫는 데 큰 역할을 담당했다. 다만 시대가 변하면서 현실에 맞게 적용하는 지혜가 필요하다. 예를 들면 제사나 효에 관한 지나친 허례허식은 경계해야 한다. 사서삼경은 인간답게 살아가자는 규범과 같다. 도덕과 윤리는 시대가 아무리 변해도 소중한 가치를 지니고 있다.

4. 명심보감

저자 : **추적**

《명심보감》은 논어와 맹자 등 고전의 잠언을 모아놓은 책이다. 마음을 다스리고 인간이 지켜야 할 기본자세를 말하고 있다. 우리는 절대 혼자서는 살아갈 수 없다. 타인과 조화롭고 화목하게 살아갈 때 진정한 행복을 느낄 수 있다. 《명심보감》을 읽으면 마음에 빛이 들어오는 순간이 찾아온다.

공자가 강조한 '인' 의 속뜻은 가슴에 칼을 품고 있는 것처럼 참는다는 것으로 인간이 정말 참을 수 없을 정도로 심한 상황을 참아내는 것을 말한다. 이처럼 '인' 이란 극기의 인내가 담긴 말로 군자가 되려면 뼈를 깎는 것처럼 아픔을 견뎌야 한다는 뜻이다. 이런 공자의 사상이 유교 사상의 근본을 이루며, 군자가 되는 것은 인내를 동반한 극기의 과정이라 할 수 있다.

> "착한 일을 한 사람에게는 하늘이 복을 주고, 악한 일을 한 사람에게는 하늘이 재앙을 내린다."
>
> – 공자

하늘은 말 그대로 푸른 하늘이 아니다. 사람의 말과 행동을 주시하는 보이지 않는 하늘의 존재를 뜻한다. 하늘이 선한 사람에게 복을 준다는 개념은 옛사람이나 지금이나 변함이 없다. 우리는 악인들의 말로를 보며 하늘의 뜻을 감지하고 선하게 살려고 노력한다. 하지만 때때로 선한 사람에게도 인생의 고난과 아픔이 오는데, 이는 하늘의 이치를 우리가 다 헤아릴 수 없다는 뜻이다. 모든 것은 하늘의 이치가 정하며, 이 말은 우리가 하늘의 뜻대로 살아야 한다는 것을 강조한다.

> "남의 과실을 듣거든 부모의 이름을 듣는 것과 같이 하여 귀로 들을지언정 입으로는 말하지 말 것이니라."
>
> – 마원

우리는 남의 허물을 들으면 가만있지 못하고 입이 근질거린다. "너만 알아야 돼"라며 기어코 친구에게 말한다. 허물은 누구에게나 있다. 사람은 완전한 존재가 아니다. 상황 때문에 어쩔 수 없이 범죄를 저지르기도 한다. 남의 과실을 논하기 전에 그 사람의 형편을 살펴야 한다. 아무리 나쁜 사람도 선한 구석이 있다. 남의 선행에는 귀를 열고, 남의 허물에는 귀를 닫아야 하는 것이 참되고 선한 사람이다.

"모든 행실의 근본은 참는 것이 그 으뜸이 된다. 천자가 참으면 나라에 해가 없고, 제후가 참으면 큰 나라를 이룩하고, 벼슬아치가 참으면 그 지위가 올라가고, 형제들이 참으면 집안이 부귀해지고, 부부가 참으면 일생을 마칠 수 있고, 친구끼리 참으면 이름이 없어지지 않고, 자신이 참으면 재앙이 없다."

"참을 인자 세 개면 살인도 면한다."는 말이 있다. 인내는 누구나 갖춰야 할 기본 덕목이다. 동물은 배고픔을 참지 못하지만, 사람은 도덕과 양심으로 인해 인내한다. 아무리 배가 고파도 자기 자식은 잡아먹지 않는다. 인륜의 근본은 남을 사랑하고 악한 일은 하지 않는 것이다. 사람이 사람다운 이유는 불편하고 힘들어도 선을 위해 인내하는 것에 있다.

"악한 사람이 착한 사람을 꾸짖으면 착한 사람은 대꾸하지 말라. 대꾸하지 않는 사람은 마음이 한가롭고, 꾸짖는 자는 입에 불이 붙는 것처럼 뜨겁다. 마치 사람이 하늘에 침을 뱉으면 도로 자기 몸에 떨어지는 것과 같다."

악인과 말싸움을 해서 이기기는 힘든 노릇이다. 귀를 막고 침묵하는 것이 선인의 대응방법이다. 내 입에 더러운 말을 담느니 참는 것이 최선이다. 내 입에서 나간 말은 상대가 받지 않으면 도로 내게 돌아온다. 남에 대해 욕을 하는 것은 결국 하늘이 지은 사람을 욕하는 것이니, 이것은 내 얼굴과 하늘에 대고 침을 뱉는 것과 같다. 하늘의 뜻은 서로 사랑하고 아껴주는 것이다. 이것을 무시하고 남을 대한다면 받을 것은 하늘의 재앙밖에 없다. 역사는 이런 일화를 가감 없이 보여준다.

5. 인생독본

저자 : **톨스토이**

《인생독본》은 톨스토이가 평생 읽었던 책에서 뽑아낸 영혼의 맑은 물이다. 톨스토이는 이 책을 언제나 머리맡에 두고 자기 전에 읽었다고 전해진다. 위대한 작가들의 글에서 영혼이 깨어나는 경험을 하게 된다. 우리의 인생에는 기본지침이 필요하다. 인생을 현명하게 살다간 이들의 글은 우리에게 영감을 준다.

> "스스로 지혜롭다 여기지 않아야만 지혜로운 사람이 될 수 있다. 자기 눈앞에서 언제나 신의 완전성을 보고 있는 사람만이 스스로를 지혜롭다 여기지 않는다."

소크라테스가 위대한 까닭은 본인이 무지함을 깨달았다는 점이다. 스스로 똑똑하다는 사람이 사실은 가장 무지한 사람이다. 내가 모른다는 사실을 아는 사람은 모든 사람에게 배우는 사람이며, 신 앞에 겸허히 무릎을 꿇게 마련이다. 겸손한 사람은 보이지 않는 영원을 보게 되며 자신이 숨 쉬는 것만으로도 신께 감사를 드린다. 지혜로운 사람은 모든 사람을 자신처럼 사랑하며, 상대가 어리석은 말을 하더라도 개의치 않는다. 일찍이 모든 위인들이 그랬던 것처럼 지혜의 신이 그를 따라다니게 된다.

"삶의 목적은 삶의 모든 현상을 사랑으로 꿰뚫는 것이다."

인생의 목적은 단지 먹고 살기 위해 태어난 것이 아니다. 고작 그런 것이 인생이었다면 신은 빛나는 밤하늘의 별을 만들지 않았을 것이다. 별과 우주가 있는 이유는 우리가 별처럼 영원하고 신비로운 세계를 꿈꾸라는 뜻이다. 태양을 바라보면 신의 따뜻한 사랑을 깨닫게 되고, 푸른 바다의 섬을 보면 영원한 낙원을 꿈꾸게 된다.

우리에게는 좋은 글이 필요하다. 먹고 살기 위해 힘들게 하루를 보냈다면 TV 앞에서 시간을 보내지 말고 고전이 들려주는 위대한 이야기에 귀를 열어야 한다. 마음의 평화는 TV나 스마트폰에서 얻기 힘들다. 시끄러운 세상의 소리는 끄고 내면의 영혼이 원하는 좋은 글을 가슴에 담아야 한다.

의식은 조용한 곳에서 좋은 글을 묵상할 때 깨어난다. 우리가 명상을 하고 호젓한 곳으로 여행을 가는 이유는 마음의 안식을 얻기 위함이다. 굳이 여행을 가지 않아도 우리는 고전을 통해 영혼이 기뻐하는 여행을 언제라도 떠날 수 있다. 우리의 마음을 자극하는 미디어는 끄고 조용한 곳에서 진정한 나를 만나야 한다.

나는 너무나 소중하고 아름다운 영혼을 지닌 존재다. 동물처럼 아무 생각이 없는 존재가 아니다. 나는 위대한 고전을 통해서 나의 자아를 만난다. 잠에서 깨어나라는 영혼의 소리를 듣는다. 고요한 새벽에 일어나면 내면의 자아도 깨어난다. 나의 영혼이 눈을 뜨면 속삭이는 신의 음성이 들린다.

"나는 너를 사랑하며 그대는 빛나는 영혼을 지닌 존재다."

05

독서습관에 도움을 주는 책

● ● ● ●

"독서습관은 닥쳐올 인생의 여러 가지 불행으로부터 당신의 몸
을 보호하는 피난처가 된다."

– 서머셋 모옴

1. 책 읽는 책

저자 : **박민영**

출판사 편집장을 지낸 저자가 매년 100권이 넘는 책을 꼼꼼
히 읽어 온 경험과 풍부한 지식을 바탕으로 청소년 및 일반인을
위해 쉽게 풀어 쓴 독서 가이드북이다. 저자는 책을 읽는 사람이
면 누구나 한 번쯤 고민해 볼 문제들(우리는 왜 책을 읽을까?, 언제 어
디서 읽을까?, 무슨 책을 어떻게 골라야 할까?, 책을 효율적으로 읽는 방법
은 무엇일까?)을 구체적으로 하나하나 설명하고 있다.

"당신은 책이라는 것을 좋아하지 않을지도 모른다. 그런 당신은 분명히 부질없는 야심과 쾌락에만 몰두하고 있을 것이다. 그러나 세상은 당신이 생각하는 것보다 훨씬 광범위한데 그 세계가 책에 의해 움직이고 있다는 것을 알아야 한다."

– 볼테르

독서를 하지 않는 사람은 무엇인가에 중독되어 있다. 나의 경우를 보면 확실하다. 독서를 하기 전 나의 모습은 항상 술과 게임, 건전하지 못한 오락에 중독되어 있었다. 이런 습관은 대표적인 시간 낭비에 속한다. 독서로 인생의 방향전환이 절실하게 필요하다. 독서의 유익한 점은 생각이 바뀌고 건전한 가치관을 갖는 데 있다.

"책 읽는 사람이 머무는 자기만의 방에는 창문이 두 방향으로 나 있다. 바깥쪽으로는 세계를 향한 창문이, 안쪽으로는 내부를 향한 창문이 나 있다. 그와 세계는 활발하게 소통하고 있다. 그러나 책을 읽지 않는 사람의 방은 세상과의 소통을 허락하지 않는다. 감각적인 첨단 미디어에 갇힌 그의 정신은 도무지 무엇을 생각할 여가가 없다. 기계가 제공하는 감각적인 오락에 길들여진 그의 정신은 모르핀을 맞은 것처럼 몽롱하다."

책 읽는 사람은 자신과 외부 모두에게 열린 사람이 된다. 타인과 원만하게 소통하는 사람은 건강해진다. 정신적, 육체적으로 건강한 사람은 외부의 자극에 반응하지 않는다. 그의 내부는 자연스럽게 평화롭고 조화로운 상태에 있기 때문이다. 눈만 뜨면 TV를 켜는 사람에게 내면의 소리가 들릴 리는 만무하다.

"외부의 과도한 자극에 시달린 사람은 골치 아픈 게 싫어서 책을 읽지 않는다. 또한 외부의 과도한 자극에 중독된 사람은 책이 다른 오락거리들만큼 오감을 만족시켜 주지 못하기 때문에 책을 멀리한다. 책은 휴식이 되기에는 골치가 아프고, 오락이되기에는 너무 심심한 물건이다.

그러나 골치 아픈 게 싫어서 책을 읽지 않는 사람이 결국 다시선택하는 것은 텔레비전과 게임과 영화이다. 과도한 자극에 지쳐 자연을 향해 달려갔던 사람이 집에 들어오기가 무섭게 텔레비전을 켠다. 그는 거대한 요요현상의 소용돌이 속에 있다."

다이어트를 해보라. 순간 살이 빠졌다가도 다시 원위치로 돌아오는 것을 알 수 있다. 평화를 얻으려고 보는 TV와 방송으로 다시 머리는 지끈거린다. 그 뒤에는 허무함이 찾아온다. 이것이 일상의 우리 모습이다. 자신의 내면을 독서로 채우지 않는 한 이것은 뫼비우스의 띠처럼 반복된다. 영원한 형벌로 바윗돌을 굴리는 프로메테우스의 삶이다. 여기에서 탈출하는 방법은 한 권의 책을 읽는 것이다. 당신이 골치 아프다고 외면하는 독서가 실은 당신의 머리를 맑게 해준다.

"휴일에는 종종 도서관에서 시간을 보내자. 견물생심이라고 책을 접할 기회가 많을수록 읽고 싶은 생각도 절로 생길 것이다. 독서가가 되기 위해서는 책을 읽고자 하는 의욕도 중요하지만, 그보다 더 중요한 것이 습관이다. 책을 읽는 것이 습관이 되지 않으면 결코 독서가가 될 수 없다. 나는 최상의 주거조건으로 시장과 공원 그리고 도서관, 이 세 가지를 꼽는다."

독서는 습관이다. 이것은 두말할 나위 없는 이야기다. 인간은 습관의 동물이라고 했다. 눈만 뜨면 밥을 먹고 출근하는 것이 우리의 의지던가? 그저 반복적인 습관의 일부분일 뿐이다. 마찬가지로 독서 역시 습관의 산물이다. 나는 어디를 가나 시장을 가고 도서관을 간다. 서점이 있다면 반드시 들러본다. 시장에서는 그 동네의 활력을 보고, 도서관에서는 그 동네의 지적 수준을 알 수 있다.

2. 독서는 배신하지 않는다

저자 : **사이토 다카시**

일본의 인기작가로서 아무것도 없던 저자가 독서로 새로운 인생을 개척하고 메이지 대 교수로 재직할 정도로 인생이 바뀐 사람이다. 독서 하나로 모든 것을 이룩한 사람이다. 강의와 강연, 방송 진행, 집필 등으로 바쁜 와중에도 매일 하는 것이 책 읽기라고 한다. 저서로는 《내가 공부하는 이유》, 《잡담이 능력이다》, 《질문의 힘》 등이 있다.

> "독서는 책을 사고 펼치는 단계부터 '내가 이것을 읽겠다' 는 의지가 반드시 투입되어야 하는 행위라는 점에서 TV나 인터넷을 통한 수동적인 학습과는 다르다."

독서는 자발성에 기초한 학습법이다. TV와 인터넷과는 달리 내 의지와 목적이 분명히 드러난다는 점에서 의미가 있다. 능동적으로 하는 독서는 다양한 지식을 쌓게 만든다. 좋아하는 작가의 신간은 나를 몰입하게 만든다. 몰입은 생산성, 즉 학습 효율을 극대화한다. 같은 시간을 들였을 때 책만큼 많은 지식을 얻게 해 주는 건 없다.

책은 많은 정보를 담고 있지만, 단순히 정보만 다루는 유튜브 채널이나 TV 시사 교양 프로그램과는 다르다. 책 속에는 저자의 생각이 담겨 있다. 작가는 같은 주제를 놓고 여러 갈래의 해석을 펼치기도 하고, 자신만의 통찰을 드러내기도 한다. 이런 주장을 계속해서 접하다 보면 자신만의 가치관과 인문학적 통찰이 생긴다. 지혜와 창의력의 원천이 되는 셈이다.

"성공하려면 대중과 반대로 가라."는 말이 있다. 모두가 취업을 준비할 때 창업을 꾀하고, 많은 이들이 신기술에 투자하라고 할 때 다른 기업에 집중하는 것이다. 쉽게 말해 대다수가 향하는 곳으로 가지 말라는 뜻이다. 모두가 가는 곳은 기회가 적을뿐더러 그 길이 옳았다 해도 보상이 미미하기 때문이다. 사람들은 이 말을 이해해도 실천하지는 못한다.

요즘 사회는 책을 읽으려 하지 않는다. 읽더라도 실용적인 독서만이 난무하고 있다. 입시를 위한, 전공 시험을 위한, 필요한 자격증을 위한 독서가 대부분이다. 고민하는 시간이 생략된, 목적 아닌 수단으로서의 독서이다. 무한 경쟁 사회에서 낙오하지 않으려는 몸부림인지도 모른다.

독서는 곧 기회다. 모두가 중요성을 알고 있지만, 아무도 하지 않기 때문이다. 고전 소설은 두꺼운 탓에 베개로 쓰이고, 자기계발서는 뻔하다는 이유로 팔리지 않는다. 철학서는 최고의 수면 제다. 성공한 사람들이 하나같이 독서습관을 성공 비결로 꼽는데도, 당장 재미없고 얻는 게 없어 보이니 하지 않는 것이다. 남들과 다른 스펙을 얻기 위해 부지런히 돌아다니면서도 정작 독서는 안중에도 없다.

사람들은 스펙 만들기에 열중한다. 차별화된 스펙을 위해 많은 노력을 기울인다. 토익 고득점이나 일본어 자격증, 인턴 경력 등 이것들은 나의 역사이자 자산이 된다. 무엇보다 타인에게 보여줄 수 있는 객관적인 지표가 되기에 의미가 있다. 스펙으로 달려갈 수밖에 없는 현실적인 이유가 된다.

아쉽게도 독서는 당장 꺼내 보여줄 수 없다. 하지만 독서로 얻은 나만의 철학은 어느 스펙보다 독창적이고 유연하다. 독서는 스스로 생각하는 방법을 알려준다. 다른 사람이 보지 못한 무언가를 찾는 능력을 키워준다. 언젠가 독서로 얻은 지혜를 보여줄 날이 온다면, 책은 어떤 것보다 빛나는 스펙이 될 것이다.

"힘든 일이 있을 때면 오래전 내게 감동을 주었던 책들을 되짚어 본다. 온갖 인생의 고난을 뛰어넘은 사람들의 이야기를 떠올리며 다시 힘을 내기도 하고, 불현듯 고민의 답을 얻는 순간도 있다."

독서의 또 하나 장점이라면 치유와 희망을 준다는 것이다. 남들에게 말하고 싶지 않은 고난이나 좌절을 겪을 때 나와 같은 처지에서 다시 재기한 사람들의 책을 읽으면 위로를 받는다. 더 나아가서 그 주인공처럼 되고 싶은 희망을 갖게 된다. 책이 주는 또 하나의 위로라고 할 수 있다.

일본의 유명한 작가 중 한 명인 사이토 다카시 교수의 책이다. 제목부터 참 잘 지었다는 생각이 든다. 사람들은 곧잘 배신을 당한다. 그런 배신을 당한 사람들은 다른 데서 위안을 얻고자 한다. 반려견과 반려묘 등 애완동물 시장이 기하급수적으로 늘고 있다. 이 모두가 사람에게 배신당하고 개나 고양이에게서 위로를 받으려고 하는 시대적 상황이 얽혀 있다.

저자의 말대로 독서는 배신하지 않는다. 오히려 나를 위로해주고 성장의 동반자가 되어준다. 지난 십여 년의 독서에서 얻은 이익은 손으로 세어도 모자랄 지경이다. 친구가 별로 없어 외로운 나를 다독여 주고 지식이 부족한 나를 채워 주었다. 독서의 문은 누구에게나 열려 있다. 다만 책의 진가를 알아주는 독자에 한해서 그 좁은 문을 열어준다.

3. 메모습관의 힘

저자 : 신정철

단지 메모 하나만으로 인생이 획기적으로 바뀔 수 있을까? 그 변화의 주인공은 바로 신정철 작가이다. 평소 메모하기를 좋아하던 그는 메모로 인해 인생이 변화된 경우다. 메모는 단순한 낙서가 아니다. 한 인간의 소중한 기록이자 창조물이다. 인간이 기록을 하지 않았다면 수많은 문화유산이 남아 있을 리 없다. 그림과 음악, 예술, 문학, 정치경제, 역사에 이르기까지 모든 것이 한 줄의 메모로 시작되었다.

독서를 할 때 메모하는 습관은 독서의 효과를 배가시킨다. 나도 독서를 할 때 밑줄을 긋고 메모를 한다. 중요한 문장이 나오면 따라 쓰고 느낌표나 별표를 한다. 다음에 읽을 때 눈에 확 들어오고, 서평을 쓸 때 아주 요긴하다. 메모의 목적은 책을 내 것으로 만들기 위해서다. 그냥 깨끗하게 책을 읽으면 아무것도 남는게 없다. 사랑하는 사람이 있으면 손을 만지고 싶고 스킨십을 하듯이 책에도 나의 흔적을 남겨야 한다. 그렇게 하지 않고 단지 읽기만 하면 책도 서운하게 생각한다.

책이 존재하는 이유는 배움에 있다. 배우는 것은 나의 흔적과 기록을 기억하는 것이다. 배우는 학생은 스승의 기침 소리도 노트에 적는다. 이것이 진정한 배움의 자세이다. 여러분은 독서를 왜 하는가? 무언가 배우기 위해서이다. 단지 시간을 때우기 위해 하는 독서는 무의미하다. 무언가 깨닫고, 배우고 실천하기 위해 독서는 존재한다.

4. 나는 읽는 대로 만들어진다

저자 : 이희석

1998년 평생학습을 결심하여 〈독서대학〉 입학 이후 10년 동안 경제 경영을 비롯한 실용서와 인문학을 읽어온 독자, 2003년 더불어 성공하기의 가치를 실현코자 〈와우〉 팀 결성, 구본형 변화 관리 연구소 3기 연구원, 강사로 활동하고 있다. 연간 150회의 강연을 하며 열정적으로 살고 있다.

"꿈을 꾸기에 독서만큼 좋은 게 또 있을까. 눈을 감아야만 꿈꿀 수 있는 건 아니다. 눈을 뜨고도 꿈꿀 수 있다. 찰스 핸디는 낮에 꿈꾸는 사람들에 주목했다." 우리는 잠을 자면서 꿈을 꾸지. 하지만 어떤 사람들은 낮에도 꿈을 꿔. 이런 사람들은 아주 위험하지. 자신의 꿈을 반드시 이뤄내고 마니까 말이야."

독서는 우리에게 넌지시 꿈과 목표를 설정하게 만든다. 그것이 독서가 가진 비밀이다. 나는 책을 읽기 전까지 아무런 꿈도 없었다. 오직 눈에 보이는 현실만 쳐다보고 생각 없이 쓸데없는 일에 몰두했다. 결과는 게임중독으로 인한 허무함과 질병, 잃어버린 시간이었다. 독서가 아닌 모든 것은 의미 없는 시간낭비에 불과하다.

우리는 꿈이 없을 때 비생산적인 일에 몰두한다. 친구와 의미 없이 만나 시간을 보내고 TV와 스마트폰에 중독된다. 인생의 의미를 잃고 쾌락에 집중한다. 그 속에서 진정한 나를 잃어버린다. 우리가 꿈을 되찾아야 하는 이유는 인생이라는 소중한 시간을 낭비하지 않기 위해서이다.

"나는 자주 책을 선물한다. 독서의 유익에 대해 주위 사람들에게 말로 전하는 것보다는 삶으로 보여주고 싶었기에 책을 선물하는 것으로 독서 권유를 대신했다. 이러한 독서 권유 방식이 얼마나 효과를 거두고 있는지는 알지 못한다. 다만 가장 친한 친구에게만큼은 효과를 본 것 같다. 책을 읽지 않던 그가 꾸준한 책 선물로 인해 책에 관심을 가지게 되었고, 이제는 혼자서 곧잘 책을 사기 때문이다."

나 역시 좋은 책을 만나면 주변 사람에게 책을 선물한다. 좋은 책을 선물하는 것은 그 사람이 잘되기를 바라는 마음에서다. 사람은 책을 읽어야 변화된다. 책에 빠져서 공자님처럼 되라는 이야기는 아니다. 나에게 진정 필요한 것이 무엇인지 알기 위해 책을 읽어야 하는 것이다. 좋은 책을 꾸준히 읽으면 좋은 사람이 된다.

"좋은 내용의 책은 우리의 감성을 고양시킨다. 비록 내용을 잊어버리더라도 계속 책을 읽어야 하는 이유는 감정을 지배하는 언어의 힘 때문이다. 언어는 감정을 만든다. 나는 어머니라는 음성언어를 듣거나 말할 때마다 돌아가신 어머니에 대한 그리움이 일어난다. 좋은 언어는 좋은 감정을, 나쁜 언어는 나쁜 감정을 만든다. 따라서 훌륭한 정서를 담은 책을 읽으면 자기도 모르는 사이에 감성이 고양되고 심력이 강화되는 경험을 하게 된다."

우리는 언어를 통해 소통하고 감정을 전달한다. 그가 쓰는 언어는 곧 그 자신이다. 좋은 언어를 가진다는 뜻은 좋은 책을 많이 읽고 내 것으로 만들었다는 것이다. 내가 좋아하는 언어는 따뜻하고 때로는 가슴을 뛰게 하는 언어다. 이를테면 긍정, 비전, 열정, 사랑 같은 단어들이다. 이런 언어를 가슴속에 집어넣은 사람은 행복해진다. 훌륭한 인성을 지닌 사람은 좋은 언어를 많이 접한 사람들이다.

"돈 만 원으로 옷을 산다면 소유가치를 높이는 것이고, 책을 구입하여 독서한다면 자신의 존재가치를 높이는 것이다. 어떤 사람들은 귀중한 물건을 소유하게 되면 자신의 가치가 높아진다고 믿기도 하는데, 헛된 일은 아니지만 옳은 말은 아니다. 무엇인가를 소유한다는 것은 우리의 가치를 높여주는 것 같은 충만감을 주지만 이것은 착각이다. 자신의 내면을 가꿔가고 스스로의 가치에 자신감을 갖는 사람들은 존재가치와 소유가치가 별개의 문제라는 것을 안다. 그들은 거울을 들여다보는 시간만큼 자신의 영혼을 돌보는 사람들이다."

나의 가치를 높여주는 것은 고급 차와 좋은 아파트가 아니다. 그것은 그저 필요한 것들이다. 나의 존재가치를 높여주는 것은 좋은 책이다. 나는 집에 오면 책꽂이에 꽂힌 책을 바라보며 행복하다. 그 책들이 지금의 나를 만들어 줬기 때문이다.《시크릿》을 통해 긍정의 힘을 알았고,《가슴 뛰는 삶》을 통해 비전을 품게 되었다.《보물지도》를 통해 꿈을 구체화하고,《성경》을 통해 존재의 의미를 깨달았다.

"당신이 고민하고 있는 모든 문제들은 이미 우리 인류의 선배들이 고민한 것이다. 그들 중에는 치열하게 고민하고 연구하여 훌륭한 해답을 찾은 탁월한 스승들이 있는데, 그들은 자신의 고민과 중요한 문제들, 그리고 그에 대한 괜찮은 해답을 책으로 정리하여 우리에게 유산으로 남겨 주었다."

우리는 살아가면서 수많은 문제와 직면한다. 운전하다가 사고를 낼 수도 있고, 경제적으로 위기에 달해 공황상태인 사람도 있다. 부부 문제로 인해 이혼 직전인 가정도 있고, 자식으로 인해 말 못할 고통을 짊어진 부모도 있다. 이런 문제를 이겨내려면 해답이 필요하다. 많은 답이 책 속에 들어 있다. 나 역시 여러 가지 문제를 독서를 통해 해결했다. 좋은 책은 좋은 친구이며 조력자다. 든든한 친구가 있다는 것은 우리에게 반가운 소식이다. 인생의 모든 문제는 오히려 축복이다. 배움의 기회가 찾아왔다는 신호니까.

"독서를 통해 기본기가 탄탄한 사람이 되고자 말했다. 지금 말하고 있는 기본은 사고력의 기초를 말한다. 독서를 통해 얻고자 하는 것은 정보가 아니다. 독서를 하는 진정한 목적은 생각하기 위함이다. 내 안으로 들어온 새로운 지식을 재료 삼아 깊이 생각하여 부가가치를 창출해 내는 것이 독서의 목적이다."

사고력과 통찰력은 아주 중요하다. 독서를 하는 목적은 사고하기 위해서이다. 생각하고 문제를 해결하는 법을 배우는 것이 독서의 목적이다. 사람은 생각하는 법을 배우지 않는 한 인생이 고달프다. 머리가 나쁘면 몸이 고생하듯이 우리는 지식과 지혜를 갖춰야 한다. 독서를 하지 않고 지혜를 얻을 수는 없다. 안정적인 삶을 사는 사람들은 대개 기본기가 탄탄하다. 그들은 힘과 지혜가 충만하다. 대개 그런 사람들의 집에 가보면 잘 꾸며진 서재가 있다.

"철학은 곧 세계관이다. 세계관이란 사고의 틀을 의미한다. 우리가 세계를 어떻게 보는가, 어떻게 생각하는가를 가리키는 말이다. 사람은 어떤 생각을 갖느냐에 따라 행동이 달라진다. 세계관이 머릿속의 생각에만 영향을 끼치는 것이 아니라 구체적인 행동 양식까지도 결정한다. 이것이 바로 세계관의 실천적 특성이다. 철학이 중요한 것은 실천적 특성을 갖기 때문이다. 궁극적으로 철학은 세상을 바꿀 수 있다."

인문학이 필요하다고 이야기한다. 이것은 종합적인 세계관을 갖기 위해서다. 합리적인 이성과 감성을 충전하기 위해서다. 우리는 올바른 인성과 탁월한 지식이 필요하다. 철학이 중요한 이유는 그것이 곧 인격을 단련해 준다는 것이다. 올바른 인격을 가진 사람은 어떤 상황에서도 당황하지 않는다. 철학을 하는 사람은 미래를 내다보고 어려운 상황이 와도 침착하다. 이것이 우리가 철학을 공부해야 하는 이유 중 하나다.

"자신만의 고전을 가지게 되었다는 것은 독서를 통해 자신의 문제를 해결하는 법을 발견했다는 뜻이다. 독서를 통해 미래를 향한 비전을 발견했다는 뜻이다. 독서를 통해 다른 사람을 보다 잘 이해하고, 자신을 보다 잘 알게 되었다는 뜻이다. 독서를 통해 삶의 어떤 영역을 업그레이드하여 삶의 질을 높여가고 있다는 뜻이다. 자신만의 고전을 읽는 것은 부모님에게서 사람과 세상을 끌어안는 사랑을 배우는 것이고, 친구를 만나 내가 이해받고 있다는 편안함을 느끼는 것이고, 스승을 만나 삶의 지혜와 비전에 대한 가르침을 듣는 것이다."

나의 책장에는 다양한 분야의 책들이 있다. 자기계발, 경제, 인문, 철학이 주를 이룬다. 주기적으로 책을 정리하지만, 사랑하는 책은 남겨둔다. 내가 사랑하는 책을 가졌다는 뜻은 나의 가치관이 정해졌다는 뜻이다. 고전은 인류가 남긴 지성의 결정체다. 나만의 고전을 갖게 되면 문제가 와도 그 책의 매뉴얼대로 행동할 수 있다는 뜻이다. 우리의 인생은 대개 반복되고 그 해결책이 이미 나와 있다. 고전을 읽어야 하는 이유가 거기에 있다.

우리가 독서를 해야 하는 이유와 방법, 인생을 살아가는 기본기를 알려주는 좋은 책이다. 책을 읽지 않는 사람은 인생의 의미를 여간해서는 알 수 없다. 우리가 왜 이곳에 태어났고 힘들게 살아야 하는지 이유를 모른 채 죽는다면 무척 억울하다. 그런 면에서 독서는 우리에게 인생의 비밀을 알려준다. 인문철학은 인격과 통찰력을 길러주고, 자기계발은 꿈을 찾아주며, 사회과학은 사회성을 길러준다. 신학은 신의 존재를 알게 해서 인생의 의미를 깨닫게 해준다.

책은 인류가 남긴 값진 유산이다. 우리가 그 유산을 방치하고 살아간다면 무척 애석하고 안타까운 일이다. 저자가 강조하는 것은 우리가 책을 읽고 좋은 사람으로 성장하며 사회의 리더가 되는 것이다. 나 역시 저자의 생각에 공감한다. 우리가 좋은 책을 읽고 훌륭한 사람이 되면 사회는 성숙해진다. 지금 사회가 혼란한 것은 우리가 독서라는 좋은 친구를 멀리한 데서 온 현상이 아닐까?

06

성공을 꿈꾸는 사람이 읽어야 할 책

● ● ● ●

"성공은 무서운 집중력과 반복적 학습의 산물이다."

– 말콤 글래드웰

　사람이라면 누구나 성공을 꿈꾼다. 그러나 성공하는 이는 드물다. 성공하는 사람은 남들과 다른 특징이 있다. 가난한 사고방식을 가진 사람은 아무리 노력을 해도 가난에서 벗어나기 힘들다. 반면 부자의 사고방식을 가진 사람은 반드시 부자가 된다. 이것은 성공의 법칙이라고도 불린다.

성공하기 위해서는 좋은 습관이 필요하다. 누구나 인정하는 성실성, 꾸준한 노력이 그것이다. 하지만 성실함과 노력만 갖고는 성공을 이루기 힘들다. 성공하는 사람들은 남들과 다른 습관이 있다. 그것은 평소에 독서를 꾸준히 한다는 점이다. 독서습관은 성공에 있어 가장 기본적인 습관이다.

책을 읽지 않고 어떤 일을 시작하는 것은 어리석은 행동이다. 성공에는 기본적인 발상의 전환과 지식이 필요하다. 독서는 이것을 배우는 데 중요한 역할을 한다. 독서를 안 하는 사람은 면허가 없이 운전하는 것과 같다. 운동을 잘하려면 기초체력이 있어야 하듯 성공에는 독서가 필수적이다.

성공하려는 사람에게 필요한 것은 돈에 대한 정확한 개념이다. 왜 부자가 되려는지, 돈은 어떻게 대해야 하는지에 대한 철학이 필요하다. 아래에 소개하는 책은 돈에 대한 기본관념을 바꿔주고 성공방법에 대해 말하고 있다. 인생을 성공적으로 살고 싶은 분들에게 많은 도움이 되어줄 것이다.

1. 돈

저자 : 보도 셰퍼

돈에 대한 관점을 바꾸면 부자가 된다. 보도 셰퍼는 그런 사실을 알아차리고 20대에 파산하고 30대에 부자가 되었다. 그 비결은 모든 일에 자신이 책임을 지는 것이다. 책임감을 갖지 않으면 모든 일을 남 탓으로 돌리기 때문이다. 모든 일에 대한 책임을 전적으로 자신에게 돌리는 사람에게 성공이 찾아온다.

"자신이 원하는 것보다 적은 것에 절대 만족하지 마라. 그리고 절대로 자신에게 '나는 이 이상 못 번다'고 말하지 말아라. 당신이 얼마를 벌 수 있는지 결정하는 것은 바로 당신 자신이다. 당신의 기대가 당신의 몫을 결정한다. 당신이 있을 곳은 밝은 곳이다."

부자가 되려면 기대감을 가져야 한다. 가난한 사람들은 현실에 불만을 갖거나 체념상태에 있다. "이 월급으로는 어림도 없어, 나는 나아지지 못해"라는 부정적인 생각은 부정적인 결과만 가져올 뿐이다. "나는 얼마든지 돈을 번다, 돈은 원하는 만큼 들어온다."라는 긍정적인 믿음을 가져야 한다. 모든 것이 당신의 생각대로 이루어진다.

"당신보다 더 부자인 사람들과 교류한다면 당신은 점점 더 부자가 될 것이다. 자신보다 더 성공한 사람들의 말만 경청하라."

나보다 나은 사람들과 어울려야 더 높은 곳으로 이동할 수 있다. 당신 주위에 있는 다섯명의 평균이 당신이기 때문이다. 나보다 먼저 성공한 사람들의 말만 듣고 실행해야 한다. 지그 지글러의 말대로 독수리와 날고 싶다면 칠면조와 놀지 말아야 한다. 돈에 대해 알려주는 책보다는 돈을 버는 사고방식에 대해 논하는 책이 좋다. 모든 일에 자신이 책임을 지고 당당하게 살아갈 때 당신이 원하는 곳에 예상보다 빨리 도달할 것이다.

2. 백만 불짜리 습관

저자 : 브라이언 트레이시

미국의 동기부여 전문가이자 베스트셀러 작가. 세계적인 강연가로서 동기부여와 성공분야에서 독보적인 영향력을 행사하고 있다. 그가 강연할 때마다 구름같은 청중들이 모여든다. 저서로는 《목표, 성취의 기술》, 《겟 스마트》, 《성취심리》, 《잠들어 있는 시간을 깨워라》 등이 있다.

"당신은 살아있는 자석이다. 항상 자신의 지배적인 생각과 조화를 이루는 사람, 생각, 상황을 삶 속으로 끌어당긴다는 것이다. 인력의 법칙은 5000년 동안 씌어지고 이야기되어 왔다. 이것은 성공과 실패를 설명하는 모든 법칙들 가운데 가장 중요한 법칙의 하나다. 인력의 법칙은 당신의 생각이 긍정적이든 부정적이든 감정에 의해 활성화되고, 자석이 쇠붙이를 끌어당기는 것처럼 그 생각과 조화를 이루는 사람이나 상황을 삶 속으로 끌어당긴다는 뜻이다."

우리는 매일 끊임없이 수많은 생각을 하며 살아간다. 긍정적인
생각이든, 부정적인 생각이든 떠오르는 대로 생각하는데, 우리
가 하는 생각대로 삶이 펼쳐진다. 이것은 과학적으로 입증된 법
칙인데, 이른바 끌어당김의 법칙이다. 나쁜 기억을 떠올리든, 좋
은 생각을 하든 우리는 우리가 하는 생각에 책임을 가져야 한다.
우리의 잠재의식은 우리가 무의식중에 한 생각대로 실행하기 때
문이다.

"매일 30~60분 간 독서를 하면 일주일에 한 권의 책을 읽을 수
있다. 미국인은 평균적으로 일 년에 한 권의 책도 읽지 않는다.
일주일에 한 권을 읽으면 일 년이면 50권을 읽을 수 있다. 보통
주요 대학에서 Ph.D. 학위를 따려면 대략 40~50권의 책 내용
을 논문 속에 녹여 넣어야 한다. 일주일에 한 권, 일 년에 50권
의 책을 읽으면 당신은 그 분야에서 Ph.D.와 동등한 수준에 오
른다."

성공하고 싶은 사람이라면 매일 책을 읽어야 한다. 독서는 만고
불변의 진리이며, 우리가 읽은 책의 양에 따라 인생이 결정된다

고 해도 과언이 아니다. 되도록 자신이 하고 싶은 분야의 책을 읽고 더 나아가서는 자신의 저서를 내야 한다. 책을 쓰는 과정에서 전문가로 발돋움하기 때문이다.

"하버드 대학의 데이비드 맥클랜드 교수는 '당신의 준거집단(reference group)이 인생에서 성공과 실패의 96%를 결정한다.'고 말했다. 준거집단은 당신이 습관적으로 만나고 자신이 그들 중 한 사람이 되길 원하는 사람들이다. 준거집단은 당신의 가족, 당신의 종업원, 당신이 속한 정당이나 교회, 사교클럽의 구성원일 수 있다. 유유상종이라는 속담은 맞는 말이다."

자신이 속한 집단이 사회에서 어떤 대접을 받고 어떤 위치에 있는지 점검해 보라. 당신이 존경하는 사람이 한 명이라도 있는가? 반문해 보라. 물론 이런 생각을 하는 것 자체가 힘들 수 있다. 당신도 그중에 한 명일 뿐이니 말이다. 그래도 꾸준히 분별해 보라. 당신에게 통찰력이 생길 것이다. 진정 집단에 본받을 사람이 없다면 일단 그 집단에서 멀어져야 한다. 그것이 당신을 발전하게 하는 시발점이 된다.

"당신을 다치게 한 사람이 떠오를 때마다 즉시 '그에게 축복을 내리소서. 나는 그가 한 모든 행동을 용서합니다.' 라고 말하라. 그럼으로써 그에 대한 생각을 지워버려라. 그리고는 마음을 당신의 소망으로 채우고, 소망을 이루기 위해 구체적으로 할 일에 대해 생각하기 시작하라. 현재 당신에게 중요한 일을 정신없이 하면서 과거에 일어난 그래서 당신이 바꿀 수 없는 일에 대해 생각하고 걱정할 짬을 잠시도 내지 마라."

나에게 상처를 주는 사람은 어디를 가나 존재한다. 그럴 때마다 그를 증오하고 무시할 것인가? 정작 상대방은 당신에게 상처를 받지 않고 오히려 나 자신만 상처를 받아 마음만 괴로울 뿐이다. 인간관계란 상대의 장점을 발견하는 고된 작업이다. 단점만 보이는 상대에게서 칭찬할 점을 찾기란 사막에서 바늘 찾기와 같기 때문이다. 그러나 나를 위해서 상대를 칭찬하고 용서해야 한다. 그것이 상대와 나에게 면류관을 씌우는 일이다.
좋은 습관을 갖고 싶은 사람들에게 추천하고 싶은 책이다. 브라이언 트레이시는 그 이름 자체가 명품 브랜드다. 그의 주장대로 나쁜 습관을 몰아내려면 좋은 습관을 매일 단련해야 한다. 성공의 기초는 좋은 습관이 만든다. 매일 늦잠을 자고 독서도 안 하면서 '나는 왜 좋은 일이 안 생길까?' 라는 사람에게 특효약이다.

3. 백만장자 메신저

저자 : 브랜든 버처드

부자가 되려면 메신저가 되어야 한다. 자신이 잘하는 것을 사람들에게 알리는 사업, 그것이 메신저이다. 성공하는 사람들은 남에게 자신을 표현할 줄 아는 사람이다. 자신의 장점을 알리고 선한 영향력을 끼치는 것이 메신저들의 역할이다. 성공하는 사람들은 메신저 기능을 기본적으로 갖고 있다.

> "성공하는 사람들은 자신의 주제를 깊이 탐구하고 숙달하는 쪽을 선택한다. 이들은 한 번에 한 가지 기회에 집중하여 깊이 파고 들어가며, 튼튼한 토대를 마련하기 위해 수년간 일한다. 이들은 열심히 일하는 것의 가치를 알고 있으며 피와 땀, 눈물을 흘리는 것을 두려워하지 않는다."

어떤 목표를 정했다면 한눈팔지 말고 정진해야 한다. 성공자들은 한결같이 한 우물을 팠던 사람들이다. 자신이 잘하고 좋아하는 것에 미쳐야 성공할 수 있다. 아인슈타인이 세무 일을 하면서도 일과를 빨리 끝내고 남는 시간에 물리학 공부를 한 것처럼 당신도 그래야 한다. 무언가에 미치지 않으면 세상이 당신을 미치게 할 것이다.

일에 미친 사람은 세상이 두렵지 않다. 그들은 빠르고 즐겁게 세상을 살아가는 편을 선택하고 그 일에 보람과 자부심을 가지게 된다. 메신저라는 직업은 세상을 좀 더 열정적으로 바꿔주는 직업이다. 이 글을 쓰는 나도 메신저라고 할 수 있다. 나의 목적은 선한 영향을 사람들에게 지속적으로 주는 것이다. 그렇게 해서 한 사람이라도 열정적이고 보람 있는 삶을 살도록 유도하는 게 나의 사명이다. 내가 그렇게 행복해진 것처럼 여러분도 그렇게 될 수 있다.

4. 오리진이 되라

저자 : 강신장

저자는 삼성 출신으로 세리 CEO를 역임했다. 어떤 분야를 처음 개척하는 사람을 오리진이라고 한다. 그 나머지는 오리진에 의해 고용된다. 저자는 평범하지만, 주위에 있던 것을 창조하라고 역설한다. 창조는 새로운 것을 만드는 게 아니라 있는 것을 변형한다고 주장한다. 독서는 그런 면에서 최고의 도구이다. 많이 읽을수록 창의성을 개발할 수 있고, 새로운 것을 발견할 수도 있다.

"새로운 것을 창조하려면 몰입해야 한다. 몰입을 통해 주변을 모두 잊고 집중하다 보면 우리는 기원과 만나게 된다. 기원은 한마디로 나다움의 세상이다. 그리고 나다움과 만나서 만들어 내는 것이 바로 독창적인 것, 오리지널의 세상이다. 그래서 창조는 크리에이티브라기보다는 오리지널에 가깝다."

창조자가 되려면 새로운 것을 많이 접해야 한다. 여행도 좋고 새로운 책, 새로운 사람도 좋다. 무엇이든 나에게 호기심을 자아내는 것은 무엇이든 괜찮다. 저자는 오리진을 새로운 것을 창조하는 사람이라고 정의한다. 진정한 창조는 내면의 나를 깨우는 것이다. 나는 완벽한 창조물이다. 누구도 나와 같은 사람은 없다. 날것 그대로의 나를 만나는 게 창조의 핵심이다.

"창조의 첫 번째 법칙은, 즉 새로운 영감을 얻어낼 수 있는 첫 번째 원천은 단연코 사랑이라고 생각한다."

창조의 첫 번째 관문은 사랑이다. 사랑 없이 창조는 이루어질 수 없다. 인류문화와 역사를 바꾼 새로운 것들은 모두 사랑의 감정에서 출발했다. 다빈치의 '최후의 만찬'은 예수님에 대한 사랑에서 나왔고, 미켈란젤로의 '천지창조' 역시 창조주 하나님에 대한 사랑에서 나온 작품이다. 모든 발명과 발견 뒤에는 인류에 대한 사랑에서 파생된 것이다. 문학과 예술, 과학에 이르기까지 모든 창조의 근원에는 사랑이라는 에너지가 담겨 있다.

5. 미라클

저자 : **오리슨 스웨트 마든**

어떤 일을 성취하기 위해서는 자신이 하고자 하는 일에 확고한 믿음이 있어야 한다. 스스로를 신뢰하지 않으면, 어느 누구도 당신을 신뢰하지 않는다. 당신이 진정 되고 싶은 자신의 모습을 항상 생각하면 그 모습이 서서히 당신의 일부가 되어 행동과 얼굴에 나타날 것이다. 몸과 마음의 완전한 자유는 두뇌가 최고로 활동하는 데 필수 불가결한 전제조건이다. 불확실성과 의심은 효율적인 두뇌활동에 치명적인 독이다.

"노력의 결과는 스스로 자신을 어떻게 평가하느냐에 달려 있다. 한 가지 재주밖에 없지만 자신감으로 가득 찬 사람이, 열 가지 재주가 있지만 자신을 믿지 못하는 사람보다 훨씬 큰일을 해낸다. 어떤 일을 하고 싶다는 강한 열망 자체가 그 일을 성취할 능력이 있다는 증거다. 준비가 되지 않았다는 느낌 때문에 고통스럽고 창피하거나 불쾌하더라도, 당신에게 가장 잘 맞는 일을 하고야 말겠다고 결심하는 그 자체가 당당한 사람으로 성장했다는 증거다."

자신을 어떻게 평가하느냐에 따라 인생은 달라진다. 어떤 일을 성취하기 위해서 가져야 할 기본자세는 자신에 대한 믿음이다. 스스로를 신뢰하지 않으면 어떤 사람도 당신을 믿지 않는다. 항상 목표를 생각하고 자신감을 갖게 되면 목표를 이룬 사람처럼 행동하게 된다. 그 결과, 사람들의 시선이 달라지고 당신은 목표대로 성공을 쟁취한다.

확고한 믿음은 성공의 기본이다. 전쟁터에 나가는 군인에게 총이 없다면 무슨 승리가 있겠는가? 믿음이라는 총이 없다면 전쟁에서 승리할 수 없다. 저자는 이런 의미에서 당신에게 묻고 있다. 당신에게는 숨겨진 잠재력이 무궁무진하다. 당신은 이미 성공한 사람이다. 우리는 그 사실을 믿으면 된다.

07

인간관계에 도움이 되는 책

● ● ● ●

"우리가 이해해야 할 것은 말이 아니라 그 말 뒤에 있는 사람
이다."

– 버틀러

"인간은 사회적 동물이다."라는 말이 있다. 그리스의 철학자
아리스토텔레스의 명언이다. 인간은 사회를 떠나서 살 수 없고
관계 속에서 행복을 느낀다. 이것은 두말할 나위 없는 진리이다.
왕따나 외톨이가 행복하다는 이야기를 들어본 적이 있는가? 인
간은 관계 속에서 위안을 얻고, 사랑을 주고받는 가운데 행복함
을 느끼는 존재다.

인간관계도 하나의 학문이다. 심리학이나 자기계발서에 인간관
계에 관한 내용이 필수적으로 등장한다. 심리학이 필요한 이유
는 인간관계가 그만큼 어렵다는 이야기다. 자기계발의 큰 뿌리

중 하나가 인간관계다. 사회적으로 성공을 하고 싶어도 인간관계가 필요하다. 좋은 인간관계는 성공과 행복을 좌우한다. 이런 이유로 우리는 인간관계를 잘하기 위해 노력하고 있다.

사람들과 원만하게 지내려면 어떻게 해야 할까? 타고난 성품이 좋아서 사람들과 잘 지내는 사람이 있다. 그런 사람은 대륙에 한 명씩 있다. 우리는 대부분 인간관계에 서툴고 어딘가 고장 나 있다. 대부분 주변 사람과 크고 작은 갈등을 겪으며 살아간다. 모두 인간관계에 서툴러서 일어난 현상이다.

어떻게 하면 인간관계를 원만하게 할 수 있을까? 그 첫 번째 비결은 호감이 가는 사람을 따라 하는 것이다. 그런 사람이 주위에 없다면 책에 눈을 돌려야 한다. 이미 인간관계에 관한 책은 서점에 널려 있다. 좋은 인간관계를 갖고 싶다면 오늘부터 책을 읽어야 한다. 노력하는 만큼 당신은 타인 앞에서 두려움이 없어진다.

1. 카네기 인간관계론

저자 : **데일 카네기**

1888년 미국 미주리 주의 메리빌에서 출생, 교사 세일즈맨 등 다양한 직업을 전전하다가 1912년 YMCA에서 화술강좌를 개설하여 카네기연구소를 설립, 인간경영 분야에 기념비적인 업적을 남겼다. 저서로는 《카네기 행복론》, 《카네기 스피치&커뮤니케이션》 등이 있다.

인간관계의 고전을 이야기할 때 빼놓지 않고 등장하는 책이다. 이 책으로 인해 많은 사람들이 도움을 받았다. 100년이 지난 지금까지도 수많은 독자들에게 좋은 영향을 끼치고 있다. 인간관계에 우리는 막연한 두려움을 갖고 있다. 더 나아가 불신과 갈등으로 인해 어려움을 겪기도 한다. 이 책을 통해 주변 사람들과 좋은 관계를 갖는 계기가 될 수 있다.

"나는 30년 전에 타인을 비난하는 것은 어리석은 짓이라는 것을 배웠다. 나는 하나님이 평등하게 지능의 선물을 나누어 주지 않았다는 사실을 한탄하지 않고 나 자신의 한계를 극복하는 데 많은 노력을 기울였다. 워너메이커는 젊어서 이러한 교훈을 깨달았지만, 나는 한참 후에야 사람들이 아무리 잘못을 저질러도 100명 중 99명은 자신을 비난하지 않는다는 사실을 어렴풋이 알게 되었다."

인간은 본능적으로 자신에게 관대하다. 아무리 잘못을 저질러도 자신을 합리화하는 데 능숙한 존재이다. 이럴 때 사람들은 그를 비난하고 처벌을 요구한다. 하지만 상대방을 비난하면서 그가 달라지길 바라는 것은 어불성설이다. 인간은 원래 자기애가 강하고 자기연민을 지니고 있다. 흉악한 범죄자조차 궁지에 몰리면 선량한 사람으로 자신을 포장한다. 이런 인간의 심리를 이해하려면 인간의 본성을 정확하게 알아야 한다.

"세계적으로 유명한 심리학자인 스키너는 그의 실험을 통하여 선행에 대해 칭찬을 받은 동물은 나쁜 행동에 대해 벌을 받은 동물보다 훨씬 더 빨리 배우고, 훨씬 효과적으로 배운 것을 습득한다는 것을 증명했다."

인간을 변화시키는 유일한 방법은 칭찬을 하는 것이다. 누구나 칭찬을 갈망하며 인정욕구를 지니고 있다. 이성이 없는 동물도 칭찬을 해주면 좋아한다. 개들이 주인에게 충성하는 이유는 주인이 사랑을 주고 칭찬을 하기 때문이다. 개도 이런데 사람은 더 말할 것도 없다. 우리는 인정에 목말라 있으며 칭찬을 듣고 싶어하는 존재이다.

예로부터 칭찬의 힘은 위대하다. 학교에서 퇴학당한 에디슨은 어머니의 칭찬을 듣고 세계 최고의 발명왕이 되었다. 학습 부적응자로 집에서 독학을 했던 아인슈타인도 그와 비슷한 사례다.

어린 자녀를 훌륭하게 키우고 싶은 부모라면 오늘부터 칭찬을 시작해야 한다. 칭찬을 싫어하는 사람은 단 한 명도 없다.

"죽을 때까지 남에게 원망을 받고 싶은 사람은 남을 신랄하게 비판하라. 그 비판이 확실하면 할수록 효과는 더 커진다. 대개 사람들을 다루는 경우 상대를 논리의 동물이라고 생각하면 안 된다. 상대는 감정의 동물이고 심지어 편견에 가득 차 있으며, 자존심과 허영심에 의해 행동한다는 것을 명심하지 않으면 안 된다. 바보들만이 다른 사람에 대해 비판하고 비난하며 불평한다. 그러나 이해하고 용서하기 위해서는 인격과 극기심이 필요하다."

비판은 인간관계의 적이다. 잔소리를 지속적으로 들어온 사람은 자존감에 심각한 타격을 입게 된다. 중년의 남자들이 무기력하고 허무해지는 원인으로 아내의 잔소리가 한몫을 한다. 가족같이 가까운 관계라도 가끔씩 격려나 칭찬을 해줘야 한다. 사람은 칭찬을 먹고 사는 존재다. 누구나 존중받고 싶어하며 비난을 듣고 싶은 이는 한 명도 없다.
인간관계를 잘 맺는 사람들을 살펴보면 얼굴에 항상 편안한 미소를 짓는 것을 알 수 있다. TV에 나오는 연예인들을 봐도 잘 웃는 사람이 인기를 끈다. 나무가 해를 향해서 자라듯 인간은 밝은 곳에 눈길을 돌린다. "웃지 않는 사람은 장사를 하지 말라." 중국속담에 나오는 말이다. 이처럼 미소 짓는 사람은 어디서나 인기를 끌고 분위기를 밝게 만든다.

〈인간관계를 잘 맺는 6가지 방법〉

1. 다른 사람들에게 순수한 관심을 기울여라.

2. 미소를 지어라.

3. 이름을 잘 기억하라.

4. 경청하라.

5. 상대방의 관심사에 대해 이야기하라.

6. 상대방으로 하여금 중요하다는 느낌이 들게 하라.

의식적으로 만나는 사람들에게 관심을 가져야 한다. 그들의 말에 고개를 끄덕이고 미소를 짓자. 명함을 주고받으면 이름을 꼭 기억하고, 상대의 관심사에 호감을 표시하라. 상대가 중요한 존재라는 사실을 은연중에 느끼게 하라. 이렇게 해야 한다는 것을 알지만 실천하기는 힘들다. 평소에 하지 않았던 습관이기 때문이다.

사람을 움직이려면 먼저 그 사람에게 호감을 얻어야 한다. 이혼하는 부부들을 보면 기본적으로 상대를 존중하지 않는다. 반면에 금슬이 좋은 부부는 상대를 배려하고 존중한다. 말 한마디도 해서는 안될 말은 참는다. 부부싸움을 해도 어느 선까지는 도를 지킨다. 상대를 비난하는 것처럼 어리석은 일도 없다.

자식이나 부부는 나의 분신과 같은 존재들이다. 가까울수록 존중하는 습관을 들여야 상대를 설득할 수 있고 화목한 가정을 이룰 수 있다. 모든 인간관계의 기본은 상대를 존중하는 것이다. 존중의 기본은 상대를 인정하는 것이다. 아무리 잘못을 해도 선을 넘지 말아야 한다. 현명한 부부는 서로의 기분을 상하지 않게 노력한다.

〈상대방을 설득하는 12가지 방법〉

1. 논쟁에서 최선의 결과를 얻을 수 있는 유일한 방법은 그것을 피하는 것이다.
2. 상대방의 견해를 존중하라. 결코 당신이 틀렸다고 말하지 말라.
3. 잘못을 저질렀다면 즉시 분명한 태도로 그것을 인정하라.
4. 우호적인 태도로 말을 시작하라.
5. 상대방이 당신의 말에 즉각 '네 네' 라고 대답하게 하라.
6. 상대방으로 하여금 많은 이야기를 하게 하라.

7. 상대방으로 하여금 그 아이디어가 바로 자신의 것이라고 느끼게 하라.

8. 상대방의 관점에서 사물을 볼 수 있도록 성실히 노력하라.

9. 상대방의 생각이나 욕구에 공감하라.

10. 보다 고매한 동기에 호소하라.

11. 당신의 생각을 극적으로 표현하라.

12. 도전 의욕을 불러일으켜라.

링컨대통령은 부하들이 잘못을 해도 지적하지 않고 침묵했다. 비난이나 불평은 서로의 사이만 멀어지게 할 뿐이다. 상대를 설득하려면 먼저 상대의 입장에 서서 바라봐야 한다. 인간은 고차원적인 가치관에 반응하는 법이다. 더 나아가서 상대의 동기를 이끌어 내는 게 설득의 핵심이다. 상대를 설득하려면 상대의 입장에 서서 바라봐야 한다. 설득의 비결은 내 주장만 늘어놓지 않고 상대의 말을 경청하는 것이다.

〈리더가 되는 9가지 방법〉

1. 칭찬과 감사의 말로 시작하라.

2. 잘못을 간접적으로 알게 하라.

3. 상대방을 비평하기 전에 자신의 잘못을 먼저 인정하라.

4. 직접적으로 명령하지 말고 요청하라.

5. 상대방의 체면을 세워주어라.

6. 아주 작은 진전에도 칭찬을 아끼지 말라. 또한 진전이 있을 때마다 칭찬을 해주어라.

   동의는 진심으로, 칭찬은 아낌없이 하라.

7. 상대방에게 훌륭한 명성을 갖도록 해주어라.

8. 격려해 주어라. 잘못은 쉽게 고칠 수 있다고 느끼게 하라.

9. 당신이 제안하는 것을 상대방이 기꺼이 하도록 만들어라.

찰스 스왑은 철강회사의 대표로 연봉이 3천만 달러에 달했다. 그가 성공한 비결은 상대를 인정하고 격려하는 데 있었다. 작은 일에도 상대를 칭찬하는 습관이 그를 최고의 자리에 오르게 한 셈이다. 우리는 항상 칭찬에 목말라 있다. 사막에서 오아시스를 만나면 얼마나 즐거울 것인가? 칭찬은 그런 맥락에서 인간관계의 오아시스라 할 수 있다.

2. 끌리는 사람은 1%가 다르다

저자 : 이민규

심리학 박사, 임상심리 전문가, 아주대학교 심리학과 교수. 성공적이고 행복한 삶을 위해서는 '1%'만 바꾸면 된다는 삶의 철학을 널리 퍼트려 '1% 행동심리학자'로 알려져 있다. 《끌리는 사람은 1%가 다르다》는 100만 부가 넘게 팔리면서 관계와 소통의 문제로 고민하는 수많은 독자들에게 많은 영향을 끼쳤다.

"첫인상은 왜 쉽게 바뀌지 않을까? 정보처리 과정에서 초기 정보가 후기 정보보다 훨씬 더 중요하게 작용하기 때문이며, 이를 '초두효과(primacy effect)'라고 한다."

〈좋은 인상을 유지하는 방법〉

1. 첫 인상은 사진처럼 한 번 박히면 바꾸기가 매우 어렵다는 사실을 명심한다.
2. 좋은 행동을 하기보다 나쁜 행동을 하지 않으려 애쓴다.
3. 한 번 나쁜 인상을 주었다면 몇 배의 좋은 행동을 보여준다.

"자존감이 높은 사람은 자긍심이 높아서 남에게 광고할 필요를 느끼지 못한다. 반대로 열등감이 많은 사람은 대인관계에 불편함을 느낀다. 자기 자신도 사랑하지 못하는 사람이 남을 사랑할 수는 없다. 따라서 대인관계는 아주 좁을 수밖에 없고 그나마 질도 떨어진다. 열등감은 그렇게 자신을 깎아내리며 주도적인 삶을 살지 못하게 한다."

열등감은 누구나 조금씩 갖고 있다. 다만 그것이 지나쳤을 때 문제가 발생한다. 외모나 학력, 빈부격차에 대한 열등감, 대인관계에서 오는 비교의식에서 열등감이 생긴다. 비교의식을 갖게 되면 인생은 불행해진다. 현대사회는 유독 남과 나를 비교하게끔 열등의식을 부추긴다. 잘생긴 연예인과 스타들이 추앙받는 분위기도 한몫을 한다.

이것을 극복하려면 자존감을 높이는 방법 외에 없다. 나는 외모나 능력을 떠나 이 세상에 하나밖에 없는 소중한 존재라는 사실을 알아야 한다. 사실 이 세상은 내가 죽으면 아무 의미가 없다. 사람은 누구나 존중받을 가치가 있고, 각자 사회에 필요한 존재들이다. 쓸모없는 사람은 단 한 명도 없다.

많은 사람들이 열등감에 시달리며 생을 마감한다. 자신이 소중하다는 사실을 깨닫기만 해도 인생은 한결 더 행복해진다. 나는 과거에 열등감으로 인해 많은 기회와 행복이 사라졌던 기억이 있다. 소심한 성격으로 인해 대인관계도 힘들었다. 그 원인은 비교의식에서 비롯되었다. 남과 나를 비교하는 습관처럼 나쁜 습관은 없다. 내가 잘하든 못하든 나는 소중하다. 나를 세워주고 이끌어 주는 사람과 어울려야 한다. 자꾸 지적하고 비판하는 사람과는 어울리지 말아야 한다.

남을 비판하는 사람은 그 자신도 열등감이 많다는 증거이다. 열
등감이 많은 사람은 자신보다 못한 사람을 발견하면 뛸 듯이 기
뻐하며 그를 무시한다. 그런 사람이 주위에 있다면 불쌍하게 여
겨야 한다. 그를 상대하되 조금 멀리하는 것도 필요하다. 남을
비판하는 사람과 어울리면 들어주는 나도 그 대상에 올라간다.

"뒷담화는 인간관계를 깊이 있게 연결하지 못한다. 대부분의
사람들은 남의 흉을 보거나 같이 욕을 한 기억이 있을 것이다.
살다 보면 나와 안 맞는 사람을 만나게 마련이다. 그런 상황이
오면 자연스레 상대방을 지적하며 뒷담화를 하게 된다. 그런데
그 당시에는 마음이 후련해지지만, 나중에 상대를 만나면 적개
심이 더 커지는 것을 느끼게 된다. 그와 더불어 자책감도 들게
된다."

남을 비난하고 뒷담화를 해서 좋을 것이 없다. "내 주위에 적을
만들지 말라."는 말이 있다. 좋은 사람, 싫은 사람 구별 없이 평
등하게 대하는 습관을 들여야 한다. 싫은 사람이 생겼으면 그 사
람의 좋은 점을 어떻게든 발견해야 한다. 그리고 그 점만 뚫어지
게 바라봐야 한다. 그것이 인간관계의 기초가 된다.

사람을 사귐에 있어 적당한 간격을 유지하라. 친분이 형성되면 스스럼없이 반말도 하게 되고 조금 무례한 장난도 치게 된다. 그러나 아무리 친해져도 넘지 말아야 할 선이 있다. 그 부분을 건드리면 아무리 친한 사이라도 멀어지게 된다. 나도 그런 문제 때문에 인간관계가 끊어진 적이 있다. 친구라고 함부로 대하거나 막말을 하면 관계가 멀어지게 된다. 후회할 말은 참고 부드럽게 상대를 존중해야 한다.

사과를 먼저 하고 변명은 나중에 하라. 사람은 자존심을 가진 존재다. 성인군자 같은 사람도 어떤 지점에서는 강한 자존심을 드러낸다. '내가 누군데 감히' 라는 생각이 들 때 사람들은 감정적이 된다. 그런 상황에서는 사과나 몸을 굽히는 일은 절대로 일어나지 않는다. 그래서 사과하는 사람은 적이 없다. 진정으로 잘못한 일이 없다고 느끼는 사람도 상대가 피한다면 잘못한 것이다. 어떤 다툼도 일방적이지 않다. 분명 서운한 일이 있기에 상대가 피하는 것이다. 그러므로 무조건 먼저 사과하라. 그것이 선행되어야 그다음 일이 진행된다. 즉, 상대도 사과를 하거나 별일 아니라는 식으로 대할 것이다. 사람은 자존심 빼면 시체다. 그것을 기억하라. 사과하면 친해진다. 그것이 상대와 가까워지는 지름길이다.

"'옷이 날개다.' 라는 말이 있다. 날개 달린 옷을 입을 수는 없겠지만, 적어도 남의 눈에 거슬리는 옷은 입지 말아야 한다. 깨끗하게 옷을 세탁해서 입고 분위기에 어울리는 옷은 남 보기에도 좋고 자신에게도 자존감이 증가하는 효과가 있다. 파티에 초대되어서 어떤 옷을 입을까 고민하다가 정작 마음에 들지 않는 옷을 입고 갈 때도 있다. 그럴 때 얼마나 마음이 불편했는지 기억난다면 평소에 유행에 맞는 옷을 한두 벌 정도 옷장에 사다 놓아야 한다. 장례식에 꽃무늬 옷을 입고 갈 수 없고, 파티에 검은 신사복을 입고 갈 순 없지 않은가?"

장소에 어울리는 옷차림은 아주 중요하다. 비싼 옷이나 명품을 입으라는 말이 아니다. 사람은 겉모습으로 타인을 평가한다. 깨끗하고 격식에 맞는 옷차림은 사람을 빛나게 한다. 예의를 아는 사람은 존중을 받는다. 그 사람의 마음을 처음 만나서 알 수는 없다. 사람은 시각적으로 예민한 감각을 갖고 있다. 적어도 남에게 비호감을 주는 옷차림은 피해야 한다.

"원만한 인간관계를 위해서는 무조건 '내 탓이오' 라는 자세가 필요하다. 요즘 사람들은 특히 개인주의가 강하기 때문에 적당히 손해를 보고 대해야 남는 게 있다. 베푸는 장사가 망하지 않는다는 말이 있다. 인심이 후해야 남는다. 결국 사람을 끄는 비법은 다른 게 없다. 사람을 남기는 장사꾼이 고수이다. 당장은 손해 보는 것 같지만 길게 보면 이익이다."

사람은 자기와 의견이 다른 사람을 무조건 나쁘게 바라본다. 아내는 드라마를 좋아하고, 나는 책을 좋아한다. 그냥 다른 것뿐이다. 그런데 드라마 보는 것을 나쁘게 지적하면 아내와 사이가 틀어진다. 사람들이 갈등을 일으키는 주요 원인은 나와 다른 의견과 취향을 인정하려 하지 않기 때문이다.

노사 간 갈등, 정치적 갈등, 종교 간, 부부간, 친구에 이르기까지 우리가 서로 싸우는 이유는 간단하다. 서로 생각이 다르기 때문이다. 가치관, 신념, 경험이 저마다 다르기 때문에 벌어지는 현상일 뿐이다. 인류는 저마다 얼굴이며 성격이 제각각이다. 쌍둥이도 성격이 다르다고 한다. 사람과 사람 사이를 원만하게 하려면 나와 다른 사람의 차이점을 인정해야 한다. 당신의 머릿속에서 다른 것은 나쁜 것이라는 공식을 삭제해야 한다.

인간관계란 고단한 인내를 요구한다. 불편한 인간관계로 인해 고통 받는 사람들이 많다. 부부나 가족, 친구, 동료나 선, 후배 간의 갈등은 어제오늘의 일이 아니다. 이런 사람들에게 필요한 것은 관계를 바라보는 시각의 변화이다. 인간관계의 문제는 서로 다른 사람끼리 어울려야 하기 때문에 발생한다.

이 문제를 해결하려면 어떻게 해야 할까? 사람은 누구나 성격과 가치관이 다름을 인정해야 한다. 그것이 선행되면 상대를 존중하고 이해하게 된다. 인간관계의 기본은 상대에 대한 존중에서 출발한다. 그 마음의 기초 위에서 행동으로 표현되는데, 대표적인 것이 인사라는 행위이다. 정중하고 예의 바른 인사를 하는 사람은 좋은 인상을 갖게 된다.

인간관계는 하나의 법칙이 있다. 10명이 있다면 7명은 나를 좋아하거나 별로 개의치 않는다고 한다. 나머지 3명은 나를 싫어하거나 부정적으로 보는 부류라고 보면 된다. 누구나 나를 다 좋아할 수는 없다. 그렇게 완전한 사람은 대륙마다 한 명씩 존재할 뿐이다. 그런 사실을 인정하고 불편한 사람을 만나면 당연하게 생각해야 한다.

인간관계에 정답은 없지만, 비슷한 답은 있다. 상대에게 먼저 인사하고 항상 긍정적인 태도를 지니는 것이다. 웃는 사람에게 침 뱉는 사람은 없다고 하듯 미소를 겸비하면 명품이 된다. 사람은 누구나 인간관계에서 존중을 받으려 한다. 서로에게 칭찬과 관심을 보이면 인간관계를 돈독히 할 수 있다.

나도 과거에 인간관계에서 많은 상처를 받은 사람이다. 가족이나 주변 사람에게 상처를 받으면서 나는 열등감과 자괴감이 생겼다. 부정적인 마음이 심해지면서 극단적인 생각을 한 적도 있다. 지금은 인생을 긍정적으로 살아가려고 노력한다. 좋은 책을 통해서 내 마음을 다스리고 남을 이해하려고 노력하고 있다.

인간관계는 많은 노력을 필요로 한다. 인간은 사회를 떠나 살 수 없기에 인간관계처럼 중요한 것은 없다. 좋은 책과 좋은 사람을 만나 인간관계를 익히고 노력하는 자세가 필요하다. 특히 사회적으로 성공하고 싶다면 더욱 필요한 것이 인간관계의 기술이다. 찾아보면 도움이 되는 책이 널려 있다. 나에게 부족한 부분을 책을 통해 보완하는 지혜가 필요하다.

제6장

독서에서
글쓰기로

01

글쓰기는 치유다

● ● ● ●

"글쓰기는 사고의 감옥으로부터 벗어나게 한다."

– 제임스 페니베이커, 심리학자

지난 몇 년 동안 나에게는 많은 변화가 찾아왔다. 글쓰기를 하면서 마음에 평화가 오고 더 넓은 세계를 알게 되었다. 더불어 나의 내면이 풍성해지고 주위환경도 좋은 쪽으로 변화하고 있다. 복잡했던 생각들이 정리되면서 미래가 새롭게 열리고 있다. 이 모든 일들이 글쓰기를 하면서 이루어진 것이다.

인간은 누구에게나 삶의 고민이 있다. 그런 고민을 글로 풀어내면 조금씩 마음이 치유된다. 자신의 글을 공개하면 자신은 물론 그 글을 보는 사람도 도움을 받는다. 몸의 질병은 의사에게 가야 하지만, 마음의 병에는 글쓰기가 특효약이다. 솔직히 몸의 질병도 마음의 고민에서 비롯된다.

우리는 주어진 인생을 자신의 뜻대로 살아가지 못한다. 그 과정에서 우리의 마음에 균열이 발생한다. 우리 각자는 마음속에 크고 작은 상처가 있다. 남에게 말할 수 없는 고통스런 일을 글로 쓰면 치유가 되기 시작한다. 자신을 오랫동안 괴롭혀왔던 일들이 서서히 정리된다.이런 과정을 거치면서 건강한 나로 새롭게 태어난다.

사람은 자신의 생각과 감정을 억압할수록 엄청난 스트레스를 느끼게 된다. 이 스트레스가 쌓여서 마음의 병을 일으킨다. 더 나아가 외부와 고립되면 정신이 파괴되는 결과를 낳기도 한다. 문제를 억누르려고 하면 더 심각한 문제가 생길 뿐이다. 이럴 때 침묵은 금이 아니라 병이 된다. 이때가 바로 글쓰기가 절실히 필요한 시간이다. 사람이 마냥 싫을 때는 혼자서라도 친구 노릇을 해야 한다. 그 친구는 글쓰기라는 녀석이다.

나도 사춘기 때 마음의 병이 있었다. 집에 누가 오는 것도 싫고 사람들이 싫었다. 그 당시 이웃집 아줌마가 매일 우리 집에 놀러 오곤 했다. 나는 그 아줌마가 정말 싫었다. 아줌마는 집에 혼자 있는 나에게 '너는 왜 친구도 하나 없냐'고 핀잔을 주었다. 그 소리를 듣자 분노가 치밀어 올랐다. 그 당시의 나는 외로움과 분노가 뒤섞여 좌절감이 극에 달했다.

삶이 그대를 속일지라도 결코 슬퍼하거나 노하지 말라.

슬픔의 날을 참고 견디면 언젠가 기쁨의 날이 오리니

현재는 언제나 슬픈 것, 마음은 미래에 사는 것.

모든 것은 순식간에 사라지고

지나가 버린 것은 다시 그리워지나니

− 푸시킨, 『삶이 그대를 속일지라도』

푸시킨의 시는 그 시절 나에게 많은 위안을 주었다. 노트에 시를 끄적거리던 그 시간이 나를 지탱해 주었다. 만약 그 시가 없었다면 나는 이상한 길로 갔을지도 모른다. 사람은 미래에 대한 희망을 먹고 사는 존재다. 한 줄의 글이 사람을 살리는 마법의 약이다. 인간은 극한상황에서도 한 줄기 빛을 보고 희망을 갖는다.

하고 싶은 말을 못해서 화병이 걸린다고 한다. 우리에게만 있는 화병에도 글쓰기는 치료약이다. 마음에 맺힌 것은 풀어야 한다. 서양 문화권은 절대 마음에 담아두지 않는 풍토를 갖고 있다. 그래서 결투를 하기도 하지만, 그것은 나쁜 결과를 초래한다. 마음에 묵혀둔 것을 글로 풀어내는 지혜가 필요하다.

상대에게 하고 싶은 말을 그대로 하면 싸움이 벌어진다. 그런데 글로 쓰면 자신의 감정을 최대한 순화할 수 있다. 글로 쓰는 과정에서 상대에 대한 분노가 누그러지기도 한다. 글을 쓰는 것만으로도 마음이 가라앉는다. 글쓰기는 마음을 다스리는 데 탁월한 효과가 있다. 절제된 언어로 쓰인 글은 상대에게도 설득력이 있다.

"쓰기 치유는 우울증이나 스트레스, 분노, 성폭력 등과 같은 심리적 상처의 치료는 물론 감정을 통제하고 사회적인 관계를 발전시키는 데 효과가 있는 것으로 이미 입증되었다. 미국 텍사스대학 제임스 페니베이커 교수는 1980년대 후반에 성범죄 피해여성들을 대상으로 글쓰기가 정신건강에 어떤 영향을 미치는가를 연구했다. 절망의 늪에 깊이 빠져있던 피해 여성들이 글쓰기를 통해 구원의 밧줄을 잡을 수 있었다. 노트에 깨알같이 쏟아낸 단어들이 눈물로 흠뻑 젖었지만, 그렇게 함으로써 여성들은 악몽의 껍데기를 한 겹 한 겹 벗겨낼 수 있었던 것이다."

– 이지현 기자, 국민일보 2016. 5. 20일자

글쓰기는 다양한 이점이 있지만, 마음을 치유하는 데 좋다. 글쓰기가 왜 마음을 치유할까? 쓰는 행위 자체에서 그것을 설명할 수는 없지만, 글을 남김으로써 자신의 문제들이 표면 위로 나오는경험을 한다. 마음속에만 담아두면 병이 될 것들이 글로 배출되

는 셈이다. 모든 걱정과 고민, 슬픔은 머릿속에 담아두면 고통이
된다.

우리는 자유로울 때 행복을 느끼는 존재다. 마음에 나쁜 생각이
들어오면 그 즉시 비워야 한다. 글쓰기는 마음에 쌓인 쓰레기를
버리는 일이다. 집안의 쓰레기는 잘 치우면서도 내 마음의 쓰레
기는 잘 치우지 않는다. 눈에 보이지 않는 마음의 스트레스는 결
국 질병으로 나타난다.

사람에게 치유나 위로가 없다면 삶 자체가 고통이다. 인간이라
면 누구나 마음의 상처가 있다. 인생 자체가 고통인데 마음의 상
처까지 덤으로 짊어질 수는 없다. 마음의 상처에는 글쓰기라는
반창고가 필요하다. 글쓰기에는 치유능력이 있다. 인간은 어딘
가에 몰두할 때 걱정과 고민이 사라진다.

글쓰기는 용기 있는 행동이다. 세상 사람들은 대개 가면을 쓰고
살아간다. 그러다가 죽음이 닥치면 그제서야 후회를 한다. 사람
들과 진실로 소통하지 못한 것을 후회한다. 글쓰기는 타인과의
소통이며 진실한 마음을 나누는 일이다. 저자의 고난을 보고 다
시 용기를 얻는 독자들도 많다. 글쓰기는 세상살이에 지친 사람
들을 치유하는 힘을 가지고 있다.

마음의 고통처럼 힘든 일은 없다. 육체적 질병은 시간이 지나면

낮지만, 마음은 그렇지 않다. 근래에 일어난 미투 운동의 근원을 들여다보자. 세월이 아무리 지나도 피해자의 가슴속에는 응어리진 상처가 남아 있다. 상처는 곪아서 결국 터지게 되어 있다. 둑에 작은 구멍이 나면 터지게 마련이다.

우리 사회의 갑질문화가 어제오늘의 일은 아니다. 그래서 올 것이 왔다는 자성의 목소리가 힘을 얻는지도 모른다. 힘 있는 사람이 약한 사람을 괴롭히는 일은 계속해서 일어나고 있다. 침략자에 의해 짓밟혔던 노예들의 비참함, 식민지하의 우리나라, 유대인들의 박해가 그 증거이다.

우리의 이기심은 타인과 마찰을 일으킨다. 이기적인 마음은 거칠고 날카롭기 때문이다. 글을 쓰면 거칠었던 마음이 부드러워진다. 물은 어떤 돌이든 깎아서 둥글게 만든다. 글쓰기는 물과 같이 모난 마음을 다듬어 준다. 자신을 바라보는 도구로 글쓰기가 효과적인 이유다. 인간관계를 부드럽게 하고 싶다면 오늘부터 글을 써야 한다.

"글쓰기는 스트레스 해소에도 직접적인 도움을 준다. 글을 쓰면 명상할 때 몸의 상태와 굉장히 비슷해진다는 연구결과가 있다. 명상을 할 때 우리는 호흡이 느려지고, 머릿속에서 단어들이 자유롭게 흘러가는 존으로 들어가게 된다. 의식 흐름 기

법이라 불리는 글쓰기 역시 마찬가지다. 이 글쓰기 방법은 물
처럼 흘러가는 생각, 심상, 회상, 기억, 감정 등 마음에 떠오르
는 것들을 서술하는 것인데, 스트레스를 줄이는 데 큰 효과를
가진다."

- 김애리, 『글쓰기가 필요하지 않은 인생은 없다』

스트레스는 만병의 근원이다. 우리는 스트레스에 취약하다. 현
대인들은 각박한 현실 속에서 술과 쾌락을 통해 스트레스를 해
소해 보지만 역부족이다. 오히려 그런 것들은 건강에 치명적으
로 작용해서 우리의 수명을 갉아먹는다. 누구나 스트레스를 달
가워하지 않는다. 스트레스를 이기는 힘은 우리의 마음에 달려
있다.

마음이 중심을 못 잡고 휘청거릴 때 가만히 앉아서 복잡한 심경
을 글로 옮겨보자. 글을 쓰면서 격앙된 감정은 누그러지고 뜨거
운 심장은 식혀진다. 서서히 마음의 평화가 오면 그제서야 펜을
내려놓고 일어서면 그만이다. 글쓰기는 마음이 어지러울 때 다
른 곳으로 마음을 집중해 주는 효과가 있다. 분노는 적절하게 해
소되어야 건강에 좋다. 글쓰기는 분노 조절 면에서 탁월한 효과
가 있다고 한다.

제정신이 돌아왔을 때 자신이 쓴 글을 보면 그렇게 창피할 수가

없다. 나도 그런 순간이 오면 파일을 삭제하거나 노트에 적은 것을 찢어버리곤 했다. 유치한 글을 보면서 웃음이 날 때도 있다. 이런 과정을 거쳐 마음의 스트레스가 해소되는 셈이다. 그래서 우리는 감정이 혼란스러울 때 잠시 자리에 앉아 아무 글이나 써 보는 습관이 필요하다.

우리는 이성적으로 보이지만, 사실 감정에 지배당하는 존재다. 글쓰기는 부정적인 감정을 긍정적으로 바꿔 준다. 긍정적인 삶의 태도가 건강한 인생을 만든다. 글을 쓰다 보면 자신의 필력도 높아진다. 매일 쓰는 습관을 들이면 기록으로서의 가치도 높다. 나는 글쓰기의 효력을 믿는다. 누구든지 글쓰기의 세계로 들어온다면 건강해지는 자신의 모습을 발견할 수 있다.

02

글쓰기의 보물창고, 블로그

● ● ● ●

"글을 쓰는 첫 번째 열쇠는 생각하는 것이 아니라 쓰는 것이다."

−영화, 〈파인딩 포레스터〉 중에서

글쓰기에 최적화된 도구는 무엇일까? 노트와 펜이 기본이지만 온라인에서 글을 쓰는 것도 하나의 방법이다. 블로그는 그중에서도 최고의 공간이다. 나는 주로 블로그를 통해서 글을 쓰고 있다. 블로그를 만든 지 10년이 넘어가면서 글쓰기와 친해질 수 있었다. 가끔 초기에 쓴 글을 읽어보면 조금 유치하지만 소중한 추억이 되기도 한다.

'파워 블로거'라는 제도가 있다. 지금은 부작용으로 인해 사라진 제도지만, 그래도 인기 있는 블로거들은 영향력이 굉장하다. 블로그를 통해 책을 출판한 작가들도 있다. 작가들에게 블로그는 일종의 등용문인 셈이다. 그들은 게시물을 통해 영향력을 행사하고, 그 분야에서 강한 존재감을 갖고 있다.

단순한 정보부터 전문적인 지식까지 모두 들어 있는 곳이 블로그다. 정보와 지식을 얻으려는 사람들이 블로그를 방문한다. 내가 알고 있는 정보를 블로그에 올리면 나도 정보전달자가 된다. 블로그를 통해 사회에 기여하는 보람도 느낄 수 있다. 필요한 정보를 블로그를 통해 얼마든지 얻을 수 있다. 이것이 블로그의 주된 장점이다.

책을 읽고 서평을 남기는 일은 블로거들의 단골 메뉴다. 서평이나 리뷰를 남기는 것은 글쓰기에 있어 좋은 습관이다. 나 역시 좋은 책을 읽으면 서평을 쓰고 있다. 글쓰기를 목적으로 할 때 서평 쓰기는 정말 좋은 습관이라 할 수 있다. 글쓰기를 습관화할 때 서평을 쓰는 것은 규칙적인 글쓰기에 큰 도움이 된다.

블로그를 통해 글쓰기는 나날이 발전하게 된다. 관심사가 비슷한 블로거들과 이웃을 맺고 소통하면 블로그에 재미를 붙이게 된다. 잊지 말아야 할 것은 주기적으로 글을 올리는 습관이다. 어떤 일이든 성실함이 기본이다. 미션을 정해 글을 쓰지 않을 수 없는 환경을 만드는 것도 좋다. 예를 들면 '매일 한 줄 쓰기'와 같은 것을 들 수 있다.

"블로그는 자신이 경험한 지식이나 습득한 정보를 수많은 사람과 공유할 수 있는 최적의 도구입니다. 자신만 알고 있거나 습득한 정보, 경험담, 노하우 등을 블로그에 글, 사진, 동영상으로 표현할 수 있는 정보의 창고입니다."

– 유성철, 『혼자서도 할 수 있는 블로그 마케팅』

글을 쓰기로 마음먹었다면 블로그를 적극적으로 활용해야 한다. 블로그에서 마음에 드는 글을 발견했다면 스크랩을 하고 참고한다. 공감이나 댓글이 많이 달린 글이 좋다. 꾸준히 블로그에 글을 올리면 나도 모르게 글솜씨가 늘어난다. 시간이 지나면 당신의 이름으로 된 책 한 권이 나올 수도 있다.

매일같이 글을 올리는 일은 생각보다 어렵다. 그렇기 때문에 평소 독서를 많이 해야 한다. 전쟁터에 나간 병사가 총알이 없다면 전투를 할 수 없듯 블로거에게 글감은 생명과 같다. 어떤 수를 써서라도 무조건 글감을 찾아야 한다. 내 글을 읽어줄 이웃들을 위해서 그 정도 수고는 기쁘게 해야 한다.

찾아보면 글감은 널려 있다. 책이나 사설, 신문칼럼, 길을 가다가 본 광고에 이르기까지 무궁무진하다. 글쓰기에 관심을 갖게 되면 글감이 눈에 들어오기 마련이다. 손쉬운 것으로는 명언이나 멋진 시를 인용하면 된다. 마음에 드는 구절을 찾아 필사하면 된다. 필사는 모든 작가에게 기초적인 작업이다. 당신 역시 예외는 아니다.

〈블로그의 장점〉
1. 조작 방법이 간단해 남녀노소 누구나 쉽게 사용할 수 있다.
2. 일방적인 정보전달에 그치지 않고 이웃과 소통을 통해 꾸준히 상호작용할 수 있다.
3. 니즈가 발생한 사람들이 검색을 통해 콘텐츠를 볼 수 있다.
4. 자신이 직접 블로그를 운영하는 경우 비용이 들지 않는다.

—이기용, 『블로그&포스트 바이럴 마케팅』

블로그는 쉽게 접근할 수 있고 양방향 소통이 가능하다. 이웃이라는 수단을 통해 서로 관심사를 공유하고 공감과 댓글로 소통을 할 수 있다. SNS가 새롭게 생겨나고 있지만, 블로그는 여전히 많은 사람에게 사랑받고 있다. 블로그는 누구나 손쉽게 만들 수 있고, 시간과 장소를 넘어 사람들과 소통할 수 있다.

현대사회는 정보화 사회라고 불린다. 어떤 정보든지 블로그에서 찾을 수 있다. 거의 모든 정보가 블로그에 있다. 블로그는 전문지식이나 취미생활 등 다양한 콘텐츠로 구성되어 있다. 지식이나 정보를 얻는 데 블로그가 유용한 이유다. 블로그의 최대 장점은 내가 원하는 정보를 빠른 시간 내에 얻는 것이다.

콘텐츠산업은 나날이 발전하고 있다. 블로그는 콘텐츠의 집합체이다. 지금처럼 정보가 넘쳐나는 시대는 일찍이 없었다. 마음먹기만 하면 어떤 정보든 얻을 수 있다. 블로그를 통해서 정보를 얻고 이를 바탕으로 나만의 콘텐츠를 만들 수 있다. 그것이 곧 수익으로 연결될 수도 있다. 상업적으로도 블로그는 검증된 공간이다.

블로그를 잘하기 위해서는 매일 글을 올리는 습관이 중요하다. 블로그에는 활동성 지수 라는 것이 있는데, 운영 기간과 포스트의 숫자가 포함된다. 그러므로 블로거의 성실성이 기본이다. 어떤 글이라도 좋다. 매일 하나씩 꾸준히 글을 올리면 블로그는 성장하게 마련이다. 더불어 자신의 글쓰기 실력도 나날이 향상된다.

블로그에는 '인기도 지수' 라는 것이 있다. 방문자 수, 방문 횟수, 페이지뷰, 이웃 수 등이 해당된다. 나 역시 블로그에 접속하면 제일 먼저 시선이 가는 곳이 방문자 수이다. 방문자 수에 따라 기분이 올라가기도 하고 떨어지기도 한다. 물론 거기에 연연해서는 블로그를 지속하기 힘들다. 되도록 이웃들과 소통하려는 마음가짐으로 즐겁게 글을 올려야 한다.

블로그는 자신의 관심 분야를 위주로 꾸며 나간다. 비슷한 관심을 갖고 있는 블로거를 이웃으로 추가해야 한다. 예를 들어 글쓰기를 검색하면 수많은 포스팅이 뜨게 된다. 그중에서 마음에 드는 블로거를 이웃으로 추가하면 된다. 블로그를 잘하는 방법은 매일 포스팅을 올리고 이웃 블로거와 자주 소통하는 습관이 중요하다.

블로그를 하면서 나만의 콘텐츠를 축적하는 노력이 필요하다. 관심이 가는 주제를 위주로 포스팅을 해야 한다. 관심 없는 분야를 억지로 하다 보면 글이 써지지 않는다. 나의 경우 독서와 리뷰를 기본으로 하고 있다. 한 가지 주제를 갖고 블로그를 운영해야 전문성이 높아진다.

블로그의 장점은 다양한 주제로 글을 올릴 수 있고, 사람들과 소통할 수 있다는 점이다. 내가 지금까지 블로그를 계속하는 주된 이유다. 매일 일기를 쓰는 사람은 블로그를 일기장으로 쓰면 된다. 과거에 썼던 글도 볼 수 있고, 자신의 인생을 돌아볼 수 있는 계기도 된다. 기록을 남기고 싶은 사람들에게는 최고의 공간인 셈이다.

지금부터 소개하는 글은 내가 블로그에 올렸던 글이다. 예전에 우리 국민들은 권투경기를 아주 좋아했다. 홍수환 선수가 4전 5기로 카라스키야를 눕혀버린 날, 온 국민은 열광했다. 하지만 경기 초반에 홍수환 선수는 코너에 몰려 상대의 강편치를 맞고 바닥에 쓰러지고 말았다. 홍수환 선수가 다운을 당할 때마다 마음속에 떠오른 말은 이것이었다.

"너 조금 있다가 한 방이면 끝나."

마음에 새긴 말 하나로 인생이 바뀌고 세상이 바뀐다. 한마디 말로 세상이 바뀌기도 한다. 위대한 이들의 가슴에는 역전의 한 방이 준비되어 있다. 글쓰기의 목적은 독자들을 설득하는 것이다. 어떤 글이든 독자를 내 편으로 흡수하려는 동기를 품고 있다. 그런 목적을 이루려면 촌철살인의 문장이 필요하다.

"펜은 칼보다 강하다."는 말이 있다. 사람은 이성을 갖고 있지만, 뜨거운 가슴을 가진 존재다. 마음을 움직여야 세상이 움직인다. 감동을 주는 한 줄의 문장으로 사람들의 인생이 달라지기도 한다. 한마디의 위로나 한 줄의 글로도 우리는 충분히 감동을 받는다. 인간이란 존재는 말과 글이라는 이정표를 통해 궤도를 수정한다.

"말에는 강약이 있다. 강렬한 말을 한마디로 표현하면 인상에 남는 말, 마음에 꽂히는 말, 행동하고 싶어지는 말이다. 반대로

약한 말이란 진부한 상투어, 흔해빠진 말, 마음을 움직이지 못
하는 말을 뜻한다. 사람들의 마음을 사로잡기 위해서는 강렬한
언어를 사용하는 것이 효과적이다. 단, 말의 강약은 그 말이 어
떤 상황에서 사용되는지에 따라 크게 달라진다. 어떤 상황에서
는 강한 말이 다른 상황에서는 약한 말이 되기도 한다."

– 카와카미 테츠야, 『당신의 글에는 결정적 한 방이 있는가』

글쓰기를 한마디로 정의하면 남을 설득하려는 행동이다. 아무
목적이 없는 글은 공중을 돌다가 떨어진다. 마치 제비가 목적지
도 없이 날아가다가 힘이 빠져서 바다에 빠지는 것과 같다. 나의
글에는 한 방의 펀치가 있는가. 만약 그게 없다면 찾아 나서야
한다. 감동을 주는 글은 어떤 식으로 쓰였는지 연구해야 한다.

"그녀의 자전거가 내 가슴속으로 들어왔다."

이 한 줄의 카피로 유명해진 사람이 있다. 《 책은 도끼다 》의 저
자 박웅현이 그 주인공이다. 그는 광고계의 대부로 불린다. 한
줄의 카피는 제품을 살리기도 하고 죽이기도 한다. 카피라이터
의 역할은 부드러운 설득력과 함축적인 단어를 창조하는 데 있
다. 의미 있는 한 줄의 글이 사람들을 움직인다.

각각의 글에는 나름대로 생명력이 있다. 저자의 역할은 글에 생명력을 불어넣는 것이다. 사람들이 일상적으로 쓰는 말은 상투적인 말이다. 평범한 대화는 지루함을 유발한다. 글은 지루한 일상에 활력을 줘야 한다. 글은 사람의 마음을 움직이고 행동하게 만들어야 한다. 사람의 마음을 움직이기 위해 작가들이 해야 할 일은 멋진 단어를 수집하는 일이다.

마음을 움직이고 가슴에 열정을 주는 글은 사람을 변화시킨다. 사랑, 열정, 기쁨, 배려, 나눔과 같은 단어에는 긍정적인 느낌이 있다. 반대로 우울, 슬픔, 두려움, 분노 같은 단어에는 부정적인 느낌이 든다. 상반되는 단어를 이어 놓으면 한 편의 멋진 글이 된다. 감동적인 이야기에는 극적인 반전이 있어야 한다. 삶이 어둡고 힘들었다면 밝은 결말이 필요한 법이다.

우리는 어둠을 본능적으로 싫어한다. 삶에는 반드시 희망이 필요하고, 우리가 읽는 글에는 생명력이 넘쳐야 한다. 우울한 자에게는 격려를, 목마른 자에게는 칭찬을 해줘야 한다. 잘하든 못하든 우리의 삶에는 위로와 격려가 필요하다. 그 일은 저자가 해야 할 첫 번째 사명이다. 사람들에게 힘을 주는 멋진 한 방의 글이 필요한 이유다.

위의 글은 내가 썼던 블로그의 한 부분이다. 블로그는 글쓰기를 시작한 사람들에게 기회의 땅이라 할 수 있다. 마음만 먹으면 얼마든지 나만의 글쓰기 공간이 될 수 있다. 이왕이면 내가 쓴 글이 많은 사람들의 호응을 얻을 때 기쁨과 보람을 느낄 수 있다. 남몰래 노트에 쓰는 것도 좋지만, 블로그에 내 글을 공개할 때의 설레임은 해본 사람만이 느낄 수 있다.

블로그를 통해 내 생각을 표현하고 타인에게 좋은 영향을 줄 수 있다. 아무리 과학이 발달해도 글의 위력은 사라지지 않는다. 좀 더 나은 글을 쓰고 싶다면 오늘부터 블로그를 시작해 보자. 하루하루 달라지는 글솜씨에 놀라게 될 것이다. 나 역시 블로그가 아니었다면 지금의 내가 없었을지도 모른다.

03

닥치고 써라

● ● ● ●

"제대로 쓰려 말고 무조건 써라."
– 제임스 서버

나는 예전에 글쓰기라고 하면 전문작가나 하는 분야라고 생각했다. 화려한 문장과 탄탄한 구성, 재미있고 감동을 주는 스토리까지 완벽한 글을 상상하곤 했다. 글을 오랫동안 쓰다 보니 좋은 글도 처음에는 형편없는 초고로 시작했음을 알게 되었다. 누구나 초보일 때는 엉성하고 부족하다. 그렇다면 우리가 글쓰기를 두려워할 이유는 하나도 없다.

누구나 글쓰기는 힘들어한다. 글을 쓰려면 문학을 전공하거나 작가들처럼 두문불출하고 치열하게 해야 하는 일쯤으로 여기고 있다. 그러다 보니 독서 인구는 줄어들고, 글을 쓰는 작가들이 줄어든 요인이 되었다. 글쓰기는 이제 문학을 넘어서서 중요한 소통의 기술이다. 타인과 멀어지는 현대인들에게 글쓰기는 좋은 친구가 되어준다.

인터넷 블로그나 카페, SNS 등 글쓰기 공간은 넓어지고 있다. 아날로그에서 디지털 사회로 변했지만 글쓰기는 더 중요해지고 있다. 자신의 생각을 표현하는 능력은 누구나 필요하다. 신선하고 유익한 글은 사람들에게 필요한 정보와 감동을 줄 수 있다. 말로 표현할 수 없는 것을 글로 쓰면 매끄러워진다. 이것이 글쓰기의 장점 중 하나이다.

"실제로 1년에 1~2권씩 책을 내는 사람은 거의 매일 글을 쓴다. 소설가 안정효는 아침에 일어나자마자 세수도 안 한 채로 4시간 동안 글을 쓴다. 매우 규칙적인 생활을 한 것으로 알려진 철학자 임마누엘 칸트도 매일 정해진 시간에만 글을 썼다. 그는 매일 새벽 5시에 일어나 7시까지 강의 준비를 한 후 9시까지 집에 딸린 강의실에서 수업을 한다. 그다음부터 꼼짝하지 않고 1시까지 글을 쓴다. 칸트의 이런 생활방식은 죽을 때까지 계속되었다."

– 오병곤, 홍승완, 『내 인생의 첫 책 쓰기』

규칙적으로 글을 쓰는 것은 작가의 기본적인 습관이다. 그러나 하얀 여백의 공포는 누구에게나 찾아온다. 어떻게 글을 써야 할지 막막할 때가 있다. 그럴 때는 다른 작가의 책을 필사해 보는 것이 좋다. 좋은 글을 베끼다 보면 영감이 떠오르고, 어느새 자신의 생각을 자유롭게 표현하게 된다.

단 한 줄의 글이라도 매일 쓴다면 습관이 된다. 인간은 습관의 동물이다. 우리는 매일 아침 출근하고 저녁에 퇴근한다. 이런 일상을 반복하면 자신도 모르게 습관이 된다. 글쓰기도 하나의 습관이다. 일반인들은 글쓰기를 전문가의 분야로 생각하기 때문에 접근하지 않는 것뿐이다.

나는 거의 매일 글을 쓰고 있다. 물론 남에게 보여주지 못하는 글도 있다. 하나의 글이 탄생하려면 습작의 양이 많아야 한다. 습작으로 써놓은 글을 나중에 다듬으면 좋은 글이 된다. 일단 생각나는 대로 글을 써야 한다. 마구 써놓고 나중에 수정하면 된다. 모든 글은 고치라고 존재한다. 일단 눈을 감고 생각나는 대로 써야 한다.

독서를 많이 한다고 해서 작가가 되는 것이 아니다. 천 권 아니라 만 권을 읽어도 책을 쓰지 않으면 소용없다. 한 권만 읽은 사람이 좋은 책을 내기는 힘들지만, 한 권의 책을 낸 사람은 만 권의 독서가보다 훨씬 더 많은 경험을 하게 된다. "구슬이 서 말이라도 꿰어야 보배."라는 말이 있다. 한 줄의 글이라도 매일 써야 좋은 글이 탄생한다.

글은 나만의 경험과 생각을 담는 것이다. 독자를 배려해서 글을 써야 하지만, 작가의 주관적인 생각까지 왜곡해서 쓸 필요는 없다. 자유로운 생각과 창의적 사고가 책에 담겨야 한다. 독자는 일반적으로 비판과 칭찬을 한다. 작가라면 그런 것에 휘둘려선 안된다. 겸허히 받아들이고 수용하면서도 자신의 생각을 고수하는 자세가 필요하다.

책을 통해서 나를 돌아보고 타인을 이해하게 된다. 독서를 하게 되면 사고하는 습관이 생긴다. 생각이 쌓이면 배출하고 싶은 욕구가 생긴다. 그것이 바로 글쓰기라는 행위가 된다. 글쓰기를 통해서 자신의 생각을 정리하고 세상을 바라볼 수 있다. 그런 과정에서 자신과 세상을 더욱 폭넓게 바라보게 된다.

"글은 이렇게 써야 한다. 일단 써놓고, 즉 마킹해 놓고 하나씩 고쳐 나가야 한다. 100점을 맞겠다는 욕심으로 1번부터 푸는 것은, 첫 문장부터 완벽하게 글을 쓰려는 마음과 같다. 그러면 부담만 크고 신이 나지 않는다. 일단 찍어놓고 0점에서 시작해 하나씩 더해 나가는 것은 재미가 있다. 천하의 명문을 쓰겠다는 욕심으로 첫 문장부터 비장하게(?) 달려들기보다는 허접하게라도 하나 써놓고, 그것을 고치는 것이 심적 부담이 덜하다. 비

록 허름하지만 여차하면 내놓을 수 있는 글이 하나 있으니 마음
이 편하다."

-오마이뉴스, 강원국의 글쓰기 칼럼 중

학창시절 시험을 치던 기억이 난다. 나는 일찌감치 수학을 포기
했는데, 매번 수학시험을 볼 때면 그래도 정답을 찾겠다고 답을
고민했다. 사실 공부를 안 한 학생에게 찍기 외에 별다른 대안은
없다. 시험도 요령이 있는데, 바로 쉬운 문제부터 푸는 것이다.
공부도 어려운 부분은 건너뛰고 쉬운 곳부터 시작하면 된다.
글쓰기에 자신이 없는 이유는 욕심을 부려서 그런 것이다. 잘 쓰
겠다는 욕심, 남에게 잘 보이고 싶은 마음 때문에 글쓰기가 힘들
어진다. 결국 글쓰기를 잘하는 방법은 욕심을 버리는 일에서 시
작된다. 일단 써놓고 고치면 된다는 생각을 가져야 글쓰기가 편
안해진다. 처음에는 비공개로 해서 글을 써보고 서서히 공개하
는 것이 좋다.
멋진 글은 처음부터 나올 수 없다. 글쓰기의 속성은 꾸준함에서
출발한다. 명작을 쓴 위대한 작가들도 처음에는 무작정 매일 썼
던 사람들이다. 매일 쓰는 사람은 결국 책 한 권을 만들어 낸다.
공부를 잘하는 학생은 일단 도서관에 간다. 공부하는 분위기를
스스로 만든다. 어떤 일이든 매일 하는 사람은 좋은 결과를 거두

게 된다.

글쓰기에 꽃길은 없다. 어떤 글이라도 일단 쓰는 것이 중요하다. 자신이 좋아하는 책을 사서 마음에 드는 글부터 노트에 옮겨보자. 초등학생이 받아쓰기를 하듯이 글을 쓰는 것이다. 머리와 손은 유기적인 존재다. 글쓰기는 머리로 하는 것 같지만 손의 역할도 아주 중요하다. 공부를 할 때 눈으로만 외우는 것보다 써가면서 외우면 더 기억이 오래가는 이유가 거기에 있다.

글쓰기를 처음 시작하는 사람들은 펜으로 직접 종이에 쓰는 습관도 좋다. 마음에 드는 노트를 하나 장만해서 다이어리처럼 활용하는 것이다. 속도로 따지면 워드를 따라갈 수 없지만, 손 글씨는 기억에 오래 남고 아날로그적 감성이 느껴진다. 캘리그라피처럼 글씨도 하나의 예술이다. 손으로 직접 쓰는 행위는 정서적으로도 많은 도움이 된다.

머리로만 상상해서는 글쓰기가 되지 않는다. 마지막에는 자신의 손으로 마무리를 해야 한다. 우리의 손은 위대한 예술가로서 손색이 없다. 다양한 작업을 능숙하게 해주는 손을 사용하는 글쓰기는 종합예술이다. 나는 컴퓨터로 글쓰기를 하는 편이지만 노트에 쓰는 것도 즐긴다. 손으로 쓸 때는 그림도 그릴 수 있고 다양한 메모를 할 수 있어 좋다.

정말 글이 잘 써지지 않을 때는 필사가 좋다. 남의 글을 베끼는 것만으로도 작가가 된 사람이 적지 않다. 내 생각만으로 글을 쓰기는 힘들다. 훌륭한 작가의 글을 옮기면 나도 모르게 글솜씨가 늘어난다. 다양한 글을 통해 나의 사고가 확장되고 글쓰기는 나날이 늘어나게 마련이다.

나만의 생각으로 글이 완성될 수는 없다. 독자들도 책의 신빙성을 판단하는데 사례를 참고한다. 내 글이 신임을 얻으려면 공신력 있는 사람의 글을 인용해야 한다. 소금으로 음식의 맛을 내듯 신뢰감 있는 작가의 글을 사례로 곁들이면 내 글에서 빛이 난다. 우리는 '후광효과'를 알고 있다. 현명한 작가는 그것을 이용할 줄 아는 사람이다.

〈닥치고 쓰는 법〉

1. 글쓰기는 누구나 할 수 있다고 생각하라.
2. 전문작가도 처음엔 형편없는 초고를 썼다. 그러므로 당신의 글도 형편없을 수밖에 없다는 사실을 인정하자.
3. 남의 글을 잘 활용하라. 모든 사람들이 자기의 생각만 갖고 글을 쓰지 않는다.
4. 직접 손으로 써보는 습관을 들이자. 손은 밖으로 나온 뇌라고 불린다.

5. 다이어리를 한 권 장만해서 나만의 일기장으로 활용하자. 다이어리는 글쓰기 습관을 들이는데 좋은 친구다.

6. 좋은 글을 보면 꼭 필사를 해보자. 훌륭한 글을 옮기면서 글쓰기에 탄력이 붙는다.

일기는 나만의 기록이다. 매일 일기를 쓰는 사람은 위대함으로 나아간다. 평범한 자신의 일상을 기록으로 남기는 것은 아무나 할 수 없는 일이다. 그 사람은 꿈과 열정이 있는 사람이다. 남이 보지 않아도 묵묵히 전진할 수 있는 사람이다. 이순신 장군이 난중일기를 쓴 덕분에 후손들이 그의 위대함을 알 수 있었다.

평범한 사람은 일기를 쓰지 않는다. 자신의 인생을 기록으로 남길 필요가 없기 때문이다. 대개 사람들은 기록 자체를 싫어한다. 결국 자신의 하찮음을 스스로 증명해 보인다. 아무것도 하지 않으면 아무것도 남지 않는다. 그래서 글 쓰는 사람은 용감한 사람이다. 역사를 바꿀 사람이다. 역사에 남는 사람은 무엇이든 기록했던 사람이다.

"백문이 불여일견"이라는 말이 있다. 백 번 듣는 것보다 한 번 보는 게 낫다는 말이다. 우리가 매일 하는 말은 의미 없이 공중에 날아가 버린다. 그러나 기록에는 힘이 있다. 일단 자신의 글이 남는다. 천 년이고 만 년이고 오래 보존할 수 있다. 기록의 힘을 믿는 사람은 오늘도 책상에 앉는다. 자신의 기록이 역사를 바꿀 것을 믿기 때문이다.

04

매일 한 줄 쓰기의 힘

● ● ● ●

"쉬지 않고 글을 써야만 마음의 문을 열 수 있고 자기를 발견할
수 있다."
– 위화

글쓰기를 하려면 일단 습관을 들여야 한다. 매일 한 줄이라도
쓰는 것이 중요하다. 안 쓰던 글을 쓰려면 일단 한숨부터 나온
다. 단 10분이라도 책상 앞에 앉아본다. 인터넷이나 집에 있는
책을 검색해 본다. 마음에 드는 글이나 명언을 검색해서 한 줄만
써본다. 명언도 배우고 감동도 느낄 수 있으니 효과적이다.
한 줄의 글쓰기를 두 달만 하면 습관이 된다. 그다음엔 여세를 몰
아서 네 줄 쓰기에 돌입한다. 네 줄은 한 문단을 구성하는 기본 단
위다. 네 줄 쓰기를 잘하게 되면 이제 글쓰기에 자신이 생기게 된
다. 그다음엔 점점 가속이 붙어서 하루에 한 페이지로 발전하게

된다. 한줄 쓰기로 인해 자신도 놀랄 만한 성장이 이루어진다.

마구 몰아서 원고지 10매를 썼다 한들 다음 날 한 줄도 못 쓴다면 지속하기가 어렵다. 글 쓰기는 매일 해야 하는 습관이다. 단 한 줄이라도 매일 쓴다면 성공이다. 매일 쓰는 습관처럼 좋은 건 없다. 그 시작은 바로 한 줄 글쓰기다. 일상에 관한 일기도 좋고, 좋은 글을 베껴 쓰는 것도 좋다.

글을 쓰다 보면 쓸거리가 궁해지게 마련이다. 쓸 거리가 없다면 책이나 신문 사설, 칼럼 등 여러 가지 글감을 찾아내면 된다. 제일 좋은 사례는 다른 책에서 찾을 수 있다. 그러므로 독서는 글쓰기의 기본이다. 좋은 글을 읽으면 나도 모르게 필사하고 싶은 생각이 든다. 필사는 글쓰기의 기본이 되는 습관이다

어떤 작가는 글이 막히면 좋아하는 작가의 글을 무작정 베껴 쓴다고 한다. 베껴 쓰기는 많은 작가들이 하고 있는 효과적인 글쓰기 연습이다. 명문장을 그대로 베껴보는 것은 명화를 그대로 옮기는 작업과 같다. 초보 화가들도 처음에는 대가들의 작품을 모작하는 것에서 출발한다. 그것이 제일 좋은 방법이다. 일단 기존의 작품을 모방하면서 새로운 창조가 이루어진다.

"영감이란 매일 일하는 것이다."

–샤들 보들레르

매일 일정한 시간이 되면 책상에 앉아서 글쓰기 준비를 해야 한다. 쓸거리가 없더라도 실망하지 말고 꾸준히 앉아 있으면 글감이 떠오른다. 우리의 몸은 습관대로 움직인다. "주인님이 이제 글쓰기를 하려는 모양이야. 어떻게든 글감을 떠올리자." 내면의 잠재의식은 부지런히 글쓰기에 필요한 재료를 모은다. 작가들은 이런 식으로 글을 쓴다.

글 쓰는 습관의 기본은 메모하기다. 수첩이나 메모지를 주머니에 갖고 다니는 습관이 좋다. 글감이 보이면 언제 어디서건 메모한다. 가끔 필기구나 메모지가 없어서 곤란할 때가 있다. 그때는 휴대폰에 메모를 하거나 사진으로 찍어둔다. 마지막으로 당신의 손바닥도 훌륭한 메모지가 될 수 있다.

> "아무리 사소한 일이라도 날마다 계속하기만 한다면 어쩌다 한 번 하는 헤라클레스의 노동을 뺨칠 수 있다."
>
> – 앤소니 트롤럽

날마다 팔굽혀펴기 10개를 한다면 1년 후에 얼마나 될까? 정답은 30개이다. 왜냐하면 대부분 작심삼일에 그치기 때문이다. 우리는 금방 달아올랐다가 쉽게 식어버린다. 일명 냄비근성이라는 말이 그래서 나온 것이다. 필자는 첫 책에서 '작심삼일이 정답이

다.'라는 글을 썼다. 작심삼일을 계속 반복하면 목표를 완수할
수 있다는 뜻이다.

우리의 체질화된 습관을 바꾸기란 무척 힘들다. 나도 글쓰기를
시작했을 때 얼마 지나지 않아 슬럼프가 찾아왔다. 안 하던 습관
을 만들기 위해서는 두 달 정도의 지속력이 필요하다. 육중한 기
차가 움직이려면 강력한 에너지가 필요하다. 초반에 집중하지
않으면 절대 좋은 습관을 갖기 힘들다. 좋은 습관에 관한 책을
읽는 것도 중요하다.

"천 리 길도 한 걸음부터"라는 말이 있다. 이 말처럼 가슴에 와
닿는 말도 없다. 우리의 한걸음은 나중에 히말라야를 정복하는
위대한 발걸음이 된다. 필자는 그 말의 위력을 믿는다. 하루 한
줄의 글이라도 매일 쓴다면 태산이 되고 바다가 된다. 남들이 뭐
라 하든 꾸준히 자신의 길을 가는 사람이 제일 멋진 사람이다.

> "무조건 쓰라. 기를 꺾는 내면의, 혹은 외부의 어떤 말도 무시하
> 라. 끈질기면 항상 얻는 게 있다."
>
> – 로버타 진 브라이언트, 『누구나 글을 잘 쓸 수 있다』

끈질기게 글을 쓰면 무엇을 얻게 될까? 나도 매일같이 글을 쓴
결과 두 권의 책이 나왔고 세 번째 책을 쓰고 있다. 꾸준함은 모

든 것의 기본이다. 당장은 눈에 보이지 않아도 성과물이 차곡차곡 쌓여간다. 높은 산을 올라가려면 꾸준히 한 걸음씩 올라가야 한다. 남보다 빨리 가려고 서두를 필요도 없고, 나만의 보폭으로 천천히 가는 것이 정답이다.

내면에서 '네까짓 게 무슨 작가냐' 라는 소리가 들릴지도 모른다. 그 말은 무시하는 게 좋다. 작가들은 항상 그런 소리를 듣는다. 어쩌면 가족이나 주위 사람들이 그 대상이 될지도 모른다. 한번 기가 꺾이게 되면 다시는 글을 못 쓰게 된다. 그래서 자신에 대해 항상 긍정적인 생각을 주입해야 한다. 나는 작가라고 하루에 백 번씩 종이에 써보자.

무조건 쓰라는 말은 어쩌면 가혹하다. 쓸 것이 없어서 고민하다가 펜을 던지는 사람이 얼마나 많은지 모른다. 그래서 작가는 타고나야 한다는 고정관념이 있다. 그런데 내가 써보니까 작가는 타고나는 것이 아님을 알았다. 작가는 그저 아무 글이나 매일 쓰는 사람이다. 낙서처럼 쓴 글도 고치면 명문이 될 수 있다. 한 줄의 글도 쌓이면 책이 된다.

〈매일 한 줄 쓰기 노하우〉

1. 시간을 정해서 쓴다.
2. 일기를 써본다. 단 한 줄부터 시작하자.

3. 신문을 구독하고 사설을 옮겨보자.

4. 마음에 드는 다이어리를 장만하자.

5. 블로그를 개설하자.

6. 글쓰기는 감성의 영역이므로 새벽이나 밤에 쓰자.

7. 독서를 취미로 가져라.

8. 메모를 습관으로 가져보자.

무엇이든 가볍게 시작하는 것이 필요하다. 권투선수가 초반에 맹공만 펼치다가는 제풀에 지쳐 쓰러지고 만다. 가볍게 상대를 탐색하면서 잽을 날리다 보면 상대의 약점을 발견하는 것처럼 글쓰기도 마찬가지다. 나의 체질을 파악하고 나쁜 습관을 서서히 좋은 방향으로 바꿔야 한다. 무리하게 좋은 습관을 가지려고 하다가는 포기하게 마련이다.

한 줄 쓰기는 생각보다 어렵다. 하지만 무엇이든 어려운 것은 마찬가지다. 지금까지 독서를 꾸준히 해왔다면 못할 것도 아니다. 이미 당신은 글쓰기의 신이 강림해 있다. 아마 글이 쓰고 싶어 근질거릴지도 모르겠다. 머리에 지식이 가득 차면 당연히 손이 움직인다. 머리에서 손끝까지 생각의 파도가 넘실댄다면 이제 글쓰기에 탄력이 붙는다.

거대한 비행기가 이륙할 때 연료의 80%를 소모한다고 한다. 글쓰기도 마찬가지다. 독서라는 연료가 최대한 들어 있어야 글이 써진다. 책을 읽지 않고 글을 쓰는 사람은 없다. 나는 글쓰기가 싫고 무엇을 써야 할지도 모른다면 답은 간단하다. 당신이 독서를 하지 않기 때문이다. 독서라는 자양분이 넘쳐야 비로소 글을 쓰고 싶은 자신을 발견한다.

05

서평으로 필력 쌓기

● ● ● ●

"수영도 하루아침에 잘할 수 없듯이 글쓰기에도 연습이 필요
하다."

– 게일 카슨 레빈

서평은 글쓰기를 하고 싶은 사람에게 기본적인 훈련코스다.
나의 경우를 보면 예전과 지금의 글이 많은 차이가 난다. 그만큼
글쓰기가 늘었다는 반증이다. 서평을 쓰면 사고력과 판단력도
향상된다. 책을 읽고 요점을 정리하면서 되새김질하는 효과도
있다. 좋은 책을 읽으면 서평을 남기는 편이다. 내 생각을 정리
하는데 서평은 아주 효과적이다.

서평은 리뷰라고도 하는데 책의 내용을 요약하고 느낀 점을 기
록하는 것이다. 감명 깊었던 본문의 내용을 적고 그 밑에 내 생
각을 정리한다. 서평의 장점은 저자의 생각을 받아들여서 자신

의 관점으로 바라보는 데 있다. 서평 쓰기는 떠오르는 생각을 논리적으로 정리하는 데 목적이 있다. 더불어 좋은 책을 타인에게 소개하는 하나의 방식이다.

서평 쓰기는 책과 친해지는 좋은 방법 중의 하나다. 서평을 쓰면 글쓰기가 향상되고 논리적으로 바뀐다. 문단을 나누는 방법도 알게 되고 글의 짜임새도 좋아진다. 서평 쓰기로 작가가 된 사람도 많다. 꾸준히 서평을 쓰게 되면 독자들에게 신뢰감을 얻을 수 있다. 더 나아가서 작가의 글을 내 것으로 만드는 능력도 생긴다.

서평을 남기지 않으면 독서의 효능이 떨어진다. 우리의 기억은 한계가 있기 때문에 한 달만 지나면 대부분 읽은 내용이 날아가 버린다. 서평을 쓰는 습관은 진짜 공부를 하는 셈이다. 자신의 성장을 염두에 둘 때 서평은 필수적으로 해야 한다. 글쓰기를 잘하고 싶은 사람에게 서평은 기본코스라고 할 수 있다.

서평은 작가들에게도 기본이라고 할 수 있다. 자신의 글을 읽고 반응해 주는 독자들이 많을수록 자신감도 얻고 소통의 공감대가 형성된다. 다음 작품을 고려할 때 독자들의 생각도 반영할 수 있다. 서평은 나와 타인을 잇는 징검다리와 같다. 자신의 글에 공감해 주는 독자를 만날 때 저자는 행복을 느낀다.

"독해능력은 모든 지적 활동의 출발점입니다. 그 독해력은 다름 아닌 독서와 글쓰기를 통해 얻을 수 있습니다. 따라서 책 읽기와 글쓰기를 함께하는 서평 쓰기는 인터넷 시대를 잘 살아갈 수 있는 필수적인 기초 훈련이라고 할 수 있습니다."

– 김민영, 황선애, 『서평 글쓰기 특강』

일전에 독해력이 화제가 된 적이 있다. 각 나라의 독해력을 조사했더니 OECD 국가 19개국 중 우리나라가 18위를 했다는 결과가 나왔다고 한다. 우리나라가 세계에서도 유례없는 교육열로 유명한 나라이기에 충격적인 결과다. 그런데 가만히 속을 들여다보니 수긍이 간다. 주입식 교육은 최고지만 독서력은 최하위라는 연구결과가 있기 때문이다.

긴 문장을 이해하지 못하면 깊이 있는 연구가 이루어지기 어렵고 의사소통에도 문제가 있다. 우리 시대의 화두가 소통인데 심각한 문제가 아닐 수 없다. 이 대안으로 서평 쓰기는 아주 효과적이다. 독서를 하고 서평을 남기면 생각을 하게 된다. 더불어 인간관계도 원활해지고 소통이 가능해진다. 사고력의 증가로 인해 어려운 글도 척척 이해할 수 있다. 우리가 공부를 하는 목적은 바로 지적능력의 개발에 있다. 서평은 그런 면에서 최고의 도구가 된다.

서평의 기본은 독해력이다. 글의 내용을 이해했으면 어느 부분이 마음에 들었는지 체크하고 감상을 적는다. 배울 점은 무엇인지 생각해 보고 인용하는 부분을 밑줄을 긋고 귀를 접어놓는다. 이것이 내가 책을 읽을 때의 기본자세다. 이런 습관을 갖지 않고 서평을 쓰기는 어렵다. 나중에 찾으려면 힘들기 때문이다. 그러므로 독서는 서평을 전제로 책을 읽어야 한다.

서평을 쓸 때는 주제를 파악하는 것이 중요하다. 서평의 기본형식은 책의 내용 요약과 발췌, 관점 등이 있다. 서평을 쓸 때는 먼저 저자를 소개하고 책의 주제를 맨 앞에 소개하는 것에서 시작된다. 여기에 덧붙여 책의 특징이나 장점을 소개하면 좋다. 관점은 독자의 주관적인 느낌과 생각을 적으면 된다.

서평이나 리뷰는 깊이 들어가면 다른 분야에 속한다. 그럼에도 불구하고 책에 대한 소감이라는 면에서는 같다. 굳이 분류하자면 서평은 비평과 소감이 들어가고, 리뷰는 책을 추천하는 것이 주가 된다. 개인의 취향에 따라 서평과 리뷰를 선택하면 된다. 물론 두 가지 모두 글쓰기 능력을 배양하는 데 좋은 효과를 볼 수 있다.

서평을 통해서 글쓰기의 기초를 다지면 본격적으로 집필에 들어갈 수 있다. 특히 서평은 관심 분야의 책이라면 빼놓지 않고 써야 한다. 서평을 통해서 관심 분야의 지식을 쌓고 저변을 넓힐 수 있다. 이런 작업을 통해 자신의 책을 쓰는 데 뼈대를 만들 수 있다. 서평 쓰기 자체가 책 쓰기의 기초작업이 된다.

예전에 《유대인의 생각하는 힘》이란 책의 서평을 블로그에 올렸다. 작가의 생각이 공감되었고 독자들에게 유익하다는 판단이 들었다. 유대인의 사고방식은 100명이 있으면 100개의 답이 있다고 생각한다. 그런데 우리의 현실은 그렇지 않다. 같은 생각을 가진 사람만 내 편이고 반대의 생각은 적이 된다.

그런 생각이 파벌과 모임을 만들어 지역감정의 원인이 된다. 이른바 닫힌 사고를 하는 것이다. 서평은 그런 면에서 아주 유용하다. 나와 다른 생각을 가진 사람을 존중해 주고 인정하는 것이다. 많은 책을 읽고 리뷰를 쓰다 보면 생각이 깊어지고 다양한 사고를 하게 된다. 나와 다른 생각을 가진 사람들과 소통하는 힘이 생기는 것도 또 하나의 이점이다.

좋은 서평을 쓰려면 어떻게 해야 할까? 전문가는 아니지만 내 방식을 한번 이야기하고 싶다. 일단 좋은 책이라고 판단되는 책을 선정해야 한다. 서평을 의무적으로 쓰거나 선물 받은 책을 억지로 써야 한다면 마음에도 없는 찬사를 써야 한다. 진정성은 어느 글이나 중요하다. 서평이라고 예외는 아니다.

내용에 진정성이 없다면 독자들은 외면한다. 한두 줄 읽어보고 더 이상 읽지 않는다. 그러므로 서평을 쓸 때는 내가 직접 사서 읽은 책을 선정해야 한다. 책을 선정할 때의 원칙은 읽었을 때 공감이 가는 책을 선정하는 것이다. 그런 책은 남들에게 꼭 알리고 싶은 생각이 든다. 일단 잘 읽히고 감동을 주는 책을 선정하는 것이 좋다.

서평을 쓸 때 좋은 점만 써서는 곤란하다. 책의 좋은 점을 80퍼센트 썼다면 나머지는 비판하는 글도 써야 한다. 이 세상에 완벽한 글은 없다. 따라서 서평을 쓰는 목적은 글의 장, 단점을 파악해서 비판하는 목적도 있어야 한다. 칭찬만 늘어놓는다고 학생이 공부를 잘할 수는 없다. 칭찬을 하되 잘못도 지적해야 더욱 분발하는 계기가 된다.

서평 쓰기는 글쓰기의 기본을 다지는 데 좋다. 서평을 쓰는 과정에서 많은 책을 읽게 되고 글쓰기 실력도 늘어난다. 내가 쓴 서평에 대해 공감과 댓글을 달아주는 블로그 이웃에게 이 자리를 빌어 감사를 드린다. 글쓰기는 결국 독자들과 소통하는 일이다. 서평으로 사람들과 좀 더 가까워지는 계기도 된다.

'쓰기'와 '읽기'는 서로 불가분의 관계다. 읽기를 잘해야 쓰기도 잘한다. 모든 일은 서로 조화를 이뤄야 한다. 머리에 지식을 넣고 다시 정리해서 내놓은 것이 쓰기라는 행동이다. 책이나 자료를 읽고 정리해서 쓰는 능력은 사회생활의 기본이다. 《읽고 쓰기의 달인》이라는 책의 저자 사이토 다카시는 다음과 같이 읽고 쓰기의 요령을 알려준다.

〈읽기의 달인이 되는 법〉

첫째, 신문으로 '읽기'의 기초체력을 단련하라.

평소에 활자 미디어를 접할 수 있는 환경을 조성하고 활자 읽기를 생활화해야 한다. 활자가 가득한 신문을 매일 아침 훑어보는 습관을 들이는 것은 매우 효과적인 방법이다. 신문을 훌훌 넘겨보면서 내용을 곧바로 파악하는 것, 그것이 바로 '읽기'의 기초 훈련이다.

둘째, 활자와 친해져라.

하루 24시간 중 총 몇 시간이나 활자를 접하고 있는가? 하루두 시간 이하라면 활자와 별로 친숙하지 않다고 볼 수 있다. 잡지든 소설이든 활자의 종류에 관계없이 적어도 두 시간은 채워야 한다. 그리고 꾸준히 그 시간을 늘려가야 한다.

셋째, 관심분야를 찾아서 읽어라.

처음부터 어려운 책을 읽으려고 하면 안된다. 먼저 관심이 가는 분야를 찾아내고, 그 분야에 대해 안테나를 세우는 것이 좋다. 관심사에 따라 책을 찾아서 읽으면, 넓게든 좁게든 당신의 '읽기' 능력은 한층 업그레이드될 것이다.

넷째, 책의 내용을 말하고 글을 쓴다는 전제하에 읽어라.
사람은 누군가에게 어떤 의미를 전달해야 한다고 생각할 때 진지해진다. 그러므로 독서한 내용에 대해서 다른 사람에게 말하거나 글을 쓴다는 전제하에 책을 읽는다면 책 내용의 흡수도가 높을 것이다.

다섯째, 글의 구성을 생각하며 읽는다.
글의 전체적 키워드를 찾은 후 자신이 본 관점에서 주제를 생각하고 읽으면 책에서 얻는 결과는 달라진다. 그리고 주요 키워드를 중심으로 구성을 잡고 구성을 채워가듯 책을 읽으면 훨씬 이해가 빨라질 것이다.

〈쓰기의 달인이 되는 법〉
첫째, 당신이 좋아하는 책의 광고문구, 소개문, 추천사로 쓰기를 시작하자.

독후감을 쓰기 싫다는 사람이 많은 것은 글쓰기를 강요당하기 때문이 아닐까? 책을 읽고 글쓰기를 시작하는 사람들에게 광고문구와 간단한 소개문 쓰기를 권한다. 서점에 세워두면 그 책의 판매에 도움이 될 만한 소개문을 구상해 보라. 조금 익숙해지면 소개문을 조금 늘려서 추천사에 도전해 보자. 이 글쓰기는 '읽기' 와 '쓰기' 를 연결하는 시작이다.

둘째, 영화의 일부분을 보고 이야기를 전부 원고지에 써 본다.
이미 완성되어 있는 만화나 영화의 대사를 모두 인용하고 대사와 대사 사이를 보충하면서 연결해 나가면 문맥을 읽는 힘을 기를 수 있다. 누구나 새하얀 원고지를 보면 무심코 긴장하게 된다. 처음부터 욕심을 내면 안된다. '쓰기' 에 익숙해지면 자연스럽게 구체적 묘사와 상상을 더하면서 분량을 늘려 간다. 에피소드 하나만으로도 원고지 5~10매는 될 테고, 그 정도면 '쓰기' 에 조금은 자신감이 붙을 것이다.

셋째, 꼬이지 않은 좋은 문장을 쓰자.
꼬인 문장이란, 주어와 술어가 대응하지 않는 문장을 '꼬인 문장' 이라고 한다. 문장의 기본 중의 기본은 주어와 마지막 술어를 일치시키는 것이다. 문장이 꼬이지 않게 하려면 언제나 문장을 쓰기 시작할 때 마지막 구두점까지 염두에 두는 습관을 들여야 한다. 꼬임 현상을 예방하는 방법으로는 문장을 짧게 쓰는 것과 소리 내어 말하면서 쓰는 연습을 하는 것이 있다.

넷째, 좋은 글쓰기는 좋은 발문(發問)에서 나온다.
소크라테스는 "답을 찾는 일보다 질문을 만들어 내는 일이 더욱 중요하다."고 말했다. 무언가 질문을 던져야만 비로소 새로운 무언가가 탄생한다. 일단 발문을 만들어 보면 억지로라도 내용이 있는 긴 글을 쓸 수 있게 된다. 왜냐하면 해답이 필요한 발문을 열거해 놓으면 그 답까지 포함하는 문장을 써야만 하기 때문이다. 스스로 발문을 해 놓고 그 답을 알아가는 방식을 취하면 격조 높은 문장에 한 걸음 다가설 수 있게 된다.

다섯째, 일상사의 경험을 글에 녹여라.
'쓰기의 달인'이 되려면 추상적인 이론만 늘어놓아서는 안된다. 일반론으로는 독자의 마음에 다가갈 수 없다. 생활 속에서 자신이 경험한 에피소드는 문장에 생기를 불어넣어 독자에게 인상적인 글로 다가갈 수 있다. 일상사의 경험을 센스있게 추출하는 능력은 글을 쓰는 역량과도 직결되어 있다.

여섯째, 논리 정연한 글을 쓰려면...

논문이나 리포트를 제출해야 한다면 변증법 구조의 글쓰기를 사용하는 것도 좋다. 그러나 글을 논리정연하게 전개하기 위해서는 결론을 먼저 제시하고 근거를 제시하는 방법도 무난하다. 다만 이때 근거로 세 가지 이상을 제시하는 것은 피해야 한다.

일곱째, 정확한 글쓰기는 메모에서부터 시작한다.

평소 자기 내면의 변화나 외부의 사건에 민감하게 반응하며 그에 대한 감상을 적어 두거나 갑자기 떠오른 아이디어를 기록하는 습관은 매우 중요하다. 메모 훈련을 하면 자신의 생각을 항목별로 정리해서 추출하는 습관이 몸에 배이게 된다. 이 습관은 글을 쓸 때 주제와 관련된 글감을 찾는 데 효과적이기 때문에 '쓰기의 달인'이 되기 위한 필수적 조건이 된다.

서평을 쓴다는 건 사실 초보자에게 어려운 일이다. 그렇다면 책의 내용 중 감명 깊은 부분을 필사하는 것으로 시작해야 한다. 그 정도는 누구나 손쉽게 할 수 있다. 우리는 초등학교때 이미 받아쓰기를 해본 경험이 있다. 이것은 필사하기의 또 다른 방식이다. 책의 전체를 필사하는 것은 어렵지만, 감동 받은 구절을 옮기는 것은 그다지 어렵지 않다.

단 한 문장이라도 매일 서평을 남긴다면 언젠가 글쓰기가 즐거워지고 탄력이 붙게 된다. 개인적인 경험을 비춰보면 10년 전의 나보다 지금의 내가 현저하게 발전했다는 것이다. 그것은 책을 손에서 놓지 않고 그래도 한 줄의 글이라도 필사했던 노력이 있었기 때문이다. 한 방울의 물도 모이면 거대한 강이 된다는 말이 있다.

비록 시작은 미약하더라도 꾸준히 하는 사람이 승자가 된다. 여러분의 서평 쓰기가 10년 후에는 값진 결과로 돌아올 것이다. 나의 경우를 보면 예측 가능한 일이다. 서평은 평범한 나를 작가로 만들어 준 일등공신이다. 글쓰기에 관심이 있지만 망설이는 분들에게 이 글이 작은 도움이 되기를 바란다.

06

진정한 자기계발은 무엇인가

● ● ● ●

"글쓰기야말로 위대한 기술이다."

–자크 바르

　직장인들은 불안한 마음에 자기계발에 몰두한다. 그러나 대부분의 자기계발은 어학 공부나 자격증 따기에 몰려 있다. 이 같은 스펙 쌓기도 단기간의 보여주기식 행동에 지나지 않으니 잠깐의 만족에 그치고 만다. 그렇다면 정말 나에게 변화를 주는 자기계발은 무엇일까? 진정한 자기계발은 어학 공부나 자격증이 아니다. 바로 그것은 책을 쓰는 것이다.

취미로 독서를 하는 사람은 인생이 바뀌지 않지만, 책을 쓰면 인생이 바뀐다. 책을 쓰면서 진정한 독서를 하기 때문이다. 책 한 권에는 내 이야기만 들어가지 않는다. 다른 책에서 얻은 사례가 양념처럼 들어가야 한다. 좋은 사례를 얻기 위해 대략 100권의 관련 도서를 읽어야 한다. 따라서 책을 쓰게 되면 진정한 공부를 시작하는 것이다.

나도 책을 쓰면서 많은 양의 관련 도서를 읽어야 했다. 다양한 사례를 얻기 위해 다독은 기본으로 하게 된다. 취미로 독서를 하던 사람도 책 쓰기를 하면 전문적인 독서를 하게 된다. 책을 쓰면서 얻는 건 지식뿐만이 아니다. 진정한 나를 깨닫게 하고 마음의 치유까지 이루어진다. 책 쓰기에서 얻는 이익은 다양하다.

〈책을 쓰면 좋은 점〉

1. 마음이 치유된다.

진정한 나를 만나게 된다. 세상 욕심에 절어있던 나를 해방시켜 준다. 돈만 추구하던 나에서 타인을 사랑하게 된다. 우주의 만물이 새롭게 보인다. 현대인들은 대부분 마음 한구석이 무너져 있다. 열등감, 상처, 이루지 못한 일에 대한 후회 등이 그것이다. 상한 마음을 건강하게 바꾸려면 글을 쓰는 것이 최선의 방법이다.

2. 세상에 나를 알리게 된다.

가만히 있는 아기에게 젖을 줄 엄마는 없다. 젖을 달라고 우는 아기처럼 나도 세상에 나를 알려야 한다. 가장 좋은 보편적 방법은 책을 쓰는 것이다. 책 쓰기는 아직도 진입장벽이 높다. 나의 저서는 상위그룹으로 올라가는 사다리가 되어준다. 나를 알리는 것은 명함이 아니라 나의 책이다.

3. 아이디어가 샘솟게 된다.

글을 쓰면 잠자고 있던 뇌세포들이 깨어나기 시작한다. 진정한 공부가 시작된다. 학교에서 배웠던 암기 위주의 공부는 진짜 공부가 아니다. 책 쓰기는 진정한 공부가 무엇인지 알게 해준다. 책을 쓰면 진짜 전문가로 성장한다.

4. 절망에서 나를 구해 준다.

누구나 인생은 고달프다. 경제적 문제, 가족 문제, 인간관계에 이르기까지 사람은 삶의 고난에서 자유로울 수 없다. 그런데 책을 쓰면 모든 문제가 서서히 풀려나가기 시작한다. 책을 쓰기 위해 읽었던 책 속에서 풀리지 않았던 인생의 해답을 알게 된다. 나를 해방시켜 주는 돌파구는 바로 책 쓰기다.

5. 주변에서 나를 다시 보게 된다.

어제까지 나를 모르던 사람들이 나를 알아보기 시작한다. 가족과 친구, 동료가 나를 다시 본다. "너 언제부터 글 썼니? 대단하네."

6. 사회적으로 신분이 올라간다.

글을 써서 나를 알리게 되면 그때부터 나는 공인이 된다. 나의 글이 세상에 영향을 끼치게 된다. 그런 면에서 책 쓰기는 수준 높은 인생을 살게 해주는 마법의 도구다.

7. 후손에게 나를 알린다.

가문의 영광을 들먹거리지 않아도 나의 저서가 후손들에게 넘겨지고 인세도 상속된다.

후손들이 나의 책을 통해 좋은 점을 본받으면 가문의 전통이 새로 생긴다.

8. 진정한 자기계발이다.

자기계발은 주로 자격증이나 회화공부를 떠올린다. 그러나 이런 종류의 자기계발은 승진이나 직장에 들어가면 그만이다. 나를 세상에 알리고 한 단계 높은 수준으로 올라가는 길은 책 쓰기 외에 없다.

9. 자기 사업을 하는 사람들에게 사업 성공의 기폭제가 된다.

미미한 실적으로 유지되던 사업가들은 날개를 달 수 있다. 책

을 써서 CEO의 존재가 알려지고 사업이 번창하게 된다. 책
쓰기는 많은 공부를 요구한다. 그에 따라 질이 높은 사업콘텐
츠를 발굴하게 되고 고객서비스도 향상된다.

10. 강연가가 되고 1인 사업가로 진출한다.

책을 내면 강연기회가 생기며 1인 사업가로 진출할 수도 있다.
책을 낸 사람이 드물기 때문에 사업 면에서도 효과적이다. 책
은 아무나 쓰는 것이 아니다. 책을 쓰면 당신의 역량을 세상이
인정해 준다. 덕분에 인생 2막이 새롭게 열리고 노년이 풍요
로워진다.

책을 써서 인생이 바뀐 사람들이 점점 늘어나고 있다. 필자도 두
권의 책을 내고 나니 인생에 새로운 목표가 생겼다. 인생의 목표
가 생기면서 활력이 넘치는 하루를 보내고 있다. 독서와 글쓰기
는 나의 평생 습관이 되었다. 인간관계도 점차 나보다 나은 사람
들로 채워지고 있다.

대부분의 사람들은 어떤 틀에 갇혀 산다. 우리는 그것을 고정관
념이라고 한다. 고정관념에 갇힌 사람들은 편협해지고 현실에
안주하려고 한다. 그에 따라 일상이 지루해지면 작은 일에도 스

트레스를 많이 느끼게 된다. 매일 똑같은 생활 속에서 불만을 품게 된다. 필자 역시 현실에 안주했고 작은 일에도 분노하는 사람이었다.

책을 쓰면서 가치관과 생각이 바뀌다 보니 이전보다 분노가 많이 줄어들었다. 말을 함부로 하지 않고 최소한 두 번 이상 생각하는 버릇이 생겼다. 생각 없이 내뱉는 말은 나쁜 습관이다. 독서와 책 쓰기를 통해 인간관계도 좋아지고 있다. 책 쓰기를 통해 좀 더 나은 사람으로 변화되며 그 효과를 실감하고 있다.

> "사람은 쓰기를 통해 어제 살았던 인생보다 더 강한 인생을 만들어 갈 수 있다. 글쓰기를 통해 참담한 현실을 극복하고 위대한 삶을 살아갔던 사람들은 한두 명이 아니다. 장애 삼중고로 비참한 현실과 싸워야 했던 헬렌 켈러 여사도 그렇고, 흑인 여성 지도자 마야 엔젤루도 그렇다. 그들의 인생을 바꾼 것은 글쓰기였다."
>
> – 김병완, 『김병완의 책 쓰기 혁명』

글쓰기는 인생을 풍요롭게 해주는 마법의 약이다. 우리가 병이 나면 약을 먹듯이 삶이 괴롭고 단조롭다면 책을 써야 한다. 글쓰기가 인생을 바꿨다고 김병완 작가는 말하고 있다. 나 역시 그 말에 공감한다. 글쓰기는 인생을 확실하게 바꿔 준다. 삶의 진정한 변화는 단순히 물질적인 면을 넘어선 그 이상의 변화를 의미한다.

독서가 취미라면 글쓰기는 필수과목이다. 우리가 수학, 영어를 못하면 좋은 대학에 갈 수 없듯 글쓰기를 안 하면 가치 있는 인생을 살아갈 수 없다. 우리는 행복해지기 위해서 치열하게 살아간다. 그러나 맹목적인 행복에 대한 욕구는 진정한 삶의 해답이 아니다. 인생의 진정한 행복을 얻으려면 물질과 더불어 정신의 변화가 필요하다.

자신의 저서를 발판으로 우리는 당당하게 세상에 내 목소리를 낼 수 있다. 자신의 주장을 펼 수 있다는 점에서 책의 위력은 놀랍다. 첨단과학이 발달한 세상이지만 아직도 책은 소통의 도구로서 사랑받고 있다. "모든 권력은 펜 끝에서 시작된다."는 말이 있다. 총보다 펜의 힘이 강력하다는 것은 역사를 통해서 증명된 사실이다.

07

책 쓰기로 브랜딩하라

● ● ● ●

"시도해 보지 않고는 누구도 자신이 얼마만큼 해낼 수 있는지
알지 못한다."

– 푸블릴리우스 시루스

　직장에서 퇴직을 걱정해야 할 나이, 즉 50대가 넘어가면 사
람들은 슬슬 노후를 걱정하기 시작한다. 주위를 둘러보면 퇴직
하고 별다른 대책이 없는 분들이 많다. 평소에 노후대책을 소홀
히 하다가 갑자기 은퇴를 맞이하면서 빚어지는 현상이다. 갑자
기 퇴직을 당하면 당황한 마음에 무리한 사업을 하다가 비참한
노후를 맞이할 수 있다
이럴 때 책 쓰기는 하나의 대안이 되어준다. 나는 독서와 책 쓰
기를 통해서 인생 2막을 준비하고 있다. 1인 기업가의 길을 가는
데 책 쓰기는 매우 효과적인 무기다. 책을 쓰면 일단 인세가 들

어온다. 한번 책을 출간해 본 사람은 다음 책을 계속 쓰게 된다. 이에 따라 인세는 점점 늘어나게 된다. 거기에 덧붙여 강연기회도 생기게 마련이다.

독자들이 좋아하는 분야, 즉 자기계발, 자녀교육, 경제 경영 등 실용서를 위주로 책을 쓰게 되면 강연기회는 점점 더 늘어난다. 강연은 매력적인 사업 아이템이다. 작가는 강연을 통해서 청중에게 정보와 재미를 주고, 감동까지 줄 수 있다. 이렇게 삼박자를 갖춘 강사들은 인기를 끌면서 해당 분야의 전문가로 불리게 된다.

> "그런 마음으로 작은 강의 하나라도 놓치지 않고 꾸준히 해나갔다. 그랬더니 어느 순간 열매가 풍성하게 열리기 시작했다. 거래처도, 강의 요청도, 강사료도 폭발하기 시작했다. 어느 정도의 변곡점을 지나자 처음에는 불가능해 보이던 1억 원이라는 그 꿈의 숫자가 내게 다가왔다. 믿어지지 않았다. 그 이후 내 수입은 단 한 번도 억대 아래로 내려가 본 적이 없다."
>
> – 신동국, 『하고 싶다 명강의, 되고 싶다 명강사』

50대 이후 은퇴한 신동국 강사는 하고 싶은 일을 강연에서 찾았다. 열정을 갖고 노력한 끝에 1년 만에 명강사 타이틀을 얻으며 억대 연봉에 성공했다. 이분 역시 자신의 경험을 가미한 저서를 발간한 것은 물론이다. 저서를 낸 사람은 공신력을 갖추게 된다. 책을 낸 강사와 내지 못한 강사의 강연료도 현격한 차이가 벌어짐은 물론이다.

강연은 사람을 키워내는 보람 있는 직업이다. 사명감을 갖고 하다 보면 그 어떤 직업보다 행복하게 일할 수 있는 분야라고 생각한다. 책을 낸 사람들은 강연을 한두 번쯤 경험한다. 남들 앞에 서는 것이 두려운 사람들도 여러 번 강연을 하다 보면 매력을 느낄 것이다. 강사는 청중을 상대로 지식과 경험을 전달하며 보람을 느끼는 좋은 직업이다.

강연을 통해 자신을 알리고 사람들에게 열정을 심어줄 수 있다면 강연의 역할은 끝난 것이다. 강사라는 직업은 그 외에도 시간의 자유가 있고 정년이 따로 없다는 것도 장점이다. 자신이 키워낸 후배들이 성공해서 찾아오면 그만큼 보람 있는 것도 없다. 책도 쓰고 강연도 하면서 자신의 노후를 설계할 수 있다면 행복한 노후가 찾아올 것이다.

누구나 타인에게 자신의 생각을 설득하려고 한다. 결국 성공이란 타인을 잘 설득하는 사람이 이룰 수 있다. 누군가와 대화를 하면서 스스로 자책하는 사람을 본 적이 있다. 논리적으로 말을 하지 못하면 사회생활에 지장이 많다. 자신의 의견을 효과적으로 전달하는 능력은 인생에서 제일 중요한 기술이다.

책을 쓰면 말하는 능력도 좋아진다. 글을 쓰면서 논리적으로 사고하게 되기 때문이다. 생각을 하지 않고 글을 잘 쓰기는 어렵다. 그래서 작가들은 한 편의 글을 쓰더라도 많은 고민을 한다. 말이란 생각의 표현이다. 책을 쓰게 되면 말솜씨도 늘고 점점 논리적으로 발전한다.

책 쓰기는 인생을 성찰하고 자신을 발전시킬 수 있는 효과적인 도구이다. 사람들에게 제일 중요한 것은 인생을 바라보는 넓은 시야와 통찰력이다. 통찰력을 기르고 싶다면 글쓰기가 제격이다. 한 권의 책을 쓰는 작업은 노동 못지않게 힘든 일이다. 수십 권의 참고도서를 읽고 분석할 줄 알아야 한다. 그런 과정을 통해 자기계발이 이루어진다.

성공한 사람들은 책을 써서 자신을 세상에 더 알리고 싶어한다. 한 권의 저서는 그냥 책이 아니다. 자신을 알리고 돈이 흐르는 파이프라인을 만들어 준다. 상대적으로 불리한 일반인들은 무조건 책을 써야 한다. 벤치마킹이란 앞서나가는 선도자를 따라 모방하는 것을 말한다. 성공한 사람들의 행동을 따라 하는 사람은 현명한 사람이다.

책 쓰기는 독서와는 또 다른 세계를 열어준다. 독서가 생각을 넓혀 주었다면 책 쓰기는 꿈을 이루어 준다. '말보다 행동'이라는 말이 있다. 나는 책을 쓰면서 그 말의 의미를 깨닫게 되었다. 취미로 하는 독서는 한계가 있다. 책 쓰기는 그 한계를 넘어서 한 단계 높은 곳으로 올라가게 해준다.

책 쓰기는 내 이름을 알리고 성공을 하는 데 그치는 것이 아니다. 작가의 궁극적인 사명은 세상을 좀 더 좋은 세상으로 만드는 데 있다. 사람들에게는 사랑과 배려, 나눔이 절실하게 필요하다. 나는 그중에서도 특히 사랑을 소중하게 생각한다. 우리가 하는 모든 행위의 근본에는 타인을 향한 사랑이 깃들어 있다.

지구가 내일 멸망한다면 사람들은 어떤 생각을 할까? 아마도 가까운 사람들에게 좀 더 사랑을 베풀지 않았다는 후회를 할 것이다. 죽음에 이르러 물질과 권력이 떠오르는 사람은 없다. 가족과 주변 사람들에게 평소에 사랑한다는 말을 자주 해야 한다. 우리는 모두 죽음을 맞이하는 존재이기 때문이다.

"당신이 느낄 수 있는 사랑의 양에는 한계도 없고 상한선도 없다. 당신 안에 모두 들어 있다! 당신은 사랑으로 이루어져 있다. 사랑이 바로 당신과 삶과 우주의 실체이며 본질이다. 당신은 전에 사랑했던 것보다 훨씬 더 많이 당신이 상상했던 것보다 훨씬 더 많이 사랑할 수 있다.

– 론다번, 『시크릿 더 파워』

사랑은 실체가 없지만, 인류의 보편적인 감정이다. 사랑은 설명할 수 없고 오직 표현만 할 수 있다. 부모의 자식에 대한 사랑, 부부간의 지고한 사랑처럼 고결한 것도 없다. 친구의 우정은 또 어떠한가? 사랑의 감정은 누구나 갖고 있으며 행복의 원천이라 할 수 있다. 사랑의 힘은 위대하고 인류를 지탱해 온 궁극의 힘이다.

수많은 책의 주제는 결국 사랑에 귀결된다. 인류에 대한 사랑 없이 걸작은 만들어지지 않는다. 위대한 고전의 주제는 거의 예외 없이 사랑이 흐르고 있다. 우리는 사랑을 기초로 인간관계를 형성하며 후손을 남긴다. 인간을 고귀하게 만드는 것은 순결한 사랑의 힘이다. 사랑은 인간을 동물과 구별되게 만드는 소중한 감정이다.

한 권의 책 속에는 작가의 생각과 인생이 담겨 있다. 책마다 주제는 다를지 몰라도 목적은 비슷하다. 그것은 바로 타인을 향한 관심과 사랑이다. 남을 사랑하는 마음이 없다면 좋은 글은 나오지 않는다. 사랑의 감정은 모든 일의 근원을 이룬다. 인간을 향한 사랑의 깊이에 따라 명작이 나오는 셈이다.

책은 인류문화의 값진 유산이자 마음의 양식이다. 몸의 양식만 집어넣은 결과 우리는 마음이 병들어 가고 있다. 마음의 양식이 부족한 사람은 사람을 물질로만 보게 된다. 사람은 영혼과 감성을 지닌 형이상학적 존재다. 사회가 점점 이기적으로 변하는 이유는 사람을 물질의 대상으로 보기 때문이다.

최소한 좋은 글을 쓰려면 타인을 사랑하는 마음이 있어야 한다. 모든 예술의 근원에는 사랑이 존재한다. 위대한 명작을 보면 사랑에 대한 이야기가 주류를 이루고 있다. 모든 사람은 사랑을 갈구하며 사랑받고 싶어한다. 사랑을 전달하는 매개체로 책은 더할 나위 없는 훌륭한 도구라 할 수 있다.

삶의 행복을 누리기 위해 사람들은 끊임없이 노력한다. 의식주를 비롯한 기본욕구가 충족되면 행복도는 증가한다. 하지만 물질을 추구하며 사는 삶에는 한계가 있다. 이를 넘어서서 자신을 성찰해야 한다. 진리를 깨달은 사람은 이타적으로 살게 된다. 의식이 고양된 사람은 타인을 존중하며 고차원의 행복을 경험한다. 책을 가까이하면 나도 모르게 이타적으로 변하게 마련이다.

타인과 잘 소통하지 못하면 우리는 불행해진다. 원활한 소통의 도구로서 독서와 글쓰기를 따라갈 수 없다. 독서를 하는 것만으로도 우리는 충분히 행복해진다. 더 나아가서 자신의 책을 쓴다면 행복도는 최고에 이른다. 우리는 자신의 글로 타인에게 행복을 줄 수 있다. 자기계발의 완성은 내 이름으로 된 책을 쓰는 것이다. ✱